绿 宝 石
Fall into your light

北方有佳人

纵虎嗅花 著

下

江苏凤凰文艺出版社

第十八章
女朋友

梦被冬天冻得结实，好像春天才能孵化。

展颜回来没有多谈孙晚秋的事，照例去学校，只是沉默了几分。

贺图南开始收拾行李，夏天尾巴一扫，日子就这样过去了。他走前，把事情都打点妥帖，怕她拿着钱丢了，便让她的班主任代为保管。老姑奶奶对两人倒极为满意，讲卫生，亮亮堂堂，是难得的好租户，贺图南跟她商量了，交一点儿钱，把房子留着，他们寒假还要再住，省得再搬家。

临别前一晚，晚自习下课，他去接展颜。

她变得没前段时间活泼了，倒也谈不上忧郁，回来后帮他叠衣服，他以前爱干净，T恤雪白，现在再怎么洗，都无济于事，一整个夏天，出的汗都能做一条河了。

"明早我先送你去学校，你安心上早自习。"贺图南说。

展颜抬头看看他，没说话，她把衣服叠得好平整，毛衣、外套塞了两个行李箱。她知道有人送他。

"开学我们得军训，还要适应一段时间，一个月后回来看你，好不好？"贺图南见她跪在箱子上压得费劲儿，过去拉上拉链。

展颜站起身："不，北京离这儿这么远，坐火车要一夜。"

"没事，你不想我啊？"他扬眉笑笑。

展颜绞着手："想就不用分开了吗？大家各走各的。"她想到孙晚秋说的这句，心里竟没那么悲伤了，只是澄明。

贺图南说："这么悲观？又不是不见面了，你看你这样，我怎么走得放心？"

她面色平和："我没悲观，我只是想明白了一个道理。"

"什么道理？"

"一个人陪着另一个人也许就只能走一段，就像太阳东升西沉，是注定的，记着过去的好就行了。"

贺图南要瞧进她心里去，眼神深邃："听你这话，好像咱俩闹崩老死不相往来了一样。"

"我不知道以后，"展颜缓缓地摇头，"就像我不知道孙晚秋会那样，我们小时候就好，好了十几年，我跟你才认识多久？"

她说这话温暾暾的，贺图南却听得心惊，他心惊的是，不知她是几时变的，有种冷气，那种置身事外的模样是他没见过的。

"那你的意思，是以后即使孙晚秋来找你，你也不理她了？"

"当然不是，"展颜说，"她现在一定是有难处，我又帮不了她，她心情不好，不想理人而已，她要是来找我，我们还是好朋友，只要她愿意。"

贺图南点点头："你还是你。"

"什么？"展颜疑惑。

"没什么，就算她真的跟你断了联系，你不也说了吗？记着过去的好。"

展颜扯了下嘴角，静静地看他片刻，说："你在北京好好吃饭。"

"嗯，你也是。"

"你别太累。"

贺图南说："我这个年龄怕什么累？别瞎操心，也累不着我什么。"

"你会想我吗？"她有点儿不确定，所以低了头，眼睛看着脚尖，问完又后悔。地上的影子近了，是贺图南的。她有些提心吊胆地瞥过去，影子又远了，原来是他在伸手扯毛巾。

"你知道答案的，"他轻描淡写地带过去，"我走了，你能照顾好自己吗？"

"能，"她稍稍抬脸，"有事我会跟你打电话，你答应我一件事，别坐一夜火车回来，等放寒假再回来。"她没坐过火车，但坐汽车的糟糕滋味儿尝透了，夏天热，冬天冷，起得早，折腾死人。

贺图南摸了摸她的脑袋，不置可否。

第二天，贺图南把她送到学校，跟看班的班主任说了几句话，就此踏上北去的列车。

再也没人接自己下自习了，展颜开始一个人过高三生活。她不怎么合群，但也不刻意排斥和别人交流。郝幸福又开始频频找她，两人邻班，有时会碰上，总要有一个人主动，关系才能重新续上。

"你进了B班，我一直不太好意思找你。"郝幸福拘谨地说。

展颜已经没兴趣追随孙晚秋的脚步了，她没了坐标，只有自己，连贺图南都不在身边，她很平和地笑笑："在平行班也没低人一等。"

郝幸福不敢提关于她的那些流言，一起吃饭时，总是要看她的脸色，才确定要不要展开一个话题。

"你跟我说话没必要小心翼翼的，想说什么就说什么。"展颜道。

郝幸福说:"我觉得你很坚强,都没见你愁眉苦脸过,要是我,都不知道怎么在教室待着。"

"为什么要愁眉苦脸?"展颜笑笑,说话不紧不慢,"别人是别人,我是我,我做好自己的事就行了。"

郝幸福附和,鼓起勇气:"其实,我想借你的笔记看看,大家都说,最好的笔记都在你这儿。"

展颜问:"大家是谁?"

"就是很多人都传,说徐牧远跟贺图南把秘籍都给你了,我想问你借,又不敢。"郝幸福满脸通红。

展颜心里一阵悸动,贺图南,别人提起他的名字,她很高兴:"我这里是有笔记,但是,他们把最好的弄成习题集了,大家很快就能在门口的书店买到。"

郝幸福很吃惊。

习题集果然在9月如期而至,书店大卖,打着状元、榜眼的名号。

班主任把贺图南寝室的电话号码转告给了展颜。

她第一次给他打电话是在他走后一周。他一走她便拼了命地学习,背英语背到想吐,做真题做到想吐,每一秒都用来学习。此刻,她捏了份本地报纸,跟他说新鲜事。

贺图南正在军训中,他洗了澡,光着膀子接长途电话,听她语气如常,不知是失落还是欣慰。

"你知道吗?之前东区开发被政府否决了,说占地太小,我听老师说,这次面积要扩到黄河边!"

贺图南笑问:"你关心这个做什么?我看你很闲。"

展颜说:"正好班主任看报纸嘛,我就拿来瞅瞅,好多外国人都要来设计东区,你知道吗?"

"我不知道,"贺图南沉吟,"但我知道政府失策了。"

展颜奇道:"为什么?"

"应该等你长大的,未来的展大师还在上高中,他们太急了。"贺图南逗她。

展颜咯咯笑起来,忽地又止住笑:"长途电话那么贵,我不说了。"

"等等,"贺图南敛了敛笑意,"还习惯吗?"

"我好得很,一点儿都不想你。"

电话打了十多分钟,挂掉后,室友跟贺图南玩笑:"女朋友吗?"

他微笑着纠正:"我小妹。"

展颜在寝室洗脚时,把报纸拿给余妍看,指着上面的新闻:"新区把北区也划进去了,你看是你们家那儿吗?"

余妍听得心一跳,见她神色如常地提北区,接过报纸,囫囵地扫两眼,说:"好像是的,我也不太懂,展颜,你怎么还看这些啊?"

"随便看看。"她在想,如果新区包括北区,那些工厂怎么办?

"你爸爸还在贺叔叔的公司吗?那里还正常吗?"展颜很早就想问这件事,可余妍每次都躲闪。

寝室里的人听到两人对话,安静不少,大家忙着自己的事,耳朵却留心听。

余妍勉强笑笑:"不太好,仓库现在乱七八糟的,我爸说,贺总不在……"她瞄了瞄展颜的神色,"管理不太行,很多之前的订单都黄了。"

展颜沉默。

"反正我爸也不知道能干到哪一天,干一天是一天吧。"

展颜说:"等贺叔叔回来,公司能好起来的。"

对面上铺传来声音:"进了监狱,公司就不是自己的了吧?"这话好像是问对面的人,不是跟她说话。

"肯定啊,进了监狱就是犯人,哪有犯人管公司的?"

展颜听着,她知道这些人是说给她听的,她在她们眼里是落地的凤凰。但她不是什么凤凰,她们不知道,她本来就长于乡野,落地的凤凰不如鸡,但她在奶奶眼里尚不如鸡值钱,鸡能下蛋,价值比她高。

初秋的风陡然把人间一换,晚上凉快,展颜到阳台去收衣服。

对面的男生宿舍楼里,有人吹口哨。

展颜突然想起米岭镇中心校,她把衣服收好,外头口哨声便没了。等她洗好内裤,室友提醒她:"展颜,我的衣服快干了,你注意一下,别挨着我的晾。"

学校有新的风言风语,贺图南来接她,有人看见两人过于亲密。贺图南自然是没有错的,大家不理解,他为什么这样毫无芥蒂?

十七八岁的针锋相对是暗流,大家都是重点班的好孩子,脸面还是要的。

展颜说:"我晾衣服一直都很注意。"

她到阳台,口哨声又起,里头的人发了火:"哎呀,烦死了,展颜,能麻烦你快点儿进来吗?"

展颜晾好后才进来。

"你以后去阳台尽量动作快点儿吧。"床上的寝室长提醒她。

少女们都爱美,高三课业重,大家都灰头土脸学得出油、闷痘、长黑头、吃得多发胖……只有展颜像美丽的仙鹤,卓然而立,男生们爱议论她,但她背景成谜,令人不齿,大家说起她,总要以鄙夷的口吻。对她吹口哨也是一种合理的轻佻,她妈妈就是做情人的。

寝室长说完,她们岔开话,说起白天教室里的事,什么一中的风扇到底该退休了,外语老师水平不行,A 班配置到底比 B 班好……

展颜打断她们，对寝室长说："我正常晾衣服，快不了，如果是因为男生吹口哨，你应该去找他们阻止他们，而不是让我快点儿。"

寝室长愣了愣。气氛变得冷清，她的话无可辩驳。大家忙于学习，这种口角，不值当浪费时间。

展颜躺下了，她用随身听听英语，偶尔倒磁带，感觉床晃了一下，是有人踢的。宿舍里还亮着蜡烛，大家几乎都没睡，但她发出动静，要归于噪声。

她又想起在米岭镇中心校住着的日子，冻得要命，衣服盖在被子上，夜里掉一地，又不知被谁传染了虱子，大家说着悄悄话，空气中有臭脚丫子的味道，像发酵的豆酱。

展颜想到这儿，更觉得她们无聊，她们没有见过真正的苦难，她们只会小把戏，连孙晚秋一根手指头都比不上。

孙晚秋不理她了，她还是爱孙晚秋，如果孙晚秋没有看到约定好要看的那个世界，那她替孙晚秋看吧。

展颜摸了摸肩膀，耳机里传出一句"wait and hope（等待和希望）"，她跟着默念一遍，又想到贺图南，他英语很好，贺叔叔英语更好，是伦敦腔……她做了个甜甜的梦，新区的设计师是她。

* * *

9月有件大事，纽约世贸大楼被炸，大家对中学时代南斯拉夫大使馆事件，包括这一年的南海撞机事件，记忆犹新，男寝室里争论激烈。

"贺图南，哎，老三，你小子说话啊！"老大喊贺图南，寝室一共四人，两个北京当地的、一个南方人、一个贺图南，他年龄排第三。

贺图南躺在床上研究地图，被喊了几声，抬头问："谁有空去中关村？我还没去过。"

寝室里鸦雀无声。

"美国世贸大楼被炸了，你知道吗？"老大问。

贺图南点头："知道。"

"你怎么看？"

"躺着看。"

"老三，你是不是有什么问题？"老大鬼鬼祟祟地说，"你们看啊，谈政治他不感兴趣，说女同学他像个和尚，哎？你们说会不会贺图南其实是个机器人混进来的？"

"怎么会？你看他一身肌肉，军训第一天我就注意到了。"老四是南方人，白白的，长得像个小姑娘，故意捏着嗓子说，"哥哥好帅，我好喜欢。"

一群人骂他变态。

贺图南笑，拿枕头砸了过去。军训累死人，高中体育就不太行的根本跟不上，每天最高兴的事情就是躺下来。

等到国足出线的时候，大家已经投入繁重的课业中去了，但这不妨碍男寝室里又传来一阵鬼哭狼嚎。老四要买电脑，老大跟他及贺图南一起去中关村。

"我跟你们说，我初中时就梦想在中关村卖组装电脑，能天天爱抚最新主板，这辈子值了。哎，瞧见没？去年这儿修四环路，将四海给拆了，这儿原来就是四海。

"太平洋东边过去是科苑，好家伙，我上初三那年我表哥在一层给人家做盗版系统，一小时捯饬好，能挣大几百，我那会儿听得都不想上学了！一来这儿试机就被抱着个孩子的阿姨堵着，问我要不要光盘，我可还是祖国的花朵呢！"

"科苑为什么没了？"贺图南问，对老大的青春期往事完全忽视。

"拆了啊，我小时候这片全是参天大树，被砍完了，科苑后来搬到硅谷电脑城，也有去海龙太平洋的，你们去海龙吧？"

把他们带进海龙，他有事先走，贺图南便跟老四在大厦里挤来挤去。

"这就是中国硅谷？"老四问贺图南，又开始抱怨北京天气干，他脸疼。

贺图南轻笑："刚刚老大不是说了嘛，他小时候，这地方叫倒爷一条街，你说能不能比硅谷？"

他们一进来，就被几个热情的导购围攻。

"你们是学生吧，哪所大学的呀？是想买台式机还是笔记本？"

"笔记本。"老四有钱，背着巨大的双肩包，一脸大学生的气质。

"笔记本的话，东芝、联想、惠普有几款都能无线接入了，特别方便，同学过来看看吧？"

老四被说得脑子发蒙，贺图南拽走他："我们先看看。"

来之前，贺图南给他列了单子，货比三家，老四铁了心要在一家报价最低的买。对方见他给了配置单，说："这个型号嘛，我们是有的，不过要仓库调货，小伙子，你要的话，先交一千定金。"

贺图南说："你先调来货，我们看看。"

老板说："仓库调货我们得忙半天，到时候你不要了，我们不是白忙？你们商量好，要就交定金，不要就算了。"

"再看看吧。"贺图南给老四丢了个眼神。

老四说："我就要它了，看这么久，都挑花眼了。"

他交了一千定金，老板开始打电话让人调货。

又有顾客来，贺图南静静地看了会儿，这人花七千五百块最终买走了老板推荐的另一款，因为要的这款，拆箱开机就有问题。

两人等了四十分钟后，老板接了个电话，然后说："不好意思，同学，这个型

号没了，不过，我们仓库里有一款性价比更高的，64MB 内存，10GB 硬盘，显示器还大，怎么样？再补一千块的差价，同学，拿这款吧。"

老四愣住。

贺图南说："不要，既然没那款，我们就先不要了。"

"不要的话，定金不退。"

老四急了："你们怎么这样啊？"

老板斜睨他："你们学生就是不懂规矩，哪有交定金还退的？"

"可我要买的不是这款。"

贺图南示意老四别吵，说："我们买东西，你没有，当然要退定金。"

老板慢悠悠地一坐："要呢，加一千块给你们从仓库拿货，不要定金不退。"

里头的小学徒抬头看了他们一眼，没说话。

贺图南摁住要说话的老四，道："行，我们买，不过钱没带够，我回去拿。"他暗暗地掐了老四一把，"你在这儿等我一会儿。"

他出去报了警，警察来时，他一脸沉痛："警察同志，我们都是穷学生，买电脑是为了学习方便，您也知道，父母只要听到是学习的事，再苦也要攒钱给孩子，这一千块是我们农民半年的收入。"

老四见贺图南跟警察一块儿现身，吃惊不已。这一千块钱到底是要回来了。

身后警察都还没走，老板爆粗口骂得很不像话，贺图南带着老四快速走人。

贺图南建议老四不要想笔记本了，把配件买来，花钱看着人组装。

老四照做，将东西买齐全了，组装的人告诉他，这个不能用，那个不能用，建议他们用自己的货。贺图南现场盯着："哥们儿，既然你不能装，那我们找别人。"

对方鄙夷道："你这玩意儿找谁都不成。"

贺图南一笑："我们试试，不在你这儿弄了。"说着就要走人，对方便换了口吻，"我再看看吧。"

跟电脑城的人打了几次交道，这里头的弯弯绕，贺图南心里有了谱。他在校园网发了帖，名曰防骗指南，有给新手的诸多建议。帖子热了起来，他在上头留了自己的联系方式。

陆续有人来找他帮忙买电脑，他又跑了几趟中关村。

四楼商户密集，很吵，贺图南找到一家不大的摊位，摊主已经做了六七年的攒机生意，贺图南客气地递了一根烟："老板，跟您商量个事。"

就这样，贺图南做成了第一笔买卖。电脑是稀罕玩意儿，很多大学生都想买电脑，又不太懂，对有购置电脑意愿的校友们，不管是寝室合买还是个人，贺图南统一为他们联系。他跟摊主说清要求："东西得差不多，您那价钱也不能太离谱，他们不懂，我懂。"

摊主一嘴大黄牙，说："状元才，英雄胆，城墙厚的一张脸，小伙子，你太较真，怎么挣大钱？"

"我找您就是觉得您干的时间久，目光怎么也得比旁人长远些，是不是？"贺图南毫不让步，"您这儿要是不行，我就换地儿。"

"别介啊，有事好商量。"

贺图南微微一笑："您琢磨琢磨吧，回头，我还得给同学们弄宿舍网，到时候还得在您这儿拿配件。"

开学两个月，贺图南除了上课，就是跑电脑城，夜里熬到三点写作业。

偶尔得了空，他就去找老徐，徐牧远寝室里全是北方人，男生们大都很糙。窗户上糊了报纸，七零八散的，屋子里挂满衣服。他一进门，必有一人永远在做俯卧撑练肌肉，也必有一人永远在打游戏，从不转身。

中关村附近辅导机构众多，去年又新开了华尔街英语，徐牧远课余时间依旧去做家教。

不过，课业重，大家每每都被逼得跳脚，徐牧远对贺图南经常往外跑有些诧异，两人难得在食堂碰到，聊了会儿，徐牧远问他："你这天天都有使不完的劲儿啊？"

"我得挣够颜颜的学费，前几天，我去建筑系听了几节课，他们有一堆工具模型，还得出去写生，以后颜颜要真是学这个，我看开销不小。"贺图南吃东西狼吞虎咽，他什么都求快。

徐牧远提醒他："慢点儿，吃太快对胃不好。"

他的习惯变了，就是在贺以诚进去之后全然变了。

"多谢。"贺图南不吃辣椒，把菜里的辣椒挑出来，"我最近打算回去一趟。"他抬头看看徐牧远，"老徐，你们系有你看上的女生吗？"

徐牧远不动声色地说："女生本来也不多，况且，我现在也没时间搞这个，上次老师布置了个作业，我都不知道他在说什么。我真怀疑我当初还是应该学数学的。"

贺图南笑："这可不像你。"

"你也不像原来的你。"徐牧远说，"你回去看颜颜？"

他漫不经心地"哦"了声。

"你对她现在是长兄如父。"

徐牧远的话跟贺以诚如出一辙，贺图南心里沉了沉，他笑意不改："这不是没办法嘛。"

他回去没跟展颜说，那时候，北京已经很冷，家乡也冷，他揣着买的几本书，在绿皮火车车厢连接处铺上报纸，坐了一夜。

外头有月亮，清冷、皎洁，孤悬于平原之上，他疲惫地看着它，脑子是空的，后来迷糊地睡去。火车忽然大动，有节奏地隆隆响着，天翻也好，地覆也好，他并不睁眼，只是抱紧怀里的书，继续打盹儿。

展颜在学校省吃俭用，可有些钱不能省，她得买真题，买模拟卷。贺图南编的那套习题集蛮好，书店送她的，她连封皮都爱不释手。

她跟蜗牛似的，成绩一点点往前挪。少年就得这样过，学习，学习，再学习，因为生命力无穷，有一点儿闲暇，就忍不住跟煎饼似的两面煎心，想这想那，大家比着这么过，她连蹲厕所都要拿着英语词典。

没人说她的闲话了，久攻不破，这座桥头堡垒自然被放弃。

周六上一天的课，冬夜那样短，刚合眼就破晓，黎明时分，说黑不黑，说昼不昼，宿舍亮起灯，大家爬起来用几分钟洗漱完毕去早读。

数学试卷发下来，同桌激动地凑近展颜，说："徐牧远、贺图南编的那套资料真的很适合我，每个模块，出题方向也就是那些，他们总结得好全，真是有条理。"

展颜微笑："他们弄了一个暑假，当然好，这里头有很多个夏天的夜晚。"

同桌不懂："什么意思？"

"就是他们熬夜弄这个，很累的。"展颜抿抿唇，她想起小飞蛾在头顶扑着灯泡，贺图南坐在光下的剪影。

等到下午放学，大家跺脚说冬天怎么来得这样早呀，展颜也搓了搓手。

"展颜，校门口有人找你，快去吧。"班主任悄声跟她说。

她一愣，从老师闪烁的目光中意识到什么，胡乱地收拾好书本、资料，背着包跑了出来。

贺图南在出租屋睡了一整天，神清气爽地出现在大门口。

展颜飞奔过去，燕似的："嘿！"她瞧见他了，可他正扭头看小孩在路边颠球。

贺图南被展颜撞得一个趔趄，他一转身，就看见展颜在傻笑，眉眼一下活了，她上一刻还在教室里像个端庄的大姑娘，稳稳当当。

"你怎么回来了？"她像撒娇，有点儿嗔怪的意思，"说好寒假见的呀。"

贺图南只是笑，骑车带她去下馆子："想吃什么？"

"哎呀，什么都想吃，我觉得我能吃下一头猪！"她想起家里喂猪，猪吃食哼哼着过来，埋头于槽里，头都不抬，根本管不了别的猪，她忍不住哈哈笑。

"你笑什么？"

"想起好玩的事，吃饭时跟你说。"她跟他连生疏的瞬间都没有，像没分开过，他一回来，就那么自然而然地接上了话，故人远归，她觉得心里暖意融融。

两人坐在热乎乎的小馆子里，贺图南跟她说了很多学校里的事，她就没办法像猪一样吃得不抬头了。她有时听得愣神，嘴巴微微张着，贺图南便点点她的脑门："每次打电话，我话没说完，你就挂，急吼吼的。"

展颜继续啃骨头，一嘴油："长途电话贵呀，跟你说一会儿一个油饼没了，再说一会儿，一个炒菜没了。"

贺图南看她算得这么清，又想笑，又觉得无奈，他说："这段时间卷子都带回来了吗？我帮你看看。"

"等你来黄花菜都凉了，我早请教老师啦！"她学班主任的口吻，笑个不停。

贺图南不让她老笑，回头吃东西再呛着。

两人回住处，展颜一路撑得打嗝。

贺图南从北京给她买了两本建筑方面的书，聊了会儿建筑系学生都干吗，又把零食拿给她。

展颜洗干净手，开始翻书："好高深呀。"

贺图南说："你没接触过，乍一看感觉高深而已，熟悉熟悉就好了，权当消遣。"

展颜托腮："我上厕所都要背英语呢。"

贺图南笑："那倒也不至于。"

展颜感叹："我又不像你，那么聪明，我是勤能补拙，你站着说话不腰疼。"

贺图南浓黑眼睛里的笑意更深了，他说："你现在伶牙俐齿的，好厉害呀。"

展颜冲他吐了吐舌头，恶作剧似的。贺图南突然发现，她的舌头能从两边卷起来，他不能。

被褥白天他都晒过了，他回来一趟，要计算时间，要看天气预报，睡过今晚，明天又得回北京。他今天到市场买了个取暖器，热烘烘的，就是很费电。

"好暖和。"展颜把手伸过去，动了动手指，两人就凑一块儿取暖，她说自己的排名，说了一堆学习的事情。

贺图南默默地听完，问她："你跟同学相处得好吗？"

她想了想，说："一般吧，大家都忙学习，也没什么时间在一起玩。"

"有没有什么不痛快的事情？"

"没有，没人能让我不痛快。"她忽然抬眼，一双眼水汪汪的。

贺图南要求不多，见到她，跟她说说话，听听她的声音，他所有的困倦、劳乏就全都消散了，这就够了，很值："我买的烤鸭、点心都非常好吃，你回头尝尝。"

展颜安安静静地烤手，没反应。

贺图南脚尖轻轻地碰她的鞋子，她鞋子旧了，他看在眼里，说："过年我带你买新衣服，我们逛街去。"

"你知道女生喜欢什么吗？"展颜终于抬了脸。

贺图南想了想，她平时的衣着都是爸负责，爸的眼光好，把她打扮得很洋气，像日剧里的美少女，她也是高兴的。

"知道。"

展颜幽幽地瞥他一眼："你谈恋爱了是不是？所以很了解女生。"

贺图南皱眉："你这都是哪儿跟哪儿，我了解你而已。"

展颜说："那你有没有恋爱？上了大学大家都想谈恋爱，我知道。"

"没有，我没时间。"贺图南低头，看着昏黄的地面，"颜颜，我们说点儿别的好吗？你看，刚才我们在饭馆里聊得很好，不是吗？我好不容易回来一趟，我们说点儿开心的。"是呀，他好不容易回来一趟，她并没看到他颓唐了一夜，把自己拾掇清爽、干净了才去一中找她。

展颜就软了下来，把小马扎挪近了，挨着他："那我们说开心的，我给你讲我以前的糗事吧。"

她说自己一脚踩空，掉进旱厕，臭得要死，哭着到井边冲凉鞋；又说被马蜂蜇，眼皮肿得像桃儿；还讲三年级不小心尿床，吓死她了，赶紧把被子叠好盖住……她丢人现眼地说了一遍。

第二天贺图南走，他是中午的火车，晚上到。展颜在院子里晒被子，拿着竹棍，打了一遍。她不提昨天那些蠢话，天一大亮，人多少就正常点儿。我不会去北京念书的。她很平静地想到这句话。

中午吃得早，贺图南不让她去火车站，先把她送到学校。

"有事给我打电话，吃好睡好学好，但也别绷得太紧了，弦绷得太紧容易断。"他跟长辈一样谆谆教诲。

展颜听得心不在焉，没什么不舍别离的样子，只说："我去教室了。"

"颜颜，你都不跟我说再见吗？"贺图南不想回来一趟倒跟她闹僵。

展颜抬头："你这么喜欢听再见吗？我不喜欢，我从小就不喜欢，你喜欢你自己说好了。"

贺图南锁眉看了看远处，又看她："那就不说，我不知道你不喜欢说这个。"

展颜心里涌起一股强烈的悲伤，她说："你要是不能就别对我这么好，我烦透了。"他回来也在折磨她。

她跑进学校，头发跟着飞扬，贺图南看着她的背影，有种深深的挫败感，怎么又变成了这样呢？

* * *

天一冷，北方的大地就被结结实实地冻上了一样，教室里凳子冰凉，得用屁股去暖。

班里每天中午都会用一台破录音机放会儿流行歌曲，展颜就在音乐声中翻贺图南给她买的书，是梁思成的，叫《图像中国建筑史》。前言是英文，看得费劲儿，大约感谢了很多人。

她找英语老师问，英语老师很洋气，是个 young lady（年轻女士），同学们说见过她抽烟，这了不得，好像抽烟的必是坏女人。可老师漂亮又时髦，课讲得好，抽烟就抽烟吧，又不碍别人的事。

"没有她的帮助，我这本书写不成，研究中国建筑也是不可能的，总之，他把夫人大大地夸奖了一通。"老师给她翻译，打趣她，"你看这么高深的书，是谁买的？"

展颜说："贺图南。"

老师表示了然："林徽因也很厉害的，很能吃苦。"

"语文老师说过徐志摩的事情，我知道林徽因。"

"就是，她要是丑一点儿，可能成就反而更容易被人知道，"老师耸耸肩，做派和其他科老师到底不一样，"就因为林徽因漂亮，所以人们更喜欢说她那些私事。可见一个女人要青史留好名有多难，漂亮女人就更难了。"

展颜从没跟老师深入地交流过什么，她观察着老师，老师眼角眉梢很妩媚，又有种不屑的姿态，不知道在嘲弄谁。展颜却想，做这样的夫妻真是好，两个人志趣相投，又彼此欣赏，世界上还有这样的夫妻哦。

书中插图很多，图很直观，目录用的词语却很深邃，展颜第一次知晓"醇和""古拙"这种词语，觉得很新鲜，专业术语她不懂，看得吃力。可梁先生好厉害啊，能画能写，她看那些佛塔、石窟觉得神奇极了，她想起妈的话，心想，如果妈还在，妈一定也爱看。

不过，这本书好多英文，她看得头疼，怪不得要学好英语，否则连本书都看不明白。

暑假我要学画画。她默默地想，看看外头夜色染窗，梦被冬天冻得结实，好像春天才能孵化。

北京的冬，天像清薄的瓷器，捏捏就碎了。贺图南回来后第一件事就是弄宿舍局域网，统计了下宿舍名单，跟大家说清楚，硬件他去买，免费装。

干冷的天，他往中关村跑了几趟。这里头利润不大，但胜在口碑，都知道贺图南服务一条龙，偶尔电脑有些小毛病，不用送电脑城，他就能给捯饬。

"老徐，你那个老乡真是精刮精刮的，这人以后经商我看最合适，他家里是干吗的啊？"徐牧远的室友在贺图南弄好宿舍网后感慨不已，"都是大一新生，咱们还跟傻子似的，就知道眼馋人大女生多，你看你老乡，满脑子生意经，上回还去跑了马拉松！"

徐牧远不好说他的私事，只是夸他脑子一直都活络得很。

贺图南成了学校的红人，开始有女生追求他，他很忙，对此无动于衷。

去中关村结账那次，他认识了人大的一个女生袁依依，她性情活泼，也算漂亮，是本地人。当时，他顺手帮了个忙，一群女生叽叽喳喳地买电脑，他给参谋了一下，女孩子们对他颇有好感。

袁依依就是那时开始追求贺图南的。她很热烈，一点儿都不在乎主动丢面儿，相反，她对于追求贺图南这件事觉得刺激，他很有担当，跟大一的男生们完全不一

样，他没有过渡的那种青涩感，或者外地人到北京的茫然。

贺图南整个人显得游刃有余，他穿得很普通，甚至可以说不怎么讲究，但身上就是没有丁点儿寒酸气，袁依依见惯了她锦衣玉食的朋友，也见惯了自卑、不够舒展的同学，贺图南这样的，她没遇见过。他对她来说神秘、有吸引力。

对贺图南周围的同学来说，他也是这样的，他不是在学习就是在赚钱，像台机器，永不停歇地运转。

"美女给你的围巾，哥们儿给你捎上来了，怎么谢我？"老大把一条纯洁无瑕的白色围巾砸到他身上。

贺图南正在浏览BBS（论坛），"招聘作者"的帖子很多，隔壁寝室的同学来咨询他这个活儿能不能接。他把围巾拿开，跟同学说："能是能，不过有些书商奸诈得很，这活儿我高三暑假弄过，编的内容是我们原创，他不愿意给版权费，没版权费利润就很低了，撑死给你两千块。"

"两千块也不少。"

"知道这两千块拿得多不容易吗？眼睛给你熬瞎，一天几个小时弄上半学期，到时候说你这不行那不行，钱扣得七七八八。"贺图南面无表情，"再狠点儿的，你给他弄好了交稿，他不给钱，说你不过关，转头又拿去出了，白干。"

对方犯了难："那攒书这活儿不行啊，套路这么多。"

"也不是没办法。"贺图南笑了下，眼睛里是少年时期特有的狡黠，"别通过老师，老师在中间要拿中介费的，书商跟他们可能还是熟人，到时候出了问题，你脸皮薄，好意思找吗？另外，交稿前让他付一半的钱，别直接把稿子交了。"

"那我想接这个教辅类的，你看成吗？"

"怎么不成？但这块估计他们更爱找北师大的，术业有专攻嘛。"贺图南起身倒水，围巾掉在地上，他一脚踩了个大印子。

室友们静静地听他指点完同学，心里皆默认贺图南是1字班最聪明的那个人。

老大心疼围巾，说他太不懂怜香惜玉，又说本系追他的某某虽然不够漂亮，但皮肤很白，一白遮三丑。

"真是旱的旱死，涝的涝死。"老大感叹。

贺图南把围巾捡起来，觉得碍事，不知道放哪儿好，便随手丢在桌子上。

袁依依来学校找他几次，他委婉地拒绝，女孩子很执着，弄到他的手机号，给他发信息，他只觉得浪费钱。袁依依说："那我加你的QQ吧。"

贺图南被她弄得有些烦，约了她，直截了当地说："袁同学，我很荣幸能得你青眼有加，但不好意思，我真的没精力想这个。"

袁依依爱笑，毫不气馁："我也没要你怎么样啊，就当交个朋友。"

他看着她，有些后悔当日在中关村的举动。

"我们有个校友，跟你是老乡，宋如书，你还记得吗？她跟我说了很多你高中

287

时候的事。"

贺图南眉头一拧,他都快忘记宋如书这么个人了,也忘记她也在北京:"说什么了?"

"说你高中时经常考第一,很聪明。"

贺图南说:"这儿哪个人不是经常考第一?遍地都是聪明人,我不算什么。"

"我觉得你很特别,"袁依依不避讳地盯着他看,"跟别人不一样。"

"是不一样,我爸现在在坐牢,还有个妹妹,我得勤工俭学养着,对不起,我只能让你失望了。"贺图南把围巾还给袁依依后,走进冷风中,留下一脸震惊的袁依依。

一直到寒假,贺图南竟然再次见到袁依依,她来火车站送他,女生在风中瑟瑟发抖。春运挤得人只能从窗户爬进去,人太多了,黑压压的,简直令人绝望。

贺图南看她一眼,没任何表示,他被挤得变了形,巨大的编织袋擦着脑袋过去,蓬头垢面的人们根本无任何素质可言,他们像抢食的动物,只有肉体,遵循自然法则,谁力气大谁挤得上。人们恨不得挂在火车外头,凑合就能回家。

贺图南站了一夜,徐牧远在另一节车厢,下脚的空都没有。他带的报纸毫无用处,连接处坐满了人,过道里也都是人,有座位的闭着眼,嘴巴张得老大,呼噜震天响。车厢里臭气熏天,小孩子的哭声、被踩了的骂声,一张张倦怠、麻木的脸,整个车间没有一寸是干净的、清新的。他到家时几乎要吐。

爷爷知道他放假了,要他回去,轻飘飘地缀一句:"把那孩子也带过来吧。"

贺图南答应他会去拜年,但不会回去住。

爷爷这下气得忍不住骂了他,旁边是奶奶不停劝架的声音。

他没吭声,一个人去办年货,买了点儿干果、零食,徐牧远给他送了对子。

住处没冰箱,青菜和肉就不好买太多。展颜还没放假,贺图南不急着看她,在家大扫除,院子里晾衣绳上挂满了被罩、床单,老人们夸他真是能干,说没见过这样好的小伙子。

他一大清早就开始跟邻居爷爷学刮鱼鳞,开膛破肚,沾一手血腥。

奶奶摸到这儿,看见这一幕,眼泪就出来了,说:"你跟奶奶回家去。"

贺图南到底没松口,他要住在这里。他摸了摸奶奶的肩膀,奶奶觉得他真是长大了,更是伤心,孩子一长大是由不得人的。

"奶奶,爸会卷舌吗?就是舌头从两边这样卷起来?"

奶奶用手帕揾着眼角:"不会,我记得,你姑姑小时候因为不会这个还跟院里的孩子吵架,哭着回来,说人家说她笨,我哄她说'咱们有大耳垂,有福气,不理他们'。你怎么想起问这个?"

贺图南若有所思,没多说。

等到展颜放假,家里焕然一新,屋里烧了炉子,带烟筒的,从门上头那半扇窗

伸出去，旁边拿裁剪好的纸壳挡住，贺图南借别人的三轮车拉了点儿炭，堆在走廊的角落。

贺图南还带她去了趟监狱，贺以诚在里头坚持学习，身体也好，人明显又有了精神，这回彼此情绪都好很多。

除夕夜似乎成了个禁忌，难免让人联想到去年，贺图南跟展颜默契地不提，她在那儿和面、擀面皮、调馅，有模有样地要包饺子。

他把肉炖上，过来帮忙包。展颜教他，说："你看我捏得多俊，你这个丑死了！"

"我看再俊也没你俊。"贺图南学她说"俊"。

展颜手指灵巧地动着，她问他："我哪儿俊？"

贺图南说："比饺子俊吧。"

展颜娇嗔地斜睨他一眼，鼻尖那儿落了头发，她嫌痒，用胳膊去蹭。

她鼻尖那儿便落了一点儿白，他忍俊不禁。

日头照进屋里，暖洋洋的，展颜跟他吃完饺子，就搬着马扎到门口晒太阳。他问她书看了没。

展颜这会儿懒懒的，有些犯困，"嗯啊"说了几句，合了眼，睫毛上跃动着金光："我想一直这么过下去，永远不分开。"

她一个十几岁的少女一张口就是永远，好像日子会天长地久丁点儿不变。贺图南蹙着眉，永远太难，人活几十载，不如意、不顺心、不能为的太多了，他不去想，因为一想就是红尘的烦恼，颜颜是要长大的，她上了大学，兴许就不这么眷恋他了。

晚上连个电视都没有，声音是别人家的。展颜养足了精神，也不太在意能不能看春晚，贺图南在就好了嘛，她坐在炉子边低头做题，时不时问他两句什么。

贺图南检查了下窗户，确保夜里不会煤气中毒。

"我就不怕。"展颜看他细致地查探，说了一嘴。

贺图南笑："我怕，我怕一不留神就交待在这儿了。"窗户那儿他又挖掉一块，保险起见。

手机屏幕亮了下，贺图南草草地扫过去一眼，是一句新年快乐，袁依依发的。原来已到零时。他像抓住点儿什么，就只有这点儿东西，他应该恋爱了，找个女孩子，除了展颜，谁都好，只要不是她。

你看，有人也这么记挂着他，熬到半夜，祝他新年快乐，世界上不止一个展颜。他迅速抓住这点儿东西，说："颜颜，以后我还是像以前那样对你，会好好照顾你，但其他的，我不能答应你，你……你把我当哥哥吧，别的不行。"

展颜抗拒得厉害，她不肯："你说过的，我们会在一起，你不能骗我！"

289

贺图南的脸突然冷下去，他告诉她："我说的在一起不是你想的那种，展颜，我有女朋友了，你现在听明白没？"这是他第一次跟她说这么冷酷的话，说完，他觉得自己也碎掉了。

第十九章
一颗心

❋ 盛夏已经远去,那样的日子不会再有了,她要离开贺图南找自己的天地去。

　　展颜变了脸,她一个姑娘家,这话的意思再明了不过,明明起小在别人嘴里都是脸皮薄的人,要是妈知道了,也要劝她,说她太一意孤行。她转身就跳上了床,扯过被子,蒙住头。
　　贺图南紧绷的身体慢慢松塌下来,他坐了会儿,感觉到冷,穿上羽绒服,到她脚头把热水袋抽出来,重新灌了热水,又塞进去。
　　她跟蚕蛹似的,一动不动。

　　初一贺图南去拜年,中午要留在爷爷家吃饭,只剩展颜,她把除夕夜的剩菜热热,煮了点儿粥,吃完就在外头背英语。邻居的狸猫跑过来,挨在她脚边。
　　贺图南回来时,看见她一个人坐在那儿跟猫说话,也不知道说的是什么。
　　"颜颜,午饭吃了吗?"他走过来,弯腰摸了摸小猫,对昨天的事绝口不提。
　　展颜淡淡地回了句,就继续趴在椅子上做题。
　　贺图南从爷爷家拿了巧克力和糕点,递到她眼前。她说了句"谢谢",就放一边了。
　　"怎么跟我客气起来了?"贺图南拿来个小马扎,坐在她身旁。
　　展颜不吭声,集中注意力读题,把草稿纸往跟前拉了拉。
　　贺图南不好打扰她,就靠着柱子,两条长腿交叠,抱着臂低头小憩。
　　不一会儿,徐牧远拎了一塑料袋丸子、麻叶子来看两人。展颜被晒得眯眼,看清是他,站起来笑说:"初一你没去拜年呀?"
　　"我妈炸的,你们尝尝。"徐牧远把东西递给她。
　　展颜立刻拈了片麻叶子,又酥又脆,她说:"阿姨手艺真好。"
　　贺图南醒了,把马扎让给徐牧远,他也不坐,两人就站着说话。
　　"家里都好吗?"贺图南问他。

徐牧远说："我爸年后不去了，年前结清了工资，我妈在百货大楼找了个活儿，还行。"

贺图南心里发沉："怎么？"

徐牧远说："厂子效益不景气，裁员。你们去看贺叔叔了吗？"

贺图南嘴里应了两句，一时沉默，爸的心血一滴一滴流逝，可他现在一点儿办法都没有。

徐牧远没待多久，他还有个堂妹上高三，要趁这几天请他补习。两人出来送他，他看着展颜："等7月再来给你道喜，加油。"

展颜有点儿害羞地笑笑，她觉得徐牧远没怎么变，不像贺图南，变得厉害。

日头往西去，三点左右院子里就不那么暖和了，那只猫，有人唤它。展颜以为是不知哪儿来的野猫，想讨口吃的，她丢给它一个丸子，它吃完，竟然不慌不忙地跳上了一位老奶奶的怀抱，回家了。

他们都有家，她怔怔地瞧着猫，一回头，对上贺图南的眼。她没避开，没什么情绪，波澜不惊地看看他，然后进屋给炉子添炭。

她守着炉子，心里却想过了年开春，山上杏花会开，桃花也会开，漫山遍野的，他们那会儿要是能在桃花树下照张相，别提多满足、多惬意了，好像一下把青春年少留住了，小姑娘比花还嫩、还鲜，水灵灵的，多好的年纪哪。这一切却都是过去的事了，她想，小展村也变不到哪儿去，可家没了。

外头起了风，在光秃秃的梢头呜呜地抽咽，展颜想了许多，决定高考完回去一趟，给妈烧纸。

再怎么变，可坟头里住着妈妈，她几时回去，妈都等着她。妈也从不说戳人心窝子的话，她想到这儿难受起来，又觉得有盼头，等高考完，她一定回去看妈。

一连几天，展颜都没怎么跟贺图南说话，他问一句，她答一句，干什么都客客气气地跟他道谢，吃饭变得安静，学习悄无声息，等晚了就爬进被窝睡觉，不温书的时候，守着小火炉发呆。

书商欠了笔钱，贺图南年前没去要，年后去了两趟，在那儿磨嘴皮子，要来一部分。可见要账这事真难，他算领教了。书店答应的后续提成，要等几个中学开学店面营业再去。

"颜颜，歇会儿，到街上逛逛去，买件新衣服。"贺图南因为她放假晚，紧挨除夕，没来得及带她去，刚要到账，就要花出去。

展颜正在洗抹布，晾上了，冲他微微一笑："不用了，我身上的衣服也没旧。"说完，她拿了块馍馍走到院外，喂了一只墙根的小白狗，它脏兮兮的，夹着尾巴，一看就是没家、没主人。

贺图南跟着她出来，说："你想养它吗？"

展颜摇摇头："不养，没条件呀，所以我都是把它唤到一边，给它口吃的，我怕它以为我想养它，跟着进来，我又不能对它负责，它还是别对我产生妄想的好。"

贺图南被这话刺痛，听她的声音寻寻常常，更觉得窒息："我那天——"

展颜把馍丢得更远些，轻声说："去，去，去那边吃吧。"她转过身，脸上笑容浅淡、平和，"我都忘了，没事，后天就开学了，你也该去陪你爷爷奶奶，真的，别老住在这儿了。"

"你怪我。"贺图南眉头倏地紧皱。

展颜说："没有，我观察好几天了，这狗不止我喂它，有个胖胖的阿姨那天还给它倒剩菜汤呢，它没家，但有人喂它，它就能把冬天撑过去，你看，那儿阿姨还弄了点儿烂棉絮留着让它睡觉用。我也是一样的，你对我的好，我都记着，怎么会怪你？"

她很久没说这么多话了，说完，就进了院子，拿夹子把抹布固定住。风一吹，她伶仃地被裹挟着，影子投在地上，邻居有人进进出出，她礼貌地打了招呼。

"丫头，过年就一直是在这儿过的呀？"老奶奶问她。

展颜腼腆地笑笑，除了这儿，她无处可去，明年会在哪儿，她还不知道。但总会有办法的。

贺图南看了她很久，到了晚上，他想跟她说说话，说了几句，全是些琐碎的、无关痛痒的。她洗好脚，他给她递毛巾，她又不忘跟他说谢谢。

"你老跟我谢什么呢？以前从来也没见你谢过我。"贺图南忽然就发火了，他心里的火起来了，苦的、酸的烧起来，不肯熄。

展颜安静地看看他，没太大反应。她这态度激怒了他。

"谢谢就完了？你欠我多着呢，展颜，别想说几句谢谢就把我打发了！"

"我现在没办法还你人情，你放心，我以后有能力了，一定还你。"展颜不知道他气什么，声音弱下去。

贺图南挑眉："你拿什么还？嗯？还我钱吗？我稀罕你的钱？老子掏心掏肺，你除了这几句，还有没有点儿别的？"他像困兽，在这斗室里团团转，开始亮獠牙，想要撕了她，他受不了她的疏远，也受不了她的沉默。

展颜瑟缩了下，怯怯地看他一眼，语气还算镇定："你别生气，我以后一定尽量还你，你生病了会关心你、照顾你，我会把你当哥哥的，如果你需要的话。"

屋里安静下来。

贺图南突然偃旗息鼓，是他自己提的界限，不怪她，是他先不要她的，她没希望了，他给她希望，又让她的希望破灭，拿走了那盏灯。他颓然坐下，说了句"对不起"。

展颜觉得他看起来很可怜，走过去，很温柔地说："图南哥哥，你别生气了，以前是我不对，总缠着你，你有你的生活，这几天我想明白了，真的。"

贺图南抱着头，沉默良久，久得展颜都站累了，她犹豫要不要去忙自己的，把洗脚水倒了。

她刚要走，贺图南却忽然拉住她的手，语气冷静："我们以后去美国，去一个没有人认识我们的地方生活。我们永远像现在这样，不会变。"

"我不太懂你说的意思，为什么跑美国当一家人才成？"展颜耐人寻味地注视着他。

贺图南说："没关系，等你高考完，我慢慢解释给你听，到时候我们再细说，好吗？"

展颜终于有了点儿笑意，可心里有些不清不楚，她没深究，只是轻轻点了点头。

贺图南深深地嘘出口气，说："你高考前安心学习，我只有这一个要求。"

他们好像又和好了，生命就是这么回事，太冷了，也太孤独，几十载一过，青春没了，欢乐没了，只剩衰老的肉体和死亡，不幸的连老的边都没摸到就没了。再留遗恨，这一遭来得更不晓得意义在哪里。

展颜整个春天过得格外轻盈，她开朗几分。各科老师都在走廊里设了位子，方便学生问题，她跟老师的交流多起来，偶尔碰到教过她的高一老师们，还会谈谈心。

这年早春《流星花园》火极了，成为重压之下高三女生的最爱，寝室里贴满了F4的海报，大家开始买男主角穿的裤子，自我感觉相当时髦。每天晚自习下课，路上都有人唱《流星雨》。

展颜寝室分成了两大派——喜欢男一号的和喜欢男二号的。她天生对此迟钝，毫无感情，无法理解同龄人的狂热，她的冷淡成为大家私下议论的新焦点，她们觉得她假清高。

二模有起伏，她给贺图南打了电话。

当时，贺图南寝室里乱糟糟的，刚熄灯，大家只穿了个裤头，正侃大山呢。

贺图南出来，让她打自己的手机："我给你买了生日礼物，这周就回去。"

"不要，你不要回来。"展颜斩钉截铁，"你一回来，我就觉得自己好像会更软弱，礼物等高考再给我。"

贺图南哑然，过了会儿又问："那我能做点儿什么？"

"我也不知道，我想你了，也想妈妈。"展颜握着话筒，倾诉衷肠。

贺图南说："是不是压力太大了？"

"你没听懂，我妈妈走的时候，我整天坐着发呆，每一秒都想她。"展颜的心被揪紧，"图南哥哥，如果我压根儿考不上大学怎么办？"

"不会的，你忘了吗？我一模并不理想，起伏很正常，你放宽心，多跟老师沟通沟通，高三的老师们都很有耐心，查漏补缺，看看到底这次问题出在哪儿，你行的，颜颜，要对自己有信心。"贺图南柔声安抚她。

这个电话给她的能量持续到高考前夕，三模、四模稳定下来，她情绪好了很多。她保持着自己的节奏，越临到眼前，心里越平静。

她收到孙晚秋的信已经是 6 月底。信很短。

你一定会上心仪的大学，我没做到的，你一定能做到，你可以忘了我，忘了小展村、米岭镇，只要看着前路就行了，我从没有真正怪过你，哪怕以后我们要走的路不一样。展颜，向这个世界证明农民的孩子也可以上好大学，过好的人生，我们不是生来只能种地，我永远相信你，祝高考顺利。

没有称呼，没有落款。

展颜抱着信流眼泪。她以为她不会再拥有孙晚秋了，但孙晚秋在泥潭里，还能给予她力量。她就知道，这世上没有任何一个女孩子能比上孙晚秋。

这封信无比珍贵。

考点在一中，展颜决定住宿舍。

贺图南是 7 月 6 日回来的，展颜却不见他，吃饭有食堂，住宿有寝室，把高考当作平时的一次模拟考就好了。

考前一晚，她蚊帐里进了只蚊子，躺下快睡着时才发现，她打开手电筒，找了会儿，等再躺下，便毫无睡意了。她有点儿急，越急越睡不着。

她把妈葬礼上那朵纸莲花放在枕头边，纸莲花起了毛边，变得陈旧，她闭上眼，将孙晚秋的信捂在胸口，她知道她们都陪着她，一切都会很好。

展颜一个人度过了高考。

天气热，学校里又闹腾起来，每一年都是这样，喊自由的，撕书的，跑大街瞎逛，高兴得不知道怎么好。老师讲，哪年哪年谁考得好极了，几个人一起吃饭，踩到雨后水洼里的电线，死了，让他们不要瞎跑。

世界没变，悲欢离合天天上演着，有人突然走到结局不是太稀罕的事情。

贺图南来接她，熙熙攘攘的人流中，她一眼瞧见他，高高的个子。那感觉好极了，好像她刚卸了千斤的担子，就有人请她歇脚。

贺图南冲她笑笑，她没说话，坐上了他的自行车，像从前一样。他没问她考得怎么样，带着她从夕阳里掠过。

住处附近有个小夜市，展颜要吃的，贺图南就给她买。

两人逛到很晚才回来。

"我考完了，结束了。"

他说："那就好好休息休息，后面还要估分、填志愿。"

"嗯。"展颜像小猫一样哼哼着，她考试时多淡然啊，连表情都没怎么有，回寝室也无波无澜，可一到贺图南跟前，她就只想撒娇，她知道同学们很多都留在学校里狂欢，她却只想跟他在一起。

后头估分、填志愿，展颜有自己的打算，她跟贺图南要一南一北，她低声问贺图南："我去南京念书，你支持我吗？"说这话时，她想的却是什么林徽因、梁思成。

贺图南没直接回答，而是说："你去南京能照顾好自己吗？"

"有什么不能的？这一年你看我不是好好的？"展颜指尖在报考书上轻轻划着，"我也不能一直这么依赖你呀，人都是要自己生活的。"她知道，盛夏已经远去，那样的日子不会再有了，日子是一截一截的，她要离开贺图南找自己的天地去。

贺图南一时有些茫然，心很空，他也知道人确实都是要长大的，如果有可能的话，时间停在那个夏天也未尝不好。

"我听你讲了那么多大学的趣事，觉得上大学真好，不出什么意外的话，我能去南京，我还没去过南京呢。"

他好半天没说话。

"图南哥哥？"

"我当然支持你，前程重要，你喜欢就报，暑假不要荒废了，可以提前做做准备。"

"我也是这么打算的，你要干什么？"

"学车、学编程，顺便再做做家教。"

展颜欲言又止，贺图南明白她的心思，说："你的学费和生活费我都准备好了，真想尝试挣钱，上大学了也不迟，这个暑假就别操这个心了。"

"那你很辛苦。"

"我说过我是心甘情愿的。"贺图南对于她报南京的学校，理智和情感上的感受背道而驰。

一直到真正出分，展颜的情绪才有了明显变化，那时，院子里蝉鸣蛙噪，贺图南把分数一点点报给她，她眉眼里的紧张、闪烁和微微翕动的唇都落在他的视线里。最后一刻，她猛地搂住了他。

"我十拿九稳了，对吗？"她几乎是战栗地问，走了那么远的路，走了那么久，好像终于抵达了这样一个站台。

"是，肯定够，你会如愿以偿到南京去的。"他脸上有淡淡的忧郁。

展颜捕捉到了，捧起他的脸，说："你不替我高兴吗？"

"高兴。"

"没有你，我是考不上的。"

"这是你自己努力的成果，其他的都是外因。"贺图南不知自己怎么了，情绪低落，很疲惫，甚至连掩饰都没有力气，他总觉得他要失去她了，尽管两人什么都没说。

"我不去北京是因为没有合适的学校，"展颜心绪平缓了些，"我也想证明，我长大了，能一个人生活。"

"前者我明白，后者呢？"贺图南目光幽深，"你跟我证明这个有必要吗？"

展颜道："你是因为我去南京生气吗？"

贺图南不说话。

"我只问你，你现在喜欢的人是谁？"她又莽撞又害羞，脸上更烫了，直勾勾地看着他。

贺图南近乎狼狈地避开，他有说不清的恐惧，他不知道自己任性会有什么结果，他没有回答她，好像缄默封口，一切就还有余地。

他匆匆到外头洗了把脸，太阳毒，水都是热的，放了一会儿那股凉意才让人镇定。

一连几天，贺图南都在想怎么跟展颜说，她知道真相会怎么想呢？

展颜提出要回家一趟，她要去看妈妈，贺图南一大早便带她去坐车。汽车站仿佛永远是热的、脏的，这种似曾相识感还停留在去年夏天。

展颜告诉他，她跟孙晚秋又有了联系，他心不在焉地应着她。她跟他说了许多，他都不太在状态，直到她又去抚弄他的耳垂，他才回神。

"我小时候听人说，长耳垂的有福气，我没有，看来我是没福的。"她说这话又带点儿撒娇。

贺图南目光落在她白皙、小巧的耳郭上，他摸了摸，忽然问："你怎么没有呢？家里都有的。"

展颜说："什么呀？我爸我妈都没有，为什么我会有？"

贺图南有些意外，注视她一会儿，猛地捏住她的下巴："你再吐舌头让我看看。"

展颜笑着打了他一下，她卷舌自如。

他一路怀着心事到了小展村，实在是热，路边晒了松子，柏油跟粘脚似的。两人上了山，展颜拉着他的手，手心便热热的一阵，到明秀坟前，清明插的假花已经暗淡了，她磕了头，心里跟妈说：这是图南哥哥，贺叔叔的儿子，我以后要嫁的人。她心里一点儿都不觉得难为情，像小时候那样什么都跟妈说。

"你也喊妈妈。"展颜轻声说。

贺图南错愕，他喊妈算什么呢？死者为大，如果阿姨知道……他一阵心悸，甚至有些难以忍受面对展颜母亲的坟墓。他并不愿意多逗留，不是因为要吃炎夏的苦。

纸钱飞舞，展颜一身的汗，田野绿着，玉米叶子被晒得打卷，时不时有鸟飞过去，她告诉他这里有野鸡。

贺图南循声看去，四野连绵，远处青山苍翠，有些东西久远得像做梦，好像爸出事后，时间就被永久地分割成两份。

下山后，展颜犹豫片刻，说："你说，我要不要进家看看？"

她正说着，院子里便歪歪斜斜地跑出一个小娃娃，后头有人追。

"哎呀，快回来，你看你往哪儿去！"是展有庆，他在追儿子。

小娃娃步态不怎么稳当，扑到展颜腿边，父女俩对视刹那，都怔住了。

展有庆很久没见过她了，可他第一眼便认出她，她像明秀，苗条的身材，桃花一样的脸，他以为自己忘了，那个女人早死了，他还活着，一天一天过日子，有了新的盼头。他也忘了他曾经疼爱过的这个女孩子，是他跟明秀的血肉。

她一出现，那些痛苦的、甜蜜的回忆便劈头盖脸地都来了，死了的部分重新活过来，展有庆咧了咧嘴："颜颜，你回来了啊？"

展颜眼前一阵模糊，她忍着眼泪，说："我给妈烧纸。"

小娃娃抱着她的腿不放，一双眼纯洁无瑕，对着她笑，她快哭了。

"进屋，进屋说话。"展有庆面对她，那份局促也跟着重现，好像日子又回到她走的时候。

展颜看看贺图南，贺图南没说话，只是往院子走了走。

展有庆两口子跟爹妈分家了。新媳妇儿很有主意，不愿意跟老的天天在同一个屋檐下，老屋简单地修了修，让二老搬走了。牙有时还咬舌头呢，何况婆媳？

"壮壮，壮壮喊姐姐。"展有庆抱起儿子，他给两人切了菜瓜，倒了水，又招呼贺图南，"这是贺老板的那位吧？长这么高了。"

他还是不怎么会说话。贺图南坐在油污污的凳子上，微微一笑。

他们没进屋，在大门穿堂底下坐着。

"壮壮，喊姐姐啊！"展有庆逗着儿子。

展颜恍若未闻，她往院里瞥了瞥，什么都变了，一切崭新，一切陌生，她心里像火滚过，一阵阵灼痛，眼前的小娃娃竟然是她的弟弟，和她血脉相连的人。她恍惚地看着他，恨不起来，也爱不起来，她怎么能恨一个奶娃娃呢？可她又怎么会想被他喊一声姐姐？

"壮壮跟你一样，"展有庆展开他的小手，想跟她套近乎，"颜颜，你看，你俩的手都是十个斗，跟爸一样，十个斗好，"说着，他把自己的大手也摊开了，讪讪地笑，"咱们爷仨都一样。"

贺图南心里猛地被什么揪住，紧紧地，他瞳仁漆黑，盯着展有庆，又看看展有庆怀中的孩子。展颜沉默不语，像是痴了。

"我今年考大学。"她终于开口。

展有庆说："记得，我一直都记着的，你等等。"他把孩子给她。

展颜很拘谨，她不会抱孩子，那么沉的一个孩子突然被塞过来，她手足无措地

看看贺图南，展有庆已经往屋里去了。

贺图南却很自然地接过，让孩子坐在自己腿上，扳他的小手，他想起什么，又偏头看了看小家伙的耳垂，孩子没有，展有庆也没有。他只是听奶奶说过手上的簸箕、斗，老人才知道这个，他没留意过，仔细把小家伙看了个遍。

"你伸手。"贺图南心跳快起来。

展颜不明就里，把手伸了出去。

贺图南一掀眉头："你怎么跟他一样？"

展颜脸上郁郁："他是我小弟，我们一样不正常吗？"

贺图南难以置信地看着她。

展有庆出来了，他趁婆娘不在，把一个卷着的塑料袋塞给了展颜："拿着，快拿着。"

"什么东西？"展颜不想要，抗拒地往后躲。

展有庆硬给："到车上看，别丢了。"

展颜慢慢地站起来，把孩子还给他，她很难受，看到他抱着孩子笑，就一阵阵地难受。

"颜颜，你有空来家——"展有庆这话说得底气不那么足。

展颜一下明白，她来什么家？这儿不是她的家了，她会回来看他，但不会将这里当家了："我们得赶紧坐车回去，四点就没车了。"

"我找人骑电动三轮车送你们。"

"不用，村头送我们来的车还在等。"展颜匆匆地说完，便跑到路上。

贺图南深深地看了展有庆一眼，便追上展颜。

塑料袋里是报纸，报纸裹着的是几张百元纸币。展颜看着钱，到底哭了，贺图南捏了捏她的手，心思全乱了，他觉得有什么东西就近在眼前，像航海的人突然见到巨鲸跃起，掀起磅礴的大浪。他甚至连她的痛苦都无法全心顾及了。

汽车窗户开着，热浪一阵又一阵地打到脸上，贺图南揽着她的肩膀，一转头，就能吻到她的鬓发，可他没有，他只是死死地盯着窗外的风景，一颗心顶着胸膛像要挣破似的。

如果爸骗了他，如果爸骗了他，那又是为什么呢？

贺图南被这个念头刺激得身体微微发颤，脑子一片混乱，但有个念头清晰无比，他等不了了。

* * *

展颜回到住处，第一件事是洗澡，那么热，又那么脏，她站在盆里，舀桶里的热水，往身上浇，水珠顺着白玉一般的肌肤往下淌。父女间的情分到此时好像就剩那几百块钱了。

等她洗好，贺图南进来拿毛巾给她擦头发。

"颜颜，你长得像妈妈吧？"他动作很轻，怕惊醒什么似的。

展颜低着头："是，但也有像爸的地方，他有十个斗，我也有十个斗，我记得小时候，他总爱跟我妈谈论我哪里像他。"

"你哪儿还像他？"

展颜转过身，眼眸潋滟："是不是男的都想有儿子？你以后也是吗？"她从小见着的男的都期盼儿子，她想，贺图南未必懂。

贺图南这才知道她心不在焉，刚才问的，她压根儿没听进去。

"有的人是吧，但我不是，"他拨弄了下她长长的睫毛，"我觉得什么都好。"

"你最近脸色不太好，是不是贫血？过几天去医院查个血吧？"贺图南这话说得一点儿也不刻意，他当真偏着头仔细瞧她，她的脸从来都是白里带着点儿粉，像最新鲜的桃子。

她跑过去照镜子，喃喃地说："我觉得我很好呀。"

贺图南说："我同学有地中海贫血的，他以前也不知道，还是查查的好。"他把毛巾拿到外头晒了，又说，"等你录取通知书下来，带着它，咱们一起去看爸。"

"当然啦，"展颜高兴起来，"我是要给贺叔叔看的。"

贺图南端起水杯："爸没白疼你，他一直将你当女儿的，对我都没那么上心。"

展颜被说得有些不好意思，慢条斯理地梳着头："你是不是不高兴？"

"刚开始有些吧，后来就习惯了。"

"你是男孩子，也许贺叔叔表达得没那么明显，但你不用介怀，毕竟你才是贺叔叔的孩子，我不是。"

贺图南听得心跳很快，说："如果爸同意，你愿不愿意做爸的孩子呢？"

展颜觉得好笑道："贺叔叔对我是好，可我也不能姓贺呀，我爸再穷也是我爸，要是因为家里穷就认旁人当父母，那成什么人了。"

"你不愿意当爸的孩子，在山上那会儿，让我喊阿姨妈妈是什么意思？"

展颜脸红了，她跑到电扇跟前吹风："瞎诌的。"

"也不是不可以，但总得有个说法。"贺图南顺势靠在桌边，抱臂看着她。

展颜被他说得心里好像有条毛虫在动，痒痒的，她岔开话题："通知书什么时候下来呀？好慢。"她报的是老八校之一，比不上北京的大学，但也算名声在外，"我记得去年这会儿你的都下来了。"

"我的学校比你的好。"贺图南嘴上打趣她，心里却躁躁的，有什么东西横冲直撞，快从躯壳里蹦出来。

他第二天带展颜去医院空腹抽血，展颜在他跟前总要娇气一点儿，躲在他怀里，

300

不愿意看。

贺图南有种奇怪的错觉，展颜依偎着他时好像是他的女儿或者是妹妹，总之这样的亲昵让他有一刹那的怀疑，她对自己到底是什么样的感情？

他给她按着棉球，按了会儿，她说饿，两人便到早点铺子吃东西。

"1999年元旦，我就是在包子铺认识徐牧远的，他可好了。"她想起往事，有点儿感慨，那会儿她还是初三，现在高三都毕业了。

贺图南微微一笑："有多好？"

"他看我穿着军大衣，怕我不方便，要帮我放，我当时觉得城里人也怪好的。"

贺图南喝着粥，抬眼看她："记得这么清楚？"

"仔细算，我跟他认识比认识你还早。"

他在等抽血结果，心里毛躁，可脸上波澜不惊："有些事不是看早晚的。"

他把她送回去，让她午睡，他又去医院等着拿结果。

展颜不知道他急什么，门上了插销，她打开电扇，躺凉席上了。

贺图南在医院门口，拿的书看不进去，手表上时间走得慢，一秒一秒地过。

夏天睡午觉，越睡越热，展颜是被一阵急促的敲门声惊醒的，人茫茫然，脑子也不甚清楚，听到是贺图南的声音，把门一开，他几乎是拥着她跌回床上的。

跟着进来的还有股热浪，贺图南一双眼跟要生吞活剥了她似的："知道明秀阿姨的血型吗？"

展颜揉了揉眼："不知道，怎么了？"

贺图南把她一松，起身到外间给展有庆家里打电话，电话没人接，他心里骂了声。贺以诚献过血，献血本上有血型，爸是A型，他是O型，展颜是B型，如果明秀阿姨……他胳膊往门上一撑，心想快接电话，接电话啊，急得他又朝墙上砸了一拳。

展颜以为发生了什么事，有些害怕，走到他跟前。

贺图南转头，目光沉沉地盯着她，一言不发。

"哦，是展叔叔吗？"那头终于接了电话，贺图南直起腰，眼睛依旧锁在展颜身上，"我是贺图南，有件事想问问您。"他的手腕微微颤抖，明秀不在了，乡下人很少有知道自己血型的，他抱着细微的希望打了这个电话。但希望再小也是希望，命运也该垂怜他一次，"您知道明秀阿姨的血型吗？我记得她住过院。"

那头展有庆让贺图南等等，他得找，找明秀在医院输血时做检查的单子，他没扔，锁在抽屉深处。

贺图南转身靠在门上，控制着呼吸。时间像在他身上凌迟，一秒就是一刀，他等得太久了，不是不能多等几刀，他听到那头传来的脚步声，手心冒的全是汗。

展颜一直注视着他，她穿着睡裙，皱皱的，脸上还带着午睡的残迹，海棠一般。

301

贺图南只是握着手机,他目光那样深,耳朵听着,手臂忽然就放了下来。

"怎么了?"展颜担忧地问。

贺图南不说话,朝她走去,将手机丢到一旁,手表也解了下来。物件砸到桌子上,在午后闷热的空气中作响两下。他就像丛林深处走来的豹子,身上每块肌肉、每一个动作都是捕猎者的姿态。

贺图南毫不费力地把她拽到怀里,一手揽腰,一手撩开她碍事的头发,低头吻她。

"图南……图南哥哥……"她费了好大力气推他。

贺图南恋恋不舍地跟她分开片刻,低喘:"你姓展,是不是?"

展颜被他弄得糊涂、意乱情迷,她两眼雾蒙蒙地看着他,压抑着呼吸:"你到底怎么了?"

"你姓展。"

展颜虚弱地点头。

贺图南两手箍住她的后颈,他俯了俯身,两只眼微微泛红。"你是展有庆的女儿。"他重复一遍。

展颜两手攀上他的手腕,嫣红的唇动了动,刚要说话,贺图南便再次压下来,他觉得自己实在等得太久了,久得他以为这一刻像梦,梦也好,感觉却如此真实、强烈。

两人不知不觉撞到桌子,咣当一声,杯子掉了。

"我有点儿害怕,别这样。"展颜扭过脸,心慌得难受。

贺图南眉毛都已汗湿,他喉咙咽了咽,忽然意识到什么,他应该再去趟小展村,他太忘形了,也忘情,好像她是他近二十年生命里的最大奖励,就在眼前,唾手可得。

"你胆子不是很大吗?"他脸潮红一片,他笑了声,终于把她放开。

展颜脑子完全思考不动,她软软的,又伏在他身上。

"不喜欢我吻你?"贺图南摸了摸她的长发,长发乌黑。

展颜人是蒙的,有点儿迷糊:"我觉得你突然就怪怪的了。"

察觉到怪异,展颜低头看看,不由得退开。

贺图南没任何不好意思,他把展颜推出去,关上了门。

等他再打开门脸是红的,额头有汗,展颜觉得他身上有说不清的味道,打不出比方,她还沉浸在刚才的吻里,有点儿呆。

贺图南眼神像钩子,在她脸上轻轻一钩,他说:"我明天出趟门,你在家等我。"

展颜问:"你去哪儿?"

"找礼物,"他暧昧地看着她笑,"你录取通知书不是快到了吗?我得送你个

礼物。"他也不提刚才那番举动到底代表什么。

展颜闷闷不乐，不懂他为什么突然热情，又冷下去，耍她玩吗？

贺图南去了趟小展村，带展有庆去乡镇卫生所抽血，这要送县里化验。他问了许多，才知道明秀阿姨跟展有庆结婚几年方有的展颜，她不容易受孕，调理了很久，据说是十七八岁时落下病根所致。

"您第一次见我爸是什么时候？"

展有庆比他大了几十岁，被他问话，却老老实实地回答："那年颜颜妈转城里住院，第一次见到贺老板，多亏贺老板。"

"你之前从没见过我爸？"

"那哪能呢？贺老板是城里人，我们乡下人天天在地里打转，有干不完的活儿，要不是颜颜妈转院，我们这辈子也碰不上贺老板的面儿。"

"明秀阿姨去过城里吗？"

"没，转院是头回去，我们进城就是去永安县，县城就够我们的了。"

贺图南跟他告辞，在村子里找了几位老人打听了当年的事，没人见过贺以诚，在明秀病之前，村子里就没出现过这么个人。乡村闭塞，哪年有人赶着骆驼从村里过，大家都记得一清二楚，如果有那样体面的一个人曾经来过，保准有印象。

几天后，展颜去学校拿通知书，徐牧远老早就到了，比她还早，贺图南见他在，面色如常地打了招呼。

徐牧远有备而来，订了餐厅，晚上三人去吃川菜，贺图南不太能吃辣，他怀疑老徐是故意的。果然，贺图南只吃了几口就满头大汗。

白天他给展家打了电话，是展有庆媳妇儿接的，说展有庆去了卫生院。等下午再打，电话没人接了，他出来又打电话。

"你这些天都忙什么呢？"徐牧远问展颜。

展颜扇着猩红的嘴："学画画，图南哥哥给我买了很多东西，他还要教我用电脑。"

"颜颜，我能去找你吗？想请你看电影。"徐牧远的脸，不知是不是因为菜的口味儿重，有些泛红。

展颜说："好啊，我们三个人一起。"

徐牧远咳嗽一声，看看她："只有你和我，你哥哥他……我们在学校有很多机会一起玩。"

展颜没单独跟男生一起出去过，有些犹豫："我问问图南哥哥。"

"你大了，不能什么事都问他，也不需要什么事都必须他同意，你跟朋友一起出去玩，他不让去吗？"徐牧远知道贺图南这人骨子里是霸道的。

展颜摇头："我来城里念书后没什么朋友，从来没跟谁出去过，我都是跟图南哥哥一起。"

徐牧远觉得两人关系这就不对了，她一个花季少女，没朋友，行动、生活都在贺家人眼皮子底下，这不能不叫人联想点儿什么，当然，他不愿恶意揣度挚友，但这总归让人不舒服："你不觉得这样不太好吗？人都是需要社交的。"

"那我跟你一起去看电影。"她张口答应了。

徐牧远很高兴，他决定吻她，无论如何都要在这么美好的夏夜吻心爱的姑娘，他也等很久了。

"送你的小礼物，恭喜你考上想上的学校。"他把一个长盒子给她，是条项链。

展颜一直戴着贺以诚送的坠子，她不想让他破费，说："你浪费钱干吗呀？你看，贺叔叔给我的，我都没地方戴了。"

"没关系，以后换着戴，你要试试吗？"徐牧远起了身。

展颜不太好意思拒绝徐牧远，低了头，徐牧远帮她解下吊坠，他的手滑过她后面的绒发，少女肌肤像花瓣那样娇嫩，他觉得血气一下就跟着翻上来了。

贺图南进来时，看到的正是这一幕。

"我送颜颜一条项链，你觉得怎么样？"徐牧远回到位子上，问贺图南。

贺图南眼神如针，扎在他身上，眼底是幽幽的笑意："好看，她人好看，有没有装饰都好看。"

"我约了颜颜看电影。"徐牧远非常坦诚，一如从前，觉得没什么不能跟贺图南说的，这么说也是尊重，他是她的兄长。

贺图南转头，看展颜："想去吗？"

"上次看电影还是贺叔叔带我们去的，"展颜悄悄地看他的神色，说，"我想去。"

"过两天吧。"贺图南又转回来，看向徐牧远，"颜颜拿了录取通知书，得去看看我爸。"

他笑笑的，一双眼若即若离，他知道徐牧远对展颜的心思，正如徐牧远知道他的心思，两人在彼此的心知肚明中眼神交会，默契地都不说。

徐牧远拿捏的不过是那层身份，贺图南了然地跟他碰杯，仰头喝尽。

出来时，夜风犹热，贺图南好像有些醉意，揽住徐牧远的肩膀，两人几乎一样高，徐牧远没醉，他酒量小，容易过敏，点到为止而已。贺图南好像又变得跟以前一样，没个正形，像书里说的，玉山将倒，整个人重心都压在他肩膀那儿。

"你梦见过她吗？"他对徐牧远的耳朵喷气，不说名字。

徐牧远一僵，瞄了眼在前头走的展颜，她衣裙飘飘："你醉了。"

贺图南哼笑："老徐，你知道你有什么毛病吗？太正经了，你觉得羞耻，这样不够正人君子。"

"我不是觉得羞耻，"徐牧远侧眸，"她是你妹妹，我是不想冒犯你。如果将来有个男人臆想我妹妹，我一定揍他。"

贺图南仰头笑起来，很久没这么放肆过了，贺以诚出事后，他就将自己当男人了，他不是少年了，他把自己过往那些张扬的东西都压制住，换了个身体，也换了灵魂。

展颜不由得回头看他，他身形不太稳，又在那儿笑，怎么看都是醉了。

"老徐，我没你这么道德高尚。"贺图南语气里有几分歉意，但也仅限于此，他瞧着徐牧远，两人一起长大，谁更优秀，谁更英俊，谁更……一直被人无形地比较着，但他很快就会让徐牧远知道，他心里的人是他自己的，不会让出去。

徐牧远抬眉，有些无奈："图南，你今天真的喝醉了，不知道的还以为你刚考上大学。"

他坚持把贺图南送回家，临走嘱咐了展颜几句。

"回去吧，过几天我去找你。"徐牧远笑笑，他走在回家的路上，心里有说不出的快活。

贺图南躺在旧沙发上，闭着眼。展颜给他泡了点儿茶，用电扇吹温了，扶他起来喝。

散茶味儿粗，跟他家里以前的高档茶叶根本没法比，他起来，漱漱口，把T恤脱了，随手一丢。

他身上肌肉漂亮、匀称又结实，躺在那儿，像蛰伏休憩的野兽。展颜弄不动他，她想让他起来冲个澡再睡，头发垂到他的胸口，他微微作痒，眼也不睁，捉住她的手，声音低沉、混浊："明天带你去看爸。"他惊奇于自己还有这样的忍耐力，一直等到最后一刻，像某种仪式。

"你跟徐牧远说什么了？"展颜把头发挂到耳后，她挤了挤，想坐在他身边。

贺图南一把将她拽到胸前，睁开眼，手指在她的脖子那儿抚了抚："他约你，你是真不懂还是装傻？"

展颜心跳很快，她趴在他眼前，膝盖碰得生疼："你又不约我，你每天都往外跑，学车、辅导别人，有人约我，我当然要出去，我也不想一直待在家里画画。"

贺图南的肤色是很难变回来了，最近学车，被晒得更厉害："他想追你，老徐喜欢你，你要是不想跟他好就不要去。"

展颜不吭声，挣开他，她这几天一直期待他解释那天的所作所为，他却不说，他有一堆乱七八糟的杂事，真可恶。

第二天一早，两人去看贺以诚，一切变得喜气洋洋，连狱警都知道来看贺以诚的两人都是高才生。

"送颜颜礼物了吗？这么大的喜事，你应该给她买礼物。"贺以诚为自己不能出去给她办升学宴感到深深的遗憾。

贺图南眼睛深邃，一眨不眨地看着他，说："准备了，我会送她礼物，最好的礼物。"

贺以诚说："不需要太破费，适合她就好。"

贺图南缓缓地点头："她会喜欢的。"

这次探监没有半点儿伤怀的情绪，贺以诚因为表现良好，减刑了，明年夏天就能出狱。

回来后，贺图南把家里打扫了一遍，没铺地砖，水泥地面，他拿拖把拖了几次，屋里凉爽了些，被单洗了，一个中午就干透，铺在凉席上，有一股热烘烘的香。

转瞬间黄昏变了天，狂风大作，刮得门窗作响。展颜跑到院子里看乌云的变化，波涛一样滚滚而去，她头发乱了，裙子被吹得飞起，等大雨点子砸下来，才狼狈又兴奋地跳进来："要下大暴雨啦！"

"淋湿了吗？"贺图南刚问出口，自己却先笑了，他走到窗前，嘴角微扯，"是，这会是个暴雨之夜。"

他等她洗漱完后，自己才去洗，换了套干净的衣服。

展颜洗澡时取下吊坠，天热，戴着黏黏的。贺图南却又帮她戴上，最关键的是，吊坠是父亲送的，父亲是不可动摇的权威，他连试探都没有，他要直接破坏掉。

外头大雨如注。贺图南默默地看她在窗户那儿听雨，看了片刻，从身后抱住她。

"我答应送你礼物的……"他声音亲昵又温柔，他捻起她的耳朵，笑得隐晦，"颜颜没长大耳垂很失望，是不是？"

展颜两手不由得攥紧窗台，他骨骼很硬，声音便有些娇怯："我都看不见你了。"

贺图南鼻音沉沉，滚烫的气息反复扑打着她拱起的锁骨。他眼帘垂着，盯着她后颈这片雪白的肌肤，脑子里是徐牧远给她戴项链的画面。

展颜扭着转过来："你欺负我，我要告诉贺叔叔去。"

贺图南一双眼格外锋锐地盯着她看。

这种眼神凶狠，富有侵略性，光是被他这么看着，展颜就觉得自己彻底没了遮挡，她看出他的心思，知道自己是他的目标，心动得厉害。

第二十章
北京·南京

过去没有什么好留恋的，回忆是一条夭折的路。

春天里花要开，叶要长，时间催着一切都往前，春风春雨养着，日月精华供着，杜鹃鸟黄昏时分来，叫着一犁春耕，夜半的月亮沉下去，从窗子那儿望过去，变成冷冷的雪光。

时令一到，果子就要成熟，挂在枝头，鲜艳，饱满，等着有缘人来采撷。

果子芬芳扑鼻，里头藏着无数个春，从长夜长到天明。春天多好呀，大地冻了一个冬天，刚有点儿热乎气，上头的人啊牲畜啊都还没知觉，底下的小虫子就知道动了，受了惊，却担着喜，缓缓蠕动着，往上来。

再往后，好的嘛，大地得着了春信，万物该做什么就去做什么，所以这果子，有缘人一嗅，就知道这里头有多少雨露，有多少阳光。

这样的果子，若是被别人捷足先登采摘，那真是暴殄天物，灰人的心，挫人的志。偌大的秋野里，果子到处有，可哪个也比不上第一眼瞧见的，水灵灵的，至贵至宝。

春天的杨絮又都飞了回来。有一团落到展颜的眼角，她有了错觉，好像跟贺图南成了一个人，她的一半就是他。

新世界是滚烫的，烫得人心都跟着一起化掉了。

贺图南想起他爸，想起颜颜妈，他不能变成爸，颜颜也绝对不能变成她的妈妈。

闪电打到窗子上，映出人影，像雨冲洗着玻璃，天肆虐地，夜长得看不到头。

展颜在暴雨声中听到他的声音，像彗星拖出了个尾巴，消逝在天际。

"我都不认识你了，你变了个人。"

"我本来就这样，只是以前你不知道。"

"男生都这样吗？"

"你不需要知道，你只需要知道我是这样就够了。"

展颜幽幽地说："你怎么这么霸道，都不许我了解了解别人。"

"你想了解谁？徐牧远吗？我看他怎么追你。"他语气里有种隐晦的嚣张。

展颜脸又热一层，攥住他的手："你怎么知道他想追我，男生都怎么追女生？"

贺图南笑了："我现在就在追你。"

"如果是徐牧远，他也这样追我吗？"

贺图南嘴角一翘："他不敢。"

外头雨声不停，两人的声音浮浮沉沉，像泡在水里。

展颜不说话了，只是依偎着他。

贺图南也没了声音，揉着她的肩头，心里什么都不想。

"如果贺叔叔知道了怎么办？"她低声问。

贺图南说："我来想办法，现在先不说，我怕爸一时不能接受，他一直把你当女儿。"

展颜说："那他会同意我们在一起吗？"

贺图南不语，他没把握，思忖了一会儿，说："同不同意，我们都必须在一起，他不愿意，就慢慢磨，"说着他就笑了，"他还能看着自己儿子因相思而死吗？"

"那你……你是不是爱我？"展颜扬起脸，头发摩擦着他的胸口。

贺图南低头："爱，我都不知道怎么爱你才好，我一直觉得这种事说不出口。"他一丁点儿没提自己所受的煎熬，她没必要知道经过，知道结果就够了。

贺图南沉默片刻，说："颜颜，你对我呢？我其实不知道你对我是怎么回事。"

"我爱你。"她抿抿嘴巴，觉得很干燥。

贺图南"嗯"了声："是哪种爱呢？异性的那种，还是你自己也不清楚？"

展颜被他说中心思，她确实不够清楚，她爱他、眷恋他，但她不知道单纯的男女之爱是什么样的。她静静地想了许久，才回答他："我是不太清楚，因为我没爱过别的男生。"

他又想起逝去的夏天，他带着她那样难，为了她什么都不顾了，那段日子，天地好像只能容下两人，加谁都不行，他活着好像就只是为了她，他不能病，不能倒，不能犯错，不能说累，她长在他魂儿上，他有事，她也会枯萎。

雨下个没完，夜色如墨。

* * *

展颜第二天睡了一上午，她很疲惫，贺图南喊她时，她睁眼看看他，还有些害羞，慢吞吞地爬起来，吃他做的清炒虾仁，她最爱的。她又有点儿怅然若失，夜里的情绪跟白天不大一样。

展颜也在观察他，他漂亮，男人好像不能用漂亮形容，但他不仅是皮相的漂亮，他还简洁有力，像一篇好文章，杀伐决断的那股漂亮劲儿根本不容置疑。

她对他来势汹汹的示爱有些畏惧，但又享受，她以前都是小女孩，看星看月看天空，脑子里没有爱情这回事。

徐牧远来找她的这回，晴热的天，树梢动也不动，蝉颠倒黑白似的叫，不叫出个地老天荒来决不罢休。一直到黄昏，大地依旧是蒸汽腾腾。

敲门声一响，贺图南便捂住了展颜的嘴巴。

外头是徐牧远的声音，带着征询："图南，图南你在家吗？"他洗了澡，甚至剪了个头发，换了新衣服，球鞋刷得干干净净，是标准的大男孩模样，一张脸打小就写着"温良恭俭让"。

听到他的声音，贺图南眉头紧皱，很快，他笑了笑。展颜嘴里的声音全被捂死了。

"颜颜？"徐牧远还在喊，他知道展颜暑假没什么要紧的事，贺图南还做着家教，这个点应该在路上。

贺图南一手捂着展颜的嘴，一手扳过她侧过去的脸，用眼神告诉她，不许出声。

黄昏的云不像晌午，有一双造化手裁剪得有棱有角，晚霞一烧，什么都混沌了，红、金混杂着，火烧云像故乡开满的桃花。再后来，连黄昏都消逝了，暮色下沉。

"怎么办？他会讨厌我们吗？"

"老徐没那么小心眼，"贺图南知道自己这么做不算厚道，"你不用担心这个。"

展颜气得拧了他一下，他肉硬，拧不起来。

贺图南驾照考完，开始休息，每天上午都不出家门，几乎妨碍到她学画画。

"看我画的斗，还有拱，城里什么建筑有这个斗拱？"展颜正对着画纸用铅笔勾勒着。

贺图南弯腰，瞧纸上的画。

"画得这么好？"他笑着夸她，"斗拱是分开的啊？"

展颜颤着睫毛说："这种是齐心斗，这是交互斗，拱也分好几种，我想看看实物，你知道哪儿能看吗？"

贺图南心不在焉："我不懂这个，不过听说永安县还是榆县底下有明清时建造的寺庙，也许那儿能见着，想去我陪你。"

展颜脸色绯红："那你陪我去，就是有点儿热，又得辛苦你。"

贺图南低头亲了亲她，一双眼几乎要和她的睫毛交错了，语气极暧昧："我哪天不辛苦？嗯？又要出去赚钱，又得照顾妹妹。"

展颜面红耳赤，推他："你去干点儿别的，我在忙呢。"

"怎么办？我只想和你待着。"贺图南似笑非笑地说。

展颜恼了："你讨厌！"

两人正闹着，徐牧远是几时上的二楼，他们自然是不知道的。

门半掩不掩，隔蚊蝇的窗帘从外面看不到里头，绿蒙蒙的。

"前几天我来，你们不在家。"徐牧远说。

展颜一见到他，耳朵便不由得热了，马上跑去切西瓜，请他吃。

贺图南神情自若："坐，我正好要找你。"

展颜倏地攥紧裙角，她不敢听，想躲到卧室去。

徐牧远却说："我今晚想请颜颜看电影，有事改天再商量。"他是趁暑气散了些才来，满是期待，不想跟贺图南节外生枝。

贺图南随手拿起她的铅笔，在纸上点了点，说："我有急事，必须跟你讲。"

徐牧远有点儿无奈地看着他，那眼神再明了不过，仿佛在说："你打算为难我？"

两人出来，展颜跟着，贺图南让她回去，深深地看她一眼："你在家等我，我跟老徐说几句话。"

"你千万——"展颜想起两人打架的事，有些担忧。

"我知道。"他冲她笑笑，然后跟徐牧远出了院子，往人少的方向走。

"到底是什么事？非得这时候说。"徐牧远轻轻捶他一下，"你这家伙明知道我今天——"

"我有正事。"贺图南收住脚步，站在榕树下，脚底青砖松动，发出声响。

徐牧远若有所思，看着他。

"你不要再约她了，她不会去的，除非你是以朋友的身份，老徐，我知道你喜欢她，要追她。"贺图南平静地说道。

徐牧远说："是，我是喜欢你小妹，其实我是不想问的，显得我小家子气，你是不是觉得我父母下岗，家里比较困难，所以——"

"当然不是，你是了解我的。"

"我想你也不是，那是为什么？是因为你喜欢她？"话题忽然尖锐起来，他的语气却是温和的。

贺图南没否认："老徐，我今天找你要说两件事，第一，她不是我妹妹，我们没有血缘关系，你不用怀疑，该去求证的我已经求证过。第二，她现在是我的。"

徐牧远愣了，他一下消化不了那么多，尤其是最后一句："你什么意思？"

"意思就是，你不用花心思了。"贺图南一点儿都没有逃避的意思，直视他的眼。

"颜颜自己怎么说？"徐牧远像喝了碗浓浓的中药。

"她愿意跟着我，她本来也是我的。"

"你什么意思？"徐牧远警觉起来。

贺图南没回答。

徐牧远毫不犹豫地给了他一拳，他也没躲，只是趔趄了下，一擦嘴角，竟笑了："老徐，想发泄就打重点儿，没出血算什么？"

徐牧远真的就给了他一记重的，他受着。

"我告诉你贺图南我为什么打你，不是因为你喜欢她，而是因为你太浑蛋了，她春天才过了十八岁生日，你呢？你上了一年大学，心智比她成熟，阅历比她丰富，她那么单纯，你知道你这叫什么吗？你这叫引诱。你都没让她见见外头是什么样，跟人多接触接触，你就……"徐牧远连珠炮似的轰贺图南，他气极了，把贺图南的衣领一揪，"你简直是禽兽！"

贺图南慢慢地拨开他的手，无比冷静："老徐，你见过外头了，你跟人也接触不少了，你为什么还想着她？"

"这不是一回事！我就是因为见外头的世界了，认识更多的人了，才知道我还是喜欢她，忘不了她，你根本没给她这个机会！"徐牧远声音都在发抖，他没这么失态过。心里一股悲凉弥漫开来，他眼睛红了。

贺图南说："你真是君子，老徐，我比不上你，我承认，你追女孩子都这么规规矩矩，我跟你一比太卑劣了，你替她想这么多，我只想占有她，不会给任何人机会。"

徐牧远颓然一蹲，脑袋垂着，两只手臂长长的影子落到地上。

"我从小就这样，你知道的，我想做一件事时谁也拦不住我，除非我自己不想做。我对她倒也没你想的那么龌龊，我为了她什么都能做，以前是，以后也是。"贺图南伸手，轻触徐牧远肩头。

徐牧远没话说了，他知道贺图南没有说谎，他曾暗自惊讶于贺图南的蜕变，他佩服贺图南。

正因如此，他更觉无力，对人生的无力，好像已经分不清对错，界限如此模糊，爱的、恨的也许将来都会像年岁一样逝去，偶尔在记忆深处起那么点儿涟漪，不算什么了，可当下他们都正青春，那样好的年纪，他们必须实实在在地痛着、熬着。

他想到北区，从小熟悉的家，不也到底变了模样？人为什么要长大呢？长大了就有嗔痴，就有怨憎，他跟贺图南曾经不也只是两个拍球逐日的小少年？现在，他们为了一个女孩子，突然跟陌路一样。

"我跟你说，是我觉得应该让你知道，你如果因为这个不能原谅我了，我可以理解。"贺图南声音凉静似水，沉稳地流着，"自从我爸出事，我就觉得我没什么不能直面的，这件事我抱歉，但不会后悔。"

徐牧远缓缓地抬脸看向贺图南，人多矛盾，他做不到一点儿芥蒂都没有，可贺图南又有什么可指摘的？他不想说话，当下也无话可说。

他站起来，往回走。贺图南没有跟着，直到他走出一段距离，才喊："老徐！"

徐牧远犹豫了下，驻足回首："你总得让我消化消化，贺图南，你从小就霸道，说一不二，你也该让我一回了，别这么急着逼我表态。"他说完，再没回头。

贺图南在外头一个人走了会儿，抽完烟，他回到住处。

展颜腾的一下站起，给他开门，闻到烟味儿就把他抱住了。

"你跟徐牧远吵架了。"她知道他没事是不会抽烟的。

贺图南抚了抚她的头发："还好。"

"你们因为我绝交了吗？"她忐忑了一个晚上，饭都没吃。

"不至于，过段时间老徐会好的，我了解他，他这个人很容易心软。"

展颜抱他良久，他就不说什么了，只用下巴轻轻蹭她的发顶。

等松开她时，贺图南察觉到衣服湿了一块："颜颜？"

展颜转过身去，眨眨眼。贺图南从身后又把她带到怀里："别哭，没事的，有什么事我担着就好了。"

"你因为我失去了贺叔叔，跟家里也闹翻了，现在又是徐牧远，我真的好对不起你，你本来好好的，那么好，都是因为我——"她没说完。

贺图南把她转过来，拉过椅子，坐下，把她箍到眼前："颜颜，我做这些不是为了让你自责，你没有错，我希望你能明白，我跟爸无论为你做什么都是我们自愿的，没人逼我们，爸明年这会儿就出来了，好日子还在后头，是不是？别伤心，打起精神，我明天带你去看寺庙认斗拱，高兴点儿？"

他抬抬她的下巴，等她昂起脸，倾过身吻干她脸上的残泪，低声笑说："没刷牙就亲你了，是不是很臭？"

展颜破涕为笑，亲了亲他的嘴唇："你哪儿都好，臭我也要亲。"

贺图南带展颜去了县城的郊区，路远，路况又差，那地方没开发，说是文物，但保护得不怎么样。展颜带了一堆工具，贺图南拿相机负责拍照，她想尝试现场绘图，他鼓励她做。

这么一弄，回城里的车是赶不上了，既然晚了，索性便逗留久些，贺图南不是这个专业，给不了什么指导意见，便陪着她。

等到回县城，天都黑了，他们在小旅馆凑合一夜，第二天才回来。

临近开学，日子变得紧迫又珍贵，两人如同恐惧饮露的蝉，要抓盛夏的尾巴。

"我会想你的，"展颜蜷在他怀里，声音黏糊糊的，"我好想钻进你身体里，我们成一个人就好了。"

贺图南道："我真不知道怎么才能再多爱你一点儿，你告诉我，颜颜——"他情话说得甜蜜动人，完全没有意识，好像那些话自然而然就从嘴里出来了，不用斟酌，不用组织。

展颜直起腰，抓住贺图南的手，两人十指相扣，夜色太深，落在贺图南眼里，他最终抱紧了她。

"无论遇到什么事,学习上的,还是人际交往,都要跟我说,知道吗?"他交代她。

展颜脸蹭着他,"嗯"了一声。

"人到新环境里肯定需要时间适应,我相信你行的,只是千万别报喜不报忧,遇到问题很正常,就算我不能帮你解决,也会跟你一起想法子。"贺图南又说了一遍,他不放心她,她在哪儿,他的心就在哪儿。哪怕两人隔着万水千山,他的心却始终攥在她手里。

展颜又沉沉地"嗯"了声,她不知道,除了对妈妈,她竟然还能对世上的另一人有这样深的感情,如果有一天他爱上别人,她一定会凋零。

* * *

展颜来了南京,六朝古都,她对南京最初的想象源自语文老师提及苏童,说南方是阴冷潮湿的存在。在她有限的人生经验中,偌大的祖国不过分作北方与南方。

这座城市悬铃木众多,人们叫它法国梧桐。

开学军训,结束之后拍大合照,展颜穿着迷彩服,一张脸怎么都晒不黑,在帽檐下像朵洁白的茉莉花,最后留下的影像是个笑容浅浅的样子。

男生们打听她的姓名,军训结束后,又有雷打不动的六点起床跑操,她体力好,从不喊累,男生们这也要议论,说她跑步好看。

宿舍条件不是那么好,有从上海来的,说这里是农村。真正从农村来的,说南京好繁华。

繁华不繁华展颜感觉不到,大一这学期是些基础课程,建筑历史、建筑理论,她觉得真是新奇,尤其是建筑历史,她心里疑问多,总要请教。

"老师,为什么西方的建筑,比如教堂城堡,都是石制,而我们的是木制,石头要比木头更坚固,保存得也更久,我们为什么不用石头?"

老师说:"我们也不是没有石制,石窟、陵墓都是石制。你这个问题,等学完了中外建筑史,课听完了再来谈,你一定就有自己的想法了。"

她半信半疑,在寝室和室友们讨论,她问题总是很多,脑子像被触动了什么机制,满是问号。

"你们有没有想过,为什么城里的一些重要建筑都喜欢国际招投标?"展颜坐在床上翻书,想起新区,"我们那里扩建,最终找的是一个日本设计师。"

"崇洋媚外吧。"大家都是新生,没太多想法。

北京来的陈满说:"不是,是因为他们的设计师更懂怎么把城市建设得更合理,现代意义上的合理。"

展颜看看她,心想,从首都来的人到底见识不一样。

"去年申奥成功，首规委那些人满世界地跑，全球招标，听我爸说，深圳十年前就喜欢请国外的知名设计师。"陈满侃侃而谈。

"我们故宫什么的，不是很牛？古代劳动人民相当有智慧嘛，我不信现在就不行了。"有人说。

陈满对古建并不感兴趣："过去的东西跟不上时代的发展了，我们还是五千年文明古国呢，近代史还不是被欺负？所以说啊，古建这东西，我觉得意义不大。"

展颜不说话了，如果没有意义，那梁先生那么辛苦留下的东西又算什么？

陈满看了看展颜手里的书，说："梁思成啊，嗐，他要保护的那些东西，有的早就没影了。"

为什么创造新的东西就一定要抛弃旧的？展颜沉默。不过，她每天依旧努力学英语，对英语很重视，像高中时那样刻苦。

开始学习制图前，要买画板，买各种笔，展颜暑假画的寺庙被陈满看到，她说："你暑假就找实景画了啊？"

"随便试试，画得不好。"展颜实话实说，陈满有种隐约的骄傲，她察觉得到，陈满确实懂得很多，但在陈满眼里大家都很愚蠢，完全不知道自己来建筑系是做什么的。

她如展颜所料，说："上来就画实景，除非你是特别有天赋，临摹都还没入门，你这样不行的。"

展颜微笑："你说得对。"她不喜欢和别人争辩，何况是在对方正确的前提下。

开学没多久，真正有男生开始追她，她去锅炉房的路上被别人塞了封信，又问她要QQ号，她有号，是贺图南申请的，好友里只有他。她没电脑，贺图南答应她大一暑假会送笔记本和手机，她这一年不用接触那么早。上次大家去网吧，她跟着去，给贺图南留言，他也没回复，后来打了宿舍的电话。

展颜对贺图南以外的男生没任何兴趣，她年岁渐长，晓得自己有漂亮的脸蛋，引人爱慕，大概就像看到美丽的花心生喜爱，极为正常。

初入学的新鲜劲儿过去，她开始频频想他。因此，接过来的信也成累赘，她说自己有男朋友了，那种稍带错愕又局促的模样似曾相识，好像人生活中总要有这样的时刻，满是失望，自己也觉得丢脸，她心里有微微的歉意，但希望别人不要再来扰她。

展颜用宿舍的电话打给贺图南。

贺图南最近在帮徐牧远的室友联系运营商，计算机系的几人因为热爱打游戏，捯饬出一款加速器，他告诉他们，可以和游戏运营商合作，至于什么模式能将利润最大化，需要研究。

"等会儿我给你打回去，等等。"贺图南声音听起来匆忙。

展颜一怔，挂上电话，等了会儿，四川室友妈妈的电话倒先打进来，她们在讲方言，她一句也听不懂。

她跑出来到电话亭给他打。电话接通，他的声音正常起来。

"你很忙吗？"她问。夜已经有了凉意。

贺图南说："朋友找我有点儿急事，现在好了，你呢？"

"老师让我们交一幅钢笔画，其实我每天都练速写的，但不小心画错了，只能熬夜重画，要不然赶不出来。"她咽下一口秋意，觉得肺腑都跟着冷，但他的声音是烫的，一下烫到心口，什么疲惫都烫没了。

"还行吗？我听说学这个确实辛苦。"贺图南问，"偶尔熬夜可以，但尽量少熬夜。"

展颜说："还行，我觉得我画得挺好，希望能被评为优秀作业。"她娓娓地讲了许多专业上的事。

贺图南打趣她："很自信嘛。"

展颜笑："我觉得比高中时好，高中学很多科目就是为了考试，现在虽然累，但是做我喜欢的我就很高兴。"

贺图南说："你高兴就好，颜颜，"他声音不由得放低，"最近打算去趟南京，我总是想你。"他很难熬，只能让自己更忙，身体疲惫至极，往床上一躺，眼皮沉重得张不开了，但她还要出现在梦里。

展颜脸开始发烫："我也想你。"

"哪儿想我？"他开始逗她。

展颜抿抿唇："心里想呀。"

展颜心跳难耐，承认情欲，似乎还带着点难堪。

寝室里，她们也谈男人，大都没恋爱过，那些在她听来，只在心里想："你们真是什么也不懂。"人就是这样，懂了，开窍了，七魂八魄都被打通，这件事就扎在心里了。

"我等你来看我。"她知道路途遥远，但她觉得自己需要见他一次，一学期那么长，她不算贪心吧？

贺图南记得她的生理期："哪几天最想？"他低笑，"告诉我。"

展颜脸滚烫，下意识地往四周看看，路灯昏黄，只有匆匆而过的学生："你总问我，为什么不说你自己？"

"哦，我啊，"他嬉笑了声，"我每天都想。"

展颜不由得攥紧领口："你真没出息。"

"我要什么出息，我只要你，没有你，要出息有什么用？"贺图南信手拈来，他说情话也是无师自通，男人如果爱上一个女人，这些都不用教的，他甚至不用想，唇舌一动，语言就如流水不断，像最有生机的河。

她扭头看看天空，悬铃木叶子黄了，枝丫交错，墨黑的苍穹碎成片，路灯照着，那些枝丫像裂了的冰纹把寒星也挡住。这些话简直像蛊毒，把她整个人辖制住，他正经的不正经的通通给她，她心跳太剧烈，电光石火间，她冷不丁地想到妈妈。

贺叔叔这样对她，当年得是怎样深爱着妈妈，才能做到这个田地？那为什么又离散？他为什么没跟妈妈在一起？

展颜打了个寒噤，岔开话题："你跟徐牧远和好了吗？"

贺图南说："我们本来也没闹崩，别瞎操心。"他跟老徐是没闹崩，但有些东西似乎到底有些不一样了，能抹去的唯有时间，他没指望伤害别人朝夕就能痊愈，他等得起，也愿意等，老徐还是老徐，他也还是他。

"那我要睡觉了，晚安。"

"有男生追你吗？"贺图南突然问。

展颜觉得这不值得一提，以前她总担心他喜欢别人，不要她，她难受得想死。现在不了，她知道，那么多实实在在的苦都没绊住他的心思，他是她的，谁也抢不走。可他问这个干什么呀？

"有。"

"多吗？"

"有几个吧，我也不清楚。"展颜突然想到一件事忘记分享，说，"门口小饭馆多得很，你来了，我们吃鸭血粉丝汤。"

贺图南不让她打岔，把话题带回去："什么野男人，也敢打你的主意，不要理。"

展颜说："我看人家倒不是这样的，野男人是你，你才是野男人。"

"你是不是应该对我说点儿什么？"贺图南问，语气里有玩笑似的不满。

展颜故意道："我应该说什么？我不知道。"

"等我到南京。"

她心底一阵悸动，挂上电话，脸还是烫的。

交作业这天，有人告诉展颜，一个女的找她，女的，不是女生，在学生的嘴里代表着女人。

是孙晚秋，她突然出现在学校。她穿了件风衣，里头是裙子，也许因为长途奔波，衣服像过去的日子那样皱着，无论怎样一双手都抚平不了。那条黑色的臭烘烘的河好像变成她脚上那双半高跟皮鞋，它们是一种颜色。

孙晚秋化了淡妆，涂了口红，斜挎着包，手里拎着个大塑料方盒。

两人对视片刻，展颜怔怔地看着她。

"我知道你来了南京，学建筑。"孙晚秋拨了下新烫的鬈发，眉毛修得很细，像个女人。

展颜慢慢地走过去："你高考前写的信，我收到了，我给你回了信，但你没有再给我写信。"她说完，眼泪就流下来了，"你从哪儿来？"

"从永安县，我换活儿了，一直忙着到处要账，弄到这会儿才来看你。"孙晚秋说。

展颜点点头，讲不出话了。

"你真傻，哭什么，我来看你你不高兴吗？"

"高兴，你怎么知道我来南京念书了？"

孙晚秋看看她背后的学校，又看看她，她身上仿佛有另一半自己。她说："想打听就能打听到，我去了一中，展颜，恭喜你，我没什么好送你的，我问别人知道建筑系的学生要用到这些东西。"她把盒子给展颜，里头装着各种笔、各种尺子。

展颜接过时握住她的手，轻轻握了那么一下，说："我有很多话想问你，逛逛校园吧？"

孙晚秋摇头："展颜，你不用问，过去的事没什么好谈的，过去就过去了，我一直都往前看。"她是这样的，从没变过，过去没什么好留恋的，回忆是一条夭折的路。路的尽头是小展村，所以没什么好讲的。

两人走在铺满悬铃木叶的路上，展颜就不再问她，路过一处，告诉她："这里春天会开樱花，听说很好看。"

"你还跟从前一样，总喜欢关注这些没什么用的东西。"孙晚秋说，"小时候，你就这样，杏花、桃花年年都开，我就不知道有什么好看的。"

她们从小就不一样，却成为好朋友，因为除了彼此，没有同类。

"我其实一直都不太懂什么是有用，什么是没用，只知道哪些东西会让我高兴，或者难受。"展颜踩了踩叶子，干燥的黄叶子碎在脚底。

孙晚秋深吸口气，把包往上提了点儿："我什么都不关心，我只想挣钱。"

"你没上大学，难受吗？"展颜静静地看她。

孙晚秋淡淡一笑："我忘了这个，一个人得不到某样东西的时候最好忘了它，这样才能继续过日子。"过日子，日子是要一天一天一年一年过的，好的歹的受过了，不还得朝前走吗？

她们少年时说过"苟富贵勿相忘"，以为是玩笑，命运突然就走错了道，那就要想办法把错的弄成对的。

孙晚秋以为自己见到大学校园会很伤怀，真正见了，那些年龄相仿的青年和她没有多不一样，一张脸上有眼睛、有嘴、有思想，她就没有吗？谁说非得来这种地方才能有脑子？她有点儿鄙夷地笑了笑，不知对谁。

展颜把东西先放回宿舍，也背了个包出来，里头放着她的作业废稿："你看，我画的。"

孙晚秋对此一窍不通，但她高兴地接过来，两人凑在一块儿，像小时候看试卷那样，头发摩擦着，都在笑。

"你画得真好，这么细，我就知道你能做得很好。"

"真的吗？"

"当然是真的。"孙晚秋抬眼。

展颜回望她，无声地笑了。

"有个室友给我提了很多意见，说这里不好，那里不好，让我改，可我觉得我的直觉是对的，我没听，按我自己的想法交了作业，她好像不太高兴，但没再说什么。"

"她给每个人都提意见了吗？"

"没有，只给我提了，别的室友的作业她都说好，但我觉得根本比不上我的。"展颜笑一下，"我是不是变自恋了？"

孙晚秋摇头："那就不要理她，我猜，她八成要把你当竞争对手，她一定很聪明，所以能立刻判断出一群人中谁会是威胁。"

两人又看看彼此，悄然坠落的树叶从交会的视线中划过。

孙晚秋的口红擦得不是那么均匀，不够精致，可她额头光洁，眼睛明亮。展颜忽然说："我觉得你漂亮了，非常漂亮。"

她很自然地挎上孙晚秋的胳膊，往前走去。

前面有个大喷泉，展颜告诉她，那是百年校庆前修的，他们这届新生差点儿赶上百年大庆。

一百年也不过如此，说没就没了，人在历史长河里头根本扑腾不出一个水花，一个人如果没有爱和恨，简直没法证明自己活过。

"你们学校真有一百年吗？"孙晚秋笑问，她若无其事地往前走着，瞥了眼喷泉，"学校也跟人一样，都喜欢贴金，不管有没有，先说了就是，时间久了，等知道的人都死光，假的也变成真的。"

展颜不由得看孙晚秋，她从没质疑过学校的百年校庆，甚至以此为荣，她不太能接受孙晚秋的这种藐视，时间没用，孙晚秋变得更难驯服。

"我知道你在想什么，展颜，这个世界上没什么不能怀疑的，我说的是事实而已，事实一般都丑，没粉饰的好看，不打扮打扮怎么出来见人？"孙晚秋说，"你在这儿学习也一样，如果有人说你做得不好，说你想得不对，你要先怀疑怀疑。"

展颜凝视着她，好像此刻才明白她最终要表达什么。

"我可能打扮得有点儿廉价，没办法，我暂时只能这样，我找你时，传话的女生用那种眼神判断我，猜我是干什么的，那种眼神，我见得太多了。我在想，人都是有偏见的，你这么漂亮，最容易被别人当成蠢货，他们不知道，其实你很聪明，你总是能注意到别人看不见的，只有了解你的人才知道你的好。"孙晚秋说得非常平静，她找展颜时最开始问的是个男生，旁边一群男生，他们起哄，鼓动一个应该很有钱的男孩子趁机打听她，追求她，好像漂亮可以用钱买，她注定要匹配巨大的财富，如此美貌只该被情爱俘虏。

"你的话，我记住了。"展颜去牵孙晚秋的手，孙晚秋的手变得生硬、粗糙，不再柔软。她会告诉她们："来找我的是我最好的朋友，是我见过的最聪明的人，没有人能超越她——"即使孙晚秋没有上过大学。

她们一起去小馆子吃饭，展颜问孙晚秋要不要去鸡鸣寺、夫子庙看看，孙晚秋拒绝，她明天就回去。

晚上，两人挤在便宜的招待所。关了灯，窗外的人声穿透隔音稀烂的墙，传过来男男女女的笑声。

"你知道吗，我有想吻的人？"展颜翻个身，两只眼在黑暗中像燃烧着幽幽的火。

孙晚秋摸摸她的脸："是贺图南吗？"

展颜心一下动了："你怎么知道？"

孙晚秋没有说她知道贺家的事，她笑笑："直觉，这样多好，他也喜欢你。"

展颜愣了愣，忽然把头埋到她的颈窝，耳语般说了句什么。

孙晚秋搂着她，侧过脸："你跟他……"

展颜忽然拥紧她的腰："你会觉得我不知羞耻吗？好多同学都没谈恋爱，我现在跟他分开，我老是想他，我控制不住自己。"

孙晚秋爱怜地摸了摸她的头发："这有什么羞耻的？人活着就这么几十年，活得过瘾才不亏本，我们都长大了，想男人有什么不对？两情相悦爱干吗干吗。"她提醒展颜一句，"记得保障安全，不要让自己怀孕，千万不能。"

展颜"嗯"了声，心潮起伏。展颜伸出手指，缠住她的头发，慢慢地打着卷："我有时会很怕他，他那个时候总让我觉得很陌生。"

孙晚秋脸上的笑意渐渐褪色，她偏过脸，看向窗帘："他是男人，男人都那样，不过他爱你，还是不一样的。"

"你呢？"展颜问她。

她笑笑："我的事都不值得一提，我想我以后会有的，一定会。"那些生命里糟糕的事，她必须让它们像灰尘一样，权当落在衣服上，抖一抖就掉了，没什么大不了。

展颜安心地抱着孙晚秋，心里又变得格外宁静，青春期的一切、成为女人的一切、身体的感受、对性的渴求，她有了倾诉的对象，孙晚秋这里非常安全，孙晚秋一直都在。

* * *

贺图南来找展颜时，她刚完成第一个大作业，心情非常好。

因为贺图南要来，她忙着洗头洗澡，临出门涂了口红——那支贺图南送她搁置许久的口红。室友们见她这样,自然要问,她大方地说:"我男朋友来了。"

展颜这么漂亮,有男朋友似乎天经地义,大家问"你男朋友从哪里来",展颜说了,陈满一愣,她是分不够才来南京的,没想到展颜交到这么好的男友。

展颜去火车站接贺图南,夜色沉沉,寒意上来,贺图南从出口走出时,她飞奔过去,像急急的鸟扑入怀,贺图南一把抱住她。

他的怀抱永远这样温暖、踏实。她浑身都抖,顾不上矜持,踮脚钩住脖子就吻他,他身上一股车厢里的味道。

贺图南揽住她的腰,肩上的包滑落,撞到她。

两人先去吃饭,贺图南现在对吃一点儿讲究也没有,但必须有荤,街头的小饭馆这个点大都打烊了,最后他们找到一家卖脆皮猪肘的,进去了。

因为刚才的吻,口红变花,弄他一嘴,展颜看着他笑,用纸巾给他擦:"哎呀,不好意思。"

她紧挨着贺图南,吃饭时也要牵手,贺图南低声笑:"别急。"

展颜看他的眼神,大约懂了:"我上次的作业,老师打了很高的分。"

"厉害。"贺图南亲昵地点了点她的鼻尖,觉得她真是可爱,以往总想着她如何如何漂亮,现如今倒觉得她可爱多一些,脸红的时候,有点儿炫耀的时候,多么鲜活的一个人,他又想欺负她,又想说情话。

饭吃得极快,他带她去开了间房。

刚进门,黑洞洞的一片,贺图南的吻就下来了,毛衣上的静电成了唯一的火花。

她想起从前,他总是耐心极了,有求必应,像照顾小孩子那样对她,现在像换了个人:"你最讨厌了——"

这床比出租房那张木板床好,又大又舒适,人陷在里头像睡在棉花堆里,洁白、松软。

他们一直不分开多好,展颜恍惚地想着,人真矛盾,明明是快乐的,却又夹杂着说不清的恐惧,人不能一晌贪欢,总渴望永恒。

"我知道为什么西方喜欢用石头了——"她声音软绵绵的,落在贺图南的耳朵里,他无暇分神去听。

最后展颜实在困倦,窝在他怀里睡去。

她连着两天都没出房间,贺图南打电话叫了快餐。

北京到南京,坐火车近十一个小时,她真不晓得他是怎么坐过来的。她筋疲力尽地趴在他身上,翻地图:"太远了,怎么会这么远?"

贺图南轻轻钩着她的头发把玩:"刚知道吗?你真是折磨我。"

她便一点点吻他。

贺图南合上眼,声音沉沉地问:"你前天说的什么石头,我没听清。"

展颜还在吻他,甜蜜蜜地表白:"我对你的爱比石头还要坚固,风吹不坏,雨也淋不坏。"

贺图南忽然翻身，两手撑在她的脸两侧，他眉毛上的汗黑津津的，她伸手，温柔地抚摸。

"从哪儿学的？"

"我自己想到就说出来了，你喜欢听吗？"展颜乌发如云，衬得脸像朵山茶花，她热烈地看着他。

贺图南点头，手指在她的脸上轻轻滑过："我有时真想弄死你。"

"我知道。"她两手在他的脖子后交叠，让他伏在自己身上，摸他的头发，摸他的耳朵，她有种温柔、怜惜的神情，好像抱着这辈子最珍爱的宝物，"你太辛苦了，我们寒假回去再见吧，图南哥哥，我想跟你商量一件事。"

贺图南嘴唇摩挲着她的肩头，他应了声。

"今年过年你多陪陪你家里人吧，我不是小孩子了，不需要你时时照看，再说，我们的事情总有一天要说的。"

贺图南起身，把她揽在怀中："我会说的，但不是现在，"他嘴唇在她的额头反复厮磨，声音低下去，"真想把你带走，答应我，念完书不要再跟我搞什么异地了。"他身体又热起来，蹭着她。

展颜伸出舌尖尝了尝他的汗味儿。那是个遥远的午后，她跟孙晚秋第一次知道汗是咸的，山上的青松在光洁古老的石头上投下阴影，她们揪着松子，舔了舔胳膊上的汗，那个时候，她们好爱松子，要去换钱。

盛夏午后的阳光又一次将笔挺的针从叶的缝隙射到身上来，要人努力吞吐这份滚烫，她缓缓地摸他的腰："我答应你，我什么都答应你。"

十点的火车，贺图南没让展颜去送，太晚了，他这趟来思念非但没有缓解，反倒更加凶猛，他在车厢交接处沉默地看风景，这样的夜还不知道要再看多少次。

回到学校，他跟那边几个运营商谈了数次，最终敲定合同，他从里头赚了两万块。老徐室友逢人就要赞美他，跟他玩笑，说还上什么大学，应该高中毕业就做生意。

游戏这块利润诱人，贺图南加了计算机系一个社团，几人组队，寻思着怎么捯饬出点儿东西。在社团里时常见面，他跟老徐的关系渐渐缓和，说到底，弄钱是很要紧很要紧的事情，徐牧远对他跟展颜的事闭口不提。

临近寒假，团队终于弄出第一款小游戏，这两年各种游戏发行量变大，贺图南留意到论坛角落里一个不起眼的小广告，有人想要1995年版《仙剑奇侠传》DOS正版，一定要是正版。那会儿正版游戏可谓奢侈品，工薪阶层一个月工资不过几百块，一款正版游戏要卖一百多，贺图南手上倒有一批，他不急着卖，而是转头到处打听。老大知道了，说："正好要搬家，本来那堆游戏打算当废品卖的，你拿去吧。"

"废品是论斤的吧？"他打趣老大，"这样好了，一百块我全要了。"

老大说："嗐，都是些旧东西，买的时候宝贝，我妈说这些破烂玩意儿还占地方，你想要送你就是。"

贺图南坚持付了一百块，放假前联系上论坛那人，见了面，狮子大张口，1995年版《仙剑奇侠传》要一千五。另外，把淘来的1997年版《古墓丽影》给他看，问他要不要。

"你这些得多少钱能卖？"

贺图南见对方穿得朴素，年纪不算太大，但人不可貌相，他料定对方是个玩家，大多数人都没什么版权意识，对方却坚持要正版，显然是用来收藏的，收藏这种事，癖好也好，等着升值也好，总归是舍得下本的。他丝毫没犹豫："一万块，全卖你了。"

"同学，可真敢要啊。"对方像被他气笑，"就你这些，顶多几百块，哪儿哪儿都是。"

贺图南气定神闲地把包一收："您错过我这村，不见得有下一店。"

两人讨价还价，折腾了大半天，各退一步，八千八成交，再少，贺图南一分不让，他说他图的是个吉利。

期末考试一过，贺图南请室友和社团几个人吃了顿饭，冬天的北京，吃铜锅涮羊肉，滋味儿大好。

他揣着这笔钱，放假先去了南京。

展颜没想到贺图南放假了先到南京来，毫无准备，他就裹着一身尘土似的来了。

他带她把南京逛了个遍，去过的，没去过的，全算里头。她跟他说和室友一起花一个月才折腾出一个模型，她在看《西方美术史》《西方哲学史》，觉得自己就是个小土鳖，她什么都说，说得口干舌燥。

山是山，水是水，只是南方的冬天也要下雪也要冷的，到城墙下，见砖上头有人名、籍贯，还有年份，展颜脱掉手套，摸了摸："果然只有石头会永恒。"

贺图南听她喋喋不休一路，鼻尖都红了，他说："那又怎样，这些人是谁你知道吗？"

展颜说："不知道啊，可这人也在这世上活过，后人见了，就会想他是什么样的，住哪儿，喜欢吃什么，做什么，活了多大岁数——"

贺图南把她一搂："就你瞎操心。"

"你看城墙造得多好啊，几百年了都还在。"展颜仰头，"人活一百都是少有的，城墙却一直在，真叫人羡慕。"

"人不在于活多久，而在于活得快不快活、高不高兴。"贺图南说。

展颜问他："那你现在快活吗？高兴吗？"

贺图南捏捏她的脸："快活，我的快活都是你给的。"他手指在她的脖子里一摸。

展颜冷得瑟缩，捶了他几下。

中山陵人很少，展颜耗了老半天，里头树木萧疏、枯瘦，别有老劲的风味儿。

"中山陵是吕彦直先生的作品，他是美国建筑师亨利·墨菲的助手，我看过设计图，真是又典雅又现代，排水管居然是藏在柱子里的，你说神奇不神奇？"展颜眼神里满是崇拜，"那会儿国家动荡，吕先生真了不起，可他是从美国回来的，我也想去美国学习。你说，美国真的那么好吗？"

这是她第一次明确表达对美国的向往，贺图南听得头大，却也只是微笑："美国好不好，我不知道，没待过，不过，你要真想去美国，到时候我也去，我们一起。"

"你怎么成跟屁虫了？我以后要是回乡下，你也回？"展颜头一歪，有点儿俏皮的模样，"厕所就把你熏吐了。"

她还记得那一回，贺图南漫不经心地说："吐就吐吧，反正我注定是要讨个乡下老婆。"

展颜说："我选了一门课，老师讲，女人未必要结婚，生孩子也不是必须的。"

贺图南脸上一点儿惊讶都没有："哦，那做情人也不错，你是怕我将来强迫你跟我结婚？"

展颜又说："女人应该自己挣钱，不应该花男人的钱，要独立。"

贺图南还是点头："挺好的，你长见识了，"他似笑非笑地看着他的"小妹"，"再过两年，我看你就不需要我了，跟我都得划界限。"

展颜有些不好意思："我可没说，我就是觉得老师说得很新鲜，我以前以为女的长大了就得结婚，给别人生孩子，原来，这事不做也行。"

贺图南平静地看着她："你爱怎么过就怎么过，将来不愿意结婚、生孩子，我也能接受，但我们要住一起，你只能是我一个人的。"

"我是我自己的，谁也不属于。"她脱口而出上课听来的这些话。

贺图南脸色不太好看，但不想扫她的兴，好端端出来逛的，他犯不着费这么大劲儿千里迢迢地来抬杠。

既然都到了南京，顺带再往南，贺图南和她一起把上海也逛了。

展颜在火车上依偎着他，她有些后悔说那句，于是，小声开口："我还是你的，我的意思其实是——"她觉得这事说不太清楚，便又往他的怀里蹭了蹭。

贺图南哼笑，搂着她，靠在火车门上，听火车咣当咣当地响。

"钱还够吗？"他订了家很不错的酒店，花费自然高，展颜终于问起这个。

贺图南把倒卖游戏的事跟她说了，她目瞪口呆："你几百块钱买的东西，八千八卖给别人了？"

"他有那个需求，卖东西要看人下菜碟，我把那东西白送给你们村老大爷他都不会要。"贺图南如今做事心细手狠，丝毫不掩饰什么，见展颜一脸不可思议地盯着自己看，他笑着把她拽过来，抱在腿上，"你以为我怎么养你？你说人要独立，是这么回事，可你想过没，如果生来就能舒舒服服地过日子，哪个人闹着要独立？爸如果没出事，家里东西我能说不要？我用不着犯轴去证明自己行，从零做起。人活着要学会借势，独立这种话，说到底是没了依靠，孤苦伶仃，给自己打气用的，我早就想过，绝不让你过那种日子，你可以独立，好好念书，学到真本事，以后有的是机会独立。"他开始吻她，声音就跟着混沌起来了，"别听风就是雨，你嫩着呢，傻姑娘。"

展颜再一次感觉到了贺图南的陌生，仔细算，他不过是不到二十岁的人，说起话来老辣精到，做的事也是她所不知不能的，她觉得自己好像就是朵蒲公英，他一吹，自己就散了，根本不是对手。

"我不能老花你的钱。"

"等你能自食其力了，我肯定不会再供着你，现在说这个意义不大。"他朝她的脸上恶作剧地吐烟圈。

展颜别开脸，有些不高兴，说不清为什么。

这种情绪持续了整个寒假，展颜跟着贺图南逛了这么一大圈确实长见识，长见识这种事是要花钱的，贺图南这回花得格外任性，她需要的，他都尽力去给。钱没了再挣就是，他不想让她缩手缩脚，买个笔也要扳手指头算账，如果爸在，绝对不会叫她受半点儿委屈，他处处将贺以诚当标尺，浑然不觉。

寒假里，他倒陪爷爷一大家人好几天，坐下来打麻将，推牌九，他聪明，记牌，赢了大伙儿几千块钱，毫不客气地全拿了。

他又带展颜去看了一次贺以诚，还有半年贺以诚就刑满释放，贺图南跟他说了说目前公司的情况，让他心里有个准备。

天实在是冷，两人夜里却总弄得一身汗，汗退了，脊背、四肢都凉凉的，贺图南抱紧她，两人交叠取暖，像连体婴。

外头北风紧，展颜睁大眼睛听，她倒觉得这里很好，窗子有缝，拿棉条堵住了："图南哥哥，我有时真想在这儿跟你过一辈子。"

贺图南揶揄地笑说："是吗？有人说她想去美国，这儿哪能跟美国比？"

展颜咬他："你真小气，我知道我在南京说的几句话，你往心里去了，可你也说我了，说得我好像个废物，只能等你养，我什么本事也没有，你就可以笑话我。"

贺图南好一阵战栗，她嘴里说事，实际却在撩拨他，知道他敏感，禁不起摆弄，因此深深地吸了好大一口气，才开腔："别这么脸皮薄好不好？我不过是逗逗你，我在你跟前有什么出息值得炫耀吗？都在你手里把攥着，你还有什么不满意的？"

展颜默不作声，过了会儿，说："吕先生没等中山陵建成就去世了，他的未婚妻和他是青梅竹马,他走后,他未婚妻就出家了。"

贺图南让她打住:"你想说什么?"

"我想说,我们也是青梅竹马,要是我们不能同一天死,你走在我前面,我也出家。"

贺图南哭笑不得,说:"你能不能想我点儿好?不是梁祝,就是说这,出家出家,出你个头啊,我本来还觉得颜颜真是长大了,满脑子新思潮,见着什么都能说得头头是道,我都自愧不如,现在又胡言乱语,孩子气。"

"你说我把攥着你,怎么就不想想你也把攥着我呢?"一阵窸窣,展颜爬到他身上,把脸贴在他心脏的位置,"图南哥哥,我有时很矛盾,想你的时候就会觉得什么都不要了吧,跟你分开太难受了;可每次老师一夸我时,我又信心满满,觉得以后自己肯定会有一番作为,我要出去。你说,我是不是有病?一段时间一个样。"

贺图南的心被她说得柔软,她在他跟前永远是他怎么都疼不过来爱不过来的那个女孩子,他温热的手在她光嫩嫩的脊背上亲昵地抚着:"人总是矛盾的,没事,熬过这几年会好的。"

"我春天能去北京找你吗?顺便看看,好不好?那年虽然跟你们一起去过了,但走马观花,我还想看看别的。"

"不是不行,但路太远了,我怕你受罪。"

展颜说:"我不是不能吃苦,你把我想得太娇气了,小时候,三十八九摄氏度的天,我跟孙晚秋还在山上钩松枝呢。"

贺图南说:"就是因为你吃过苦了,我才不想让你再吃。"

"那你自己呢?这两年,你吃了多少苦?"

"我是男人,无所谓的。"

"女的怎么就不能吃了?你能吃,我也能。"

贺图南笑道:"行了,那你去,到时候注意安全,我去接你。"

第二十一章
出狱

她感到一种新的孤独，没人和她一样的孤独。

春天，光是这两个字就叫人眼亮起来，耳聪起来，几缕春风一过，北方的大地就开始松动，桃花开得烂醉，柳条袅袅款摆。而南京的春天一到，很快就会有云南来的女孩子们卖茶花，有小贩挑着扁担卖栀子花，又白又香，五毛就能买一把。这些都是展颜听同学说的，她还没在南京的春天里买过花。

春天还没正儿八经地到，天还冷着，疫情起来了。

贺图南学校发了胸牌，是进出学校宿舍的身份证明，每人又发了体温计、中药包，学校封闭管理，每天都在消杀。

2002年底，他曾在报纸上。看过相关报道，没太在意，真正的恐慌蔓延是4月份。

展颜心悸得厉害，她害怕，当年在家等妈的那种感觉又回来了，她也不知道自己在说什么："我做了很不好的梦，我怕我再也见不到你了。"

贺图南安抚着她："瞎说，没那么严重，我们学校严格得很，每天都有人消毒、打药，草坪上大家还在那儿晒太阳，图书馆后边都拉起了网，能打羽毛球，我也去了，每天过得比之前还规律。"

展颜后悔自己乌鸦嘴，过年那会儿提什么吕先生的早亡，她恨死自己了。这样的春光，哪儿都去不了，就只有一颗心悬着，没着没落，她夜里失眠，白天头痛，解读建筑那个大作业完成得不行，陈满是解读得最好的，她没心情跟人家攀比，只想着他，怕他死。

他要是没了，这个世界就空了，有再多的人都没用，没一个是她想要的。她对死亡的恐惧在这个春天被无限地放大，樱花开了，又落了，很像死，她想去没人的遥远的地方写生，又不能出去。

"我每天都要给你打电话。"她快把电话线掐烂了。

贺图南说好，她大概忘了，自己每天都这么说，也每天都打，问他体温，问他感觉。

"你答应我，你不能像妈妈那样突然离开我。"

贺图南说："我答应你，一定不会让自己有事，你也注意，等明年春天，我去找你。"他还记得她撒娇说想一起看樱花。

"南京暖和得很，这儿春天有很多卖花的，但今年是不能了。"展颜说着，心口就难受起来，人总是太天真，打算这打算那，以为日子就一直这样好好地过，这病毒打哪儿来，又几时能去，谁也不知道，人真是太渺小了，就像宇宙的一粒介子。你看到处起高楼，起大厦，科技令人眼花缭乱，可病毒一来，人就现了原形，还是肉体凡胎，死亡轻而易举就能带走你，爱啊痛啊，钱啊名啊，通通没了影，干干净净，什么都不剩。

她一会儿后悔来南京念书，一会儿安慰自己这阵疫情会过去，天人交战，每天都过得很痛苦，但不悲伤。贺图南快要折磨死她了，北京最严重，他偏偏在北京。

"颜颜，别太紧张，我没事的，肯定还能再见，你好好吃饭学习，不需要总担心我。"贺图南真想顺着电话线把她弄出来，抱在怀里，他知道她害怕，她一提她妈妈，他就知道她害怕极了。

这样的日子持续着，等真正到了6月，境况突然一天天好转起来。大家知道学校要解封了。

贺图南松弛下来，还有一个月贺以诚出狱，他说不出是什么感觉。他自然是希望贺以诚出来的，但贺以诚一出来，他就得面对贺以诚，他摸不准贺以诚目前到底怎么想，能接受的尺度在哪里。有一点毋庸置疑，每次探监他依旧强调两人的兄妹关系。

他不会让步的，既然已经交接过，他永远记得贺以诚走出房间的那个瞬间，头也没回。贺以诚把她给他了，那就不可能还回去，他独自咬着烟沉思，烟灰老长，也没弹。

展颜是在期末考试结束后突然来北京的，没打招呼，一直到了学校附近，才找地方打电话。说好回家再见，她却跑来了，她等不了，哪怕只在北京待一夜，她也要待。她拉着行李箱，穿了件印花V领吊带连衣裙，三十块钱买的，这一路，脚指头不知被别人踩了多少次，到现在腰都是硬的。

贺图南见到她时非常吃惊，她坐在行李箱上看到他，缓缓地站起来。他第一次见她穿得这么清凉，白生生的，像一串新开的槐花，他打球时槐花曾擦身而坠。

"我太想你了，等不到回家，我知道你还得过两天才走。"展颜等他走近，克制着自己，不忘问，"我的裙子好看吗？"

贺图南好半天没说出话。她昨晚六点还告诉自己，跟同学出去一天看展了，要回宿舍休息。

"好看。"他回过神来。

展颜便目光灼灼地看向他,是无声的邀约,她长这么大,头一回一个人出远门,坐那么久的火车,就是来见他的。

"你带我去开房,现在就去。"她很勇敢,声音颤抖地跟他说道。

展颜在北京待了三天,白天出去,晚上回酒店,她拿着个小巧的数码相机拍了许多照片,倒不觉得很热,到底跟南方不大一样。夜里那甜得发腻的情话,跟着吻一同咽下去了。她说还得回去,贺图南道:"你说你折腾跑这一趟干吗?"

"你之前不也折腾吗?"展颜腰上汗津津的,摸起来手滑,她头一偏,搂住他的脖子,"我想你嘛,但后头有个比赛得参加,有奖金的。"

贺图南道:"这不是大一才刚结束?多学了点儿东西就要比赛?要不要电脑?我的先拿给你用。"

"大一也能参加,就算不得奖,就当练手嘛。"展颜猫一样拱到他怀里乱蹭,"我们到家再见,不过,我住不了多久,我要准备比赛。"

她先回了学校,跟看展认识的学姐组队,她本来想找陈满,陈满避开了她,她没强求。题目是要找一个废弃的场所进行空间改造。

展颜跟老师说:"我想选我们那儿废弃的重工业区,那里有很多厂房。"

老师操着南方口音的普通话:"当然可以,北方城市有很多这种工业区厂房吧?说说想法。"

学姐来自有水有桥的小镇,对北方煤炭钢铁铸就的工业区很陌生。

"那个地方在90年代衰败了,也被人渐渐遗忘,我想的切入点就是怎么让这个地方再次焕发活力。"

老师开起玩笑:"那只有拆迁了,盖上大楼。"

展颜说:"那里还有人没走,经常有小孩跑到里头玩,大人轻易是不去了。拆迁的话,那么大一片,未必都会拆。"

北区当年上过新闻,老师隐约记起,问她那里有一年除夕是不是发生过绑架案。他关心此时的治安,竞赛事小,女学生安全事大。

外人自然是不知晓的,展颜镇定地说:"是,哪个城市没几起恶性案件呢?我们那里平时很安全的。"

学姐本来对这个选题很感兴趣,此时被老师讲得怕了,展颜说:"南京前几年不也有大案嘛,我看大家还都好好地在这里念书生活。"她格外平静,好像什么都没发生过一般。

场地确定后,两人收拾了装备,一道回去。北方的夏也郁郁葱葱的,火车外头田野广阔,玉米长得有小腿高,高低起伏的电线上偶尔飞来燕子歇脚。学姐问起她风土人情,她倒很健谈。

她提前跟贺图南打了招呼，要他回家里住，租的地方得让给学姐。贺图南这天买了西瓜，洗干净，切得整整齐齐，等待招呼客人。学姐忍不住说："小颜，你男朋友真是英俊。"

展颜听得莞尔，请她吃西瓜，说："这是旱地西瓜，沙瓤又甜。"学姐说："你讲话好像老人家。"她笑笑。

贺图南把她叫出来："你要去北区？"

隔了道帘子，过道里的热浪一下裹上身，展颜说："得测绘，我们选的就是这个场地，老师觉得还不错。"

北区那一段，贺图南都不愿意碰触，他皱着眉："那我陪你们去。"

展颜笑道："又不是一天两天能搞好，你去干吗呀？本来我是想回乡下的，但想想，我们那儿好像特色不突出。"

贺图南说："不怕吗？还往那儿跑。"

展颜摇头："都过去那么久了，要说怕，住在那附近的人岂不是更怕？我没什么好怕的，我只想好好测绘画图，回头拿奖。"她甚至笑盈盈地拧了他一把，"我要是拿了奖金，请你吃顿好的。"

贺图南没说话。

展颜往屋里瞥了眼，踮脚亲他："别担心我嘛，我跟学姐大白天去没事的，活人难道还怕死人吗？"

贺图南盯着她亮晶晶的眼："是因为钱？你没必要急着证明自己也可以挣钱，你看看你同学，有几个不花家里的钱？"

展颜倒没否认，说："是有钱的缘故，谁不想要奖金呢？但我不是急着证明什么，我只是想有个锻炼的机会，这次比赛的题正好是我熟悉的，我有想法，我就去做，其他的，我压根儿没多想。"

贺图南微微叹息："那好，尽力而为，结果没那么重要。"

"我知道，"她有些抱歉，"我本意没想让你担心我。"

"我没怪你的意思，"贺图南摸了摸她的头发，"进去吧。"

展颜同学姐两个人每日天蒙蒙亮就过去，太阳毒辣，怕中暑，约莫十点钟收工，等下午四点多再出门，蚊子嘴更毒，穿了长裤也不管用。

"学姐，你们那里靠什么过日子？"

"我家人是茶农，还有个炒茶的作坊，也有人养鱼什么的，后来很多人出去务工，也蛮赚钱的。"

"你们不种地吗？"

"种啊，茶农也算种地吧，不过，现在务工算收入大头，我爸出去了，留我妈在家里带着人干，你们呢？"

展颜说:"种地,小麦、玉米、棉花什么都种,靠天吃饭,风调雨顺就多打点儿粮食,有时旱有时涝就不行,每年还要交公粮,负担太重了,辛辛苦苦一年好像也没剩多少东西。"

"怎么会这样?"

展颜见学姐认真地问,愣了愣,怎么会这样?那片土地上发生的事好像谁也解释不清,她说:"我们一直都是这么过日子的。"

"去打工啊,种地挣不到钱,就去打工。"

"打工的少,这两年好像多了点儿,大家出去也不是那么容易,得等出去的人探探路,再决定自己要不要去。"展颜擦了把汗,"如果都去打工了,地谁种呢?打工打到老了,还是要回家的。"

"留在城里安家嘛,我爸说,以后我们不回老家了,我跟姐姐都在南京念书,以后我们就定居在南京。"

展颜无话可说,她有点儿怀疑自己是不是已经背叛了家乡,好像那里真的不值得再回看一眼,选场地时,家乡没有吗?有的。她上小学时,有个老光棍,院子打理得干干净净,种着月季花,好大一棵,都成树的模样。他家门口铺了从山上拉来的石头,敲敲打打,弄平整了,下雨也不怕黏,又一株不辨年份的榆树遮阳,烧上两大壶开水,这门前树下便成了人场,拉呱的,打牌的,即使什么都不做,看看听听,也要来凑热闹。

后来,老光棍死掉了,石头做的房子本来一百年也不会坏,可没人住,三年五载就坍塌了,没有活气撑着,它也寂寞的,好像世间没什么可再留恋的,索性倒下,留与荒草。

展颜本想把这人场激活,可她要怎么跟老师讲,跟赛场的评委讲?我们那里的人场,有棵树伏天里能挡大太阳,就够农民的了。还需要别的吗?什么唤醒感知,对乡下人来说就太遥远了,不需要那么复杂的。你们想的那些东西,在农民眼里也许是可笑的。不过是他们不值得被注意被看见罢了。

几经犹豫,她最终放弃这个场地,她有些愧疚,这些东西不可说,只能放心里。

连着一周一滴雨也没下,干热干热的,学姐讲:"你们这里真好,一点儿也不闷。"

展颜说:"学姐,我还怕你不习惯呢。"

"习惯习惯,就是灰尘比较多。"学姐没好意思说,这里的大街呛人。

两人晚上凑在灯下讨论、总结,有时候观点不一样,说到半夜,天上的星星都要睡了,屋里还亮着一抹昏黄的光。

学姐走这天,展颜送她。学姐说:"有事的话,你找网吧,给我留言,我看到会回复的。"

火车隆隆地开走,顺着铁轨,展颜看了会儿,窗户打开,一张张陌生的面孔满脸油光,她不晓得人们从哪里来,要到哪里去。铁路真长,这月台不知迎来送往了多少悲欢。

展颜回到家时,门是开着的,她知道贺图南肯定在,蹑手蹑脚地进去,把帘子一放,才见他在藤椅上合眼假寐,两条长腿伸得好远。

外头蝉那么聒噪,反倒让人睡得香甜,她坐在他旁边,手指虚虚地顺着浓眉一路往下,到嘴巴那里,想起点儿什么,她忽然红了脸。

小锅小灶、小瓢小碗都静静地待在角落里,帘子微动,想必是热风扫了个边,她托腮凝神,只是看着贺图南,那些令她惘然、疑惑的东西便暂时忘却。

一声猫叫懒懒的,又悠长,还有后续,展颜起身,悄悄去赶,等回来,对上贺图南端详的眼,他鼻音带笑:"你这穿的是什么,去工地了吗?"

展颜说:"我以后说不定真的要下工地。"

"学姐走了?"

"走了。"

贺图南便把她拽到怀里来,一边揉,一边说:"过几天我跟爷爷去接爸,你在这儿等着,爸安顿好了,我再带你去看他。"

她发出黏腻的一声来,贺图南笑:"我当是外头有猫叫,原来猫在这里。"

"爸要是知道了,你猜,他会不会打死我?"贺图南坐起来,在她耳畔说。

展颜脸红透了,气息微弱:"你打算怎么说?"

"不说。"贺图南哼了声。

展颜没忘看帘子:"你去闩门。"

贺图南抱起她,等到了里间,她才扣着他的肩膀说:"要告诉贺叔叔,不然的话,他老让你将我当妹妹看。"

他微微一笑:"那就让爸活在幻觉里好了。"

外头青天白日,隔着帘子,阳光也照得满世界亮亮堂堂,汗液染得一屋子如江南梅雨天,黏糊糊、湿漉漉,真是要死了。

展颜起身,似做挽留:"陪我一会儿。"

她顿了顿:"贺叔叔那边,你不说我说。"

贺图南起来,拿起蒲扇,一摇一摇,给她扇风:"说什么?说你刚拿通知书,我们就在一起了?你是想让我死得快点儿。"

"你怕了?我都不知道你怕什么,我当然不会什么都说,就说我喜欢你,你也喜欢我,我们在一起了。"

他嗤笑:"你想得太简单。"

"为什么?"

"因为我了解他的心思,"贺图南黝黑的眼透露出些捉摸不定,身体却是懒散的,他看向她,"颜颜,我们先瞒着,爸那样对我——"话说到一半,他觉得还是不跟她说那些的好,她最好永远不知道。

展颜沉默片刻,说:"我只是想告诉贺叔叔,你家里其他人,还是慢慢说的好,但瞒着贺叔叔,我觉得不好,我不想骗他,他知道了又能怎样呢?"

"等你再大点儿,过了二十岁,至少过了二十岁。"贺图南喃喃,他不是在逃避,他敬重父亲,从不想让父亲失望,但他知道这家里只能有一人说了算。

"这次听我的,"贺图南在她的额头亲了亲,"时机成熟,我一定会跟爸说。"

展颜不吭声。

他低头看看她:"相信我好吗?我有数。"

早晨下了阵雨,一路窗外流淌着翡翠似的绿,贺图南开车,车里坐着爷爷和姑姑。

"脖子那儿是怎么了?"贺以敏眼尖,"蚊子咬的?"分明是个牙印,很重,一直到肩膀,被遮在T恤下。

贺图南说:"可能是吧,夜里有蚊子。"

贺以敏不太愿意深想,年轻人血气方刚,那个女孩子又生成那样……但到底两个人不至于做糊涂事。

见到贺以诚那瞬间,贺以敏哭了,爷爷也在抹眼泪,唯有贺图南站在车门前,只是喊了声"爸"。

父子打量彼此片刻,这几年,贺以诚每次见儿子都隔着一层,现在,儿子整个人就立在那儿,他觉得有些陌生,那身架、那脸庞,他甚至有些忘了儿子上中学时的样子。

到了车里,贺图南说起公司的现状,姑姑不让他说:"先休息休息,这些事过几天再说也不迟。"

那说什么呢?贺图南瞥了眼姑姑,女人总是感性的,他默默地想。

"说吧,你有什么想法吗?"贺以诚一点儿没见老,清炯炯的眼,人更瘦了,可衣服下全是肌肉。

贺图南说:"我想的是,目前只能资产重组,好好评估一下,有些业务必须砍了,只留主干。我知道爸之前是想把公司做大做强,建材、家具、家电搞一体化,前几天我去仓库转了一圈,到现在,地板瓷砖还有大几百万的库存在那儿,物流仓库全浪费了。爸要是一直都在,也未必不出问题,你不在,管理层这两年的决策一塌糊涂,乱抓一气,像没头苍蝇似的。他们当我是小孩子,我插不上话,只能等爸出来才开这个口。"

雨打玻璃,车内静悄悄的,爷爷和姑姑都有些意外地看着他,贺以诚也是。两年半而已,就能把少年变作男人,世界都没他变化快,他说这些语气平淡,完全是男人跟男人之间的交流。

贺以诚觉得非常欣慰，他有个好儿子。他觉得自己应该再多爱儿子一点儿，可感觉又奇怪，贺图南不是小孩子了，长胳膊长腿，专心看路，载着一家人，他自然不能像从前那样问句成绩或问句要什么就过去，那是对少年的，他现在不用问，也知道儿子把所有事都做好了，包括对颜颜。

贺以诚点点头，连一句"你长大了"也没说，好像他只这么一点头，所有情绪就都在里面了。

等他们见到展颜，已经是晚饭的点，她做了几个菜，一直看表，几次都以为脚步声就是了，出来一看又慢慢地回屋。

"颜颜。"贺以诚出现在门口，他洗了澡，换了衣服。

展颜正重新摆筷子，一扭头，像有什么东西险些从胸口冲出来一样。是贺叔叔，她觉得好像已经很久很久都没见着完整的他了，他在监狱时，跟别人是一样的衣服，一样的光头，甚至时间久了，好像里头的人长得也一样了。

展颜喊了他一声。

贺以诚瞧了瞧桌上的晚饭："都是你做的吗？"

展颜心跳怦怦的："是，我手艺没你的好，你要尝尝吗？"

他这个腔调、神情让时间一下流了回去，她觉得好像从没分开过，他没委顿，还是那样气质翩翩。

三人坐下了，贺图南磕开两瓶啤酒，一瓶给贺以诚，又给展颜倒了杯。小屋被收拾得雪亮，贺以诚四处看看，内心非常平静。

"爸，颜颜跟我——"贺图南要解释为什么住在这里。

贺以诚说："我知道，我一早就猜到了，你带着颜颜，只是没想到会那么早，你姑姑跟我都说了。"他跟贺图南碰了碰酒瓶。

贺图南便仰头吞了一大口。

"我没有尽到的责任，你替我尽了，这几年你吃了不少苦，爸谢谢你。"

贺图南觉得那口啤酒突然就翻江倒海，冲垮了五脏六腑，他微笑："我照顾颜颜是应该的，爸跟我客气什么？"

展颜看看父子俩，分别敬了他们一杯。啤酒苦，她一口喝太多，险些喷出来。

贺图南跟贺以诚几乎同时开口："没事吧？"

气氛变得微妙起来，展颜摇摇头，拿起筷子："我跟四川室友学的粉蒸肉，贺叔叔，你看看味道怎么样？"说完，她默默地看贺图南一眼，给他夹了块。

这顿饭吃得很家常，家常得可贵，贺以诚没有歇息的打算，他出来就得为公司想下一步，那么多的事，坏账死账，浮动的人心，混乱的管理，幸好命运还算眷顾，没让他被判个十年八年，一出来，什么都不了解了。

他吃完饭，像闲问，同时看起屋里的陈设："这么大点儿地方，你们是怎么住的？"

客厅老沙发上丢了块浴巾、一个枕头，里头是张竹床，铺着凉席，蚊帐用四个杆撑着，旁边木桌上摆了个旧台扇，倒像他插队那会儿的光景。

贺图南说："我睡沙发，颜颜睡里头，就是夏天热了点儿，也还好。"

贺以诚回头看他："我没想到你这么能吃苦，你从小是在蜜罐里泡大的，你这么能扛事，我不知道该说什么，欠你太多了。"

贺图南笑笑："爸，都过去了，你要真心疼儿子，就好好捯饬一下公司，再不管，恐怕就得申请破产保护了。"说着，他半真半假地看向展颜，"颜颜，你说是不是？爸要是不能东山再起，都对不起咱俩受的这罪。"

展颜收拾着碗筷，听到这话，抬眼看他，他那个样子似笑非笑，没安什么好心。她端起盆，比他正经多了："贺叔叔，您别听他瞎说，公司的事，您尽力而为，我又不是从小当少爷的，我可没觉得受罪。"

"爸，瞧见没？颜颜现在伶牙俐齿，我都怕她呢。"

她斜睨他一眼，撩起帘子，到院子水槽那儿洗碗去了。

贺以诚若有所思看着她的背影，有些恍惚，她太像明秀了，走路的姿势、刚才那一眼的神情几乎让他产生错觉，好像来自二十多年前。她出落成大姑娘了。

贺图南默默地看着他出神，嘴角忽然一翘。

* * *

连着几天持续高温，坐着不动都一身汗。贺以诚父子从大楼出来时，门口聚了一堆人，戴着安全帽，扯着横幅，他瞄了眼，瞧见"还我血汗钱"几个字。

贺以诚看着他们，跟贺图南说："就算把财产抵押出去，也不能欠工人的钱，记住，无论什么时候基本的良心都要有。"

贺图南点点头。

人群里忽然冒出个女性的身影，穿着短袖、长裤，手里拿着小喇叭："大家别激动，听我说，咱们是为了要钱，偏激的事不做，尤其是豁出去送命这种事，要钱是干吗的，就是留着花的，把命搭进去不值当，便宜那些王八蛋了！简直不是人！"

"对，不能便宜那些王八蛋！"

一呼百应，是，那些王八蛋他们不懂，这世上怎么就有这样一群人呢？他们不卖力气，不出汗，活得体体面面、有滋有味。

她又挤出来，对扛着摄像机的记者一阵比画，记者不停地点头。

贺图南盯着那个身影，正要认出她来时，她转过脸，对上他的目光。

孙晚秋抬了抬安全帽，红扑扑的脸上全是汗。她露出个笑，嘴巴刚张开，像心有所感，视线便落在了贺以诚身上，没展开的笑慢慢谢在唇角。

贺以诚一时没认出她。

这么热，她的心也要被这热逼得透不过气了，她不念书了，混社会了，连见着孙老师都脸不红心不跳，老师的神情又冷又涩，不忍心看她。

周围的男人还都在挤着她，一张张脸凑到眼前，问："小孙，后头要咋办啊？小孙，你说话啊，小孙哪，小孙？"声音起起伏伏，老的、年轻的一样没命似的催。

人活着真是有说不完的伤心事，一桩桩，一件件，算不清的。孙晚秋看见贺图南偏头跟贺以诚说了什么，他再看过来就有了笑意，2000年的夏天永远烧个没完。

他们最终找了片树荫。

"好久没见你，像个大姑娘了。"贺以诚说。

孙晚秋头微微昂起："贺叔叔，你还好吗？"

"发生了些事情，不算好。你呢？你是帮，"贺以诚扭头看了看远处面目相似的男人们，"这些人讨薪吗？"

贺图南默默地打量着她，没有插话。

孙晚秋说："不是帮，这里头也有我的钱，要是没我的钱，我也不当菩萨，张罗这事。"她自嘲似的撇撇嘴，紧跟着就说，"我早就不念书了，现在给人家当会计，刚开始我也上工，没男人力气大，挣得还少，正好有个机会，我就给人家算账，结果，两个月了一分钱没见到，老板跑了。我本来盘算着，这两年城里机会多了，到处有工程，没想到机会多，坑更多。"

贺以诚没问她这些，她面无表情，语速极快地讲完了，完了，她这二十年不到的人生寥寥几句就被打发掉。

贺以诚没有流露出任何惋惜的表情，他眼神温柔，望过来时，那些伤痛先是狠狠地一颤，紧跟着淹没在里头，缩在里头，往小变。

"你这么聪明，又能吃苦，无论做什么都能做好，人这辈子总会有波动，坚持下去，"他笑笑，"可惜我自己现在一身事，不能帮你什么。"

孙晚秋嗓子痛起来，她对他有过那么大的期待，她走了一夜山路，想走出去，永远走出去，可他不是她什么人，没义务承载她的期待，一个人也不该把期待寄托在别人身上。

那到底难过的是什么呢？她说不清了。她没有念书，没有念书，就这样了，路还长，还得走，只能这样。

她像一株野枣树，站在荒野，枝叶都被风雨卷折了，可刺还是那样硬，能伤人，能卫己。

贺图南怀疑她要哭，她的眼睛里似乎有泪，那么一闪，又不见了，他主动问她："颜颜知道你在这儿吗？"

孙晚秋鼻息颤了颤，她一笑："不知道，我没跟她说，她有她的事，我有我的事，我们不需要经常联系。"

"你去学校找过她，她跟我说了。"

"是，我知道展颜现在挺好的。"

贺图南说："她现在还没走，你跟我们一起吃个饭吧？"

孙晚秋拒绝了："还有事等着我，我得跟他们一块儿，你跟展颜说，我也挺好的，有机会再见。"

贺图南又随意地问她几句，她什么都说。

她攥了攥小喇叭："贺叔叔，你们忙吧，我们也有机会再见。"她说完，便跑向人群。

贺以诚想起那年暑假带几个孩子的事情，好像那就是个节点，自此以后，事情便开始往坏路上走，走到如今，便是这幅光景。他希望这个女孩子以后能顺遂些，老天太残忍了，给了她这么高的天赋，却没给出路。

可展颜临走前到底找到了孙晚秋，当时，太阳刚落下去没多久，孙晚秋正蹲在板房门口吃饭，一手端碗，一手拿筷子。碗里是猪肉炖豆芽、豆腐，脚旁有只狗在摇尾巴，孙晚秋赏它一块肥肉，狗尾巴能摇上天。

展颜一出现，男人们就盯着她看，看她细细的腰，看她白得跟蚕似的。孙晚秋跟她到街上来，心情很好，不过告诉她不要轻易往男人堆里去："你太漂亮了，大白天也不能从那种偏僻的建筑工地过，很危险的。"

"那你呢？你住在那里。"

"我跟他们的老婆住一起，我也没那么漂亮，我会骂人，你能当泼妇吗？"孙晚秋笑了，"你骂一句我听听？"

展颜说："我讲不出来。"

孙晚秋大笑，两人牵着手从霓虹灯影里跑过，看橱窗里漂亮的裙子，她从包里拿出口红，对着玻璃涂抹，说自己都没机会穿高跟鞋。

展颜则把自己的手绘作品送给她："我画的。"

外头路灯不够明亮，她们进了一家面包店。画上了色，蓝色的巨浪喷涌于一双腿间，没有完整的人体。

"因为是送你的，我做了好几次色稿。"

"你是用什么画的？"

"马克笔，这个浪花是一个日本人的作品，叫《神奈川冲浪里》，很出名，我临摹的。"

孙晚秋眼底的光幽幽地浮动："看来，贺图南给了你很多灵感。"

展颜抓了抓头发，脸微微发热："他让我高兴，我希望你也能遇到一个让你高兴的人。"

孙晚秋点点头："你比以前大胆了，说真的，我没想到你会画这些东西，但我挺喜欢的。"

展颜便说起自己的比赛，她们聊了很久，直到孙晚秋把她送上公交，她趴在窗户那儿，城市的流光在眼睛上点点跳跃，车开远了。

展颜跟贺图南还在出租屋里住着，暂时没退房。贺以诚则落脚于父母家中，他拿着钥匙，并没抱什么希望，来到原来的花园小区，可意外地碰到林美娟。

他出来的事，她知道，这几年，她一次也没探过监，谁会去探前夫的监呢？他的样子几乎没变，英俊的脸，高高的身材，她一见他，心里竟沉沉地跳了两下，觉得自己还是爱他，这就更觉得耻辱了。

"好久不见。"贺以诚很平静地跟她打了个招呼。

林美娟鼻子一酸，爱的、恨的、怨的，什么情绪都翻腾上来了，她跟他这辈子好像就凑巧过那么两回，她不信他是来怀旧的，就像她，这次也只是来拿点儿东西。旧早都怀完了，她一直这么觉得，可他活生生一个人又出现在眼前了，像做梦。

她看见他手里的钥匙了，说锁没换，让他开了门，打开空调，屋里很快凉起来，沙发啊桌椅啊都罩了布，这么个家也曾满屋子欢笑，都是假的吗？

林美娟烧了点儿水，茶叶兴许过期了，不能泡了，可冰箱空空的。

"别弄了，坐下说说话，我不渴。"

林美娟直着身子坐下去，中年人了，比年轻人身姿还挺拔。

贺以诚说："我一直想着出来应该找你一次，说点儿什么，可无论说什么都太轻佻了，反倒令人不快，所以就没找你。"

林美娟想，她一定得满不在乎，她过得很好，潇洒得很："没什么好谈的，确实你讲什么都太轻佻了，根本不值得一说。"

贺以诚道："是我亏欠你，你恨我是应该的。"

林美娟胸口猛地一颤，她咬牙说："你知道就好，可你知道又有什么用呢？你知道你欠我，可你也不会做什么，贺以诚，你就没爱过我，对不对？"这话太伤人了，不该问，男女之间有答案的就不该问，她也不知道自己怎么还能问出口。

贺以诚沉默，良久才缓缓地开口："我们都是四十多岁的人了，人生早就过半，再谈爱不爱的没多大意思，既然分开了，我是希望你能过得舒服些、随性点儿，一切按自己的心意来。"

"我舒服得很，也随性得很。"

贺以诚点头："那就好。"

"但我会恨你一辈子！"林美娟忽然发了火，什么端庄啊，教养啊，通通不要了，她就是恨他，恨他无动于衷，恨他连表达歉意都虚伪极了，他根本没觉得抱歉，只是恰巧遇见她说两嘴，施舍她吗？她从椅子上站起，扑过来就捶他。

贺以诚不得不站起，她哭了，嘴里说的什么跟泪水混在一起，听起来特别模糊："你为什么要这样对我？为什么！我们十几年都这么过来了，你为什么突然变了，你为什么要把她带回来，你为什么？！"

贺以诚给不了答案，放任她打。

林美娟到底是连撒泼都不够，就只是对着他的胸口乱揉乱拍一气，连巴掌都没扬起来。

"我真的好恨你啊！"她整个人累了，垮了，又趴到他怀里，揪紧他的衣服哭号，像个小女孩。

贺以诚抱着她，没说话，只是轻抚她的肩头，帮她平息情绪。

她太久没得到这种温存了，来自男人的，来自他的，她的情欲从来都压在泉眼里头，洞口那样深，一股脑顶上来，凉得钻心。可身体是烫的，滚烫滚烫的，她仰头，糊了一脸的泪，嘴角全是，咸咸的，去吻他，他别开脸，她便发疯似的吻他的脖颈，去摸他，她从没这么热情过、主动过，她总是别别扭扭地暗示，得他主动给，她是骄傲的。

贺以诚什么欲望都没有，他没丁点儿情绪，钳住她的手，说："美娟，不要这样，咱们别这么激动，有话说话。"

林美娟还是不管不顾地亲吻他。

贺以诚心里一阵悲凉，他没说话，把她硬拉开。

她又扑到他怀里哭："你一定看不起我，我没办法，我真是恨死你了！可我还总想你，我寂寞，寂寞得想发疯，半夜醒来就要发疯，你为什么还要让我看见你！"她好像从来不曾这样倾诉衷肠过，只不过太晚了，又或许从来就没这个对的时间。

贺以诚站着不动，等她实在没力气哭了，啜泣声变小，他去浴室找到一条早就干硬了的毛巾，浸湿了，细致地给她擦了脸，擦了手："美娟，忘了我吧，咱们都往前看，我这么糟，实在不值得你再去想什么，我答应你，以后不会再过来。"

林美娟呆呆的，一脸疲惫地看着他，他蹲在眼前，只能看到发顶，他有白发了，稀疏几根，可仔细瞧是能看到的。他出来后一直在为公司奔波，忙得像狗，再没从前那份风光，得求人，得赔笑脸，她想也能想出来。

"你后悔吗？"

贺以诚把毛巾丢开，又站起来："后悔不后悔，都已经过去了。"

"你不后悔，我知道。"

贺以诚没否认："我拿些东西就走，你也回去吧。"

林美娟说："我不走，我要坐一会儿，你走吧。"

"那我陪你一会儿。"

"你能陪我一辈子吗？不能的话，你就滚，"她面无表情地说道，"我希望这辈子都不要再见你。"

贺以诚觉得很累，身体的，精神的，他已经不再想什么爱情啊女人啊，太无聊了，他现在只想让两个孩子有好的前程，好的生活，他得对跟过他的那些人负责，他必须爬起来，就这么两样事，其他的随风去吧。他先离开了这栋房子，没再回头看一眼。

送展颜这天，贺图南开着姑姑的车，给她搬行李，他给她买了台笔记本电脑，从北京带回来的。

贺以诚对他倒腾钱的事没做评价，但心里是肯定的："明年暑假回来学车吧，你今年弄这个比赛，车也没学成。"

贺图南把后备厢当啷一下关上，跑水槽那儿洗了脸，撩起衣角胡乱地擦两把，贺以诚看在眼里，微微一笑。

展颜坐在后头，说："我申报奖学金的资料递上去了，不知道能不能评上，9月就知道了。"

到车站时，她到后备厢想拿行李箱，贺图南的手按住她的手，那么轻微地一捏，她慌乱中踩到他的脚。

他们碰巧遇见宋如书，她变苗条了，皮肤也白了点儿，化着淡妆，瞧见几人时是贺图南主动打的招呼："回学校？"

宋如书本来想装看不见的，这么些年，贺图南的身影总还是会牵扯一份心肠，他不恨她了，也没再怪她，她其实早就知道。

连贺以诚都跟她点了点头，她手心全是汗，不过，在贺图南冲她微笑着说"路上注意安全"时，她整个人忽然就松下来，好像二十年的包袱都没了。她跟他们几人挥挥手，走进人潮。

"这孩子也长成大姑娘了，"贺以诚说，"她上的是人大？"

"对，宋如书一直都很上进。"贺图南说着，很自然地给展颜把额前的碎发拨了拨，"热不热？袋子里有手帕，记得用。"

展颜点点头，上了火车，找到座位，见两人还在月台站着，便挥了挥手。她含情脉脉地看向贺图南，又喊了句"图南哥哥"，那眼神，她自己没意识到，落在贺以诚的眼里，忽地就被刺了下。

他不由得转头，贺图南嘴角微抿，眼里有那么点儿笑意，跟她摆摆手。

一直到火车开走，展颜的脑袋还探出来，也不知道她到底在看谁。

"颜颜好像很依赖你，你这哥哥看来当得很尽职。"贺以诚跟他出了站，边走边说。

　　贺图南不动声色地往停车场走，说："她就是小孩子，你刚出事那会儿把她吓坏了，哭着喊她妈妈，我看她哭得心肺都要吐出来了，心里很难过，觉得她真是可怜，她又没地方去，除了我还能依赖谁？我是她唯一的亲人了。"

　　贺以诚说："她找妈妈了？"他眼睛一下湿润，在大太阳下一闪一闪的。

　　贺图南打开车门，一阵热浪扑来，说："对，可她妈妈早就去世了，她上哪儿找去，爸别怪她像小孩子那样，不是爸说的嘛，长兄如父，我照顾她时也想，也许，我就得扮演这么一个亦兄亦父的角色。"

　　贺以诚许久没说话，陷入回忆。

　　"开车吧，以后不会叫你再这么辛苦了。"他说完，便合上眼休息。

　　贺图南发动车子，看他一眼，汽车开进了盛夏的尾声里。

* * *

　　展颜最终错过奖学金，她输给了陈满，陈满是优秀学生干部，两人专业成绩不分上下，但陈满更为活跃，会组织各种活动，获奖无数。她看到自己与陈满的差异，曾试图改变，但无济于事，她并不喜欢这种学习、生活方式。

　　那就服输，展颜只是遗憾了一段时间，跟贺图南说起此事，泰然自若地带过去。他安慰她，说他找到一份投行的实习，比低年级更为忙碌，这个时候，身边人围着考研、出国工作的大事转，他也不例外。

　　"你要继续念书吗？读研究生？"展颜问他。

　　贺图南说："不念，找工作赚钱是正经事。"

　　"那你会留在北京吗？"

　　贺图南说："暂时待在北京，等你毕业了，你去哪儿我就去哪儿。"

　　展颜犹豫着说："你想过没？北京的机会肯定最多，你说的投行，我都不懂是干吗的，如果我将来去的地方没办法让你施展拳脚怎么办？"

　　贺图南笑道："无所谓，我做什么都能做好，别担心我。"

　　展颜下意识地摇头："不好，如果干的不是你喜欢的，时间久了，你的日子不会快活的。"

　　贺图南说："你把我想得复杂了，颜颜，我是什么钱来得多来得快就干什么，我不是那么在意喜欢不喜欢。"他忽然促狭地补了一句，"只要你不回你们村，我都行。"

　　又是秋夜，凉凉的风直往脖子里灌，展颜笑声里呛了秋风，她轻咳起来。

　　"颜颜，如果我以后让你到北京来发展，你愿不愿意？"贺图南问道。

展颜愣了愣，沉默了会儿，开口道："图南哥哥，有些话我早就想跟你说了，南京很好，北京也很好，但我并没觉得太留恋。我来这里念书，见识了许多东西，但假期一回去，我才知道，我还是念着我们的小出租屋，我在那里踏实，以后我大概是要回去的，新区划了那么一大片地方，未必没有我的用武之地，发展还早着呢。当然，这是我现在的想法，以后会不会变，我也不知道。"她声音柔软，说不清是眷恋着什么，"你会不会觉得，我在外头念了几年书居然还想回去很傻？"

贺图南听得莞尔："是谁说还要去美国的？"

展颜反驳他："去美国学习，我没说留在美国呀，我学好了，回来好好建设家乡。"

跟小学生写作文似的，贺图南问："哪儿是你的家乡？"

"小展村一半，城里一半，"她娓娓地说，柔情万千，"因为有你在城里，那一半才算家，要不然我不认的。"

贺图南说："真要被你这句话哄死了。"

"我没哄你。"

"你哄不哄我，我都信。"

展颜忽然说了两句本地方言，他自然不懂："搞什么鬼？"

"我在讲南京话，你说像不像？"

两人打电话总会说一些无意义的事，琐碎的，寻常的，冷不丁地冒出点儿有趣的来，像月亮露了头，清辉洒下来，人跟着心情变好。

比赛周期很长，天气转冷，寝室只有展颜跟陈满各自组队参加，外人看来，两个人是竞争者，陈满在寝室跟她几乎不说话，但一转身，就跟别的室友言笑晏晏。展颜知道，两人之间有种暗流涌动式的较量，也许，陈满将她视为对手。但她没有，孙晚秋不念书之后，她觉得自己永远少了样东西，好像孙晚秋之外，没有人值得对抗。

公示结果出来时，距离酷暑之下的辛苦测绘已经过去两个月。

学姐亢奋地来找她，说："你看到公示了吗？当初叫你去答辩是对的，你那么漂亮，往那儿一站，大家就都看你了。"

学姐没有贬低的意思，她太漂亮，总难免叫人生疑，声音又那样动听，眼睛看向谁，谁就会觉得自己被爱。

展颜没有狂喜的神情，她无端想起初三那年估分，在结果出来之前，她从不轻易有喜怒哀乐。

公示结果一周，有疑问的可以给组委会发邮件。果然，组委会的人找到她，说有邮件对她的作品入围有所怀疑，要跟她核实一些情况。第一是针对投票，第二是质疑她的设计理念。

"投票是评委的事，一共四轮，我就算想贿赂也没办法一层一层地贿赂到底，评委第三轮都不再看前面的成绩，我更没有操作的空间。"展颜面对老师时觉得不能理解，"如果评委不认可我们的理念，作品就不会入围，我不知道为什么要回答这些。"

老师说："那也要走个流程嘛，评委会最终还是会讨论再决定的。放心，我看到你们那个总平面图时就知道有戏，空间组织非常清晰，有这个打底，作品想差都差不了。"

她没再说话，学姐提心吊胆了两周，最终，她们的作品获得二等奖，一切尘埃落定。

展颜当天给贺以诚及贺图南分别打了电话，她没讲公示期间的事，声音明快。贺以诚总要为她自豪，好像她的事都是顶了不起的，他高兴得不行，自己的难反倒淡了，完全不值得一提。

展颜说寒假陪贺以诚买衣服，贺以诚心里舒坦极了，他像最满足的父亲，甚至觉得展有庆生儿子也没什么不好，展有庆疏远了展颜，展颜就是他的孩子了。展有庆那一家可以翻篇了，最好大结局。

贺图南一边实习，一边兼顾学业，几乎每天都熬到很晚。他变得话很少，展颜打来电话时，他正在整理底稿。

"你是不是很累？声音有点儿哑。"

贺图南打起精神："也还好，最近熬夜太多，冲了个澡，可能着凉感冒了。"

展颜说："那我不打扰你了，你多休息，等过年我请你吃大餐。"

贺图南将手头东西一丢，揉了揉太阳穴，直笑："除了吃，就没点儿别的了？"

展颜说："我也送不起太好的东西啊，这钱我打算把大头存着，下一年的学费就有了。"

"那看来给我跟爸的预算不多。"贺图南开玩笑。

"我自己交学费，你就不用辛苦了。"

他笑了声，声音黏糊糊的："你跟我算什么呢？对了，我怎么没觉得你多高兴啊？"

她就哈哈笑了两声，声音很大，吵得贺图南皱眉，一下把手机拿远。

她当然高兴了，这是她人生中的第一笔巨款，她想到妈，如果当年她手里有这么一笔钱，妈的病就不会耽误。一家人辛辛苦苦忙一年，毒日头受着，在冰窖一样的屋里冻着，布谷鸟走了来，来了走，还得老天发慈悲，土地给他们的不过就是几千块钱。

为了那几千块，全家人都得像牲口一样，什么都别想，就像牲口那样活着，吃了干，干了睡，一觉醒来，再把昨天过一遍。

那样的日子不会再有了，她一定不会再有那样的日子，但很多人还都会过那样的日子，她知道留在那片土地上的还有无穷的人。

展颜往家里汇了两百块钱，她打算送孙晚秋一双美丽的高跟鞋。

"我真替你高兴，过年我们应该聚到一起喝次酒。"孙晚秋在样板房里拢着被子，屋里非常冷，她握电话的手快被冻僵了。

"你过年回去吗？"

"不回。"孙晚秋回得很干脆。

展颜应了声："我想回去一趟，看看石头大爷，也不知道他腰疼怎么着了，我打算给他买点儿药，买点儿好吃的。"

孙晚秋顿了顿，说："石头大爷死了。"

展颜毫无心理准备。

"他病得厉害，又没钱吃药，就先把他那个傻儿毒死，又自己找了根麻绳，夜里吊死了。"孙晚秋并没什么悲痛，近乎麻木地叙说，这样的事，那样的事，疾病和死亡从来都和那片土地如影随形。

展颜挂掉电话，呆坐许久，才伏在被子上痛哭，太晚了，什么都晚了。

获奖自然还要请吃饭，各请各的，饭局上陈满似真似假地对展颜笑："我要是有展颜的脸，说不定就挤进二等奖了。"

室友们打圆场说，肯定还是要看设计本身。展颜没什么情绪，懒得讲话，她觉得一切都很遥远，笑声遥远，笑脸遥远，她看着陈满，觉得陈满可笑极了，她猜到匿名给组委会发邮件的应该就是陈满。

一次比赛对陈满来说是天生优越感操控下的某种志在必得，选手也好，评委也好，他们全都在高谈阔论，包括她自己，她突然就觉得他们都不值得一提了。一等奖，二等奖，没有人会真正看见一个亘古存在的庞大群体，他们总是说建筑和人的关系，有的人是不配为人的。

后续还有杂志社的采访，她失去倾诉的欲望。她为此感到痛苦，是那种看到知识分子夸夸其谈的痛苦，离具体的生活很远。一直到寒假，她都没办法从这种情绪中剥离，她总是梦见燕子、桃花，还有平板车上坐着的孕妇，那是妈妈的样子。

过年前，贺以诚新租了套两室的房子，让两人回来住，他可以暂时睡在客厅。展颜跟贺图南把房子退了，她陪贺以诚买了根领带，回到熟悉的人之中，她好了一些。

她知道孙晚秋肯定不会为这种事困扰，贺叔叔、贺图南都不会为此困扰，因为她感到一种新的孤独，没人和她一样的孤独，她想，如果妈妈在就好了。

年夜饭是她跟贺图南准备，外头有小孩子放炮，啪啪响，映得窗子一亮一亮的。

贺以诚在客厅闲闲地看着电视。

厨房不大，两个人显挤，从黄昏起，他们就进来忙活，有凉拌，有炒菜，有卤肉，色香味儿俱全。贺图南撕烧鸡弄了一手油，边洗边瞄展颜："你有心事，我总觉得这个年你过得不是太高兴。"

展颜低头切着青萝卜，沉静如水："没有，我也不知道为什么情绪不高，大概是因为觉得又老了一岁。"

贺图南往外看一眼，一扭头，快速亲了亲她的嘴唇："在学校跟同学闹别扭了？"

"不是。"

"跟孙晚秋？"

"也不是。"

贺图南手湿淋淋的，他揽过她的后脑勺，给了她一个湿热的吻，低声说："夜里去你房间。"

她揪着他的衣领，脸不可避免地红了："疯了吗？"

"对，我想知道你怎么了。"贺图南手指按在她的胸前，声音晦涩，"我一学期没见你了，想你想得也得发发疯。"

厨房的门上，影影绰绰的影子交叠，等贺以诚过来时，已经分开。

"怎么脸这么红？油烟熏的吗？还是我来炒吧。"贺以诚看看她，挽起衣袖。

展颜转过身，掀开锅盖，指尖轻点馒头，热气袭来，她在水汽中极力保持镇定："没事，贺叔叔，馒头差不多好了，菜很快的。"

贺图南端着盘子去了客厅。

饭桌上，他们像极了一家人，有父有子，有兄有妹，说着安全的家常的话题。

贺以诚吃完饭要到父母那里去一趟，他走后，贺图南只是在沙发上拥着展颜看春晚。十多分钟后，门突然响了，贺图南挪开手，贺以诚进来说："给你爷爷的东西忘拿了。"

贺图南站起来，帮忙递过去，笑道："爸的记忆可不如从前了，你不轻易忘事的。"

贺以诚微笑："人要服老，你们俩都这么大了，我哪有不老的道理？"

展颜问他要不要戴围巾，把围巾也取了过来。她给他缠上，很贴心。

贺以诚摸了摸她的头发："在家跟哥哥看会儿电视，我说说话就回来。"

这次他走后，贺图南一把抱起展颜，往她卧室去。

展颜心口跳得急，她按住他摸上身的手，说："贺叔叔要是还回来怎么办？"

"不会，再回来说忘拿东西就太假了。"贺图南揉开她的嘴唇，偏头咬上去。

展颜还在扭："你说，贺叔叔……"他的手顺着她的腰捻了捻，她立刻软了几分，颤颤巍巍，"贺叔叔是不是发现了？要不然我们直说——"

344

很快，她再说不出一个字，贺图南笑着问她："要说吗？我们这个样子要跟爸说吗？"

她那些情绪消散了，什么思绪都没了。屋里一阵寒凉进来时，贺图南把被子给她掖好，抚了抚她湿透的脸蛋："好些了吗？"

展颜声音微弱："你还不走？"

"我问你有没有好些，我以为你跟我什么都能说。"贺图南的身影在台灯下拉得很长。

她跟他化成一个人时是最安全的时刻，她便把枕头往床边挪了挪，头发垂坠下去，拉过他的手，轻轻咬他的手指头："我很怕死，一想到死，什么都没了，就觉得怕。"

他说："因为这个吗？怎么突然想到这个了？"

展颜平静地望向他："没什么，就是想到这个会觉得难受。"

"人都要死的，但活着的时候就好好活，对不对？"贺图南把她的头发慢慢地拢上去。

"有时候，我觉得浑身是劲儿，但有时候又会觉得好没意思，什么都没意思。"她松开他的手指，脸依偎在他的掌心，"图南哥哥，如果一个人一直单独过日子，是不是就没这些烦恼了，不会总担心突然失去什么。"

贺图南坐到床上，抱了她一会儿，说："我会陪着你的，爸也是，我们都会陪着你，我们好好过每一天，别想没发生的事。"

他的手交叠放在自己的腹部，展颜仰面靠着他的胸膛，她忍不住蹭了蹭，很快推开他："你快出去，这么久了，贺叔叔该回来了。"

贺图南恋恋不舍地松开她，往窗户那儿一站，看了看底下，说："你关灯吧，别瞎想，等爸回来我就说你累了，先睡了。"

她确实被他折腾得累了，很快睡去，迷糊中似乎听到了贺家父子的对话，他的味道还留在被枕间。

贺以诚回来时，沙发上只剩了贺图南，他跷着腿，心不在焉地瞧着电视画面。

"颜颜呢？"

"她困了，让我告诉你，先休息会儿，零点再叫她。"贺图南手指轻轻摩挲着下巴，"颜颜真是小孩子，还想守岁，又撑不住。"

贺以诚挂好外套，洗了手，才到沙发上坐，他还是那么爱整洁："颜颜不是小孩子了，你这就满二十一岁了，她过了年很快满二十岁，我一直没好意思问你们，在大学谈朋友了吗？"

贺图南的脸被屏幕映得蓝幽幽的："我太忙了，一天到晚净想着怎么多搞点儿钱，没空谈，"他瞥了眼父亲，"不过中间倒想试试，太费钱了，我又放弃了。"

"听你这意思，你这是对哪个姑娘有意思了，人怎么样？"

"是隔壁人大的，北京人，漂亮开朗，是我自己的问题，没钱没时间。"

贺以诚啜了口茶："颜颜呢？她成大姑娘了，我也不好意思问她。"

贺图南抱着臂，眼睛不离电视："爸觉得颜颜会喜欢什么样的？什么样的适合她？"

贺以诚沉吟片刻，说："我看徐牧远那孩子很不错，稳妥上进，当然，这要看颜颜喜不喜欢。"

贺图南说："那我呢？"

贺以诚反问："什么你呢？"

贺图南终于转过脸："我怎么样？"

贺以诚说："你是个好哥哥，将来她要是受什么委屈，你就是娘家人，要帮她出头。"

贺图南说："还有呢？爸还有什么要跟我说的吗？"他似逼似玩笑，眼睛深邃。

贺以诚伸手搭在他肩上揉了两把，隐隐地重。

贺图南感觉到力度了，嘴抿得铁紧，看着贺以诚起身离开。

一个年关过得繁忙，展颜每天都要抽出固定时间练习手绘，要去新区看那些新起来的建筑，现场画图，跟孙晚秋一起逛商场。展颜觉得自己渐渐好起来，她想，人总是擅于遗忘的，不忘掉，没办法过下去，全忘了，也没办法过，人是聪明的，把记忆里那些事挑挑拣拣，光找好的、乐的，珠子散一地穿起来，滴溜溜地打转，什么时候拿出来一看，都是光彩。

再开学时，她甚至变得活泼不少，也许仅仅是因为春天本身，她跟室友一起买花，栀子花一朵就香死了，2004年的春天，她还卖出了自己第一幅手绘作品，虽然钱不多，但令人愉悦。她开始学一些基础的软件操作，兴致勃勃，孙晚秋鼓励她好好学电脑，两人通话变得频繁。

"我最近去看房子了，真贵，我听别人说，2000年还是一千多块一平方米，现在两千六了，真吓人。"孙晚秋咋了声，"我攒钱要攒到猴年马月，真想去抢银行。"

房价突然在这一年疯涨，展颜说："南京也是，越来越贵。"

孙晚秋又咋："哪里值这个钱，这都是能算出来的。"她像打算盘一样，叽里呱啦地给展颜算了一通账。

"当房地产老板来钱可真快，"孙晚秋感慨，"房子还没影呢，就先收钱了，我要是有钱，我现在就把北区买了，通通盖大楼，一平方米卖五千！"

展颜说："你可真敢想，两平方米就一万块钱，谁买得起？"

"有人盖就有人买。"

"对了，我那个设计比赛的作品这个月刊登了，我想给市政府看看，碰碰运气，也许我的方案有机会落地。"

她跟孙晚秋商议后,很快行动,把杂志寄给政府,等到暑假跟前,政府那边回复,请她方便的时候过去一趟。

这时,贺以诚的公司已经稍有起色,没辜负他多出的白发,人像陀螺,鞭子却在自己手里握着。贺图南暑期实在是忙,难得抽身,跟父亲说,这个假期没法回家了。贺以诚要出差,劳烦他在网上给自己订一张机票。

"颜颜回来了,跟你说了吗?"他问儿子。

她回来得急,贺图南还不知晓,她说过,暑假会来北京找他,理由很好找,她这个专业总需要行万里路的。

贺图南说:"知道,她才大二自然有时间乱跑,我很忙,等过年再说吧,您要哪天的票?我看看。"他问了几句公司的事,父子间的交流非常直接。

等订好票,在贺以诚走的当天,贺图南到了家。

展颜跟政府相关人员见了几次面,沟通许久,对方并没给明确的答复,她黄昏时分到家,倦倦地把包一扔,才发觉沙发上有人,着实吓一跳。

贺图南把书从脸上拿开,睡意蒙眬,只噙着笑:"到我这儿来。"

她吃惊地看着他:"你怎么回来了?不是很忙吗?"

她刚走到他身边,便被他拽到怀里,两人离得很近,他那双眼突然变得格外明亮,他点着她的鼻尖:"好啊,我看看展小姐到底有什么事,瞒着我回来,我还说在北京等你,耍我呢?"他暧昧地在她的红唇上一抹,擦掉点儿口红。

她一见他,便不累了,只是脸上还化着妆,去跟人家谈正事总要正式点儿,不能露怯。贺图南第一次瞧见她正儿八经地化妆,只是笑,她被他看得不好意思,细说了,脸贴在他胸前:"我是要去找你的,本来过几天就要去的。"

"是吗?我看看是不是真的。"他说着就上了手。

展颜站起来躲开,实在没想到他会回来,她是极高兴的。

贺图南站起来追她,轻而易举就把她逮到了,她气喘吁吁:"你真不害臊,就这几天也等不了。"

"对,等不了,今年又没陪你看成樱花,哥哥好好补偿你。"无人在家,贺图南简直成了登徒子,衣服落在客厅,丢了一路。

她想他了,他一碰到她,人就不是自己了。他的重量似乎跟骨骼有关,肌肤又黏又热,那种热很快把天花板上的灯烫得变了形。

她在那瞬间,不知道把他当成了什么,不管是什么,他都让她满足。

"我要你永远陪着我,图南哥哥。"她近乎痴迷地要求他。

床单变得湿漉漉,展颜撒娇说渴,要他倒水。

贺图南便在她腰间摸了把,起身开门,他连衣服都没穿,拿了水杯,觉得餐桌上多了样东西,是个黑色公文包。

第二十二章
决裂

❄ 要把粘连的血肉分开会很痛,但时间会让它们各自长出新的皮肤。

贺图南走过去,拿起包,是贺以诚的,他可以确定进来时家里没有。

爸摆了他一道,他的心突突跳了两下,水接满溢出来,流到手上,人方回神。

冷静下来,他捡起地上的衣服回了房间,展颜眼睫垂下看他,他就像一只身姿修长有力的豹子,此刻只蜷缩于爱人的怀抱之中,她摸着他的头发抱紧了。

"爸应该知道了,他没走。"贺图南告诉了她。

她一惊,脸更红了,觉得极难堪:"贺叔叔听到了吗?他是什么时候进来的?现在呢?"她一想到刚才两人的情状,脸都没了。

贺图南安抚她:"没事,我来说,既然早晚都要说,那趁今天这个机会说了也行。他是什么时候来的,我不知道,但他应该是进来又出去了。"

展颜脸滚烫,稍稍思考片刻,说:"如实说吗?贺叔叔会不会生气?我觉得,我们好好说,如果他批评我们,你别顶嘴,我也不说话,就听着,你看行吗?"

贺图南眉心微锁,很快又舒展开来:"你还是在屋里待着,先别出去。"

展颜不肯,她跳下床快速把裙子套上,手指梳理起头发:"不行,这是我们两个人的事,我们得一起。"

贺图南点了点头,牵住她的手,放在唇边又亲了亲:"好,我先来说。"

展颜觉得自己简直没办法面对贺以诚,她有些后悔,应该坚持早说的,如今这个场景下,大家都尴尬,但事到临头,她得面对。

楼下,贺以诚记不得自己抽了多少根烟,浓的云像要把那块湛蓝的天击碎,盛夏的云看起来都那么恶心。他开了门,地上的衣服早就没了踪影,他见两人都在客厅站着,便说:"现在能见人了吗?"眼睛是看向贺图南的,他一脸霜色,从没这么严肃过,"颜颜回屋。"

展颜心里沉沉地跳了几下,她刚走上前,想说点儿什么,贺以诚便厉色道:"你回屋。"

她的脸一下烧起来。贺图南拉回她，捏了捏她的掌心暗示，她犹豫了下，才慢慢走回房间，进了屋，留着一条缝，抓紧了门把手。

贺以诚走上前就是一巴掌，虎口都麻了："你畜生，你这个畜生！畜生！"

贺图南这才知道他老子手劲儿有多大，脸上火辣辣的，立刻浮上几道红痕。不等他回神，贺以诚又是一巴掌，他失去知觉了，身子又麻又木，他没这个心理准备，像灶下的烈火冷不丁地舔了手，疼得厉害。

"你怎么敢？嗯？贺图南，你怎么敢！"贺以诚杀了他的心都有，一瞬间，都忘了这是儿子，一脚把他踹倒，又把他拽起来，再要打。

展颜冲了过来，护住他："贺叔叔，别打他了，您要打就打我吧，您打死图南哥哥，我也活不成了。"

贺以诚眼睛都红了，他扭头看展颜，展颜一对上他那双眼，心里便哆嗦起来，他头一次凶她："你给我回屋去！"

展颜浑身直颤，贺图南爬起来把她往屋里搡："这是我跟爸的事，你先回屋，听话。"

展颜看着他肿起来的脸，心疼得哭了，想摸一摸。

贺图南深深地看她一眼，摇了摇头，在她身后推了一把，她靠着过道站定了。

"爸还没解气对吧？"他转头，"你是老子，你接着打，打完咱爷俩再好好算算账。"

贺以诚一个巴掌甩过来，这次，他的嘴角被打出了血，人都没站稳，格外狼狈。贺以诚英俊的脸扭曲了，变得狰狞："好，我来给你算算，这巴掌是我替你明秀阿姨打的，她要是在天有知，会恨死我的，我就是死也没脸见她，"说着，又扬手，重重地落下，"这一下是替颜颜打的，你根本不是个东西！"

贺图南那张俊脸早就不是自己的了，肿着，痛着，被贺以诚下死手打的。他稳了稳神，眼睛隐忍地也泛了红："还有吗？"一张嘴满口腥咸，他皱眉吐了出来。

贺以诚连连点头："有，你别急，"他指着儿子，"跪下，给我跪下！"

贺图南倔强地盯着他，眼睛一眨不眨，膝盖一弯跪了下去，他那么大的人了，大小伙子，跪着也显高，腰背挺拔。

展颜捂住胸口，手心发冷，她什么声音都没发出。

"把衣服脱了，"贺以诚声音在抖，极力控制着，"你一个禽兽还需要穿衣服吗？"

贺图南把T恤两下脱了，丢到旁边，头发凌乱，两只眼锐利地看向贺以诚，依旧不吭声。

贺以诚拿过笤帚，对着他劈头就甩。

贺图南不避不闪，受着，后背肌肤猛地收缩，到底是肉长的，也会疼的。

很快，那一片红痕张牙舞爪起来，纵横交错，贺以诚重重地吐出口气："这是替你自己打的，你白念了这么多年的书，谁都没教好你！我是怎么跟你说的？"他忽然俯下身，声音狠厉，"我那么交代你，你还敢……你居然敢……你这个不通人性的畜生！你还能算个人吗？！"他再次给了儿子一巴掌，自己也趔趄着往后退了两步，中年人动这样的肝火，同样是酷刑。

展颜摇摇欲坠，她整颗心揪在一起，跑过来，跟贺图南一起跪着，几乎是哀求他："贺叔叔，图南哥哥没骗我什么，我喜欢他，是我自己愿意的，您打我吧，我知道您气我们瞒着您，您消消气，我们大家坐下来好好说说成吗？"

她那么美，哭起来哀伤的样子一下把他拉回到葬礼上去，她小小的，就那么跪着，孤苦伶仃地守着亡母的棺木，他跟她说，有些事，人是没办法的。她的泪水轻而易举地浸透了他的心，这些年过去，有些事依旧没办法，是他的失职。

"起来，颜颜，"贺以诚抓住她的肩膀，注视着她，"我没照顾好你，对不起你，更对不起你妈妈，你妈妈要是知道，"他痛苦得几乎说不下去，"不会原谅我的，她不会再见我的，我将来见了她，她也不会认我。"

他说这些一下就有了股老意，悲凉，手足无措，好像一头老了的猛兽，曾经的利爪、獠牙通通被岁月无情地腐蚀了，消耗了，失去刚强的力量，只变成了一个最最普通的不敢面对至爱的男人。展颜有种心碎感，她意识到，她好像伤了他的心，这个认知让她羞愧、不安，透不过气。

贺图南冷眼看着，他身上、心里都在滚着沸油。贺以诚看展颜的眼神几乎要惭愧而死，他起身把展颜拉开，问："打完了吗？还要不要接着打？"

贺以诚一见他那个神情，怒气又上来了，贺以诚知道，他那个眼神是不认错，他压根儿就没觉得自己错。

"不打的话，该我说两句了。"贺图南咬牙站起来，赤着上身，也没办法穿衣服了，"爸到底在气什么？气自己掌控不了我了是吗？"

贺以诚的眼突然变得寒意凛凛，如冷火一般："看来我打得还不够。"

贺图南说："没打够就接着打，打完我就不欠什么了。"

"贺图南，"贺以诚非常吃惊，"你以为我还会放任你胡来？"

贺图南冷笑："爸，你真把自己当人家的亲爹了。"他知道这是他唯一的机会，一击必中，一击必倒，否则他这辈子都翻不了身。

展颜像预感到什么，扯住他："别说了，让贺叔叔休息一会儿。"他把她的手轻轻拿开，她不肯，死攥着，不许他说扎心的话。

"让他说，我倒要看看他当了畜生要教训我什么？"贺以诚脸色阴沉。

贺图南点头："好，爸给我个理由，我为什么不能跟颜颜在一起？"

"你说为什么！"贺以诚的脸突然涨红了，他一阵恶心，都不想看儿子的脸，他是男人，当然知道彼时里头是什么光景，贺图南让他震怒，也太让他失望了，他心里还把展颜当成小女孩，白纸一样。有些话，他当父亲的根本无法启齿，他能打儿子、骂儿子，但他得给颜颜留点儿体面。

"我说，好，我说，"贺图南揩了下嘴角，"因为爸有不能见光的东西，你把她从小展村带出来不只是为了让她念书，你要一步步地把她变成你的孩子，你要让她忘了自己的家，她爸再娶是你给的钱，你巴不得他爸把她忘了，她全家把她忘了，这样她就是你的孩子了，你为了切断她跟那个家的关系花了多少钱，自己还算得出吗？好慷慨啊，贺老板。"

"你给我闭嘴！"贺以诚忽然又给了他一巴掌。

贺图南笑了，一嘴血地笑，眼睛里却一点儿笑也没有，寒刀凛凛，专挑痛处下手："怎么了，爸被我说得恼羞成怒了？不敢承认？你别忘了，人家再穷也姓展，她亲爹是展有庆，她是展有庆身上掉下的肉，一辈子都不会姓贺！你那点儿心思能见光吗？"

他忽然转过头，看着展颜，她嫣红的嘴唇变得惨白，不住地颤抖，没人给她时间消化他那些话，他一股脑说了，全涌过来，她几乎要溺亡，耳旁还是他的声音："现在你知道爸气什么了吗？因为在他心里，你是他女儿，他一厢情愿要当你亲爹。知道他跟我说什么吗？说你是小妹，谁考虑过我？"

他又一次盯着贺以诚，眼神炽热："爸爱过我吗？明知道我的心思却这样对我！你要想听颜颜叫一声爸，只能通过我，否则你这辈子都休想听她这么喊你！"

贺图南需要狂肆一回，他要说，不停地说，点点滴滴，什么都想起来了，一个个把毒疮戳开，流脓流血，他面目也跟着狰狞起来，五官凶狠。他知道他会刺伤父亲，也会刺伤展颜，但他受够了，他自己也在流血，从身体到灵魂。

话音刚落，贺以诚对着他就是一脚。

贺图南连退几步，撞到墙上，跌坐在角落里。

"畜生，你这个畜生——"贺以诚几乎说不出话，他不了解这个儿子，此时此刻，他才发现他一点儿都不了解自己的儿子。两人像缠斗的兽，区别不过是他人到中年，骨骼、肌肉、精神全都比不上一头新长成的小兽，小兽皮毛光亮，獠牙尖利，他厮杀不过了，兽老了要离群，找个荒野的角落独自舔舐伤口，再独自死去，人还能用伦理纲常包装，可世界终归是年轻人的，这一点不会变。

"我没什么不能见光的，别太看低你老子，"他居高临下，指着贺图南，"我唯一对不起颜颜的就是把她交给你，你承认了？你就是个畜生，这是我的错，我没教养好你，是我为人父的失职！"

贺图南冷笑不止，手臂撑着地，也不说起来："你以为就你爱颜颜？就你付出得多？对，你为了她连人都能杀，我比不上你，可我这些年做的一点儿都不比你少，你没资格评判我，哪怕你是我老子！"他眼中似有泪光，"你带给我的痛苦，你从来没意识到过，你忽视我，忽视这个家，你跟乱七八糟的女人纠缠不清，你从没任何解释。你欺骗我没有任何犹豫，眼睁睁地看我痛苦，我等你这么久，你还在骗我，我告诉你,我早就知道颜颜不是小妹了,我比你有种,我爱谁就是谁,我永远不会像你一样一辈子周旋在女人堆里。"

贺以诚心脏像被人重重地揪住,他几乎要倒下。

展颜已经混沌了,愣愣地感受着父子两人间的仇恨像杀意一样强烈,互相伤害着对方,他们都让她觉得陌生,他们都把她当作武器,她成了尖锐的长矛往他们胸口捅。

可她欠两人一样多、一样深,像深海的水,永远没完。她完全不知道自己该站在哪一方,她爱两人,不知道为什么局面就变成这样了,被发现的难堪此刻全变成了痛苦,喉咙像被人给堵住了,难以呼吸。她看着他们,像跟这个世界隔开了,她在这头,两人在那头,都伤痕累累,她不想让他们任何一个人受伤。

"图南哥哥——"展颜去扶贺图南,不该这样的,最苦最难的日子都过去了,为什么这个时候要两败俱伤?

她泪眼模糊地看向贺以诚:"贺叔叔,别打他了,您打他自己也难受,我们好好说,行吗?"

贺以诚撑着让自己不倒,他摆摆手,只看儿子:"你给我滚,我现在不想看见你。"

贺图南摇摇晃晃地站起,嘴角的血还是鲜的:"我不会放弃颜颜的。"

贺以诚咬紧牙关:"你做梦!"

贺图南脸上露出一种虚浮的笑:"我是不是做梦,爸说了不算,你很虚伪,这辈子也很失败,知道吗?你说得对,是你的错,你要是真爱明秀阿姨,那跟别人结婚、生孩子干什么?你就是这么爱女人的吗?你抛弃了她,你根本不爱她,我不会像你,我比你忠诚,也比你负责,你伤害明秀阿姨,也伤害了妈,你到现在还想把颜颜绑在你身边做女儿,是良心亏欠到睡不着的地步了吗?既然如此,你早干什么去了?我不会重蹈覆辙,绝不。"

这些话彻底把贺以诚击垮,他没辩解,有什么好辩解的呢?他错过的、失去的,时间不会还给他,他这辈子当真是虚伪的、失败的吗?全是他的错,他对过吗?

他觉得眼前一阵黑一阵红,是黑色的带毒的血,整个世界就这么晃晃荡荡的,倒下去的那一瞬,他甚至还有意识,他想,就这么死了吧,人都要死的,春风夏雨、秋阳冬雪,他也走过了几十载,不算长寿,可也不算短暂,痛苦的、甜蜜的就都这样吧,这么孤独、这么寂寞的余生也没意思,他倦得一根手指头都不想动。

* * *

贺以诚被送到了医院。他没像电视里演的那样要说点儿什么,话断了,人才跟着倒下去,没预兆。于贺图南而言,贺以诚是无坚不摧的,哪怕是坐了几年牢,也丝毫没有颓废的意思。

两人都吓坏了，一路无言，在医院里忙活半天，等他脱离危险，展颜让贺图南守着，自己回家做饭。

她买了鱼，让人家给弄干净，可卖鱼的实在忙，简单掏了几下，用水管子一冲，就丢进了塑料袋。她拿回家开始清理那些没掏完的内脏，一手的血，水龙头也响，那样重，她几次停下来，休息会儿，才能继续。

汤炖成了奶白色，她带过去，见贺图南站在楼下树荫里抽烟，两人目光碰上，他说："爸这会儿睡了。"

她低着头，什么都没说，要进去，贺图南攥了下她的胳膊。她抬头，他眼神复杂，不知藏了多少种情绪。

"我们回头再说吧，你不要再刺激贺叔叔，他都是四十多岁的人了。"

"你怪我吗？"

展颜心里一阵难受："没有，我只是想，如果他那一下过去了，"她眼里忽然涌上泪，"你要怎么办？我要怎么办？你想过吗？"

贺图南手中的烟头烫到自己，他全无知觉："想过，我很害怕。"

展颜手指抚了抚他的脸庞，她凝视片刻，错身进了大楼。

又是病房，她想起第一次见贺以诚就是在病房，他那样不凡，是她世界之外的人。

贺以诚没有醒，他看见了明秀，她梳着两条乌油油的大辫子，一双眼明亮动人，就差那么一步，他就能吻上那双桃花眼，握住那双温柔的手。

她娇笑着皱起鼻子："你再不来找我，我就跟别人走了，我真的要跟别人走了！"

他说："我一直在找你，找不到你，怎么我刚找到你，你就要走了呢？"

过桥过水，翻山越岭，他是孤军哀兵，雨淋着，雹打着，走到舍生忘死，走到山穷了，水也尽，她的身影一远再远。可即便这样，她也太美了，恍恍惚惚，迷迷醉醉，他说："你再等等我，咱们一起好好过，再也不分开了。"

他就那么躺着，不说醒，不说死。日子好像还长着，等到了头，他要跟她埋一起去。展有庆不是有了新人吗？她孤零零的，长眠在荒凉的山野里，他得去陪她，活着不行，死了总归没人管了吧……

病房里有轻微的动静，那双眼睛都没睁开呢，贺以诚就知道是展颜。他混混沌沌地想着，他吓到她了，她会哭，会难受，这个念头一动，他就醒了。他看见她在擦床头的小柜子，鼻尖全是汗，等擦完，拧开保温桶盖子，看了两眼，又盖上。

"贺叔叔？"展颜一抬头，见他醒了。

贺以诚没说话，定定地望着她。她也在看他，他有点儿老态、疲态和遮不住的年岁感，他平时不是这样的，整个人像突然被决堤的大坝冲垮了，水退去，露出荒凉的地表来。她真是心酸，觉得他可怜，怎么那么可怜呢？那么体面、那么风光的一个人落到这个田地,她不能原谅自己。

他一时间也没说什么,只让她照顾着。贺图南出现在门口,沉默地看过来,等他吃了点儿东西,贺图南靠近他:"爸。"

贺以诚说:"你先回北京,忙你的去。"

什么都没说清,贺图南不肯走,他不动。展颜不知道他在拧巴什么,她觉得无奈,没办法怪他,也不忍心,她只觉得是自己的错。

"我去收拾一下。"她把残汤剩饭拎出去,眼神动了动。

贺图南跟她出来,到水槽那儿。

这里全是照顾病人的家属,一旁穿碎花短袖的老太太正拿洗衣粉搓饭缸子,饭缸有些年头了,豁了口,磕掉了漆,展颜打量她几眼,把洗洁精送她了。走廊里全是消毒水的味道,有人走,有人进来。

"我们的事以后再说,你先回北京吧,我在这儿就行,这些年,我也没照顾过他,让我来吧。"展颜拿毛巾把桶上的水擦干净,装进布袋。

她沉静无比、毫无波澜,贺图南凝视着她,跟着她,步子放慢,黄昏的余晖从窗子那儿斜斜地打到过道上来,那么长,亮亮的,反射着眼睛。

展颜着急回去,从水房到病房好长一段距离。

"颜颜。"贺图南在身后喊她。

展颜回头,这才发现落下他这么远,他背着光,瞧不见什么神情,隐约只觉得他眉眼深浓。

他仅仅喊她一声,没下文。他一直等她转身看自己一眼,可她没有,她都要伸手推病房的门了,他才叫住她。

她的脸被霞光镀满,长睫像撒了金粉,毛茸茸的。

过道里,有人抱着个破收音机,来来回回地走,收音机里传出歌声:

  姐儿头上戴着杜鹃花儿呀
  迎着风儿随浪逐晚霞
  船儿摇过春水不说话呀
  水乡温柔何处是我家
  船儿摇过春水不说话呀
  随着歌儿划向梦里的他

歌声近了,那样悠扬,又远去,展颜问:"图南哥哥,你知道这是什么歌吗?怪好听的。"

抱收音机的男人正走到贺图南旁边,一转头,对她说:"小姑娘,这是1989年齐豫的老歌,你那时估计只有这么高哩!"他比画了两下。

贺图南没说话，只是冲她打了个手势，让她进去。

他问过医生贺以诚的情况后，第二天买票，回了北京。

贺以诚比医生预判的要糟，时轻时重，本来说两三天就能出院，出院当天又发了烧，也不晓得大暑天怎么会发烧。

他坚持出院，展颜在家里一面练着手绘，一面负责他的一日三餐。中学那会儿，她面对他总有点儿拘谨、客气，现在倒真像女儿了，提醒他吃药，做饭时问口味儿。

贺以诚也问她学业的事，有时间细聊她那次比赛，两人在家待在一起，跟普通的父女没区别。

但这些话题都留在浅浅的那层，谁也不提当日的事。贺图南会打电话，他也一样，不涉及根本地问些话，好像父子间那场厮杀没发生过。

这是不可能的，每个人心头都被砍出了缝，展颜起先没时间细想，回来后，晚上睁大了眼，像小时候屏息凝神地等老鼠那样，全神贯注、一门心思地想。

夜里就这点好，黑漆漆的，谁也看不见你，万籁俱寂，天地之间好像就剩你自己，能好好细数过往，想清楚，想明白。

她终于想起来了，她跟贺叔叔是有过那么点儿嫌隙的，她觉得他管得太多、太细，他不管她想要不想要，一个劲儿地给，太让人窒息了，爱也能把人憋死，但又没法说。再后来，他为了她出那么大的事，她成人了，多多少少知道男人是什么样，这世上，男人要想证明自己就得有事业、有钱，他本来什么都有，因为她，一夜间成了阶下囚，这样的大起大落，没几个人能承受住。可贺叔叔生生受着。

展颜胸口一阵剧烈地痉挛，妈在信里说，怎么信赖她就能怎么信赖贺叔叔。他跟妈到底是怎样的关系，才能做到这一步？妈铁定是信赖他的，妈这样信赖过爸吗？

夜那么长，她能想一夜。

贺以诚让她回学校，她说再过两天，其实也是在等贺图南，他忙得要命，奔着实习转正去的，那是数一数二的投行。

她想问贺以诚点儿什么时，他却先开了口，等筷子摆好，他说："咱们说说话吧，颜颜。"

展颜笑笑："咱们不是每天都说吗？您想说什么？"

"说说咱们都认识的人，你妈妈，还有你图南哥哥。"贺以诚语气很淡，他重新有了精神，双眸湛湛。

展颜"嗯"了声。

"我这几天想了很多，你大了，一定也怀疑过我跟你妈妈是怎么回事，这叫外人看，我可笑得很，上赶着要帮人家养女儿，"贺以诚倒了点儿小酒，抿一口，"这世上的人多了去了，什么怪人怪事都有，我想的是，无论如何，这都是自己的事。我还有几年不到五十岁呢？圣人说，五十知天命，天命是什么，我不敢讲自己清楚，我只知道自己这半辈子命是什么样的。"

展颜被他说得心里那股悲伤升腾而起。

"那天,你图南哥哥说我一辈子周旋在女人堆里,我没解释,你妈妈走后,我懒得解释一切跟感情有关的东西,我能应酬生意场的事,但我已经应付不了感情了,我很累,有些事是不能跟别人说的,只能烂在心里。今天跟你说,也仅仅是想告诉你,你妈妈是这世上最好的女人,我跟她没有任何见不得人的东西,这点你要相信我,也要相信你妈妈。"他徐徐地说着,还是这身温和、镇定的气度,分毫没改。他有无数话能赞美他的至爱,却只是蜻蜓点水般带过,那是属于他的,属于他一个人的,连展颜都不必告诉,他要带到坟墓里去,这样干净,就再也没人知道他跟明秀的往事。

展颜深深地望着他,她有些惊觉,妈妈有部分是她不知道的、不了解的,她知道,贺叔叔不会细说了,妈妈也没细说,只让她信他,没说他一个字的不好,全是好,这样好的一个男人,妈妈没得到。

"您爱她吗?"

贺以诚说:"爱,我这辈子心里只有你妈妈,我这么爱她,却没能跟她结婚生子,所以我说我讲不清天命,天命也许就是无常,有一双翻云覆雨的手,想怎么操弄人就怎么操弄人。"他无声地流下眼泪,表情都没变,"你妈妈走时,我心里空得要命,我刚跟她重逢,她就走了,我觉得自己活着都变成了一件非常没意思的事,可她把你托付给我,我想着,无论怎么样,我都要尽我所能把你照顾好。她太苦了,她嫁到那样一个家里,过的是什么日子,明明不会死的却死了,我厌恶你爸爸、你奶奶,我确实虚伪,觉得展有庆根本不配做你的父亲,他也不配娶你妈妈,他娶了你妈妈,却不能爱护她,他生了你,同样不能爱护你,他是个窝囊废,是孬种。"

贺以诚说了这么多,忽然抬眼注视着她:"我一直不敢在你面前表露,因为我清楚,他再不堪,也是你爸爸,你们才是父女,这是最让我绝望的,我是不是很可笑?"

展颜没办法面对他的眼睛,他完全坦白了,她承受不了。她别过脸,说:"贺叔叔,您跟妈妈的事,您不想说,我不会追问,这是你们之间的秘密,我相信你,也相信妈妈。"

"好,咱们不说这些了,说说你图南哥哥。"

她心里重重地一跳。

"他从小跟徐牧远一起长大,很会惹事,两人闯了祸,都是他出的点子。他对你天然有优势,你长于乡野,心地单纯,是我大意了,只想着让你们当兄妹一样处着,将来我老了,你也有个照应。可我忘了,你们少男少女正值青春,他又比你大,懂得多,趁你什么都不清楚——"贺以诚再提这些,胸口还是又紧又闷。

"不是,"展颜终于直视他的眼,也不顾矜持了,"我不是贺叔叔想的那样,我清楚,我喜欢他。"

贺以诚皱眉，已然又怒上心头。

展颜却要说："他没引诱我，是我自己愿意的，"她脸上热热的，胸口起伏着，"是我喜欢他，是我自己要跟他亲近的。"

贺以诚打断她："那是因为我出了事，你只能依靠他，你自己根本没弄清依赖心理和感情的区别，他对你是怎么回事，我更清楚，你俩都没弄清自己的感情。"他斩钉截铁，显然在这件事上不给她留余地。

展颜不想惹他生气，她脸通红，忍住了。

"他不适合你，你驾驭不了他的。"贺以诚脸色阴晴不定，只要不谈及明秀，他就是冷酷的、极其理性的。

展颜眼帘垂着，一声不吭。

"他以后面对的是个灯红酒绿的世界，是要在外打拼的，无数诱惑等着他，考验根本没开始。你们生活的年代跟我们那代人完全没可比性，你要上五年，到时候他都工作两年了，他早就有一股社会气了，你呢？你现在能给他的是青春美貌，到时候他只要有钱，就有无数青春美貌的女孩对他投怀送抱，你要过疑神疑鬼的日子吗？你能永远青春吗？我是男人，比你更了解你的图南哥哥。"贺以诚说到这儿，太阳穴一跳一跳的，他不会让事情发展到那一步。

"您为什么不能对他有点儿信心呢？"展颜忍不住了，想要质问他，为什么要这么判定贺图南。

"我是对人性没信心，"贺以诚果决地告诉她，一双眼明察秋毫般望着她，"颜颜，你有信心吗？你觉得他爱你什么？我哄着他给了份责任让他挑着，他一知道真相就迫不及待了，你还那么小，有几个十八岁就做这种事的？！他根本就是混账！"

贺以诚脸色变得苍白，一阵眩晕，他看起来极不舒服，展颜一惊，起身过去帮他抚背。

"你投入得越多，将来受的伤害就越大，傻孩子，你应该去认识更多的人，外头世界那么大，你不该被他困着。"

展颜的心被狠狠地揪起又碾平，她有说不出的绝望，她知道，贺以诚不会给她跟贺图南机会，她无从反抗，多一句辩解都要小心翼翼，唯恐伤害他。

她看到他的白发，是啊，他年华老去，她还欠他那么多，朝夕必争地还，又什么时候能还清呢？她还不清的，这一刻，她真是爱他又恨他，爱和恨都是那么强烈，她都没恨过人，可她恨贺叔叔。

也就是那么一刹那，她清醒过来，十分羞愧，看到他鬓角的白发，她又心软了，她真是不忍心让他再痛苦，再伤害他的身体。她还年轻，才二十岁，鲜花一样，可他的青春只剩回忆了，他手里还剩什么？前途不明的事业、破碎的婚姻、有怨怼的亲人，她难道还要剥夺他的儿子吗？他用爱来控制她，他成功了。

展颜不知道最后自己说了什么，也许是抚慰了他几句，也许什么也没说，她沉默地躺到夜晚的怀抱里，想了许久，爱是能辖制人的，他给得越多就越能辖制她，让她左也不是，右也不是，她从没有不要的资本。她要下去，就一辈子受制于人。爱这个东西真的太让人痛苦了。

展颜静静地望着天花板，流了许多眼泪，她知道，要把粘连的血肉分开会很痛，但时间会让它们各自长出新的皮肤。

* * *

展颜跟孙晚秋去了趟新区，国际会展中心、艺术中心皆已建成，成为本市地标建筑，报纸上说，这里将成为城市未来的金融核心。

2004年的夏天，新区多了几万人口。

展颜拍下照片，说等十年后再看。孙晚秋说："哪里用得上十年，五年后都不一样了。"

展颜说："我以后会给这里设计房子，你信不信？"

孙晚秋说："我信，你一定可以做到，到时候我买你设计的房子住进去，我就有自己的家了。"

两人相视一笑，她跟孙晚秋回了工地，要一起睡。那时，天都已黑透，远处滚着雷，会下雨的样子。洗澡不是那么方便，孙晚秋烧了水，拿热毛巾给她擦后背，力气大，她被搓得往前一倾一倾的。她很平静地把这些天的事说给孙晚秋听了。

"你打算怎么办？"孙晚秋把毛巾丢进盆里，又拧了把，让她擦腋下。

展颜盯着墙上自己的影子："三年级那年，我奶奶闪着了腰，正该收麦子，大家都在地里头忙，我在家一个人烧锅做饭，还得洗衣裳，奶奶老骂我，这弄不好那弄不好，到最后，作业赶不完了，我急哭了，脑子里只有一个念头，我写不完了，怎么都写不完了，老师为什么老让抄课文呢？那会儿真绝望，这件事，我很多年都没想起过了，现在又有那种感觉了，贺叔叔，还有贺图南，我还不完了，怎么都还不完。"

雷声近了，风声忽然大起来。

电扇开关上的油渍在灯下腻腻的，孙晚秋调到最大挡，坐下说："因为他们一直付出，你怎么还？贺叔叔对你再好，也不是明姨，不一样的，你再怎么跟明姨闹别扭，她也不会跟你算账，但外人付出了那么多，这时候就得算算了，也许贺叔叔不会，但你心里会有疙瘩。"

"我设计拿奖存了几千块钱，够交学费了，等9月申请国奖，今年我觉得差不多了，我不能再花贺家的钱。"展颜躺到竹席上，眼睛看着落满苍蝇屎的吊顶。

孙晚秋胡乱地擦了几把身子，开了门，风里卷着尘土直往嗓子眼里扑，她匆匆把水朝拖鞋上一倒，将脚指头搓了几下，然后赶紧进屋："天气预报说有大暴雨。"

她坐在床边，晾着脚，继续说，"我早就说过，贺家人对你好，你就得受制于人，我可以供你。"

展颜偏头，看看她："我不能要你的辛苦钱。"

孙晚秋说："你不用担心受制于我，你得还我的，你要是念不好就别来见我。"

展颜微笑："如果我有困难，肯定开口。"

"你是不打算跟贺叔叔联系了，还是贺图南？"

"我没这个打算，只是不能再花他们的钱。我会回来看贺叔叔的，陪陪他，等工作了再一点点回报他，我不能伤害他。"

"贺图南呢？"

展颜身体微微一抖："先分开，等贺叔叔气过了这一阵，也许会回心转意，他只是一时不能接受。"

孙晚秋沉默，过了会儿，说："可以假分手。"

"我不想骗他，也骗不了，有些东西是没法掩饰的。"

"你心里其实是有些埋怨贺叔叔的，对不对？"

展颜不说话。

孙晚秋说："如果我说，我以后一定要嫁给贺叔叔，给你跟贺图南当后妈，你是什么感觉？"

展颜忽地坐起："你疯了。"

孙晚秋说："能体会贺叔叔的心情了吗？大概就是这种，晴天霹雳，不能接受是吧？"

展颜失神地看着她。

孙晚秋说："贺叔叔是长辈，我怎么能跟长辈结婚呢？你跟我是好朋友，我又怎么能当你后妈呢？多硌硬人，太恶心人了，贺叔叔也是这种感觉。"

孙晚秋总有一种令人信服的能力，她嘴里没有任何学术的高深的词，像地里的庄稼，春种秋收，就表尽了大自然的规律。

展颜又慢慢躺下，孙晚秋爬上床，和展颜并肩躺下。她摸了摸展颜的手，搓着展颜的指尖："这件事，无论你做什么打算，我都支持你。"

"如果是你，你怎么办？"展颜的声音被外头突如其来的雨声淹没，像要离枝的叶子。

纱窗溯了雨，没人去管，泥土的腥气丝丝透进来，夹杂着断续的凉意。

"没有如果，我身上不会发生这种事，"孙晚秋望着灯下聚集的飞蛾，怔怔地，"他们都太爱你了，才会这样，没人会这么抢我，如果我说我宁愿要你这种痛苦，你肯定觉得我站着说话不腰疼，你都快被逼疯了，我却还羡慕你。"

展颜握紧她的手，一时没话可讲，过了会儿，说："我给你唱首歌吧，那天，我听到一首歌，好听得很，我一听到它，便想到好些事好些人。"

她把头靠在孙晚秋肩窝，唱起来，一个字一个字碾过心田，孙晚秋默默地听着。仿佛回到小时候，两人在山坡上放羊，上头是蓝蓝的天，地上是青青的草，小小的人在天地间行走，走过了春，又走过了秋。

唱着唱着，展颜觉得心里的刀子绞起来，她都想了无数次，决定了无数次，要跟他怎么说，这一刻所有事又都一件件往眼前凑，往心头压，她突然迸出泪来："孙晚秋，我难受——"

孙晚秋紧紧搂住她，两人身上都所有带着点儿汗气，那种没彻底冲澡的暑天的味儿，带点儿酸，再混着滚烫的泪，真是糟糕透了。

"你还能遇见很多人，世上不只有贺图南。"

展颜揪着她的衣裳摇头，头发乱了："那都不是他，不是他，我不要。"

孙晚秋也流了眼泪："那就自己过，你从没自己过过，等过两年，你就知道你什么都能做到。人这辈子总有得不到的东西。"

三伏天的尾声里，她们像在隆冬的雪夜拥抱着睡了一夜。

展颜走前一天，贺图南突然回来，孑然一身，什么都没带。正值黄昏，她在收拾行李，贺以诚在一边帮忙，说着闲话，他气色恢复得差不多了，那几天是肉眼可见的憔悴，眼下仿佛生命又注入了新的活力。她没直接说什么，可贺以诚知道，她到底会听自己的话。

贺图南一脸倦色，可眉眼浓烈，像极了贺以诚。

"爸感觉怎么样了？"他主动问，屋里的冷气让人清醒。

展颜喊了声"图南哥哥"，他看她一眼，倒了杯水。

贺以诚说："好些了，我不是说了吗？你忙你的，又折腾回来，不累？"

贺图南捏了捏水杯，一饮而尽："没事，我回来看看你。"

贺以诚意味深长地瞥过来，父子间心照不宣，有些话还没完，有些事也还没落幕。一个晚上，贺图南没跟展颜说一句话，等她像默契地避开，他才开口："我跟颜颜的事，还想跟爸谈谈。"

贺以诚拒绝再谈："没什么可说的了，这件事到此为止。"

贺图南隐忍着："什么叫到此为止？"

"到此为止就是你跟颜颜没可能，"贺以诚说，他心平气和地坐下，"你要是回来跟我吵架，没必要，你已经让我足够失望。"

贺图南惨笑着问："我让爸失望？我让你满意过吗？"

"贺图南，"贺以诚平静地看着他，"你要是真爱颜颜，那证明给我看，分开三年五载，你要是能做到洁身自好，忍住寂寞，不找女人，我就会考虑。"

"凭什么呢？"贺图南说，"我为什么一定得证明给爸看？"他觉得荒诞极了，他爱一个人证明给别人看什么？到底要看什么？

"你回来还是找我吵架的。"

"我是想跟爸好好谈，可爸，"他攥了攥拳，"一点儿机会都不给我，我早就证明得够多了，爸这么对我不公平。"

贺以诚几乎是漠然地看着他："你刚知道？这世界到处是不公平，你急什么？年轻人总是一张嘴就是海枯石烂，海不会枯，石不会烂，人心却转瞬就能变，你不要再说了，我不答应。"

说完，他站起来敲展颜房间的门，喊出她："跟你图南哥哥出去走走，你应该有话要跟他说。"他的眼睛那样深，四周布满了细细的纹路，像一汪泉嵌在里面，能映清所有冷暖和离合。他笃定又宽和地看着她。

展颜点点头，换了件裙子，跟贺图南出去了。

也是这样的夏天黄昏，贺图南无数次带展颜到小摊上吃东西，她馋了，总是馋，像只灵巧的鸟笃笃笃地吃个不停，弄一嘴油。他拿出钱，上头全是汗，又脏又臭的钱浸熟了他少年的身体。

太阳的余晖里，人们又出摊了，卖酥油茶的、卖炒粉的、卖烧饼卷狗肉的，熙熙攘攘，香气缭绕，真叫人嘴馋。

展颜驻足，怔怔地看了片刻。

贺图南问她："想吃什么？我给你买。"

她摇摇头，往前走，好像背了千斤重的东西，身子发软，怎么都走不到头，直到香气远去，眼前全是绿荫。"我们先分开吧。"她并不看他，不知道自己是怎么说出来的。

有一瞬，贺图南疑心这句话他早就听过了，是在梦里，也许更早，那到底是什么时候呢？他最近实在太累，高强度地工作，他不断给人家证明自己配得上最好的岗位，回来了，还要给自己的父亲证明他配得上爱她，他心里甚至骂了句。

"你说什么？"他近乎麻木地又问了一遍，明明听清了，好像不这么问，都不足以证明自己的惊愕，什么都要证明。

展颜低头看着他的影子，不敢看他，她怕看他一眼，自己就管不住嘴了，也管不住心，他要和贺叔叔决裂，和林阿姨决裂，和他的爷爷决裂，没有尽头地决裂，人人都忙着过日子，就她和他总纠缠这点儿情啊爱啊，非得把别人都闹得不安生、日子没法过才罢休，像两个小丑："我们先分开吧，有什么事以后再说。"

这些声音怎么又像浮在梦里了呢？

"以后？"贺图南笑了声，"以后是多久？你要跟我分手是吗？"

展颜呼吸直打战，她点点头，还是看着他的影子说："我们先分开一段时间，等贺叔叔他想通了，原谅我们了——"

"他要是永远不能想通呢？你打算怎么办？"贺图南目光忽然阴沉起来，他扳过她的肩膀，"你心虚什么？不敢看我？我不要听他说什么，我只要你一个态度。"

展颜被他捏得生疼，对上他的眼："我没心虚，我不想让贺叔叔难过，我们都还年轻，还有机会，但他禁不起我们这么气他。"

"我问你是不是他一辈子不同意，你就一辈子都不见我？"贺图南呼吸急促，眼底的火燎起来。

展颜说："我们有点儿耐心好吗？不会一辈子的，你想想他，他什么心理准备都没有，你什么都说了，还要用我妈妈刺激他，你不该这么激动的。"

"你觉得是我的错？"

"没有，我不是说你错了，我是说，也许我们一开始能把这事处理得更好。"

"我只问你，你这些天想的结果就是和我分手，是吗？"

展颜几乎要被他的眼神灼伤，她没说话。

"你选择了爸，不是我。"贺图南眼睛倏地红了，他对谁而言都不是最重要的，对妈来说，爸是最重要的人，对爸来说，她是最重要的人，对她而言，爸也是最重要的。他们在一个圈子里兜兜绕绕，他从没进过场。只有他是做选择时可以被抛开的那个人。

他甚至没勇气说出"你放弃了我"，这话太让人难堪，显得他小气，显得他不够男人、婆婆妈妈、没有尊严、死乞白赖地在这儿卖可怜。

贺图南觉得心都被撕烂了，想吼她几句、骂她几句，问为什么，是他做得不够好？他不知道要再怎么更好，如果她知道，如果她要求，他都会去做。

"图南哥哥，我不是真的要分手，我只是想，我们暂时分开——"

展颜想去抱贺图南，他忽然打断她："没有暂时，只有分开或者不分开。"他眼神跟着变得狂乱，"我不接受暂时，别和老子谈条件，老子受够了，我告诉你，展颜，你要是今天说分手，好，我们这辈子都不要再见，我不会再见你，你少跟我来这一套，别恶心老子。"

她被他的话激得浑身直抖，极力控制着，他一定要她现在就非黑即白地选，她脑子嗡嗡的，她快被为难死了，一点儿办法都没有，她被不断拉扯，生生要把她扯作两半才能完："我不能，别逼我，图南哥哥，求你了，别这么逼我好吗？"

夕阳最后一丝余晖被夜色吞噬了，有月亮，月光透过叶子的缝隙漏下来，映得她满脸斑驳。

她就是不松口，怎么都不松口，嘴巴比石头还硬，心也比石头硬，跟贺以诚一样，不给他机会，他无论做什么都不会有机会。

贺图南盯着她片刻，一抹讥笑爬上嘴角，她这么美，总是这么无辜，她就是靠着这张脸蛊惑了他的父亲，又蛊惑了他，她看着柔弱，实际比谁都毒辣，她这么个人，却轻而易举就让他们父子反目成仇，他蠢，贺以诚也蠢，他们父子为了这么个人，都变得疯魔，疯得心甘情愿。"展颜，是贺以诚又能给你花钱了？你有着落了，啊，"他阴阳怪气地叹了一声，"我差点儿忘了，他公司又有起色了，你姓什么展呢？可惜你妈不在，否则，你们母女两个早就把我们母子踢出家门了——"

"你浑蛋！"展颜扬手给了他一巴掌，手软软的，根本没使上力气，她哭了，"你干什么，你说我就是了，为什么要说我妈妈——"

贺图南脑子里只有一个想法，他跟她完了，完了好，完了就完得彻底点儿，他不用再受苦了，这些年他都不记得自己原来是什么样了，她改变了他，完完全全地。那她就滚蛋吧，滚到贺以诚那里去，没有人爱他，他要爱自己，他不会再爱他们任何人……她怎么不拿把枪把自己枪决了呢？

贺图南浑身滚烫，转身就走，他要回北京去，再也不见她，这辈子她死也好，活也好，都跟他没关系了，是她自己放弃他的，不能怪他。他太痛苦了，痛苦在于其实他早有预感，只不过他不信，他回来就是要个结果，这个结果真送到眼前，他发现自己还是接受不了。

他想，万一她选他呢，他们曾那样缠绵相依，那样缱绻相偎，她说她到死都忘不了那个夏天，她说她好爱他，太可笑了，她就是这么爱他的。

展颜发觉他走了，泪眼中，那个身影越走越远，一定是因为她打了他，他真的伤心了。她不是故意要打他的，她气他突然伤害妈妈的清誉，她一下就反应过来他一定是太伤心了才口不择言，她最后说的是什么？她竟然不记得了。

她连忙跟上他，在后面喊"图南哥哥"，她紧紧跟着他，他步子迈得大，迈得急，要甩开她似的。她都不知道为什么要追他，也许还应该说点儿什么，话没说好，他怎么能就这样走掉？

贺图南忽然转过身，异常冷酷："不要再跟着我。"

她觉得他变得完全陌生了。

他真的就大步流星地过了红绿灯，不多时，隐在人海，再也看不见。他当夜就回北京，一个人站在车厢连接处，火车声真是不知道听了多少遍，外面居然还有月亮，那么皎洁，一直跟着火车走，谁一抬头都会觉得月光只照着自己。

他又一次看见她，但他知道，他不会再看见她了。

第二十三章
死心

他死在夏天里头了，和那辆车，和那条路，风与星，树与铃铛，通通死去了。

徒剩一地月色，展颜失魂落魄地回来，空荡荡的心哪儿都找不到落脚点。贺以诚什么都没多问，第二天送她，给了她一张银行卡，她没要，他有些惊讶："你怎么念书呢？"

"我存了些钱，够用的。"她眼睛肿着，人没什么精神。

贺以诚说："那也得拿着，应急用。"他把卡往她包里塞。

展颜没拉扯，只是说："卡里的钱，我不会用的，贺叔叔，您别给我了。"

贺以诚闻言，手上动作不停，把拉链拉好，看了她两眼，说："你倒是第一回跟我赌气。"他这语气并无责备，反而像把她宠溺坏了的无奈。

展颜没解释，她像一块没有边际的海绵，沉默地吸尽了一切，踏上列车，驶出又一夏。

9月，学校启动国奖评审事宜，展颜忙着准备材料，等材料递上去，评审结束，已经到10月底了。

日子走得真快，高中的一天何其漫长，这会儿，眼见悬铃木翠了黄，黄了翠，不知不觉又是一年秋。只有贺以诚给她打来过几次电话，贺图南已经像远在天涯的人。

她隐约觉得恐惧，又不敢打电话，她怕她的声音一旦出现在他的世界里，他就会果决地切断那根线。她又怕他开口，嘴里说出点儿什么，让人没法躲。

她决定给他写信，自己也说不清这封信代表什么，挽留？道歉？她不知道，她太想他，而他音信全无。有些事真是不能细想，偏偏记那么清，稍微回忆一下，人就混乱成团，夜里那颗心怦怦跳得能顶出胸腔，撕扯得厉害，这一秒她想着就这样吧，下一秒便能立刻从床上爬起来，走到北京去。

国奖尘埃落定了，她脸上那抹病态的嫣红却一直没褪。她主动跟老师说："您要是有没时间做的活儿，能考虑一下我吗？我挣个饭钱，弄问卷、修图、排版，我都行。"她以为自己开这个口会不好意思，却没有，她在这个瞬间只想到他，他是怎么弄来钱的？那种悲怆的、细小的、无孔不入的情绪像把心脏的窗砸出了无数个洞，又慢慢用血肉给它们糊上。

老师说："这些活儿报酬太低，蛮累人的，你要做吗？"

"要的，要的，我都行。"她说，"也不算费时间。"这些活儿，短些的，挤一挤时间，两三天就能搞完。

老师说："有个手绘的单，你试试吧，周期短，不耽误功课。"

室友本当她是不缺钱的，毕竟口红都是阿玛尼的。陈满看她的眼神中多了鄙夷，好像她利用美貌来勾搭老师一样，老师也是男人。

展颜变得迟钝，已经察觉不到外人的态度。

这封信真正动笔时已是初冬，北京飘了两场雪，贺图南经过层层面试，拿到了更好的 offer（录取通知书）——港盛集团。

南京的冬天阴冷潮湿，宿舍里没有暖气，展颜趴在被窝里给他写信。

图南哥哥：

　　天气转眼冷了，北京下雪了吗？

　　我这么久没有联系你，不是因为不想念你，而是不知道哪种方式更合适，你一定觉得我很犯贱，是我提的分开，又厚着脸皮来找你。我现在确实变成了一个厚脸皮的人。

　　小时候，很多事情我都不太好意思去做，常常需要孙晓秋的鼓励，她胆子永远比我大，有股英雄气，我总是囿于自己的一方天地里，想自己的事，做自己的事。给你写信，我也恰恰经历着这样的挣扎，是不是再开口更显得我是个混乱无序的人，你看见这样的我是不是更悔恨自己爱错了人，或者，质疑我到底有没有爱过你。

　　但我的挣扎与你这些年所受的苦和煎熬比，渺若尘埃。我写出来都显得轻浮、可笑，可我还是写了，因为我从来都喜欢跟你分享我自己，你也许已经不再信了。当我意识到这点时，我很害怕，我怕世界里没有你，我又是这么失败，好像我是个从来不懂怎么去爱别人的怪物。

　　也许真的是这样，我自觉很爱妈妈，可我好像都没好好具体爱过她，她就走了，我为她做过什么呢？我一出生，她就是妈妈，她成了一个符号，是展有庆的妻子、展颜的母亲。她本来是喜欢读书写字的人，却被庄稼压弯了腰，磨烂了手，摇摇欲坠地背起那么一大捆麦子，我家的地全都很狭长，从这头走到那头，好像怎么都走不完。直到生病，她还惦记着天会不会下雨，我们的棉花还在地里没摘完，如果泡了雨水，棉花会发霉，那么洁白的棉花布了霉点，多可惜啊。

她做妻子该做的事，做母亲该做的事，我跟她撒娇，我把自己所有的心事都跟她说，却从没问过她，作为一个人，不是妻子也不是母亲，你小时候的理想是什么？你想去哪里看看吗？你跟爸爸的婚姻幸福吗？你平时都在想什么？有些是我可以问的，有些是因为我的年纪想不到的，但我什么都没问过，我只想着自己，在情感上掠夺她、捆绑她，她从来没有提过这辈子的遗憾和痛苦，我无从知道。等我能明白些她身为女人的苦楚时，她早离开了我，我再也没有这个机会，没有办法再做点儿什么。直到现在，我都觉得自己缺少了一块，她下葬那天，我身上有些东西跟着死去了，长眠于土地中。这样也好，我有一部分能陪着她。

　　我从来没有你说过，我把你等同于她，跟你在一起生活的几年里，我又找到年幼时的那种感觉，哪怕是我们住在又暗又破的房子里，可是你在，我就觉得很幸福、很安全，根本意识不到物质上的东西，我从小对物质就很淡漠，只要妈妈在我身边，啃窝头还是吃咸菜，都可以，我要的是人。我怀念住过的房子，我跟妈妈的房子已经没有了，我跟你住过的房子也消失了，我到现在都是迷茫的，不知道事情为什么会这样。

　　如果说妈妈的死，没人能对抗死亡，那么我和你呢？是我真的不知道怎么去爱你吗？我现在整个人是呆滞的，脑子里只有流动的一帧帧画面，不知道该和你说些什么，我觉得自己快死掉了，我想不出更好的办法，只有权宜之计，却伤害到了你，这不是我的本意。你看到这里时也许会嘲笑我的虚伪，也许我就是虚伪的，我谁都不想伤害，我没办法做出取舍，永远像个懦夫，所以我不配再拥有你。

　　我好想妈妈啊，如果她还活着，我想请她告诉我，要怎么爱你，要怎么对得起贺叔叔，有没有两全的办法？我真是太糟糕了，直到此刻自己都想不出办法，还想着妈妈，她呢？她活着时面对的痛苦又向谁寻求过帮助？谁又帮过她呢？没有人倾听过她，她却倾听了我的所有，我怎么亏欠她就怎么亏欠你，你接纳了我的所有，我什么都没给你，却先把你伤害了，我这是在做什么呢？

　　我不想失去你、失去妈妈，我什么办法都没有。但我想着我们都还活着，活着就总有办法，所以，你先别这么生气好吗？我们一起想办法，我不能没有你，如果跟你永远地分开了，我不知道这个世界还有什么可留恋的。我们要是两只鸟就好了，不做人，只是一起飞，一起觅食，一起回巢。我没有选择贺叔叔，放弃你，我从没这么想过，你误会我了，你在我心里是和妈妈一样重要的，除了她，我最爱的人就是你，我怎么当时没有跟你说呢？我真傻，让你就那么走了，我应该追上你的，哪怕你骂我，我也应该告诉你。

　　信写到这里，她嘴巴一张一合，像没办法呼吸，胸口那儿疼起来。她觉得自己废话太多了，没个主题，她糊涂了，不知道为什么总是失去，明明想好的，可还是抓不住。

纸上已经有了很多字，可一个个的，像细雪，还没落到地面，在半空好像就消失了，没有人听，没有人看，只有她守着。她想起守灵的那夜也是这样，天地间一个人都没有，脚边的长明灯、身旁的黑棺木、门前的片片白幡全都呼啸着把她包围，只是没有人。死亡如影随形，像风追万物那样容易。

她休息了会儿，擦干眼泪，继续写道：

这里很冷，又湿又冷，我还是想回北方，回到我们一起生活的地方，你去哪儿了？我听学长说，秋招很多人就找好了工作，你呢？你会在哪儿工作？北京吗？你最近好吗？我们还能一起过除夕吗？

如果你收到了信件，看一看好吗？别丢它，你可以继续生我的气，等你好一些，我们见一面再说说话，好吗？我们一定会有更好的办法，对吗？我们不会永远分开的，对吗？

信到最后全成了问号，她哆哆嗦嗦地折叠好，装封，放在唇边亲了亲，在冷风中去寄信。

贺以诚来看了展颜一趟，银行卡里的钱没动，短信上没有任何支出信息。他不放心她，来学校找，她正给手绘机构帮忙干杂活儿，大冷的天，手指头通红，海报贴半天都是歪的。

她咬着油饼往回走时，在学校门口见到了贺以诚。

他那个身高、那个打扮，无论出现在哪里，都很引人注目，翩然养眼。展颜脸上被冻得起鸡皮疙瘩，她见到他先是一愣，很快镇定地走上前打了招呼："贺叔叔，你怎么来了？"

他到处找她，同学说她趁没课去打工了。他从头到脚把她打量了一遍，没说什么，带她到附近的餐馆要了热乎乎的饭菜。

两人沉默地吃饭。

"颜颜，赌气赌这么久？"贺以诚没胃口，看见她脚上那双旧了的脏兮兮的棉鞋就一阵烦躁。他想起1999年的阳历年，她连鞋都被挤掉了，这些年过去，他有种恍若回到原点的错觉。

展颜佯装不懂，喝了一口热汤，非常满足："贺叔叔，你尝尝，味道挺好的。"她给他舀了一碗。

贺以诚目光沉沉地看着她，他觉得自己被骗了，后知后觉地发现她不是赌气，她看起来像一条平静的河流，底下却水流湍急。"以后你会明白我的苦心的，我知道你心里怨我,但不需要用这种方法来虐待自己。"

展颜慢慢地放下勺子,手指缝里残留着作画的污渍:"我没有,贺叔叔其实一直都不了解我,我打小在农村长大,是习惯这么生活的,也没觉得苦,我现在做的是力所能及的事,我觉得很充实,我自己喜欢。"

贺以诚眉眼间隐隐浮动着怒火,他皱着眉,并未发作:"好,你喜欢,我尊重你的想法,过年还回来吗?"

展颜点头:"回,我跟您一起过年。"

贺以诚半晌没说话,等她吃饱,拿起手套去结了账。

"您去学校逛逛吗?"展颜邀请他,"我陪您走走。"

贺以诚说:"不去了,这么冷,你回宿舍吧,"

他瞥见她手上的冻疮,去买了冻疮膏,匆匆地来,又匆匆地走。

展颜要送他去车站,被他拒绝了。她目送他,直到他上了辆出租车,才转身往校园里走。

那封信寄到了贺图南的学校,他去港城了,等到来年7月,还要到纽约参加统一入职培训。

大四非常忙,大家各有各的安排,读研的、出国的、定下工作的。那封信几乎没人留意,不知是谁给拿回来,放在他床上,等他从港城回来,那封信跟一些临时放在他床上的杂物混在一起。

他发现时心境早已变了许多,那种耽溺于情纯粹的、近乎狂热的感情已经退潮,像大梦一场突然醒来。他为此痛苦许久,无时无刻不等着她过来求他,这样的期待最终落空,她没给他打过一次电话,QQ上也没有任何留言,他把单独用来和她联系的QQ号注销,其实也没用过几次。他甚至没骨气地想过,是否要再去找她,她不来找自己,那自己去找她好了。他庆幸当时一场重感冒把他绊住了,让他在高热间明白自己是个蠢货。

她早就过上正常的生活了,有人爱,有人骄纵,她根本不需要他。她只是在无人可依的时候才想起跟他亲近,她就是个白眼狼,用甜言蜜语和诱人的身体把他弄得失了心智。

直到此刻,他在乱哄哄的宿舍里看到这封信跟不知谁的臭袜子混在一起,只觉得陌生、可笑。

他把床铺收拾了,还在寝室的室友把东西拿走,跟他说笑了几句。

贺图南最终把信丢进了垃圾桶,没有犹豫。2004年的冬天,这是他最后一次见到还和她有关的东西。

* * *

那封信没有回音，可日子还得照样过，展颜把希望寄予除夕，年三十，这是中国人的图腾，她记得一起包过的饺子，她笑话贺图南没自己包得俊。

大街小巷换了流行歌曲——《两只蝴蝶》《老鼠爱大米》，小孩子都会唱。这样的歌曲一层层往下传，传到米岭镇，传到小展村，好像谁都能哼两句。

而店铺的门口，除却歌曲，定是干净又拥挤、混乱的，老板扫了地洒了水，把尘土压下去，摆上过节走亲戚要买的奶啊酒啊，成了一座座红红的小山。

展颜回了趟家。

奶奶正在集上买菜，嘴里一直在抹零，说："这七毛别要了，凑个整。"小贩说："你抹两毛还不够你的？不行，进都进不来。"奶奶说："下回还来你这儿买，怎么那么死心眼？"说完，挎着篮子就走，也不管小贩在后面叫唤。

这样的场景，展颜从小到大不晓得看过多少次，奶奶没有变，这辈子也许都不会再变。展颜看到她高大、强壮的身影穿梭于人群中，时不时手就伸进别人的菜篮子，翻一翻，问一问，最后撇了撇嘴。

展颜没喊她，到家里放下几百块钱，跟爷爷说了几句话，无非是问地里那些事，麦子多少斤，玉米多少斤，大豆轧了油，棉花弹了被。

"不去你爸那院了？"爷爷抽烟袋，咳了一阵，浓痰跟着翻涌。

展颜没劝，只说："不去了，我这就回去。这钱，买点儿自己爱吃的，能吃动的，别转头——"她本来是想说"都给了孙子"，转念又作罢，他爱孙子就是想给，她管不住的，又何必去管？她把心意留下，就可以走了。

爷爷出来送她，小展村这两年进步了，居然多了摩的，两块钱能把人拉到米岭镇上去，不过要等凑够了人头，四五个人挤一块儿，你也不知道同路者是谁。

展颜说："我去看看妈。"

爷爷说："等开春，我拉点儿土上去，把雨冲毁的那片填填。"

她说好，又问石头大爷埋在了哪儿。

爷爷说："石头是个苦命的人。"

她沉默不语，一个人上了山，山上没人，大地裸露着荒凉，几只黑白喜鹊细腿蹦着，也不晓得这个时令能寻到什么吃的。

北方冬天的山村，风是硬的，刮过来，从脸上滚过去，一层皮肤都要被揭掉了。天地也被刮得广袤，太阳照着，高坐明堂，人也得跟风一样硬，才能活在这片土地上。

展颜没有眼泪，浑身冰冷地祭拜完，坐上摩的，再到米岭镇挤汽车。人真是多，脑袋挨着脑袋，肩膀蹭着肩膀，她淹没在人潮里，死死抓紧某个座位的靠背，到处是静电，脏了的头发、污了的袖口就在她的头顶磨着晃着。

她往车窗外看去，光秃秃的杨树，连绵的山，模糊的玻璃上映出一张静静的脸，她心里又惦记起另一张脸来。

除夕夜，展颜是跟贺以诚一起过的，她包了饺子，没等到贺图南，心里就一点点凉下去。

　　等到初一，徐牧远来了，说今年他爸扭伤了手腕，就没能送成对子，但他这个人决计不会空手的，买了把蜡梅，送来家里插瓶。贺以诚觉得这礼品雅致，非常满意，像招待大人那样请他坐下，问他是不是工作已经定好。

　　徐牧远去了一家互联网公司。

　　"到底还要看你们年轻人，我是老了，"贺以诚微笑，瞥了眼在厨房忙着洗水果、泡茶的展颜，"以后是不是就留在北京了？"

　　徐牧远坐姿笔挺，跟他说话谦和又专注："是有这个打算，以后要是有机会就把我父母都接过去，他们辛苦了一辈子，老了该享享福。"

　　贺以诚满是赞赏："谈朋友了吗？"

　　徐牧远笑了笑："没有，这几年学业忙，有点儿时间还想弄点儿钱，不想伸手问家里要，所以就没谈，也没遇着喜欢的。"他大大方方地说了。

　　贺以诚点头："遇着喜欢的，也可以考虑考虑。"

　　徐牧远说："会的。"

　　贺以诚说："不知不觉你们都大了，父母长辈不用再操心你们的学习，该操心工作、恋爱、成家了，一步步地，养孩子就是这样，得操心到合眼的那天才算完。"他偏了偏头，好似又朝厨房看了眼，"男孩子还好，女孩子更是操不完的心，颜颜以后会找一个什么样的人，我也不知道，只希望能像你这样有能力、有责任心就好。"

　　徐牧远听得微微不自在，拿不准贺以诚是否知道两人的事，话题转了，他察觉出来，这话非常不好接："颜颜她肯定会找到比我好的。"

　　贺以诚笑了："我看难，像你这样不浮躁又出色的孩子并不是到处都有，她现在一个人，我也不好问，大姑娘了，怕她害臊，你们十几岁就认识，也算青梅竹马，有空多聊聊，有些话，长辈不好问，你们彼此倒好交流。"

　　徐牧远目光闪烁，若有所思地朝从厨房出来满脸笑意的展颜看去，他往边上挪了挪，让她坐下。贺以诚微微笑着，看着两人。

　　等徐牧远要走，贺以诚让展颜去送他。

　　下了楼，徐牧远问她贺图南为什么没回来，他没问贺以诚，事情蹊跷，他等着问她。

　　两人站在太阳地儿里，展颜的脸被照得雪白。她把事情原原本本地告诉他，像讲别人的事。

　　徐牧远心里一阵错愕，他望着她，那双眼还是像水一样清亮："就因为这些？"

　　"嗯。"

　　"我去找他。"

"别，别问他，这件事不是他的错，是我没处理好，"展颜轻声阻止他，"别提了。"

"你难过吗？"徐牧远心里难过得很，没什么预兆，一颗心突然就难过起来，他也明白了方才屋里那番对话的意思。

展颜冲他抿嘴一笑，没说话。

徐牧远因为她笑，眼泪几乎流出来："你有什么打算？现在还好吗？"

展颜说："念书，书念完了找工作，跟你们一样，大家都是这么过的，不是吗？"她很诚实地说道，"你觉得我会寻死？"

徐牧远有些难堪地别过头，小孩子跑过去，你追我赶，他们自己也不知道追什么跑什么，但很快乐。

"我给他写了封信，他没回我，放假前我发了邮件，他也没有回我，昨晚守夜，我给他发了条信息，希望他新的一年能健康、顺利，他还是没回。我想，我一定让他伤透了心，他不肯再理我了。"展颜声音温暾暾的，像白水，"我不太懂怎么去挽回，也许尽力了，也许没有，我不知道技巧，我以为说真心话不撒谎就够了，可人跟人之间兴许比这复杂得多。"

这跟种庄稼是一样的，你播了种，施了肥，小心翼翼地把野草拔了，可一场暴雨下来，麦子就倒了，玉米就被淹了。要么一滴雨都不肯落，你眼睁睁地看着翠油油的叶子枯了、干了，大地像小孩的嘴一样裂开，只能哀呼，老天爷今年给的就是这个命。可饭还得吃，人还得活，你要跟命过不去吗？

徐牧远以为女孩子总容易哭，可看展颜，她眼干干的，说这些时是个很安静的神情。

她把自己的手机号给了徐牧远，刚攒钱买的手机，很便宜，能用而已。

"蜡梅花原来这么香，"她突然提了一嘴，"梅花树贵吗？我们那儿只有杏花、桃花，都没见过梅花树。"

展颜这么认真地问他，他都有些糊涂了，回过神来，说："我也不清楚，路边有卖的就顺手买了。"

"谢谢你给我们送花。"

徐牧远仓促地点点头："小事，不用谢，你喜欢吗？"

展颜笑笑："喜欢，我回去就找瓶子插起来。"

他潦草地结束对话，回到家，妈让他看看小妹的寒假作业，小妹脑瓜不太灵光，趴在门口的椅子上，专心致志地挖鼻屎，他走过去，拿掉她的手："脏，鼻孔都被你掏大了，小心老鼠跑进去。"

小妹不高兴地一噘嘴："骗人！"她被家里宠着惯着，年岁长了，脾气也长，家里最落魄的时候也没短了她的东西。

徐牧远便翻她的作业，十题能错八题，跟她讲，她不是抠手指头就是把一条腿塞到屁股底下垫着乱晃,他真想揍她,扬起手,可她只要用那双黑白分明的眼看看他,他就只剩无奈了。

"哥哥要打我。"她委屈地说。

徐牧远摸了摸她毛茸茸的小脑袋,说:"不打,我吓唬你的。"

贺图南到底是怎么忍心的呢?徐牧远想到这儿,心里一阵尖锐的痛楚,那是他一起生活了几年的小妹,至少在很长一段时间里他都把她当小妹,他为她吃了那么多苦,结果说丢开就丢开了。

他第一次发觉自己不了解最好的朋友。

春天的校园是用来告别的,徐牧远直到入夏才见到贺图南,那时,他自己也回到校园里拍照、吃散伙饭。

他们简单地寒暄,不过是问问彼此的工作。

贺图南身上有新浸染的味道,来自港城,那是徐牧远也陌生的东西,他话很少,好像惜字如金。

"我过年去找你们,你不在,我才知道你跟颜颜的事。"徐牧远还是忍不住说了,"你还是没——"

贺图南打断他:"她跟你说了?这件事没什么好说的,我不想谈,如果你想指责我,更没必要。"他眉眼间非常平静,平静得残忍。

徐牧远眼神里全是不明白,他说:"我不指责你,我只告诉你一件事,我没说过,我想贺叔叔也没让你看见。那年,我跟贺叔叔在工厂里找到她,我都以为她被冻死了,乞丐都比她的样子好看。我妈说,她居然没被冻死,这根本不可能,我爸解释说肯定是心里记挂着父母这些亲人呢,所以撑着不死,真是太难为这孩子了。我现在想,她当时想的是谁?是你们父子俩吗?她还有谁可想?"

贺图南面无表情地听完,岔开话:"我7月要去纽约,走前,大家再吃顿饭吧,下次不知道什么时候能再见了。"

"你让我觉得无法理解,图南。"徐牧远像没听见,惘然地看着他。

贺图南说:"不理解就不理解,我不强求。"

"那好,祝你万事如意。"徐牧远颓然说完,手往他的肩膀一搭,"你想清楚了就好,别后悔。"

贺图南冷漠道:"我从不做后悔的事。"

这是2005年这一年徐牧远最后一次见贺图南,当然,6月毕业典礼,他们还有机会再相见,但谁也没去找谁,贺图南只是给他发了条信息,让他存下自己港城的号码。

过去的这个春天,他在港城曾接到一个电话,是南京的号,显示在他原来的旧手机上。像是预感,他觉得这来自她,但任由电话响了很多声,最终也没接。

果然，展颜给他发来信息，他看到"我是颜颜"这几个字便把短信删了，把号码拉黑。他做这些时已经像处理工作，不带什么感情，只是做这件事。

就像他从前爱她，他不是为了证明有多爱她，只是去做，毫无道理，没人要求他那样，好像饿了就要吃饭、困了就要睡觉那样自然而然，发自本能，他一定是把自己燃烧透了，所以，现在灰烬里连余温也散尽。

整个春天都过得像夏天，直到夏天真正来临，展颜疯狂地学着英语，她要考托福，一秒都不能闲着，所以，思念只有在夜里疯长，她太想贺图南了，他不接电话，她再也打不通，忽然像世界上没了这个人，又真实又虚幻。一到夜里，她就觉得自己不是睡在宿舍，而是睡在热带草原，雨季来临，草往四肢长，往脸上长，从嘴巴里伸进心脏，遮天蔽日，长满了整个身体，她看那些绿色把墙壁全部盖住，缠绕住她，全世界都成了一座绿色雨林，然后，她变成了雪白的骸骨，他并没有来捡拾。

她觉得自己怎么也应该再试一次，她把钱数了又数，缝在行李箱中，像最小心的老妪。放暑假时，她坐火车到上海，又从上海到港城。长这么大，她第一次出这么远的门。

港城是教科书里的名字，是1997年电视里的名字，她踏上这片土地，像一辈子没有出过村的老人，如果让他远行，只会恐惧。她问徐牧远要了贺图南的新号码，知道港盛集团，就一路风尘仆仆地过来了。

这个地方太热闹、太杂乱，到处是车，各种各样她没见过的车，四面八方全是声音，广东话、英语，各种口音的英语。她当时出现在晚高峰中，被不停的叮叮叮声惊到，磕磕绊绊地找到中环，对着字条上的名字茫然四顾。

"请问，您知道港盛集团怎么走吗？"她问路。

对方一脸疑惑。

她用带口音的英语问一个外国人。对方的回答，她没听懂。好不容易问到一个能讲普通话的，她发现，自己根本进不去港盛。她找到电话亭，给贺图南打电话，没有人接。

展颜像孤魂野鬼一样在港盛大楼外游荡许久，直到暮色降临，城市璀璨如宝石，港城的大楼都是朝天空要地方的，那么高，那么密集，野蛮又强悍。她第一次见到这么壮丽的夜景，无数的灯像浓烈的熔浆缓缓地流淌着，那些阴影部分又像被风化的岩石。

这里不像北京，也不像南京，这里更繁华，更像梦。展颜默默地盯着那些建筑许久，贺图南属于这里，这个念头非常清晰地冒出来，她好像第一次了解他身上那些陌生的东西。

他在这样的地方工作、生活，游刃有余，如鱼得水，他天生就跟她不是一个世界的人。哪怕她念了书，她也不会跟他是一样的人。只是一些因缘际会把他跟她短暂地捆绑在一起，错了轨，现在，他来到真正契合他的地方，再遇见契合的人。

她好像突然惊醒，醒得远比他迟，夏天一下远了，出租屋啊，发霉的墙啊，卖卤菜的小摊啊，都好像是另一个世界的了。世界是多面的，她被这一面震撼到，她没有羡慕，也没有留恋，只是惊心，什么样的世界配什么样的人。

汹涌的人潮、车流全然陌生，可贺图南竟然属于这里。

展颜攥紧手里的字条，字条已经湿透，她知道已经不需要找他了，也不会再找他了。人死心不是日积月累，竟然只在一刹那。

* * *

日子波澜不惊地往前走。

展颜一个暑假都留在了南京，一边实习，一边做家教，她很会攒钱，这是与生俱来的本领，已经记了一本子的账，每项收支明明白白，这些数字令人有安全感，都是非常具体的东西，一根油条、一张澡票、一次打印，这让人有活着的感觉，很踏实。

她实习的设计院是老师帮忙联系的。

"不懂的就要问，别不好意思，一定记住，不过，有些问题如果上网能查到，自己动动手就有答案，就别张嘴了，机灵点儿。"老师对她的教诲非常有耐心，大约这是他教过的最漂亮又最勤奋的学生。

"还有就是院里的内审会，要去听，平时你们在学校里学的东西都更理想化一些，去听听总工们聚一块儿讨论具体要落地的方案，那更实际。"

他不厌其烦地讲了许多，每一条，展颜都记住了。设计院里很忙，她默默地观察着每个人，听他们说话，跟着学软件，有时见他们忙极了，会主动开口："有什么是我能帮上忙的吗？"

"行啊，小展，看看这个小区填色能不能做。"

对方忙得晕头转向，毫不客气，不等她回答，又笑说："可能得加个班，你行吗？"

展颜没有犹豫："我行的。"

"好嘞，有问题随时沟通。"

她抓住一切能锻炼、学习的机会，像头老黄牛，去听内审会，等人家不忙了，才上去问问题。一段时间后，设计院的人对她印象颇佳，说"小展这孩子真是又勤快又有眼色"。老师问她还有没有时间帮施工队写材料，她说有，她拖着疲惫的身体在凌晨四点入睡，连梦都少了。

等到在设计院的实习结束，离开学不远了，孙晚秋给她打来了电话，说自己在尝试做包工头。

"你好厉害。"展颜一边开着免提讲话,一边记账。

孙晚秋那边隐约传来狗吠,也不晓得她又住到了什么地方。

"钱还够用吗?"

展颜说:"够,老师一直给我介绍活儿,我还做了份家教,带初二的学生,很轻松。"她捏了捏酸胀的小腿,又打了个哈欠。

孙晚秋听到了,说:"反正比下地干活儿好,要我说,小展村的年轻人都该出来打工,天天摆弄那二亩地,累死累活,能挣几个钱?"没完没了地种,没完没了地收,年年如此,她想起来就觉得很痛苦,那是机械又操劳,而没多少回报的事情,消耗生命。

展颜说:"原来你关心他们的出路。"

孙晚秋嗤之以鼻:"我不关心,我只是觉得他们应该出来,谁留在那儿谁穷,人应该抓住一切机会。"

展颜没法反驳,轻轻说:"是的,人应该抓住一切机会,如果失败了,也不后悔。"

孙晚秋问:"你还没忘了贺图南?"

"我为什么要忘了他?"她无意识地反问一句。

孙晚秋说:"只是问问,不想忘就不忘,人活着,宁愿痛苦也不能麻木。"

展颜确实没忘记他,忘不掉,也不刻意去忘。

又一个秋天到来,徐牧远突然到学校看展颜,他也是忙人,那时展颜忙着申请免费交换生,她一项项攒够条件,本校又有校友同去,机会难得,虽然祖国大好河山尚未走遍,但来日方长。

"你不忙吗?我请你吃饭。"她见到徐牧远很高兴,仅仅几个月,她就觉得他变了,他也像个男人了,清清爽爽,肩膀、身材都更有力了,他比贺图南更清秀些,可那股少年时的书生气不知是几时褪去的。

他好像从不会令人伤心,就像暮春的风,绝无寒意。她见了他,只是想,他这样的人是怎么跟贺图南成为朋友的。

两人就在学校附近的小馆子吃东西,要了盐水鸭、水煮肉片、红糖糍粑、肉汤泡饭,两个人怎么都够了。她穿着旧衣服,徐牧远觉得眼熟,这件毛衣还是她高中时穿过的,可她的脸变化不大,肌肤洁白,一笑起来,像颗粉粉的桃子,眼睛藏在浓密的睫毛下,永远水汪汪的。

"我趁假期过来看看你。"徐牧远说得很自然。

展颜问了几句他的工作,寻常的、表面的,好像任何人相聚都可以谈论,他问起她,她也很大方地说了:"我可能要出去互换交流一学期,去米兰理工大学,学费互免,会英文就行。不过,我学了点儿意大利语,我没语言天分,全靠死学,英语其实也不好，夏天去港城，问一个外国人港盛怎么走，她说的我都没听懂，不知道是我口音重，还是她口音——"

她好久没打开话匣子了，一打开就有纰漏，徐牧远果然问："你去港城了？"

展颜沉默片刻，抬头笑了："对，刚放暑假时去的，没找到图南哥哥。"她轻描淡写地把这话题带过去，给他夹了块糍粑，"你吃呀。"

徐牧远吃不下了，说："一个人去的吗？"

"是啊，可丢人了，我到港城简直像个傻子，人家一看我就知道是乡巴佬第一次来。"她语调明快，"你吃呀，别只顾说话。"

徐牧远咬了口糍粑，觉得没有滋味儿："你一个人出国行吗？"

展颜说："我一直有点儿犹豫，但从港城回来后，我想，还是去吧，我并不是胆子很大的人，对外面有向往，也有恐惧，我倒也不是为了克服恐惧去的，就是觉得，学费互免，还能看看外头，很划算。"

她动筷子时，袖口那儿的毛边明显，穿的次数太多的缘故，徐牧远看在眼里，问："贺叔叔知道吗？你出国的费用都准备好了吗？"

展颜说："我还没说，等到跟前再说吧，钱攒得差不多了。"

"怎么，贺叔叔没给你钱？"

"我不要，我不想花他们的钱了，"展颜捋捋头发，"要不然，什么时候是个头呢？"

徐牧远筷子好半天没动："你跟图南分开后，就没再花过他们家的钱，是不是？"他抬眼望着她，眼里有怜悯，他用男人的眼神看她，一个男人爱一个人，就会忍不住心疼她，贺图南不例外，他也不例外，他第一次没有掩饰自己的眼神。

展颜不是小女孩了，一下明白徐牧远为什么这样看自己，她被很多双来自男人的眼注视过，不管那些人是否认识她。

"我想一个人生活，"她微笑着说，"其实这些年，我没交到新的朋友，都是泛泛之交，短暂交会一下。我现在很怕跟别人建立亲密关系，因为我不懂怎么维系，我怕把事情搞砸，当然这不是人家的问题，是我能力有限，所以，我还是一个人过日子好了。"

徐牧远有些失落地看着她，听出她的意思："你跟孙晚秋不是一直很好吗？"

展颜说："孙晚秋不一样，我们小时候就在一起，生活在一样的环境里，可能她更习惯我，也不会嫌弃我，因为她在很小的时候就知道我本来的面目，她能接受吧。"

徐牧远心想，不是只有她能接受："是因为分手吗？"

展颜摇头："不全是，我本来就是这种人，只不过有些事发生了，看得更清些，人来来去去的都很正常，我觉得应该顺其自然地活着，就像地里的庄稼，该长时长，该收割时收割，其他的不要多想。"她说这话时，就像家乡道路两边的白杨树，静默地挺立，春来就迎春，冬去就送冬，雷霆雨露都是世间的馈赠。

徐牧远觉得跟她说话非常压抑，她身上有种冷淡的、安之若素的东西，没有渴求，没有怨憎，他为此感到痛苦，她则只剩淡漠。她好像一个人能这么过到天荒地老，活到白发苍苍。

"这里的盐水鸭很好吃。"谈论食物仿佛是给对话加上的最后一层朴素，人活着总要吃饭的。

吃完饭，展颜带他在学校里走了两圈，也能闲话几句南京和北京的不同，问他互联网公司里都在做什么。气氛又明朗几分，只要不谈及那些令人心碎的往事和故人。

"你说多奇怪，我总觉得这里很好，那里也很好，但都不及我们家，我觉得再好的建筑都没我们那里春天的山坡美，没有人能设计出那样的线条。"展颜真的把他当作可以讲几句心情的人。

徐牧远听完，说："我小时候很长一段时间都无忧无虑，大家都在北区，我现在在北京也很好，有时想起来，也会觉得两种好不一样，有时看着北京的高楼大厦，会突然想起小时候的某件事。"

"是吗？我以为男的不会想这么多。"展颜用一种很温柔的神情看他。

"男人也分很多种，不是吗？"徐牧远心里又涌起强烈的冲动，他想告诉她他喜欢她，会珍惜她，可现在跟她说这些非常没意思，他知道她爱的不是自己，爱这种事最没道理，就像他觉得谁也比不上她，她走进那家早点铺，看他一眼，他就忘不了了，无法形容，好像那双眼一下把他拽进一个从没见过的世界。

他也迷茫了，贺图南不爱她吗？可两人还是分道扬镳。他不敢说誓言，誓言是脆弱的，他们还都这么年轻。

南京的秋意不够深，就像两人的缘分。

等到了冬天，南京和北京一样会落雪。港城则完全不同，临近圣诞节，节日气氛非常浓厚，贺图南负责策划了圣诞party（派对），部门里内地人不多，仅有的几人都稍显拘谨，不是太习惯隆重地过洋节。他不一样，他谈吐幽默温文、聪明有趣，有着无穷的精力和应变能力，让人赏心悦目。

Party前三天，副执行董事挺着大肚子过来告诉他们，上个项目砸了，他们的客户非常不满，如果三天内不能出一份全新的投资介绍，这个项目就要转交到美国。

大家熬到天快亮还在打电话，一起改文件，这样的生活是常态。贺图南曾连续一周里每天只睡两小时，同时准备几份财务分析材料，等到参加客户会议时，为了不让自己失态睡着，便说自己腰疼，需要站一会儿，他站着坚持到最后。

三天过去，一份150页的全新介绍完成，贺图南觉得自己整个人都空了。他大概一直都空着，工作也塞不满，同事们约好去中环的酒吧，一杯加冰的酒入嘴，一股辛辣的苦夏味儿，异常暴烈，一下从喉咙蹿烧到胃里。

他身体本来没那么脆弱，但还是从酒吧里出来，扶着墙，什么都没吐出来。

酒是暴烈夏天的味道，他也不知道自己是怎么突然把两者联系上的，走上街头，到处都是欢笑的脸，迎面走来的面孔来自五湖四海，这里是港城，不是北京。北京的圣诞节也不是这样的。

贺图南一个人走在人海里，他很久没时间这么走过了，一个人和无数陌生的人擦肩而过。

他突然被一株圣诞树吸引，上面挂满礼物，女孩子会喜欢的那种。黑压压的人群围着看，他也在看，太漂亮了，怎么会这么漂亮呢？

一只手从人群里伸出来，是个年轻女孩子的手，遥遥地指着礼物。

"我开了学就住校，不再麻烦你了。"

"我猜，你可能要谈恋爱了。"

"你骗我，你说我们会在一起的。"

"你会想我吗？"

"我好爱你，图南哥哥。"

那只手落下去，不知是谁的，总之不会是展颜的，消失于人潮。可手带出来的只言片语一下把他的大脑占据了，他已经很久很久没有再想过，这些东西又找上来，逼着他去接，滚烫、炽烈，像徒手捧了钢水，它还在流，一直流。

他扭头离开，也不知道是往哪个方向走，在最快乐、最热闹的圣诞夜里恍如置身盛夏。她气他要她住校，他最终答应去接她，他那年多大，十八岁，有且仅有一次的十八岁，那条路那样黑，他骑着自行车带着她，不停地骑，不停地骑，他累了一天，还要接她，因为她在等，只要她等，他就会出现。那辆破旧的车子载着他的十八岁和她的十七岁，两人是共生的一体，寄居在人间。他再也不会那样骑车了，再也不会带任何人，他死在夏天里头了，和那辆车，和那条路，风与星，树与铃铛，通通死去了。

眼前的世界隔绝在眼睛之外，透过泪水，像洇开的水晶球，贺图南觉得自己这辈子的眼泪都在此刻了，毫无预兆，他挣了许多许多的钱，比以往任何时候都要容易、都要富足，但已经没人要花了。

没有比这更痛苦的真相。

第二十四章 人的遗忘

❄ 故乡天涯晚风，村前一树桃花。

过年的时候，贺图南跟家里联系了一次，贺以诚接到电话时，他喊了声"爸"，父子血亲，做父亲的再恼他，也不会当真记恨。贺以诚知道他在港城，很能挣钱。

这通电话没什么稀奇的，就是问候，贺以诚也接受了这种问候，又反过来问问他的情况。父子俩都没提展颜，是默契，也是禁忌。

展颜只知道今年除夕贺图南还是没回家，她真傻，怎么以前就没想到是自己的缘故呢？她要是回来，他就不回来，这是他的家，她却鸠占鹊巢，装死呢。喜鹊有巢，狗有窝，鸡鸭有笼，猪有圈，人也得有个能落脚的地儿，她想到这儿，心里就拿定了主意。

今年北方雪下得多，下得大，孙晚秋年前跟项目部缠了很久，要了一部分钱，发了下去，让人家好拿钱过年，她没走，一个人住在工地也不怕。贺以诚想起她来，问展颜她回没回老家，没回的话，让她到家里来坐坐。

后头这些事的起因，认真追溯，似乎都能追到那个暑假去，她头脑发热，只顾着高兴。现如今，林阿姨走了，贺图南也不回来了，这个家冷冷清清，她却还是替孙晚秋婉拒了。

这是贺叔叔的家，她不能再像从前那样天真。

她冒雪去看孙晚秋时，那条狗居然还在，跟着孙晚秋，在雪地里打滚儿呢。

屋里，孙晚秋披着袄，刚洗了头，头发丝上冒着热气，她正在打电话骂人，大年初二就骂人，见到展颜来，手一摆，示意展颜坐。展颜看见马扎上还坐着一人，他五十来岁的光景，颧骨老高，眉心的纹路纵横交错，两只眼红通通的，像老沙眼，总汪着眼泪，手揣在袖子里，他讪讪地看着孙晚秋打电话。

"刘哥，你要这样的话，别说过了十五上工，你就是出了正月也难找，人来了吃屎吗？"

也不晓得是跟谁争执，孙晚秋粗声大气，像个男人。挂上电话后，大叔一脸畏葸，一副好商量的语气："我也知道都难，孙头儿，要不是我老娘住院，我哪会大年初二就往这儿来，实在没法子了。"他一个顶她两个大还有余，说起话来，低三下四，是惯有的模样，好像欠钱的是他自己。

孙晚秋扯过毛巾，擦起头发："张叔，我要是手里有钱能不给大伙儿？我是什么人，大伙儿心里也清楚，年前费了老劲，我一个姑娘家，就差光屁股上门闹了，大伙儿都看在眼里不是吗？你们辛辛苦苦，拿不到钱，我也一样，要了的钱，我自己一分没拿，还垫了一笔，您现在跟我开口，我上哪儿办去？这才初二，再急，我现在也找不到人啊。"她丢开毛巾，拨拉几下炭火，添了几块，哗啦一声，又把铁盖子盖上了。

屋里安静下来，只有火在烧。张叔一张脸跟皱纹一样苦，说不清那是个什么表情，他缓缓地起了身，推开门，风卷着雪沫子进来，瞬间化了。

门没关严实，展颜起来关门时，瞧了眼那个蹒跚的背影，他走进风雪中，地上是一串脚印。

"这是你喜欢吃的猪头肉、麻花，还有几瓶饮料。"展颜一边把塑料袋打开，往外拿东西，一边问，"刚才那个大叔是怎么回事？"

孙晚秋拿起筷子，尝了两口："上头欠了工钱，我也没办法，你不知道账有多难要。"

展颜说："听他的意思，他娘生病等着用钱。"

孙晚秋嚼着猪头肉，腮帮子一鼓一鼓的："我对得起良心，也对得起他们了，你知道这工地上有多少小工头卷了钱就跑没影的吗？他们这十来个人愿意跟着我，就是知道我不会坑人，可我不坑别人，架不住别人坑我啊，我不能饿着肚子，拿自己的家当给他老娘看病，生死有命，谁叫大伙儿都是贱命呢？没托生好。各人只能顾各人，顾不了旁人。"

展颜不知道该说什么，她本来想告诉孙晚秋，自己下一学期要到米兰理工大学去，她要去看看外头的世界，可米兰理工大学离当下真实的世界太远。

"你也别觉得他们就都是什么老实人，有人滑头，有人心眼不正，什么人都有，跟咱们村子里那些人一个样。"孙晚秋发出满足的一声喟叹，"味道真爽，爽死了，我以后有钱了天天吃猪头肉。"

她说话粗鲁，毫不忌讳，展颜有种奇怪的感觉，即使孙晚秋上了大学，也还是会这么说话，知识、学历不会让她变得更优雅，她心里感受到什么，就会用她最舒服的方式表达出来，这是一种力量。

时至今日，展颜依旧能够从她身上获得这种力量。

"我开了学要去意大利了。"展颜还是告诉了孙晚秋。

意大利？孙晚秋脱口而出："那个在地图上跟靴子一样的国家？"

在米岭镇中心校念书时，办公室里有地球仪，她们好奇地转过、摸过、念出上面每个国家的名字，和看电视一样，不觉得这会和自己产生任何关联。

展颜说："你那时记地图非常厉害，我要反复看很多遍，你看一遍就记住了。"

孙晚秋嗤笑："那有什么用？你去意大利干什么？留学吗？"

"当一学期交换生，学费不用交了，我准备生活费和来回的路费就行。我去的那所学校叫米兰理工大学，建筑专业很有名，其实我心里还有点儿发怵，但我肯定要去的。"

孙晚秋凝视着她，许久都没有发出一点儿声音。

展颜不知道孙晚秋在此时此刻想的是什么，她无法揣测，她害怕孙晚秋想起那些聪明得人人赞美的过去，而当下，只是想每天吃猪头肉就很高兴。她不确定自己的分享是不是刺痛到孙晚秋。

"钱够吗？我再给你点儿钱吧。"孙晚秋手背蹭了下嘴。

展颜垂下眼，把手放在火炉旁，她觉得异常温暖。"不用。"她回答得很简短有力。

孙晚秋笑了："你真厉害，能一个人出国学习了，注意安全，别让死老外偷你的钱。"

"等再过几年，咱们都有点儿积蓄了，一块儿去旅游吧？"她认真地提议。

孙晚秋摇头："没意思。"

"为什么？"

"因为我发现，无论是小展村，还是这儿，或者我没去过的北京、上海等大城市，人都是一样的。只要是人，有些东西就注定是一样的，我对外头现在压根儿没兴趣，只想多挣点儿钱，日子过舒坦了才是正经事，我从来不觉得出去看看就怎么了，能怎么，回来还是要吃饭、睡觉、花钱。"

展颜说："那我去米兰理工，你觉得没意义吗？"

"不是，你想去，喜欢这个事就有意义，你去吧，做自己爱做的事，实在缺钱的话，别跟我不好意思。"孙晚秋其实对展颜并不认同，事实是，从很小的时候起，她对展颜身上那些柔软的东西就没认同过，但她知道尊重自己的真正伙伴只有这一个，展颜不会变，永远真诚。

她吃了很多猪头肉，在雪天里喝冰凉凉的饮料，从心窝子里舒坦了。

两人围着炉子说了很久的话，展颜说自己还要去寄个东西，孙晚秋了然："是给贺图南的吗？"

展颜说："初六是他生日。"

"他记得你生日吗？"

"以前记得，现在应该不记得了。"她双手被烤得干燥发热。

"你寄了,他能收到吗?"

"不清楚,他那种工作好像要经常出差,还得出国,我想的是,就算分开了,可一起长大,多少还有点儿情分在,他一个人在外面,也不知道会不会觉得孤孤单单的。"

孙晚秋说:"你这么惦记他,他未必惦记你。"

展颜平静地说:"没关系,我惦记他是我的事。"她说完,围上围巾,戴好手套,不让孙晚秋出来,自己迎着风雪走了。

年关前,展颜跟市政府沟通的方案已经竣工,中间有些波折,但都顺利解决。博物馆不大,占据旧址四分之一的空间,这里渐渐沦落为城中村一样的存在,但博物馆落成后,政府免费开放,当作教育基地,日后可以组织学生来参观,了解城市的工业历史,尽管这历史里掺杂着笑和泪。

很多工人都还在,对此略显麻木,只有上了年纪的老师傅们真的过来瞧瞧,当年拦在厂房前不准人拆卸的往事历历在目,转眼成空。学艺术的学生们陆续过来在外墙上涂鸦创作,竟被允许。

展颜走之前也来看了一次,她很久没这么快乐过了,即使方案已经被改动许多。这种快乐跟金钱无关,仅仅是做成了一件事,令人耳目一新的一件事,跟吃喝拉撒无关。

回到学校要动身了,她才联系贺以诚。

贺以诚非常意外,因为展颜从没透露过半点儿要出国的信息。她像壶口的黄河,逢春了,迎来桃花汛,忽然就奔向了远方。

"在外面要照顾好自己,"他愣了愣,才想起应该嘱咐点儿什么,"有困难了,千万不要自己撑着,知道吗?"

展颜在那头说"知道"。

贺以诚挂断电话,慢慢地坐下,陷在沙发里,他担心她语言不通、人身安全、被人欺骗……他像最普通的父亲那样,面对孩子的远行有无尽的忧虑。可孩子们偏偏隐瞒不说,直到最后才给出致命一击似的,这里有近乎报复一般的快感。

贺以诚觉得展颜在用一种非常隐晦的方式来报复他,他掐断了她的爱恋,她没有大哭大叫,也没有形容憔悴,只是不动声色一点点地远离了他。

夕阳透过窗洒在沙发上,染红他半边身影,他抽起烟,这样的黄昏无比寂寞。

展颜跟一个研二的学姐结伴同行,她们练习意大利语,一路模拟对话,笑个不停。

她之前的害怕慢慢被一种新奇的兴奋和愉悦取代,因为没出过国,一切都很新鲜,她跟学姐说,这里好多外国人,说完又觉得自己蠢,她把包搂得很紧,唯恐被偷。

里面的华人学生给她们组织了一场小小的欢迎会，每个人都很热情，这里没人认识她，她觉得孤独，但又很快乐，是那种谁也不认识自己无拘无束的快乐。

　　刚开始，上课有些费劲儿，她脑子跟糨糊一样，回来要消化梳理很久。生活上，两人都非常节省，去超市买最便宜的东西，自己做饭、记账，用省下的钱去看那些只在书上见过的罗马斗兽场、比萨斜塔，是完全不一样的感觉，很震撼，让人觉得一切都是值得的。

　　"学姐，你有没有觉得意大利的老师跟我们的老师不太一样，我一直以为外国人更激进，想法天马行空，他们反而更保守。"展颜跟学姐在吃饭时交流。

　　学姐说："大概是因为他们历史遗迹太多了，说是让你改造，其实根本不能动。上次我跟的那个项目，教授简直把我的想象力杀得片甲不留，根本没发挥空间，我都不敢说什么了。"

　　展颜脑子里突然就想起贺图南的脸，很短暂，大概是因为想到那些长嘴蚊子，还有破庙，她说："我倒希望在改造古迹时，我们也保守点儿，多质疑质疑，为什么要这样弄，不懂的人不要乱指挥。"

　　学姐点头。

　　"你们小组做项目时是跟外国同学组队，还是自己人？"展颜到现在都吃不惯意大利的东西，只为果腹一样咀嚼，"我更喜欢跟自己人组，我觉得，咱们跟他们还是不太一样。有的人太松散了，我不太习惯他们这么奔放、自由。"

　　学姐鼓励她："可以试试的，我是觉得，当然肯定是跟自己人沟通更方便，但是，来都来了，你要是不试试跟来自不同国家不同文化背景的人组队交流，你永远不知道是什么感觉，我们的思维可能都比较接近，可人家跟我们不一样啊，是不是？试试嘛。"

　　展颜点头："我会试试的。"

　　意大利老师更倾向于让她们做手工模型，对电脑不要那么依赖，这正是展颜喜欢的，她把自己以前的古建手绘作品分享给老师、异国的同学，做了PPT介绍，各具特色的民居、宫殿、园林，还有石窟。

　　她从对方的眼睛里第一次理解"民族的才是世界的"这句话，这句话，她记得很早就听过了，但这一刻好像才真正理解。

　　业余时间，她用木棍做亭子的模型，只靠咬合，没有一根钉子，等到学期快结束时，送给了来自西班牙的客座教授。教授对她赞不绝口，拥抱了她，她心里怦怦直跳，确定对方是真的喜欢自己的礼物，忽然很想哭。她有些腼腆，甚至紧张，用依然带口音的英文说希望对方有机会去中国看看，我们有历史非常悠久的建筑。

　　在意大利学习的这一学期中，她终于渐渐很少再去想贺图南。时间越久，他那张脸越模糊。

人的遗忘居然是从脸开始的，等她意识到他那张面孔不够清晰时，已经快要离开意大利了。

* * *

展颜回来后，宿舍里有她一个从北京寄来的包裹，搁置了几个月。她在意大利时室友和她讲了此事，那会儿，她只往徐牧远身上猜，也没太在意。

等她真正见了包裹，脑子里欣喜一瞬，希望是贺图南的念头闪电似的从心头掠过，整个人都被照得雪亮。也许，他去北京出差，在乍暖还寒时节，意识到春天其实已经涉足人间。

包裹是徐牧远寄的，是一个包，他没说什么，只是留了张字条，说"希望你用得到，这个能装很多东西"。展颜忍不住笑，只考虑装东西多少的话，那铁定是蛇皮袋子装得多。

2006年，绿皮火车上到处挤满蛇皮袋子，小展村里出去打工的人越来越多，又不止小展村，整个北方大地的乡村、小镇，人们饥渴似的跑了出来，往更大的地方去。以前是一样穷，有一户人家突然穿着新衣服揣着大票子回来，到了集市，爱买什么买什么，排骨一大扇一大扇地往家扛，人群就跟着骚动了，日子还能这么过？可见外头是天堂哩。

展颜暑期又坐上了绿皮火车，天那样热，窗户开着，热风从外头一阵阵卷到脖子上，纠缠不止。车厢里永远有臭脚丫子味儿，列车员推着小车过去，留下的永远是——"面包、饮料、矿泉水，香烟、瓜子、方便面，腿收收，让一下。"

她喜欢坐绿皮火车，这时，偶见农民工，好像北方的农民工长得都一样，一样的皱纹，一样的肤色，她就默默地看着这些人，听他们甩扑克的声音、骂人的声音。

中途，她晃晃悠悠地去厕所，厕所在两节车厢连接处，烟味儿臭烘烘的，她瞥了一眼，那儿堆着高高的行李，坐了对情侣，二十出头。两人黏糊得不行，旁若无人，亲来亲去，他们就像两棵长到一块儿去的拉拉秧子，你缠着我，我缠着你，一辈子都扯不清似的。

展颜看了几眼，心里又有古怪的念头冒出来，做两棵拉拉秧子多好。她都没提过拉拉秧子，这玩意儿生命力极强，土地再贫瘠，它都长得很疯，满茎钩刺能伤人，但两棵拉拉秧子长一块儿就碍不着别人的事了，它们自个儿闹腾自个儿，缠到死，死了才算完……她被这个念头弄得心跟痉挛似的，好一阵抽搐，可脸上什么表情都没有。

"展颜，展颜？是你吗？"

"王静？"她回过神来，原来是王静在跟男孩子亲嘴。

展颜好几年没见着她了，故人相逢真是件美好的事。哎呀，连王静也……她说不出来是什么感觉，她们都长大了，就这么简单。

"我男朋友。"王静有点儿不好意思，从男朋友腿上站起来，穿的那件裙子皱了，也脏了，她转身摆手，"你这个傻子，过来打招呼啊。"

男孩子就挠挠头，从破旧的牛仔大包上下来，说了自己的名字。

"你们从哪儿来？"

"深圳，你呢？从南京吗？我听我奶说，你在南京大学念书。"王静见了她，又忍不住夸道，"展颜，你怎么这么漂亮，你真是漂亮死了，我就说……"她捣了捣男朋友，"你是不是没见过这么漂亮的？"

男孩子挺尴尬的，都不怎么敢看展颜，她跟仙女似的。

展颜觉得这个男孩看起来很老实，她说："不是南京大学，可能传错了。"她有些羞愧，这些年她并非刻意不联系王静，只是高二、高三，她过得兵荒马乱，自然而然就断了联系。王静之于她不是孙晚秋，王静是个很好的朋友，但又没到让她牵肠挂肚的地步。

王静说："是吗？那我奶估计听错了，都是听你爸说的，说你念了南京最好的大学，可厉害呢。"

展颜一愣，展有庆不是那种喜欢卖弄，也卖弄不出来的人，他跟大家说起过自己吗？像寻常的父母，因为子女自豪。她想象不出来，心里的酸涩像布谷鸟啜了下河面，又急急地飞远了。

"你该毕业了吧，在哪儿上班？"

"没呢，我学的建筑专业，得学五年，这次回去实习，看能不能留下。"

王静吃惊地看着她："去哪儿？你还回来吗？我以为你在南京念书就要留在南边了，南边多好，我去了深圳就再也不想回来了，我不如你，我上的是大专，但也找着活儿了，深圳活儿不难找，钱也多。"她踢了脚行李，里头装着零零碎碎吃的用的，"要不是我奶生病，我平时都不回来的，也就年关回来，真是挤死了，受罪。"

王静变得健谈，眉眼间依稀有当年的影子，她再见展颜都有些嫉妒了。她看着展颜，好像后知后觉明白了展颜当初为什么会被带走，而不是她们中的其他任何一个。可她居然在外头上了大学还要回来，王静又不能理解她了。本市身处交通要道，足够大，但跟南京、跟南方的其他大城市是没法比的。那上那么好的大学做什么呢？

展颜没有过多解释，她们坐下来，聊了那么一会儿，话说尽，空气突然安静下来，不晓得再聊什么好，只能说感情，王静问她有没有男朋友，她摇摇头，王静说："那一定是因为你太漂亮了，一般人你看不上，人家也不敢追。"

展颜不知道，她年轻的紧绷的身体如此美丽，哪怕是贫穷，也会有人爱她，但她从没想过，她也不需要。

快到站时，两人留下了联系方式。

展颜在本市设计院开始实习，有实习打底，她不再那么青涩，跟其他实习生交流很多，她要了解结构、水电暖、给排水，什么都懂一点儿，有益无害。

带她的师傅杨工脾气不怎么好，待人严苛，看几个实习生似乎没能入眼的，直到两周后，他出了车祸，手臂扭伤，画到一半的图纸没法画了，他做事挑剔，其他人一来忙，二来不情愿，这图只能停。

展颜说她要试试。

杨工说："你一个黄毛丫头行吗？"

她把自己的作品集拿给他看。

杨工哼哼唧唧："拉倒吧，我这疼得快死了，还看你那个。"

展颜心平气和地在电话里说："我画了，您看看，您看过不满意再说？"她没什么高兴不高兴的语气，把图弄出来。

杨工看见后忘记了疼，说："你这小姑娘行啊。"

实习快结束时，杨工跟上头提议，展颜可以留下来。一群领导刚听完汇报，副院长便问："研究生？"

"本科生。"杨工心里骂了声，心想，招研究生纯粹是浪费。你们这号人天天跟甲方有吃不完的饭、吹不完的牛，说是负责人，都负责到饭局上去了，画图这活儿，要个鬼的研究生。

副院长又说："老杨，你搞什么名堂，本科生还要她干吗？"

杨工一本正经地说出展颜的学校。

副院长把笔一拍："你早说嘛，老八校的孩子肯定是要的，回头让她过来面试，走一下流程，抓紧把合同签了。"

杨工找展颜吃了顿饭，问她是不是真愿意留在这儿。

"你的作品集，我看了，图是真漂亮，你还去意大利留学了啊？"

夏天路边大排档多，师徒俩不怎么挑地方，就坐在路边吃烧烤。展颜白天跟着下了工地，裤子没换，球鞋也没换，打扮得跟民工一样，但春笋一样的脸不打扮也如清水出芙蓉，杨工打量着她，有点儿惊奇这么漂亮的姑娘竟然肯吃苦。

"我是做交换生，一学期有点儿短了。"

"我看你这经历够丰富的，也在南京实习过，怎么想着回来了啊？"杨工的儿子刚上大学，在上海，儿子走前就说要留在上海，做父母的自然也希望他前程光明。

展颜说："在哪里都一样，不如选自己喜欢的。"

杨工看她说话四平八稳，心想，有点儿意思，这小孩。他笑了："不舍得离开家啊？这儿可比不上南京、北京，你想好了，很多人出去就是想着离开这儿，你是一中毕业的，是不是？走出去的好学生多了去了。"

展颜给他倒了杯啤酒，敬他："我想好了，以后还得麻烦您，我哪儿做得不好的、不懂的，您直说，提点提点我，我年轻，对设计院很多事还不够了解，还有的学。"

杨工连说"好好好",仰头喝了,又问起她家里的情况,父母可知道。

"我初中那会儿妈妈就过世了,我爸也不懂这些,他们都是农民,种地的,我留哪儿都行。"

展颜不紧不慢地说完,杨工脸色变了变,说:"哟,你看,我这不知道你家里的情况,不好意思啊。"

她笑笑:"没事。"

"那你这一路念书可不容易,嗐,我那孩子跟你比简直就是蜜罐子里泡出来的,不能吃苦,回头我得让他跟你这个姐姐学习学习。"杨工恰当地岔开了话。

展颜说:"年轻人都不喜欢父母拿自己跟别人比,您别提我了。"

杨工叹气:"我要是养你这样的闺女就好喽。"

一句无心的感慨,展颜听得微微不自在,她好吗?值得贺叔叔那样对她吗?她还是不怎么明白,那就不去想好了。可一个人应该有来路的,父母就是来路,她的来路已经死了,剩的那一半早就不纯粹了。

等真正签了合同,板上钉钉,展颜告诉了贺以诚,她已经习惯事情尘埃落定时再知会别人。这样就没人会半路干扰她的任何决定,除非她自己犹豫,也许会问问孙晚秋的意见。

大五这年,大家各有出路,无非是继续深造还是找工作。

贺图南的电话照例在年关打来,贺以诚问他最近怎么样。

"还好,就是太累了,没有一点儿私人时间。"

贺以诚说:"一样,你挣得多,这是对等的。"

贺图南问了几句新区的情况,又问了房价,告诉贺以诚,自己在深圳买了两套房子,也在炒股。

"你在深圳买房子了?什么时候?"

"2005 年,买的时候六千一平方米吧,现在已经破万。"贺图南沉吟片刻,说,"爸,你之前说林叔叔的公司不太行了,是不是?"

贺以诚非常敏锐:"怎么,你有想法?"

贺图南很直接:"是有想法,他手里有块地,我看他是难能翻身,可惜了这块地。"

贺以诚说:"现在地炒得越来越厉害,几十轮加价,没前几年好拿了,你林叔叔手里那块地不算好。"

贺图南习惯站着,站着接打电话是最有效防止久坐发胖的手段,他有些话,想了想,还是跟贺以诚先说了:"我可能会辞职。"

贺以诚说:"辞职?你找好下家了?"

"没有，但我想回去。"

贺以诚皱眉："回来？家里可没有这种公司，你挣惯了大钱，回来会有落差感的。"

"那要看做什么了，咱们那里，在北方也不算寒碜。"

"你想做什么？"

"房地产。"他冷静地说。

贺以诚说："你也跟着脑子发热了，是不是？房企跟滚雪球似的一茬接一茬，市场资金早晚会跟不上，你不要看去年股市涨得那么快，我觉得不要这么乐观。"

"确实没那么乐观，爸知道吗？美国那边开始出问题了，还不上贷款的房子要被收回，很多人会破产。"他去出差，美国街头随处可见房产降价促销的广告。

贺以诚有些意外："那你们公司——"

"我们公司会大赚特赚，"贺图南不带什么感情地说道，"赚钱是公司第一要务。"

他跟父亲谈到最后，只说了初步打算。

贺以诚让他自己拿主意，真决定了，也未尝不可，最后像捎带提了一嘴："颜颜签了市里的设计院，这孩子是真要回来了。"

贺图南什么都没说。

2007年春天，美国超过20家次贷供应商或被收购或破产。而港盛在2006年底已经卖掉了所有不良资产，转移了风险，继续让所有人误判市场。

贺图南在此干了两年，已经非常了解公司的常规手段，垃圾房贷也能成为最安全的投资产品，永远有人相信，再布局做空，无数人血本无归。

等到夏天，国际金融市场上的震荡和恐慌已经蔓延开来，只有港盛依旧赢利，贺图南将会拿到至少六十万美元的奖金。

同事们此前的担忧随着时间的推进早已变作亢奋。贺图南和部门中的学长私下聚餐，聊起国内的情形。

"你深圳的房子还不出手？"学长最爱在酒吧消遣。

"不急，让它涨到年底再说，至于到底卖不卖，我还在考虑。"贺图南不怎么喝酒，也不怎么抽烟，高强度地透支，他现在非常爱惜身体，有段时间，他竟然不知不觉胖了二十斤，意识到之后，挤时间也要健身。

"真打算辞职回老家啊？大家都非常看好你，你这白打基础了。"学长不无可惜。

贺图南说："挣再多也是给别人打工，我身体受不了。"

学长探究似的看他："明年形势肯定不行，美国这一波，全世界都得给它买单，你这很冒险啊，图南。"

贺图南笑笑:"有风险的地方才有机会。"

学长点头:"你要干吗?你小子别玩火啊,到时候你别搞得自己大好青春都在牢里过了。"

贺图南笑出声,往后一靠,轮廓分明的脸在灯光的交错下忽地黯下去:"我爸坐过牢,我要是也这么着,那真是'家传宝贝'了。"

他喝了杯曾经呛过胸腔的烈酒,很久没这么喝了,血热热地流动起来,有种隐蔽的刺激。

* * *

展颜找到了工作,没留在南京,也没往更大更好的城市去。她在南京生活了几年,是有留恋的,南京有非常美好的回忆——春天的茉莉花、夏秋的悬铃木、冬天的薄雪、厚道的老师,还有从头到尾较劲儿的陈满。

两人的较劲儿一直到毕业设计。陈满已被保研,没必要在毕业设计上还跟展颜较劲儿,但她不服气,在她的认知里,一个从乡村走出来的人天生贫瘠,她总是想要证明展颜没有灵气、没有天分,有的只是勤奋而已。展颜对此平静如水,她清楚陈满的敌意,大多数时候,两人的争锋都是在口头上点到为止,不算过火,她自己已经不再去想什么灵气不灵气了,只是去做,脚步不停,最后是什么样就是什么样,她既不跟别人较劲儿,也不跟自己较劲儿,成了一棵树,沉默地生长,刮风也好,打雷也好,都随它去吧。

她毕业设计的主题是乡村改造,选的场地终于轮到了她的家乡——小展村。

这些年,她一直往前走,偶尔回望,小展村离得越来越远,那里的人们和庄稼、和牲畜还在一起生一起死,但越来越多的年轻人和她一样,慢慢离开,用青春有力的身体去撞城市的门。

故乡天涯晚风,村前一树桃花。春天的时候,她回去了一趟,村里新盖了些两层楼房,倘若你进去,会发现人们舍弃了木头做的人字梁,改作平梁,是钢筋混凝土的。没人会再看到老鼠在梁头上跑,楼是新的,泥子刮得粗糙,开关歪歪扭扭,客厅里堆着粮食、杂物,旧桌子、旧板凳没舍得扔,都还在里头,新的楼住着旧的人和旧的一切物件。可到底是多了新房子。

大娘、婶子们招呼她留下来吃饭,她没有,去小学转了一圈,学生这几年开始流失,乡村失去孩子,像失去年轻人那样,他们开始去县城念书,跟着打工的父母。没去的留下来跟老人同住,小的小,老的老,像朝阳傍着夕阳。

校门前的杨树被伐了,短桩上又长出嫩绿的叶子,山羊在那儿啃,嘴巴一动一动,胡子也跟着一翘一翘,偶尔一抖搂耳朵,兴许是春天虫子多,扰到了它。

"三爷爷,小学还有麦忙假吗?"

"早没啦。"

"我听说，从去年开始不用去粮站交粮了。"

"政府好哇！以前哪敢想还有这好事？颜颜，你上大学挣大钱了吧？"

"刚找到工作，还没上班呢。"

"在哪儿上班呢？"

"设计院。"

"干吗的？"

"建筑设计，就像咱们村里的石匠。"

老汉哈哈大笑："那咋能跟石匠一样，你逗我哩！城里好吗？"

"好。"

"要是搁十年前，我铁定能在城里找着活儿，年前跟别人出去，城里工头不要七十岁的，我说我是七十岁了，可还有力气呢。"

三爷爷不理解古老的生存法则怎么变了，九十岁好好的也能种地，为啥七十岁就不要了呢？他狡黠地伸出一只手："其实我七十五岁了，说七十岁都不要，七十五岁更不要！东头你拐子大爷六十岁，人家都要了！"说完，他笑得长长的眉毛一抖一抖的。

她也笑："别人不要你，那就在家种地、放羊。"

三爷爷还穿着袄，里头光秃秃的，赤着胸膛，他把腰间的灰带子勒了一把："别人都去打工了，眼见着一个个的，"他搓搓手指头，"票子一沓一沓地往家拿，你不急吗？还是你这个好，到城里上大学了，以后就是城里人啦！娃娃们都该去城里念书！"

温的风往脸上来，她听三爷爷说得笃定，她是哪里的人？她也不晓得，只继续在四周走着看着，草木无限，时间又跑到了春天。小展村，死了些老的，多了些小的，唯一不变的是山坡，是田野，绿的麦子长起来，鸟从河边飞过去，野花灼灼，开在细长的土路边。

她见了许多人，用乡音说了许多话，小展村就在那里，她随时都能回来。

她日夜颠倒，对这个作品有种狂热，工作有了着落，许多人不愿再花太多心思在这上头，她不一样，她ôtelle得做点儿什么，为小展村，它苦，它荒凉，它吞噬了妈妈，可它养育了她，它用麦子、玉米、花生、大豆、棉花等最不值钱的东西养活了她。她一走了之，长出了翅膀，飞这儿看看，飞那儿看看，外头的世界可真大，真好，她学了新知识，有了新思想，从里到外都能做个新人，她不需要在这片土地上刨食，把青春，甚至一生都投掷了。

可只要她肯回去看一看它，就会发现河水还在流着，庄稼还在长着，桃花一年年如约在春信里开放，青山不改，容貌依旧，无论她是什么样子。

这真叫人觉得温暖，从身体到灵魂，她为这份温暖感激不尽。无从回报，她就只能用自己长出的翅膀扇动一丝风，用温柔的风去告慰它，它突然就成了新的母亲。

她也不知道自己是什么风格，或者说，没有风格，她对村子的改造不算多，这儿动一点儿，那儿动一点儿，没有什么大刀阔斧，也没有什么先锋前卫，她满脑子都是人，妈妈爸爸、石头大爷、三矿爷爷、红梅婶子、英莲大娘……怎么让他们过得舒坦些、方便些，别再这么潦草，别再如此痛苦，好些吧，活得好些吧。

老师们对她最终的作品争议很大，有贬低，有激赏，她也不在意了。日日夜夜，夜夜日日，她不知道这东西最终会怎么着，想改造一座村庄不是她说了算，她也没那么大能耐真的去做，她只能弄出一个作品，也许有一天就实现了呢。

她的作品还是被评为了优秀，跟其他作品一起，在校园里做了个展。她对别人理解不理解都无所谓了，只有一种虚脱的满足。

作品不一样，可毕业季千篇一律，拍照、告别，吃最后一顿饭，然后转身各自奔向远方。

陈满说："你可别删我的联系方式啊，以后有事还能联系。"

她还是那个样子，高傲得不行。展颜说自己不会的。

把一些不那么重要的东西卖了，她大包小包地去火车站，陈满也去送她，她在大家的目送下上了绿皮火车。

陈满在车窗外，抱着臂："你会考虑去北京吗？以后，咱俩可以一起开个事务所。"

这五年里，她最可爱的时刻就是这时候了。展颜微笑地注视着她："谢谢你的好意，我应该不会去，我回家。"

陈满真想翻白眼："展颜，你回去真的是浪费自己，你到底懂不懂啊？你跟设计院那群老家伙混个什么劲儿啊？"

展颜像岿然不动的青松："那……你也可以到我这里，我们以后也许能一起开事务所。"

"得了，得了，谁要去你那里？"陈满到底翻了个白眼，"我也要回家的。"

"对啊，你看，我们都想回家。"

"不是，你家跟我家那能比吗？我这话虽然不好听，可是是大实话。"

"不能比，但我还是要回去，北京很好，但不是我的家。"

"住久了就变成家了，你在北京找个对象，结婚、生孩子，事业再搞起来，那不就是家了吗？"

展颜还只是笑，说："后会有期。"

她跟室友们摆摆手，看到了她们的眼泪，她没哭，像一只鸟，只是往回飞。

2007年，到处都在热情似火地盖大楼。

孙晚秋现在不愁找不到活儿，她每天起很早，戴上安全帽，在工地上不停地走，不停地看，什么活儿都能随手帮衬一把。她知道展颜回来，两人吃了顿饭。

展颜刚入职没多久，正赶上城乡建设委员会搞村镇住宅设计比赛，这跟她的毕业设计有诸多重合之处。杨工看了她的毕业设计作品，杨工老家也是下面的，他说："我本来还想着，你们这种名牌大学出来的，肯定学了一堆花里胡哨的东西，觉得我们落伍了，对我们这些老家伙的建议不当回事，我看啊，我多虑了。"

他放手让展颜弄，中间该指点指点，展颜对风土人情这块有天生的掌控感，这些东西是刻在她骨子里的。她知道村镇需要什么，人需要什么。

"我把方案跟设计说明尽快给您。"

两周后，她把方案拿给杨工，杨工说棒极了。作品交上去后，获了奖，还有八千块奖金。

杨工喜欢她喜欢得不行，走哪儿夸哪儿。设计院里有领导塞进来的年轻人，闲闲的，迟到早退不加班，杨工再对比展颜，她忙得跟小狗一样，画图，画图，不停地画图。

刚入秋，市政府的古河其他文化公园项目毙掉了几个方案，当初竞标，市设计院没有争过其他团队，如今，市政府又掉头来找本地设计院。

院里开会定了团队，杨工是项目负责人，他带着展颜，几个人往南方跑了半个月，说是考察，多半在玩。

"展颜，有什么想法没有？"杨工看园子看得头昏脑涨，游客太多。

他在院里一直都很累，混到现在，一把年纪了，用世俗的眼光看，没太大成就，世俗的标准也就两把尺子——权和钱。他有才华，但没命，大约就是这么个状态。可他现在带了个徒弟，她美丽、青春，又聪颖，稍微相处久一点儿，他就觉得她真是美好，面对她，他脾气都好很多，不用再因为蠢货，或者坏东西搞一肚子气。

他对她的感情变得复杂，任何一个正常的男人这么频繁地跟一个可人的姑娘相处，都会有点儿别样的情愫出来。尤其她沉静地看着你时那样专注，那样尊敬你，花朵一样，他觉得自己也跟着年轻了，他看她带点儿看晚辈的怜爱，又不禁用男人的目光去审视。

展颜对此浑然不觉，她一来就有男人献殷勤，或明或暗，她永远像个傻子，毫无所觉，但大家会觉得她装傻。她没有装，她只是钝了，那颗心生锈了。

杨工问她话时，她很认真："我弄了个草案，"她把电脑打开，"您看，我觉得把公园主体放到沿水岸比较合适，它是古河文化主题嘛，我觉得首先肯定要尽可能满足市民休闲赏玩的要求，这样一来，就把酒店那种对外营业性质的场所隔开。我弄了分区，初步有七个，这里是入口区，到这儿是中心景观区，可以设置比如壁泉景墙这些东西，这块是核心区域。我的设想可能还不够完整……"她说话的声音很软，调子很缓，说了很久。

杨工听完,说:"你都可以负责这个方案了。"他发自内心地开了个玩笑。

展颜笑着摇摇头。两人讨论到很晚,杨工说:"我以为你当公费旅游,玩了两周。"

"白天玩,晚上画图。"她老实说。

杨工忍不住笑,最后,提醒她:"以后跟男的出差长个心眼,别大晚上的跑人家房里说事。"

展颜说:"您不是男的吗?"

杨工笑呵呵的:"我是,我就是给你提个醒,院里也不是每个人都是正人君子,你年轻,业务要精进,生活上也得注意,我这也不知道是不是多嘴了,你们年轻人最烦我们老头子唠叨了。"他这话有真有假,他肯定是不会对她做什么,但绝不希望有人对她做什么,他觉得自己那点儿心思也不大磊落,可话说出来,自己总归还算个好人。

展颜领情:"我知道您是好意。"

杨工话忍不住就稠起来:"你这也没个父母唠叨你、交代你,自己多留个心眼啊。"

这种话,贺以诚也在她刚入职时点到过。谁不喜欢美丽的女孩子呢?在美貌和青春面前,男人的意志力总是那么薄弱,她是花,自己可能都没意识到,多少人想采下据为己有。

出差回来,院里一个市领导的儿子开始追求她,那男孩白白净净,学校没她好,但也还算上进,追起她来,就是不停地送礼物,弄得很张扬。她加班,他就等着她,千方百计约她吃饭,她只能说自己有男朋友了,不在本地。男孩锲而不舍,有男朋友了不算什么,只要没结婚,一切皆有可能。

他热情得让人害怕,开着辆很贵的车,倒像带了条猎犬出门,要捕捉猎物。男人都是猎手,那些主动送上门的就像一只兔子,把腿往你嘴里一塞,也不管你想不想吃、合不合胃口,很没意思,那种捕食的快感一下被扼杀。

这男孩就是这样,年轻,多金,哪怕金子不是自己挣的,但属于自己的姓氏就足够,觉得她没道理不喜欢自己。

她又不好跟人撕破脸,都在一个单位,办公室里的李姐很爱撮合这种事,热心地跑来问:"你是怎么想的呀?到底想找个什么条件的呀?"

展颜不爱跟别人讲这些,只能赔着笑,也不怎么说话。

她越这样,越神秘,像翩飞的蝴蝶,那样斑斓,迷人的眼。

"我跟你说,小展,女人过了二十五岁那就是在一年年贬值啊,别不当回事,你二十三岁了,对吧?过了年就二十四岁,可不可怕?你觉得自己年轻,其实好光景也就是刚毕业这两三年,要有危机意识,懂不懂?你们念书都念傻了,不知道结婚找对象残酷得很,等你回过神来,"李姐两只手啪啪一拍,"行了,好的早被别人挑完了，你们年轻人要么是不知道着急，要么是挑花了眼，我是过来人，什么不知道？这小伙子条件多好！要人有人，要工作有工作，家里面又响当当的，你还想找什么样的呀？对不对？先处着嘛，我们之前给他介绍的，他一个也没看上，你看，缘分在你这儿呀。"

展颜无动于衷地听完，礼貌地笑笑："谢谢您费心，我心里有人了。"

李姐继续教育她，她不觉得烦，只是看着那张嘴一翕一张，有那么多话要讲，生机勃勃，如果是在乡下，也许李姐也会很擅长骂街。

展颜开始神游，她想，李姐有的话也是对的。青春虽好，可它就是这么短暂，她长大了，活在世上，就要被纳入这个世界的评判体系，不管人是什么态度，这个标准一直都在。

人为什么要长大呢？长到这个岁数，有些事就要逼到眼前，又为什么一定要张罗着结婚呢？

她脑子里想了想，又丢开，趁难得休息一天，她带着出差买的小礼物去看贺以诚。

秋天一来，冬天就跟得紧，北方总是这样的。展颜给家里汇了点儿钱，希望爷爷能买件新袄穿。

11月了，听说北京楼市已经释放出不太好的信号，明明上个月房价还在疯涨。贺以诚每天都要看报、看新闻、上网，公司早在春天就做了策略调整，员工们私下有些怨言，他也没怎么解释。

外头风冷，展颜进来时脸都被吹青了。

贺以诚放下杂志，开门见她手里又拎着礼物，真像走亲戚了，瞥了两眼，让她快点儿进来："穿少了吧，颜颜？"

她住设计院的宿舍，刚上班又忙，几乎天天加班，这次说要来，贺以诚非常高兴。

展颜脱了大衣，贺以诚帮她挂起来，说："去洗手，饭已经差不多了。"

她卷起毛衣袖子，洗了手，墙上挂着自己的毛巾，一摸，有点儿湿。

"坐，这几个菜早就好了，鱼我再热一下。"贺以诚指了指餐桌，"都是你爱吃的，快坐。"

展颜却跑到厨房："我来吧。"

贺以诚说："你来什么？马上就好了，天天加班，我看也难能吃好饭，是不是又瘦了？"

展颜笑："没有，我有时也自己做。"

两人在餐桌边坐了，展颜把筷子递给他。

贺以诚说："吃吧。"他给她夹了清炒虾仁，她的口味儿刚来时还不太明显，后来他就慢慢摸清了,她爱吃鱼、虾,也许是从小吃得少的缘故。

"我正好想吃虾。"她冲贺以诚笑,夹起了虾,送进嘴里。

虾的味道抵达了舌尖,非常新鲜,她迟疑了一瞬,慢慢咀嚼着,静寂的心里突然就响了两下枪声。

第二十五章
好久不见

"我们三年六个月零七天没说话了。"

展颜无法忘记这个味道，以及骄阳和蚊虫——那是七月——爱欲浸透的身体，像只疲惫、满足的鸽子。

有那么一会儿，展颜一句话都没说，贺以诚看在眼里，问起生活上的琐事。

她指尖冰凉，觉得有绿色的草又开始往心脏上长，嘴里应付着贺以诚："杨工挺好的。"

"在设计院做得开心吗？"

贺以诚对她的薪酬没怎么问过，他只在乎她高兴不高兴，活着还有比高兴更有价值的吗？他就想让她像只小百灵鸟，快活地唱歌，可他又知道，这几年他让她不痛快着，即便如此，时间倒回，他还是会那样做。人都是无可救药的。

展颜说："我觉得我挺开心的。"

"是吗？除了工作，你平时有什么爱好吗？"

贺以诚把菜调了下位置，那盘虾仁被放到她眼前。盘子边缘光洁如玉，也许在哪儿留了个指纹，她都没看过贺图南有几个簸箕、几个斗，那时总想着他不会跟自己一样，应该扳开来看一看的。

"颜颜？"贺以诚喊她。

展颜抬眼，乌黑的睫毛下那双明眸亮晶晶的："看看书，练练手绘，有时也看些电影电视剧，大概就是这些，好像大家平时的爱好都差不多。"

贺图南喜欢打游戏，她想道。

"也不能老窝在屋里，有时间跟孙晚秋一起逛逛街。"贺以诚很温柔地说道，"你漂亮，不化妆也好看，但买买新衣服，装扮装扮自己，心情也好。"

他冷不丁就问起她："有男孩子追你吗？"

展颜脸微微热了："有。"

"什么样的？"

"我说不好,没在意。"

她眉眼跟明秀如出一辙,可人太静了,他不知道,明秀这个年纪时也不是十八九岁他熟悉的那个样子:"说实话,我一直觉得徐牧远那孩子不错。我是想,如果这个年纪遇到不错的人,试试也没什么。"

展颜说:"可他好又跟我有什么关系呢?"

贺以诚筷子停在了碗边:"颜颜——"

她说这话时眉眼间终于有了丝倔强:"这世上好东西很多,好的人也很多,但真正跟我有关系的,一双手也就数过来了,其他的都不过是过客,就算是有关系的,也可能变成过客,我对认识新的人没兴趣,我宁愿跟一只虫子说话。"

贺以诚说:"你是不是太封闭自己了?"

"那什么是不封闭自己呢?跟人出去玩?社交?又是谁规定人不能封闭自己?不封闭的人就比封闭的人高贵了吗?"她很少显露锋芒,说这些时像5月泛黄的麦子。

"我不会接受任何人给我定标准,告诉我应该这样,应该那样,我只按我自己的心情过日子,谁也管不着。"她说到这儿突然流下眼泪,她自己都不知道为什么会哭,贺叔叔非常温和,今天在饭桌上他并没有什么不恰当的措辞,是她自己突然变了心情,想要发泄。

贺以诚抽出纸巾,给她擦眼泪:"你看,咱们说着说着怎么成这样了?"他其实是知道的,有些事情沉到时间的最底层,可只需要一个瞬间,那些撕心裂肺的、令人五脏俱焚的东西就又都翻腾上来了。

展颜跟他说对不起。

贺以诚说:"对不起什么?你又没错,我刚才那几句也没恶意,希望你别误会我。"

好端端一顿饭吃得变了味儿,他很少见她哭,这么猝不及防,她就哭起来。也许,她自己也觉得难堪,几下擦干净了,又恢复正常。

贺以诚没提贺图南回来的事情,这段时间,他跑回来几趟,收购林亮的公司,人半辈子的心血就这么没了,贺以诚知道这种滋味儿。贺图南拖到11月,楼市刚进寒冬,林亮再也无能为力,人也都跑得差不多了。

这几年,像害了热病,钱多没地方去,全涌进房地产。老百姓就是看热闹,看得捶胸顿足、心惊肉跳,总是在后悔中度过,等今年,等明年,房价像吃了印度神药,一路高歌猛进,真是闻所未闻。

林亮的公司是小房企,生存逻辑跟大房企没的比,开一点儿,卖一点儿,拖拖拉拉,脑子最热时豁出去也抢地,结果烂在手里。美国次贷危机慢慢影响全球,他老了,已经想不明白美国的事碍中国什么,2007年都在涨,他觉得自己能活过来,结果，到了年尾，这是要死得更透。

贺图南跟林亮谈得比较顺利，林亮对贺以诚印象很好，老贺这人跟一群诡诈、心黑的家伙比厚道多了，人又斯文，说东山再起就起来了。林亮佩服他，冲他是英雄汉，卖给他儿子，也不是不行。但自己如果有贺图南这样的儿子，恐怕不会答应让儿子回来，港城多好，怎么还有人在港城待得好好的，非跑回家来？林亮没工夫想了，他得歇歇，他天天睡不好吃不下，像脚底下踩了烂番茄，黏一脚底，怎么都甩不掉。现在好了，他又难受又放松，自己留了点儿股份，剩下的事都让贺图南去办吧，年轻人要入场，要吃肉，杀一条血路，让贺图南折腾去吧。

贺图南拿着自己的计划书去见了负责人。贺以诚给他找了人，他得以见到负责人。

眼见到年底了，楼市萧条突现端倪，11月，深圳一家百强地产经纪公司一夜崩盘，像给全国埋了个伏笔。楼盘降价，业主们跑去售楼部要砸地打人，闹哄哄一片，年也不要过了。

负责人天天有开不完的会，焦头烂额，房地产是龙头，头都掉了，城市化还怎么推进？专家早前是怎么说的？报纸上都说不会有泡沫，不会有泡沫，负责人心里焦躁，但又存了点儿希望。他本来没什么心情搭理贺图南，年轻人异想天开的多，吹牛不要钱。

"您好。"贺图南从沙发上站起来。

负责人脸上是模式化的笑容，他摆摆手："坐，你坐。"

"你是陈局介绍过来的是吧？"负责人自己坐了，才有工夫打量起贺图南，他太年轻了，看样子也就二十来岁，这样的毛头小伙子，这会儿凑什么热闹呢？

负责人简单地问了几句情况，知道贺图南是清华毕业的，又在港城待过，金融那些，负责人不怎么懂，只觉得他脑子抽了，跑回老家干什么啊？

贺图南对自己的履历没炫耀的心思，他开门见山，提到前年出的城改计划。

负责人说："这事，其实2004年就下了文，问题出在哪儿呢？咱们这儿的房企啊，他们没这个经验，你就是派到他们头上，他们也不接。你在北京、港城都待过，咱们肯定不能跟人家比，是不是？资金没那么充足，但城市建设是个硬指标，还得建，你不建，城市怎么发展，对不对？"

贺图南把企划书放到他桌上，说："我这段时间其实往老家跑了几趟，大概了解到一些情况。咱们是打算把北区那块儿作为首批试点，这几年，北区附近基本变成了标准的城中村，那儿的老百姓要求很多，能开发的土地就少了，这样一来，利润空间非常小，加上您说的大家没什么经验，所以这事陷入僵局，我想先简单地跟您说说我的想法。"

负责人急着去吃饭，碍于情面，笑吟吟地听起来，听着听着，觉得有点儿意思，便去翻计划书，说："你出国考察过？"

"当时去新加坡、日本出差，正好顺路，我一直对这块比较有兴趣，就做了个调查。"

"你的意思是咱们可以参考新加坡的这种模式？"负责人没去过新加坡，拿不准贺图南是在这儿天花乱坠地吹，还是所言属实，一时半会儿不能确切地说点儿什么，只说这件事情要报到市长那里，回头再找他。

贺图南从大楼出来，想起一人，当年老乡会上有个学姐。他担心负责人这边没了后文，便直接联系到学姐。

整个12月，他一直在外跑。这种生活迥异于投行，他又回到了人情关系网错综复杂的家乡，并对此有了更深的体会。

云上五期工地上已经冷极了。

孙晚秋每天还是六点就爬起来，天蒙蒙亮，工人们陆续到了，她的队伍变大，已经有百十个人，每个人要做什么，她记得一清二楚，从刚照面起，她就见谁吩咐谁。

最近施工速度慢了下来，有些工地已经停工，她隐约觉得不好。她从电视上看到次贷危机，不太懂，立刻找了家网吧上网查了，她有极强的学习能力，她没系统地受过大学教育，但只要她主动去了解，很快就能搞清楚那是怎么回事。

查完了，她就知道明年难说了。

这一年多，她红红火火的，有声有色，甚至攒了钱，打算买套三十平方米的小房子。明年的行情明年再说吧。

离展颜上次来找她已经过去了五十一天。她再见到展颜是在工地上，她给展颜找了顶安全帽，说："这么冷，你跑来干吗？"

"想你。"展颜脖子缩在围巾里，一开口，白气被风吹得斜斜的。

孙晚秋撇嘴："肉麻。"

她带着展颜边走边喊："老张，打几吊了？啊？打几吊了？"

展颜问："几吊什么？"

孙晚秋手一指："砂浆。"

机器轰隆隆的，老张没听见，见孙晚秋来，笑笑的。

孙晚秋说："打几吊了？"

"两吊。"

"上头没人，你别搞砸了。"

旁边，工人把混凝土装进了吊斗，再用塔吊吊起，往上头楼层送。塔吊师傅是技术工，展颜仰头看看，跟孙晚秋上去了。

一个妇女两腮红红的，不大好意思过来问对讲机怎么用。孙晚秋拿过来，展颜看到两人的手几乎一样硬、一样糙，令人想起老了的槐树皮，她们都没有抹护手霜的习惯，就这么干着、裂着。

399

钢筋工、油漆工、砖匠木工都是大工，一般都是男人，小工多半是妇女，干杂活儿，夫妻档也有，多是两大一小搭配干。

"这个砖拿走！"老的正在骂一个少的，少的也就十几岁光景，肩膀瘦瘦的，展颜见他傻笑，老的就又骂他，"拿这个火砖！"

少的还是笑，换了火砖，一句话也不说。

干小工的大姐说："哎，你老骂他做甚，欺负没娘的孩子。"

老的说："你看那条缝宽的哩，我骂他？要不是我疼他，他哪里能来城里吃这碗饭？"

大姐叹气，不说什么了。

展颜问孙晚秋这个弟弟怎么看着不太正常，孙晚秋说："他小时候发烧，脑子有点儿烧坏了，他妈死了，爹不务正业，是奶奶把他拉扯大的，去年奶奶死了，马师傅看他可怜，都是一个村的，就把他带了出来。我说不要，马师傅跟我保证不会出事，签了个协议，他就在这儿干了。还行吧，小马？"她忽然喊他一声，"今天我请你吃土耳其肉夹馍，好不好？"

大家就笑，说："小马，孙头儿要请你吃肉夹馍了，好福气！"

小马笑嘻嘻的，嘴巴有点儿歪："肉夹馍，肉夹馍。"

老马说："这要是没人管他，吃屎都赶不上热乎的。"

孙晚秋告诉展颜："小马还会扎钢筋，他其实一点儿都不傻。"

两人在那儿看小马干活儿，他十六岁，个头儿不高，离开了家乡到此间谋生，真像一匹小马驹，只是皮毛不够光亮，蹄子也不够矫健。

展颜说："今天我请小马吃土耳其肉夹馍吧。"

两人相视一笑，孙晚秋点点头。

午间，骑小三轮车的大姐来了，工人们一拥而上，还有不舍得花钱的，自己带馍，早凉了，就着从老家带的酱，蹲在墙角吃了。

展颜去附近买了肉夹馍，给小马，他也不洗手，愣愣地看着她雪白的手腕，上头落着日光，更白了。他想起了母亲的胸脯，也是这么光光的一片，记忆太模糊，只有个朦朦胧胧的景儿。

小马对她龇牙笑。

她们走出工地，路边有大排档、小饭馆，还有按摩店、理发店、KTV，也有浴池，能打牌、搓澡。

孙晚秋跟展颜要了两份盒饭，盖子里凝着水珠，她把一次性筷子掰开，说这条街上的事。

"晚上才热闹呢，有一回，还招呼我，我看着像大男人吗？"孙晚秋觉得好笑道。

展颜低头扒拉着米饭："他们挣钱不容易，怎么也来这儿？"

孙晚秋大口吃着："男人就是这样，家里还有老婆、孩子呢。"

这里白天尘土飞扬，入夜灯红酒绿，有工程了，带动一片门面，这个地方怎么说呢？离小展村远，离象牙塔也远，像第三种人生存之地，展颜也没评判什么。

孙晚秋胡乱地抹了两把嘴，说吃饱了。她吃饭快，天又冷，跟野狗抢食似的把盒饭一扫而空。

展颜跟她往回走，手插在兜里，说："男人都是这样吗？"

"差不多吧，忠贞的人也许有，但不多，他们总得需要个女人，女人能没男人，但男人必须有个女人，他们没法忍受寂寞。"孙晚秋幽幽地说，看她一眼，"你是不是想到贺图南了？"

"他好像回来了。"

"什么叫好像？回就回了，没回就没回。"

"我也不清楚。"

"那你别想了，他要是真回来都不联系你，那想他干吗？说不定他身边早就有人了。"

展颜不吭声，一路沉默地走回去。工人们在午休，也就半小时时间，坐着靠墙就能睡，也有扯个板子，或者塑料布，躺在地上的，抱着手臂，安全帽倒扣于地。

他们无一例外都脏兮兮的，嘴半张着，脸上的皮干皱，挤到一块儿去，像截木头桩子，横七竖八地卧在那儿。

他们比她还沉默，大多时候都不说话，只干活儿，吃饭时说笑两句，晚上回到住处，喝着散酒，吃碗面条，要是能搂着自家女人睡觉，就能美上天。

人真是复杂，展颜看着他们，下意识地说："遍身罗绮者，不是养蚕人。"

孙晚秋听见了："你说，咱们小时候学的古诗，有些是当时就懂的，比如锄禾日当午，有些当时怎么都不明白，养蚕的人怎么不给自己弄身像样的衣裳，现在懂了，可见有些事几千年都没变。"她幽幽地叹口气，"还不知道明年是什么样呢，我还操心别人。"

展颜说："怎么了？不是干得挺好吗？我觉得你什么都会，又这么认真，以后活儿肯定会越干越大。"

"希望明年会更好，你也是。"孙晚秋拍拍她，"回去吧，太冷了，我都不知道你一个设计院画图的，跟工地老师傅怎么有那么多话要聊。"

"多了解一些没坏处，我刚做方案的时候对消防规范什么的都不太熟，杨工经常提醒我，我那会儿就想，人果然不能自我感觉良好，你得谦虚，得一直学习。"

孙晚秋说："你还看什么哲学、文学那种书吗？"

展颜点点头："看，我会一直学习，直到学不动。"

孙晚秋笑笑："我只看对我有用的，我最近打算买个电脑，学点儿东西。"

两人都会一直学习，彼此清楚，这是童年就注定了的命运，如果不学习，就没有意义，世界在她们学习之前也许就是这个样子，学习会帮助她们认识得更清。

除夕那天，雪下得非常大。

贺以诚告诉展颜，贺图南不会回来，他让孙晚秋也过来一起过年，这样热闹。

"让那孩子过来吧，你看，咱们几个都是一个人。"贺以诚望向窗外，"这么大的雪，容易觉得孤单的。"他转过身，"颜颜，今年在这儿过除夕吧，陪陪我。"

展颜对上他的眼，不能拒绝了。

"孙晚秋今年回去了，她好几年都没走，今年大概是想回去看看。"

"你留下吧，咱们说说话。"

黄昏的时候，夜色就重起来，她没走，跟他一起包饺子。

"你手这么巧，像你妈妈。"贺以诚意识到自己不该提，这样的节日里，她应该是想念妈妈的。

"贺叔叔，上次的事，我后来又想了想，如果妈妈在，也许也会鼓励我多出去跟人交朋友。"她捏着饺子边，语气里还有点儿抱歉。

"怎么还记着？你妈妈要是还在，我想她会尊重你，你什么样她都爱你。"贺以诚把饺子端起来，说，"你看想吃什么菜，我来做。"

他刚进厨房，门便响了。

"颜颜，不会是徐牧远这时候来送对子吧？"贺以诚探出身，"快去看看。"

他真是傻，这么大的雪来送什么对子呀？展颜轻轻地叹口气。

来不及洗手，她过去开门，冷空气瞬间激得皮肤一阵战栗。

门外站着个人，贺图南头顶、肩头全是雪，头发和大衣漆黑如夜，雪却如此洁白，连他密密的睫毛上好像也有雪花没有融化完。

他的眼睛非常明亮，声音和雪一起落下来："好久不见。"

* * *

贺图南的脸又冷又白，像雪本身，可眼睛啊眉毛啊黑得要命，挺俊的轮廓比斧头还锋锐，他竟然回来了。

很长一段时间，展颜都把消失混同于死亡。她知道，消失不一定是死亡，但在她的意识里，消失是死亡的一种。他走的时候没带走她一分钱，她也没什么钱财可带，但又分明把她的一切都带走了。

多奇怪啊，她记得那个背影，在夏日夜晚昏暗的灯光里越走越远，越走越远，走出了天地之间，两手空空。

展颜没说话，往门上一靠，是让他进来的意思。

贺图南进来后，摘掉皮手套，脱了大衣，他对她的没回应似乎也不放在心上，边挂衣服，边问："爸呢？"他语气随意，这样的风雪夜里，好像仅仅是远游归来。

展颜终于想起来这是他家，也不看他，垂着眼把羽绒服取下，他的大衣就挂在她衣服旁,手指掠过立刻沾染了凛冬的寒气。

"在厨房。"她不知道他听见没,反正是回答了。

没有什么人海中的两两相望,或者擦肩而过,她跟他的重逢真是寻常到不能再寻常,大年夜里,外头有风有雪,家里有饭有菜,他回来过年,就这么碰上了。

展颜穿上袄。贺以诚已经从厨房出来,父子四目相对,贺以诚一点儿意外都没有,只是说了句"回来了",然后看向展颜:"这是干吗?"

到底不是家,怎么都不是家,她一度以为她有了家,但终究不是。她缠上围巾,到门口换鞋,包掉下来,坠到地上:"我先回去了。"

"下这么大雪,"贺以诚不满地看了眼贺图南,"天都黑了,回哪儿?"

她站起来,始终没看贺图南,她想,他几年都没回来,一定是去年开始知道自己不来了,今年才回来的,可他没想到自己居然在:"没关系,我回宿舍。"

她的手刚伸到门把上,他的手便覆上来,两人离得很近,他足足高出她一头:"怎么我刚回来,你就要走?"

天这样冷,他的掌心竟然是热的,每个字像水珠那样从耳旁滚落下来,她非常清楚地感受到了掌上的肌肤,温温的、细腻的,这样的触感简直如梦。

展颜抽出手,他顺势松开:"这么久没见,吃顿便饭总是可以的吧?"

外面大雪苍茫,天白头,地也白头,冷的风像能把人吞没一样。

贺以诚走过来,说:"颜颜,你要真想走,吃完饭我去送你。"

这样的天气根本没法子开车,谁都清楚,她发现,只要三人同处一个时空,那她就一定会为难,她有种多余感,想要逃离。现在走不好走,留不好留,真是麻烦。

贺以诚已经走到她跟前,看着她,眼神里有恳求的意味:"颜颜,你看天气这么糟糕,你要走,我怎么能放心?"他嘴角肌肉微微动了动,除夕夜是会做噩梦的日子。

"嗯。"展颜最终把包放下。

贺以诚有了点儿笑意,说:"你过来给我帮忙。"

贺图南看着两人进厨房,房子换了,这是贺以诚新买的一套,三室一厅,面积不小,离爷爷奶奶家很近。

厨房里水汽缭绕,门半掩着,里头传来嗫嗫人声,在交流做菜。

展颜的包被贺以诚刚才随手放在沙发上了,他拿过来,这是只很普通的女士包,有点儿旧,拉链那个地方缀着点儿流苏,掉了漆皮,看样子有些年头了。颜色是中规中矩不会出错的棕色,但款式太土,包丑得没法看,批发市场二十块一个的质量。他手指从肩带那儿轻轻抚过,像把玩,他没什么表情,也不知道在想什么。

他又很没礼貌地打开了包,里头有纸巾、手机、钥匙、创可贴。夹层里有几张卡,一张工行卡、一张农行卡,还有一张剪头发的卡。手机是诺基亚的老款,钥匙上缀着一串廉价的小金鱼。夹层里还有一些零钱、硬币。

终于,他在角落里找到一支唇膏,拧开了,放到鼻子下,是股清凉的薄荷味儿。薄荷能凉拌着吃,一到春天,出得密密麻麻,紧挨着她妈妈种的凤仙花……这是她2002年的夏天跟他提起过的。

钥匙也旧,这些小物件明显已经带了主人的气息,有长有短,但痕迹宛然。贺图南拨了下金鱼的尾巴,说是尾巴,其实是几根散着的玻璃丝,他拎起来,对着水晶灯,在想这是哪一年流行的小玩意儿,是他小学、初中,还是高中时?他好像见女孩子的包上挂过,总之很久远了。

小金鱼晃啊晃的,往回游,化作她纤细的脚踝,白白的一截。那时候他总觉得她像一条小美人鱼,在他掌下逃窜,像游戏,他总要到床尾去抓她,拽过来,她的脚丫秀气极了,脚指头却一个个如珠玉般圆润。

灯光迷离,小金鱼游个不停,穿过时间的河,往他掌心钻,一直游。暴雨,半旧的帘子,晃晃的日光,水泥砌的池子,窗外的蝉,长长的烟筒,漆黑的炭,窗棂上的灰尘……小金鱼从乱七八糟的物件中摆尾而过,畅快无阻。

厨房的门似乎动了一下,小金鱼游回来,又变作小金鱼。

贺图南把它放进包里,拉上拉链。

贺以诚端着菜出来,说:"饺子大概吃多少?"

贺图南碎发湿漉漉的,雪化了,稍显凌乱:"一盘就够了,不要汤。"

贺以诚到厨房下饺子,切腊肉,对展颜说:"你图南哥哥的饺子不要汤,一点儿都不要。"

"知道。"展颜知道他所有的口味儿,他吃饺子不需要醋,也不需要蒜,只是吃饺子。

饭桌上热气腾腾,贺以诚开了瓶红酒,碰杯时,他说:"来,希望明年咱们一家人都平平安安,健健康康。"

氤氲的热气中,贺图南看着她,她的脸好像长得更开了些,容色艳丽,眼睛却像能见游鱼、石子的一汪清水,他好像第一次看清她,又清纯又妖艳的这么一张脸,他一直看着她。

展颜只是抬了一次头,短短一瞬,她不知道他老看什么,他对她凝神,也不避讳。展颜心里淌过湍急的春水,幸而冰面足够厚,也足够深,她再抬眼时,听他说:"爸,那个窗帘不好看,换个颜色,太轻佻了。"

原来他看的是窗帘,她心里轰然一声响,背后的方向正是窗户。

窗帘是她选的,贺叔叔征求了她的意见。她对他的否定已经说不清是什么感觉,一瞬的震动很快消散了,他对她整个人都是否定的,这点儿细节不值得一提。

贺以诚道:"我觉得很好。你年后有什么安排?"

404

"该打点的都打点过了,下一步就是跟北区谈,林叔叔给我留的那些人,我接触了一下,能用的没几个,我得重新招兵买马。"他很自然地问起她,"孙晚秋现在干总包,还是什么?"

他看过来,像两人什么隔阂都没有,也什么都没发生,她不知道他是怎么做到的,那颗心是冰锥做的吗?他现在是以什么身份、什么立场来跟她说话?

她苦苦哀求过他,痛哭流涕地写信、发邮件、跑去找他、癫狂犯傻。她永远忘不了那种等待后的绝望,一点点绝望的感觉,它不是一下子来的,是一点儿一点儿,像庄稼生了虫,今天啃噬一点儿,明天啃噬一点儿,最后整颗心都被啃空了,等该收成时颗粒无收。

他走了那么久,一丝希望都不给她,然后,突然就出现了,坐在她眼前,跟她吃同一锅饺子,夹同一盘菜。她什么准备都没有,他就这么来了,像无事发生,他到底是怎么做到的?

只有她像一棵树,年年岁岁,岁岁年年,站在一个位置,看着太阳从东边起,从西边落,人从南边来,往北方去,什么都不会真正驻足停留。

她都有些恍惚了,觉得人真是太难懂,不知怎么的,想起孙晚秋说的"钱难挣,屎难吃",那可真好,太好理解了,她甚至觉得不文雅的词真带劲儿,一下把什么都说透了,真好,不像他。

"我不清楚,如果你想了解,我把她的联系方式给你。"

展颜听他跟贺叔叔两个人聊了一会儿,大约听出点儿眉目,他居然辞职了,那样好的工作,他说丢开手就丢开手,回来搞房子,他也搞房子……

可那么好的工作,她这次聪明了,灵光一现,他本来就是这种人,顶好的工作又怎样?不知道那工作哪里得罪他了,他就不要了,人也是,她这么想就想通了。那他可真够潇洒的,是个人都得掂量一下,他不,房地产年末苗头不太对,他也要搞,他就是这么随心所欲。她都快忘了他爱折腾,能折腾,有着五花八门赚钱的点子。

父子俩说生意上的事情,她闭嘴了,她听着他的声音依旧觉得不真实,一会儿近,一会儿远。她垂着眼,吃自己的东西,等到桌上只剩一片残羹冷炙,她要去收拾,贺以诚也没强求争来。

贺图南更是没动。他就坐在沙发那儿,看着她忙。

她在厨房一直开着水,洗这洗那,拿钢丝球使劲儿刮锅盖。她在厨房待了很久很久,偶尔抬头,雪花温柔地自苍穹而下,真美好。

厨房被展颜收拾得雪亮,亮得晃眼,她再出来,贺以诚不在了。

贺图南开了电视,声音不大,画面喜气洋洋的,一群人穿得万紫千红,唱啊跳的。

"贺叔叔呢？"展颜只能开口问一句。

"去爷爷家了。"贺图南头都没转，他整个人很懒散，几乎是躺着。

展颜慢慢褪下卷起的衣袖，包在他腰下压着，她想用手机给家里打个电话，走过来，始终不看他的眼睛："我的包，我得拿一下。"

贺图南没动，像没听懂。

她弯下腰，要去抽："麻烦你起来一下。"

她长发间的芬芳近了，这种味道直接唤起身体的本能，贺图南偏了偏脸，把包给她。她的发梢从他脸上蜻蜓点水似的掠过去，他看见头发笼着的那张面孔。

"爸说你在设计院？"他收回目光，继续看电视画面。

展颜"嗯"了声，转身要走。

贺图南又侧过脸，看到她只穿了件修身的毛衣，腰那里薄薄地凹着，他熟悉她身体的每一寸，曲线走到哪儿极细，又在哪儿凸起，哪里燠热，哪里清凉，他通通清楚。他一度以为自己的心早就被蒸发掉了，那样的高温，什么样的心能存活？

"怎么样？"贺图南问她，目光只是淡淡一瞥，就像一头雄兽，时时刻刻都能叼住她的后颈，将她带回属于自己的领地。他适应能力总是这样强，适应北京，适应港城，再适应家乡，他一见她，所有的一切就跟着回来了，又新又旧，这种滋味儿不赖。

展颜回头，像还不能习惯他的问话。

他波澜不惊："我是问你在设计院怎么样。"

"挺好的。"她脸上很平静，她不是小孩子了，也不会跟他撒娇、赌气，到现在，她都不知道要怎么称呼他，索性省了。

贺图南说："看春晚吗？"

她摇摇头，拿着包去了卧室。她靠在门上，站了那么一会儿，拿出手机给家里打电话。展有庆很高兴，让壮壮也听，一直哄着他说"喊姐姐"，她听到了，那只是个小孩子，她对他不爱也不恨，近乎麻木地应了声，这是她能做到的极限了。

继母对她也热络起来，她清楚这是因为她在城里工作，展有庆的闺女在城里给别人设计大楼，听起来多气派、多体面，展家几代人从没这么体面过。继母想，自己兄弟家的孩子以后往城里去，也许她能照顾一二，壮壮长大了，她这个做姐姐的不能一点儿表示都没有。

继母盛情邀请她明年回家过年，喊她的乳名。

展颜很沉默地听那头话一句接一句地说，她没有生气，也没有悲愤，只是觉得人都是为自己打算的，时过境迁，没人再想起妈妈。日子那么长，活着的人又有了欢笑、悲伤，这没有对错，也不分是非。

她回不去了，只能这么漂着，家是什么？她自己都糊涂了。她一直在路上，从离开小展村那天开始就一直在路上，没有尽头可抵达似的，做一株蒲公英也好，风往哪儿吹,她就往哪儿散,落哪儿长哪儿。

一通电话打完,她对继母的热情几无反应,很淡漠,许是那头感觉到了,但不以为意,末了还不忘提让她明年回家。

她不会回去了。

外头坐着的那个人曾是她生命中至亲至爱的一半,也离散了。

展颜打完电话,坐在窗前看了会儿雪,她不等贺以诚了,也不知道他什么时候回来,洗漱一番,她睡下了。

这样的情形似曾相识,倒不难想,那是她跟他在一起最后过的那个年关,贺叔叔也是去了爷爷家。她以为世界就是这个样子,他永远是她的,可他到底从她身上剥下来,血肉模糊,生生扯掉,真是疼死了,再没这么疼的。

外头也许根本没坐着他那么个人,是幻觉,她昏头昏脑地想着,睡意蒙眬间,心口一阵悸动,她又醒了,胸前全是汗,不知怎么了。

她觉得屋子里很闷,套上衣服,来客厅想倒杯冷水喝。

她摸索着开了过道里的灯,走到饮水机前,哗啦啦地接水,转过身,突然有人说:"还没睡?"

展颜心跳都停了一瞬,她一哆嗦,杯子掉了。她真的睡傻了,完全忘记他已经回家。

贺图南开了小灯,从沙发上坐起:"我吓到你了?"

展颜没说话,蹲在地上把杯子捡起,是真的,他真的回来了。

"新年快乐。"贺图南看了下手表,看完,他就把表摘了,啪嗒一声丢到茶几上,非常清脆。

展颜还是没说话,她面对他已经无话可说了,想说的都写信里了,结果石沉大海。他这么突兀地出现,把她原有的步调打乱了,她也许就没懂过他,像贺叔叔说的,只是年少耽于身体的快感而已。

"能给我倒杯水吗?"

展颜便用一次性纸杯给他接了杯水,递过去的瞬间,他的指尖碰到她的手指,本来不用碰到的,他手指那样长,好像必须碰上。

"谢谢。"贺图南喝着水,眼睛一直幽幽地盯着她,"设计院有宿舍?"

"嗯。"

"是自己住,还是有室友?"

"有一个室友。"

"加班吗?"

"嗯。"

她希望他不要再问了,便说:"你喝好了吗?"她把杯子接过来,丢进了茶几那边的垃圾桶。

"孙晚秋的号码，你还没给我。"

展颜说了串数字，贺图南摸过手机，存上了："交男朋友了吗？"

展颜倏地抬头："这是我的私事。"

"那就是交了。"贺图南揶揄似的看着她，笑意若隐若现，又摸过烟，咬在嘴里，将烟盒朝她递了递，"来一根吗？"

展颜觉得他陌生极了，他动作熟稔，那口吻听起来让人极不舒服。她不知道为什么会有这种感觉，她尴尬、不解，说了句"我不会"，转身就走。

"帮我拿一下打火机吧，在大衣口袋。"贺图南又喊住她。

展颜转头："你有手有脚。"她冷冷地看他一眼，他对她就像他对那个帘子的评价——轻佻，"我不舒服。"

展颜觉得自己应该问一句，他那样待过她，说不知道怎么再多爱她一点儿，动听、美妙，他也确实事事入微，多腌臜的事他都做了，她几乎以为回到童年，难道是假的？她眼睫垂下，人有些恍惚。

贺图南静静地看着她，不说话了，咬着的那根烟在唇上轻颤，以致，他再开口时声音深沉又混沌："我脸上是写了'断情绝爱'四个大字吗？"

* * *

灯光惨淡，展颜只能看到贺图南幽幽的眼，燃烧着火把，凉凉地往身上烧。可他到底是怎么想出这么一句话的呢？好像断情绝爱的不是他一样。

展颜望着他，好半晌没说话，贺图南似乎不需要她的回答，也这么看着她。

外头还下不下雪呢？

"我不知道该跟你说些什么，你知道，我们几年都没讲过话了。"展颜开口，打破寂静，"我现在的感觉就是，你好像只是出了趟门，买点儿东西转头回来了，像以前那样，可能对你来说非常容易，但我不是，有些事对我来说会影响我很长时间。你现在坐在这儿，我都觉得不是真的，你还要问我那么多问题，我好像在跟幽灵对话一样，感觉很虚浮。"

贺图南说："三年六个月零七天。"

展颜微微愣住。

"我们三年六个月零七天没说话了。"

展颜没细算过，她觉得太残酷，刚分开时，一天好像十年，时间不是这么算的，再后来，日子过得飞速，一学期弹指而逝。

"我以为这辈子你都不会再跟我说话了，我已经接受这个事实了，你不能突然又冒出来跟我说这说那。"展颜下意识地摇头，"我做不到。"

贺图南说:"做不到什么?"

展颜只是摇头。

雪变小了,像细微的粉末。零时过去半小时,外头有人偷偷放炮,响了两声而已,又是新的一年,该长大的要长大,该变老的要变老,她跟他正年轻,太年轻了,好像怎么过都是浪费。

展颜忍不住侧过头看看窗户,雪像月光,明亮亮的,映着窗。她自己也不知道是要看什么,心里像小时候那样想,哦,过年了。

贺图南一直坐在沙发上不动:"在设计院累吗?"

展颜回过头:"你为什么要问我的事?"

"不为什么。"

"如果你没有重要的事,我就要休息了。"

贺图南说:"孙晚秋这个人怎么样?可靠吗?"

他穿了件黑色的高领毛衣,看起来非常轻薄,非常柔软,剪裁讲究,只是件毛衣,但贴合身材,穿在他身上别有味道。他工作这几年很注重生活品质,他从小就过着讲究品质的生活,好像中间那几年反倒是插曲,一个夏天汗酸气不断,怎么洗都洗不干净。展颜突然注意起他的毛衣,就好像他突然换了话题。

"你如果想了解她,就应该去跟她打交道,而不是听我说。"

贺图南微笑:"有道理,不过时间太紧了,搭个草班子就得上,我记得,你之前跟我说她在工地做过财务?"

之前是什么时候?展颜听得又是一阵恍惚:"她做过,考了个初级会计师,你要招她给你管账吗?"

贺图南说:"我接触一下看看,现在公司缺人手,都不太行。我在想,孙晚秋这几年摸爬滚打,了解这一行,她又聪明,一个二十出头的女孩子当包工头,手底下能有百十来人,不简单。"他不吝啬赞美孙晚秋,事实确实如此,跟聪明人共事省心,他喜欢聪明人,当然只有聪明是不够的。

从小到大都是这样,即使孙晚秋没有上大学,她依旧是聪明、醒目的,她能在男人堆里赢得尊重,甚至是赢得害怕。工地上,那些老实巴交的民工会讨好似的冲她笑。展颜发现自己从没有让人害怕的能力。

他要创业了,眼睛里能够看到高中肄业的孙晚秋,恰恰说明她真的足够出色。

展颜心里有很微妙的东西在发酵,那种贯穿整个童年、青春期的角力感又冷不丁地在这一刻回来了。她的对手好像还是孙晚秋,她觉得,孙晚秋比自己更能赢得贺图南的认可,而自己永远像雏鸟一样羽翼不丰。

"你跟她相处这么多年,你觉得,孙晚秋这个人怎么样?"贺图南手指轻抚了下鼻翼,还在问。

展颜似乎要找些更精准的词来说孙晚秋:"她做什么都学得很快,记性好,每天起早贪黑，跟工人们几乎同吃同住，很能吃苦，工地上那些活儿，她好像都很熟，摸过来就能做。大家愿意跟着她，最根本的是她不会随便昧着良心卷钱跑了。"

"听起来不错，"贺图南若有所思，"她什么时候开工？还有活儿吗？"

年前，阳历年一过，该结的钱没要到，市里许多工地陆陆续续停工，听说股市大跌，房地产市场不乐观，展颜对这些多少有些了解，她更不懂贺图南这个时候跑回来做什么："钱不好要，她说，有的楼盘可能会烂尾，年后活儿不见得好找。"

贺图南话锋一变："设计院还好吗？"

"没太大影响。"

"房子肯定是要降价的，这只是开始。"贺图南捏了捏香烟，对上她投过来的目光，微微一笑。

展颜更无法理解他了："你怎么知道？真这样，你——"他的事跟自己没多大关系，意识到这点，她不说了。

"你想问什么？说来听听。"他很专注地看着她。

换作从前，她也许会跟他撒个娇，问他到底在想什么呀，她在他跟前就是幼稚的，想怎么使性子就怎么使性子，现在是很随意地一问："你为什么辞职？投行不好？"

贺图南似笑非笑，捻着烟头："不好。"

"怎么会？我听说投行薪酬特别高，尤其是港盛，次贷危机没影响到港盛。你一年挣的钱，我可能干几十年也挣不到。"她说这些是真的有点儿羡慕，这些事不是听说，她总要关注一下新闻，知道了次贷危机，就上网查这是个什么情况，她不懂金融，美国房地产的事更不懂，但事关投行，她看见港盛没事，心里便松了一大口气，其实也跟她没关系，她又不是港盛的人。

贺图南还是笑："这么关注港盛？"

展颜面不改色："听人说的。"

贺图南"哦"了声，说："我觉得不好。"

两人目光又对上，展颜欲言又止，投行不好，跑回来也学人家弄个房地产就好了吗？这人真怪，他自己都说了房价要跌，就好像明知道一座桥要坍了，他偏要来上头蹦跶两圈。

他可真够疯的，随他吧，她自始至终就不了解这个人，以前那些事像泡泡，早都破了，留些光彩斑斓的虚影，也只在午夜梦回时闪烁几下。

"你慢慢就会知道，我为什么辞职。"

"那是你的事。"

展颜脸上静静的。她忽然意识到，大半夜的，跟他在这儿说这些好没意思，她中止谈话，往屋里走，背后是贺图南的又一声"新年快乐"。

年关刚过，贺图南便忙起来，着手招了批人，包括孙晚秋。

其实，孙晚秋第一眼看到贺图南时，几乎以为是贺以诚，两人身材很相似，但贺图南更高挑、更挺拔，走近了，眉眼也更凛然。

孙晚秋正在发愁，过了年，工地上情况更糟糕。贺图南来找她，她非常吃惊，她对他回来这件事只是听展颜提过，大环境一下变得这么糟，他居然舍弃高薪，回来搞什么房子，孙晚秋也不能理解。她带着他去那些停工的工地看，鬼影都没有，只有静默的吊塔，高高地、孤单地矗立在那儿。

"你不会是混不下去回来的吧？不像啊。"孙晚秋不是展颜，她从来不惧同龄人，挺随意地跟他说话。

贺图南看着萧索的工地，跟她说明来意。

孙晚秋将手套啪啪地拍了两下，灰尘乱飞："那么多正规军你不招，大学生都挤破头想找工作呢，你找我？什么意思啊？"

"北区拆迁的事，我需要你。"贺图南直截了当。那群老百姓大约是吃素久了，一听说有吸血吃肉的好事，全都沸腾了，北区卡着去新区的交通要道，这路得修，这城市形象要建设。北区早就不是那个北区了。

走了的便走了，留下的终于熬过了最难的头几年，等农民工一入城，这房子便金贵起来，做起出租、办假证、餐饮、娱乐等五花八门的生意。

两人在小餐馆吃了顿饭，孙晚秋说："我以为你在外过了几年，不习惯家里了。"她瞅瞅这儿的环境，再看他这么个人，总感觉不搭。

贺图南把筷子一掰："你看我有吗？"他到哪儿，都会迅速和环境融为一体。

"那我有话直说好了，确实，年前工地就有不好的苗头，年一过，我看更不行了，你这个时候回来掺和房子，我真有点儿摸不着头脑。"

贺图南打了个响指，让人拿两罐啤酒。

他简单易懂地分析了下美国次贷危机对全球经济的影响。孙晚秋听完，说："我知道，我也看新闻了，大概了解是怎么回事，照这么说的话，房价肯定要降，会卖不动，到时候大环境不会好，你弄这个项目，不怕吗？到时候，恐怕都没人拿地盖房了，卖谁去？"

贺图南随口夸了句这家的小菜不错："北区的城改这个活儿还得干，我要挣钱，北区要高赔偿，这是个机会。"

孙晚秋很好奇："你能让大家都满意？那么多企业，没一个接北区改造的，你就没想过原因？"

"因为没有前例，谁也不敢做第一个吃螃蟹的人，更何况今年形势这么糟，形势越糟，越要想办法，这条路一旦打通，到时候这里就会建成标准的城市综合体。"

"但我听说，北区提的条件非常苛刻，开发商都吓跑了，这事风传两年了，到现在都没动静。"

"这不很快就有动静了吗？"贺图南晃了晃啤酒罐。

"那么大的安置体量，你这楼怎么盖啊？"孙晚秋只关心最实际的，"你总得有打算吧？"

"他们不是既要房又要商业吗？那就底下商铺，上头住宅，把容积率做到极致，一样的地，盖两倍，甚至更多的房。"

"那也得合乎标准吧？"她大口吃面，腮帮子鼓得老高。

"人是活的，标准也是活的。"贺图南把空罐一丢，准确地投进了垃圾桶。

"你让我考虑考虑，不能你在这儿海阔天空地说一通，我就跟着你了。"

贺图南意味深长地冲她一笑："可以，你不好了，我也不会留情面的。"

孙晚秋说："那是，老板不行了，员工得跑路，员工要是自己不行，那也得随老板处置。"

"你会用电脑吗？"

"会。"

"公司初创，有时分工可能没么明确，有些事需要你来做的话，你行吗？"

孙晚秋点头："给钱我就行。"

孙晚秋没考虑太久，很快就跟着贺图南进入公司做前期调研，把北区的情况摸排一遍，整理材料，给上头提交了调查分析报告。

恰逢此时，北区发生了火灾，自建房乱七八糟地堵了路，满大街违章建筑，消防车进不去，死了几个外来的民工，舆论一下起来，媒体把北区这近十年的事数落了一遍。

本来事情进展还有些拖拉，这事一出，贺图南公司后续的事宜变得顺利起来。

拆迁许可证办下来后，主管部门发了《拆迁公告》。社区开始做大家的工作。

拆迁的事沸沸扬扬地传了两载，大家几度亢奋，几度失落，年前都说这事要黄了，不拆了，开始有人抱怨，说再不签约，真是要黄的，看到时候怎么办，谁也捞不着好处。大家聚在一起，说只要有人一答应条件，立马就签。"谁答应你？"人群里传出一声冷笑，又吵起来。

大家没想到，开了春，这事推得极快。

贺图南亲自往北区跑了几趟。

这地儿是越来越糟，到处是垃圾、污水，电线像乌黑的毛线团，房子多出个棚，从底下过，头顶是一线天。那些暧昧不明的店面，门口站着穿豹纹皮短裙的姑娘，嘴巴血红，看不出年纪。自建房里没有下水，冬天取暖只能烧小锅炉，每年都有火灾发生，直到今年，死了人。

贺图南那张脸太干净，行走在街头，跟这里格格不入。孙晚秋见他皮鞋上落了层灰，建议说："贺总，你还是穿球鞋吧。"她对他的称呼改得非常自然，从不在他跟前主动提展颜，他现在的身份是她的老板，她不掺和老板的私事。

孙晚秋扫视着周边环境，心想，十年河东，十年河西，七八年前，这里还是下岗工人的伤心地，眼下却是暴富的机会来了。只有小展村，无数个小展村，窝在山沟里，永生永世都没任何机会。

跟在旁边的策划经理陈路是跳槽过来的。陈路原来在云上，今年一开年，大家都看出行业不景气，裁员的裁员，关铺的关铺，每个人都要想想退路。贺图南名不见经传，跟突然冒出来一样，公司改了名，叫新世界，他确实够新，人年轻，又是从大城市回来的，一出手，就接了谁也没敢接的城改项目，陈路决定也冒一次险，云上是本市的老牌房企，资金链也能说断就断，银行催着还款，房子却卖不动，只能降价，保住现金流。陈路有危机意识，贺图南的新世界虽然陌生，但这是本市第一个大的城改项目，政府虽然说由企业主导，但还是要兜底的，开了局，轻易不能撤。

贺图南问陈路跟设计院那边谈得怎么样了，陈路说："那边的负责人想跟您约个时间见面。"

"说什么了吗？"贺图南是要见的，让陈路过去，是先听一下设计院那边的初步想法。

陈路跟设计院打过不少交道，有些人技术很强，沟通能力却一言难尽，脾气又直。他委婉地说："那边的负责人说，有些问题得跟贺总见面沟通。"

贺图南避开地上的污水，站在一家门面前头，仰起头，看了看正在加高的楼层。听说要拆迁了，这样做的不止一户。孙晚秋拍了照。

有些人家却无论如何都不肯答应拆。逼紧了，老汉扛了个煤气罐，直接跑到拆迁办闹，罐子倒是被夺了下来，可人往地上一躺，说哪怕挖掘机来了，也不走。

拆迁办的人说："大爷，您倒是先起来啊，您堵在门口，我们这儿怎么办公啊，什么样子啊，这是？再不起，我们只能请了啊。"

老汉说要去上边告状。拆迁办的人被缠得头疼，说："去吧去吧，去告吧，看能不能给你一千万。"

其中就有徐牧远家，贺图南听孙晚秋说时，稍觉意外："他家里没有门面，也没出租，为什么不愿意？"

孙晚秋脚上缠了个塑料袋，她踢开说："因为七大姑八大姨都掺和进来了，我上次去做工作，徐牧远的姑姑、大伯乌泱泱地挤了一屋子，跟我吵个不停，他爸妈倒没说什么。"

"跟他们有关吗？"

孙晚秋说："无关，但一听说有钱就有关了，我看徐牧远父母都是老实人，但架不住一大家人出馊主意，贺总还是直接跟徐牧远联系吧，让他来做家里的工作。"

413

还有，"她顿了顿，就指着眼前这个违建门面，"贺总知道吗？这家可能跟你家里有点儿渊源。"

贺图南扬眉。

孙晚秋讳莫如深地看着他，她本来对当年那个案子只是听了许多流言，从没问过展颜。

他一下就从孙晚秋的眼神中领会到了，神情淡淡的："张东子的家？"

孙晚秋深呼口气："他家里知道这个项目是你做，联合了好几户，说，不管你在这儿盖广场还是盖大楼，他们死都不会走。"

贺图南讥诮地一笑："死都不会走，还加高做什么？"

两年过去，没有开发商接手，北区的人本来已决定忘记此事，新世界一来，人人都又活了过来，高兴得心里直发抖，没个一年半载，这抖消停不了。

贺图南身后不远处写着"欢欢喜喜领补偿，高高兴兴搬新房"的宣传牌，已经被人恶意地抠去一片，泼了污水。

这座北方城市第一次大规模拆迁，里头的世间百态足以让所有人都大开眼界。也许，人本来就是这个样子，熙熙攘攘，受利益所驱，无人能免俗。好像这辈子只有这么一个机会，无论如何，所有人都要拼命抓住了。

孙晚秋晃了晃相机："我从头到尾都拍了照，也录了音，我猜下一步肯定要谈钱的，到时候就不知道要多少了，贺总，你看，要不要也经徐牧远搭个线？"

"不用，"贺图南吐出两个字，声音压抑又冷酷，"我要让他不光一分钱拿不到，还要倒贴。"

第二十六章
爱的永恒消逝

她像只流浪狗，被时间到处撵，不能停，一直往前走。

    公司跟设计院第一次碰头算是意向会。第二次，杨工带展颜及一个负责结构的年轻男孩鲁伟明过来见贺图南。

    杨工一贯不修边幅，穿着运动服，背个包，像中年旅游团的。鲁伟明说："杨工这样会不会对甲方不够尊重？"杨工说："甲方比你还土。"鲁伟明穿得干干净净，鞋子一尘不染，头发也梳得一丝不苟。

    再看展颜，他每次都不好意思多看她，她怎么都好看，今天涂了口红，描了眉，连粉底都不用，像一幅画，稍稍上色就艳光四射。

    新世界简单地装修了下，风格简洁，贺图南的办公室更简洁。杨工见多识广，有点儿年岁，事业又有些成就的，大都热爱风水，办公室布局甚为讲究，每个小物件该怎么放都是大师指点过的，不能乱碰。几年前，他带人跟甲方开方案会，不小心碰翻了一个什么器具，里头装着土，就只是土，那老板忍着没发作，事后却判设计院出局，真是离谱。

    幸亏贺图南足够年轻，他们进来时，贺图南正在打电话，这是他的习惯，要站着来回走动。阳历3月，他就只穿了件衬衫，好像极不怕冷，宽肩细腰，杨工看到他的脸，觉得他跟想象中的依旧有差距，未免太清俊了，乍一看，蛮文气的，跟土老板们的传统刻板印象南辕北辙。

    贺图南跟电话那头说了句什么，便挂掉了，过来跟杨工握手，他非常客气，请几人坐下。

    "这两位是？"他主动问，他时常微笑，区别在于眼里有没有真正的笑意。

    展颜不用杨工说，便介绍了自己。

    贺图南的目光从她身上蜻蜓点水地掠过去，她化了妆，穿着一件蓝色毛衣，半裙是姜黄色，配色非常大胆，至少大街上没有女孩子这么穿。

    他心里发笑，他的小妹原来还能这样，他以前讨厌这个称呼，后来却成钟爱，小妹，小妹，辗转于口齿唇舌间，柔情缱绻。

秘书进来送茶水，贺图南亲自递给杨工，杨工连忙去接："贺总客气。"他递给展颜时，展颜也学杨工，她低头，不知道泡的是什么茶叶，入口醇甜。

茶喝了，也该干活儿了，杨工把机会给展颜，展颜把图纸拿给贺图南看，完全按商品房的规格对标安置房。贺图南听得莞尔，她说得倒全面，消防知识也懂，甚至给农用车安排了车位。

"我们考虑的是，安置房立面也不能太单一，毕竟这块连接新老城区，尽可能地跟城市环境不要太脱节。博物馆这块，我觉得保留会更好，它其实可以看作对北区记忆的一个延续，同时还能成为一个公共活动的空间。

"这种户型，南向的房间多，采光非常充足，屋子的亮度就会大大提高。"

她说了许多关键点，也不晓得他是个什么态度，见他不打断，也没问题，就一直说下去，说完了，杨工又做了点儿补充。

贺图南没直接点评，而是问："杨工以前有没有接过安置房的项目？"

杨工听出他话外的意思，说："咱们对城改是摸着石头过河，贺总有想法可以直说。"

贺图南说："都一样，我是觉得既然都是第一次，那不妨大胆点儿。"他有点儿头疼，设计院根本没领会公司的意图，也不知道意向会上都谈了什么，展颜连农用车车位都搞出来了。

他不是什么都不懂的开发商，也许恰恰是太懂了，展颜在听他说户型要纯北朝向时，愣了下，她当然知道这意味着什么，跟杨工一对视，说道："贺总，您从成本方面考虑，我们都能理解，您看，"她把设计院为甲方节省成本的一份详细列表打印出来，递给了他，"比如在玻璃材质的选择上，普通玻璃一平方米要便宜三十块。如果房子是一百平方米，那么一平方米房价大概就能便宜十块钱。"

她的意思是这些小细节，设计院是替他着想了的，但大方面，最起码要能满足人居需求。贺图南千方百计地提高容积率，那样的房子盖起来，以后便是想再整改都没有空间。

"单面宽朝南配上那么高的容积率，舒适度都会大打折扣，更何况是纯北朝向。贺总是市里城改项目第一人，您做出来的东西有可能会成为一种模式、一个标杆，所以，是不是能尽可能地不只考虑当下，二十年、三十年后呢？"

展颜说完，杨工觉得非常满意，该坚持就坚持，但还是要看贺图南的意思。

眼见到饭点，贺图南说"一起吃个饭吧，继续谈"，对她那番话不置可否。

北方的3月，大街上还有人裹着袄，风惯常地野，贺图南只穿了件衬衫，罩了风衣，也许是衬衫颜色深，衬得他脸白，展颜这才惊觉，他皮肤竟然有点儿像初见时。

"饭局"这两个字总是很暧昧，觥筹交错间，你来我往，为什么事情更容易在饭局上谈成呢？杨工不擅长，展颜也不擅长，鲁伟明清清爽爽一个小伙子，经验更少。

但也没旁人，贺图南问杨工："附近有家淮扬菜不错，杨工看行吗？"

杨工对吃没什么讲究，当然说好。

"淮扬菜"，他说出这三个字，展颜心里就被春天的杨絮惹了一阵痒。她不是那么讲究吃，但跟他一起吃过的就是好的，通通为好，她跟在他身后进了餐厅。

淮扬菜不会老的呀，没有小，没有长大，淮扬菜还是淮扬菜，一直都被人叫淮扬菜，怎么这么永恒呢？她想到这点，甚至羡慕淮扬菜。

一到饭桌上，菜上来，酒上来，人忽然就没那么拘束了，杨工说："贺总，您是一中毕业的？"他把展颜一拍，说，"小展也是。"

她眼睛望过去，不像在他办公室，公事公办地讲工作，贺图南坐在她对面，眼睛里闪着点儿意味不明的东西，他以前也爱凝视她，她都快忘光了，头顶灯很亮，远比除夕夜那晚亮。

她又想起来他以前的眼神，隔了许多个日夜，在酒气饭菜间，像梦的另一端，挨着苦辣辣的现实——他不是图南哥哥了。

"展小姐高中是在一中上的？哪一届？"他问得极其自然，真的像闲聊。

展颜微微抿嘴："记不得了。"她去夹狮子头，真是怪了，滑溜溜的，一筷子下去，它滚到碗外头。

杨工挺错愕的，这女孩子……汤汁洒了一片。展颜说了句"不好意思"。

贺图南已经把纸巾盒递了过去。鲁伟明忙先接住，给她擦，贺图南瞥了眼这个不善言辞跟着来学习的年轻人。

"小展，再加班，我看你连自己多大都忘了。"杨工算打了个圆场。

展颜重新拿起筷子。鲁伟明低声说："你用勺子方便点儿。"

她冲他笑笑，也没换："我家里本来是农村的，上不了一中，机缘巧合才去那儿念书，我现在想，那几年都不太真实，所以刚才贺总问我，一下没记起来，我是1999年开始在一中念书的。"

贺图南挽了袖子，给杨工倒酒："是吗？这么巧，和我小妹同年，她也在一中，或许你们认识。"

展颜听到"小妹"两个字，觉得孤独极了，好像此间只剩了自己，她总是容易感到孤独，田野是孤独的，桃花是孤独的，她也在开，也在长，孤独地爱，孤独地等着变老，孤独地死去。她真不知道他为什么突然说这两个字。

"好了好了，贺总，我酒量不行，"杨工看酒都要满了，赶紧两手一伸，同时不忘说，"哦哟，小展跟贺总的妹妹是同学？"

这关系似乎一下就拉近了，酒酣耳热，人就容易话多，杨工说起自己的儿子，说一中，说上海，说遍大城市，想起贺图南的履历，无意识过界地问："贺总在投行上班，怎么想起回老家了？"

贺图南丝毫没觉得冒犯，他坐姿挺拔，两只手臂撑在桌面上，十指交叠于唇边，说："我小妹在这里，我答应过她，她在哪里我就会在哪里。"

展颜觉得自己坐不下去了，忽然起身，拿起包："我去趟卫生间，你们先吃。"

"贺总这么重亲情啊？"

展颜关门时把杨工这句也关在了里头。她一出来，便迷失了方向，顺着过道走，过道怎么这么长呢？长得像那晚的街道，她一直走，就是走不到他身边去，他不要她了，她想，她不至于十恶不赦，可他说不要就不要了。

她就不会这样，她珍重她的东西，可她不能要求别人跟她一样，她觉得很无力，这样的无力总会在某个瞬间准确地击中她。活着有太多太多没办法的事情了，她希望桃花永不枯萎，布谷鸟永远高飞，故乡的河永远清澈地流动着……所有她爱的人又都活了过来。

夜幕下，春风里的那丝微弱的暖意，要非常敏锐才能捕捉到，它从窗子挤进来，她抓住了它，这个时候，她竟然想的不是他，而是家，她不会再真正被爱了，那种爱不会再有了。

她为此没有难受，爱的永恒消逝是这个世界上最大的悲剧，她从十四岁开始接受这种消逝，就像一株麦子沉默地接受风雪，它努力了，依旧东倒西歪匍匐在了大地上。她的麦子啊，还在那片土地上生长，可她已经不会再回去收割。

短短几分钟里，她觉得，她又跋山涉水走了一遍来时路，水龙头的水是冷的，她捧起来，拍了拍脸。

等回到包间，展颜好像什么都没发生过。坐着的人正在说房价，杨工已经微醺，他就是这样，在饭局上容易失态，什么都要讲。

展颜回到当下，觉得自己又回来了。这些年，她把世界分作两个部分，独处是一个，和他人共处是一个，严格区分，她有两张面孔，这是她的生存逻辑，也许看起来像精神病患者。

贺图南好像始终没动，一直是那个坐姿，见她进来，说："展小姐都没怎么吃东西，不合胃口吗？"

她否认了，说很好吃，却只是喝了点儿热水。饭局散后，鲁伟明扶着杨工出来，今天酒很好，酒好就在于能醉人，什么都忘记了。

贺图南一口酒都没喝，他这些年都太清醒了。

从餐厅出来时，华灯像宝石，到处灯火通明，城市似乎越来越好，贺图南帮他们拦了出租车。

鲁伟明送杨工回去，他问展颜："你怎么走？"

418

"我打车回宿舍。"她提了提包。

鲁伟明不太放心，说："你跟我们一起吧？"

"不顺路，没事，你们走吧，你记得把杨工送到家，他喝高了。"展颜看看杨工，递过去一包纸巾。

他是喝多了，但其实并没醉，只是享受被人搀扶那一会儿，脚底如坠云端，轻飘飘的，像回到少年时。他在车里也看见了展颜的脸，他觉得，她今晚有点儿异常，但说不出具体是哪儿，不过，她今天在甲方面前表现很好，他很欣慰，像看自家孩子，但又不是，他对她始终有点儿别样的心思，她像开在晚风里的一朵百合，还是玫瑰？他快糊涂了，他不知道人到中年是不是都会这样，遇到太美丽、太美好的女孩子就会走神，心猿意马，他混得实在不怎么样，瞧，还喝成这样，回头叫她笑话。车门的一声响斩断了他那点儿绮丽的遐思。

"我送你。"贺图南说。

展颜转过身："贺总跟杨工达成一致了吗？如果杨工说按你的来，我得回去改图。"

贺图南说："别这么喊我。"他臂弯里搭着外套，好像不知冷热。

展颜说："贺总对我们的建议有什么想法？"

贺图南说："你一定要这么称呼我吗？在人前那样，现在没人了。"

"我关心今天的成果，这是我的工作。"

"我知道，杨工清醒了会跟你说的。"

"贺总不能直接告诉我吗？"

"杨工是项目负责人，你不是，我看得出他想培养你——"

"既然这样，我先回去了。"展颜转身去等出租车。

贺图南跟上她："想谈公事，是吗？"

"贺总不想谈，不是吗？"她静静地看他。

"好，谈，我跟你谈公事。"贺图南捏了捏车钥匙，他的衬衫被晚风吹得动了动，"外头有点儿凉，上车吧。"

展颜没动。

他不知道她是不是在警惕什么，笑了笑："我差点儿忘了，女孩子确实不该随便上男人的车，你长大了，能意识到这点非常好。"

"我早就长大了。"她有些哀伤，又有些冷淡，她觉得他陌生，但记忆是熟悉的，她被陌生和熟悉时时刻刻地拉扯着。

贺图南沉默片刻，说："长大感觉好吗？"

她被问住，她总是这样，妈妈去世时，她想，一辈子留在童年就好了，和他在一起，那就永远留在十八岁好了。她像只流浪狗，被时间到处撵，不能停，一直往前走，她没拥有过童年，也没拥有过十八岁，只是童年和十八岁，每个人都会经历，是童年和十八岁路过了所有人，一去不回头，又去找新的人，再路过。

419

贺图南看了看她裙子下光着的小腿，只穿着白色短袜，满大街还很少有人露腿，他不知道她今天露着腿是要干吗，好看吗？

"真不冷？"他问完，轻而易举地把她拖上了车，车里立刻全是她的味道，她不用香水，但她身上有他喜欢的芬芳，直往鼻子里钻，他永远记得她的味道。

他被这味道牵动心肠，本能地想靠近，却也只是偏过头："你今天的方案，我其实不满意。"

"知道，你脑子里只有钱。"她最后这句，自己没觉得像赌气，但说出来，就有了点儿埋怨的意思，她从不跟人这么说话。

贺图南说："你刚知道吗？"

她不说话了。

他便继续说："我尊重设计院，也尊重你们的理念，但你多少应该考虑一下现实，你那个农用车车位到底是怎么想出来的？换作别人，我一定会当场就问。"

展颜转过脸："那你为什么不问？是给我留面子吗？你是甲方，有什么要求，你说就是了，你不用现在跟我说，好像为了照顾我的自尊心，我没那么脆弱。"

"你跟甲方都是这么沟通的？"贺图南被她气笑，"当然，你可以跟我发火，我不会生气。"

"我用不着你这么慷慨，农用车为什么不能有车位？北区住的是什么人你不清楚吗？没有车位，到时候小区里又乱停乱放，安置房过不了几年还是城中村的样子。"她觉得他烦透了，他不会生气，但他比谁都小气，他是世界上最小气的人。

"北区现在拆迁还没正式动工，4S店卖车的广告就已经满大街都是了，他们都开始买豪车，享受了，你问我北区是什么人？你觉得这些人以后还能人手一辆小三轮车，是不是？满大街炸臭豆腐卖年糕啊？"贺图南直截了当地告诉她，"你那个东西纯粹是多余，你有的建议，我会考虑，但有的东西我不会让步的。"

展颜别过脸，盯着车窗。

"还有博物馆，北区的文化延续？北区的工人文化早就死了，老徐都不敢说北区还是过去的北区，你一个外人，有点儿想当然了。"

展颜目光低垂："你的意思是，我的方案，你没有一处是满意的？"

贺图南说："不至于，我不能说它不好，但对我来说，不是我想要的。"

"你想要什么？你恨不得一栋楼里住十万人，是吗？"她倏地抬头，看着玻璃上映出的他那张脸。

"我想要我小妹。"他也望向车窗，两双眼，目光在玻璃上交会。

* * *

这句执拗的话把两人都定在了玻璃上，展颜看着贺图南，贺图南也看着她，都是模糊的眼、朦胧的脸，像暴雪扑跌到窗上，怎么都进不去。

树长一年，便多一个圆圈，把它给伐了，那些圆圈就会赤裸着给人看：喏，年岁在这儿，记着呢。可记忆到底有没有真的跟着他？他真的记得小妹？

在一起后，她甚至连身份都忘掉了，做小妹，做恋人，身份标签拿她没用，她只会想，他是她的，她也是他的，天地这样大，有容身之地，不必分大小，有饱腹之物，不必分精细粗糙，爱怎样称呼就怎样称呼，都无所谓。

耳边咣当起来，像荡在火车上，车厢连接处，玻璃下，一对年轻男女，谁也不能把他们分开，一直接吻，一直接吻，像要吻到死去，像两棵谁也管不着的拉拉秧子。

"刚才吃饱了吗？"贺图南的声音把火车轻轻一抹，除掉了。

先头的那句就这么没了去路，这样也好，展颜很诚实地摇摇头："我没吃多少。"

"饿吗？"那些年里，这两个字不晓得被他问出口多少次，他打开车门，"我带你去夜市吃点儿好吃的。"

展颜说："这样算什么？"

"不算什么，就是吃点儿东西，我也没吃饱。"他显然没有再扯前尘的意思，方才一句孤零零的。

贺图南等她下车，说："不是想谈公事吗？边吃边谈，想说什么就说什么。"

"你会考虑我的意见吗？"谈公事是个安全的范畴，她答应了他。

"我说不考虑了吗？"他甚至微微笑了一下，这一下又好像从前。

展颜便不再看他的脸，跟他走在一起，影子保持距离，夜市在哪里，她不知道，城市变了许多，这附近，她不算熟悉，只能跟在他身后。

贺图南腿长，步子大，过路口时回头看看她，她好像是能跟上的。绿灯亮起，他一下混进人潮，有人挤到她，她就不动了，一动不动，盯着他的背影。

贺图南没走两步，便转身找她，见她愣着，折回来握住她的胳膊，没碰手，抓着她毛衣的袖子，把她带到对面。

"不是早就长大了吗？"他又对她微微一笑，"不敢过马路？"

话说着，贺图南松开了手，因为离得近，他深邃的五官变得熟悉起来，他的样子好像没变，哪里似乎又变了，她拿不准。那时郝幸福总是说他英俊，文绉绉的，也不说帅，偏要说英俊，俊美中又带着英气。她跟他回家就会碰面，只记得第一次发现他耳朵那里的小褐痣时的心情，到底英俊不英俊，竟然没太大感觉。

这么久不见，她猛然看清，他的眉眼、鼻子的轮廓大约还是夜里掌心下的走向——她无数次抚摸过这张脸。

不晓得郝幸福去哪里了，她冷不丁想到老同学身上，少女们散落在天涯。

展颜说："我讨厌红绿灯，更讨厌走得快的人，最讨厌走得快还不回头等人的。"

"人并不能时时刻刻都做出最正确的选择,走得快,也许是因为身后没有人真的需要他回头,人要有自知之明,不是吗?"贺图南停顿片刻才接这个话,不时往前看一眼,"再走几十米就到了。"

夜市永远热闹,小摊前挤满人,卖的东西种类多起来,来自五湖四海,不过,谁晓得真假呢?好吃就行。展颜喜欢吃烤鱿鱼、炸香肠,一定要多多滚孜然、辣椒面,她手里拿了很多,路过卖土耳其肉夹馍的,自言自语道:"不知道老马带着小马找没找到活儿。"

贺图南没听清,人声嘈杂,还有到处乱跑乱挤的小孩子,脚面被踩了几遭,他问她:"你说什么?"

展颜咬一口香肠,嘴角全是油渍:"没什么。"梅花糕看起来特别漂亮,赏心悦目,她想起在南京的事,说,"童家巷有家梅花糕很好吃,我最喜欢豆沙馅的,没想到,咱们这儿也卖梅花糕了,以前没有吧?"

"我不爱吃甜食,不清楚。"贺图南说。

展颜瞥他一眼:"我没和你说话。"

贺图南点点头:"那你要吃吗?"

她几口把鱿鱼、香肠吃光,要了份梅花糕。贺图南付了钱,她没有你拉我扯地争,几块钱的事,不至于。

满满的小元宵缀着红枣、葡萄干、七彩糖针,漂亮极了。一口下去,豆沙爆浆,烫得展颜叫了声。贺图南看她跳脚,笑了笑,说:"下嘴这么快,烫着了?"

展颜握着纸杯,挤出人群,到附近花坛坐着。他跟过来,站在她眼前,她也不说话,专心地吃梅花糕。

像是习惯,贺图南伸手想擦掉她嘴角的饭渍,肌肉记忆骗不了人。

展颜别开脸:"你干什么?"

是啊,那一瞬,他想干什么?他觉得习惯这东西真的是顽疾。在港城,有一次他刚出差回来,下了飞机,见有个女孩子背影极像她,他以为她找到港城来了,他跟了人家许久,非常草率,等人家回了头,以为他要搭讪,他看见那张全然陌生的脸,瞬间失望。他挑起了女孩子的兴趣,可她一转身,他就没了那个心情,什么心情都没了。

事后他也觉得自己可笑,他的小妹到北京找他,在学校门口,都像窝在草丛里被发现的兔子,他居然会想象她来港城。后来,连想象都失去了,他只觉得疲惫,工作令人疲惫,金钱也让人疲惫,可脑子还在转,精明得要死,谁也别想蒙他点儿什么,人还可以这么过日子,灵魂麻木了,身体却高强度地运转着。公司对他格外满意,大家都以为他最终也许会去美国,可他突然离职,回了老家。

贺图南的手在半空中停留了几秒,他收回来,说:"时间不早了,我送你回去。"他什么都没吃,晚上其实没吃几口,但不饿。

展颜匆匆吞完梅花糕:"还没谈正事。"

"我现在脑子有点儿乱,回去想一想,然后给你发邮件,你先回家。"贺图南被夜市各种味道搞得有点儿犯恶心,他这段时间太忙,上火,牙疼,跟拆迁户谈,又要跑各个单位,这成了体力活儿,跟以往的工作完全是两个天地。他跟同事们还有联系,时刻关注金融方面的消息,学长问现在怎么样了,后不后悔,一早就断言他大概率会后悔。

他不后悔。

展颜把纸杯丢进垃圾桶,瞥过去两眼,他神采奕奕的,一点儿都看不出像脑子乱的人,不过,他放弃港城的工作,确实脑子是乱的。她又想起他在饭桌上说的话,她说:"行,我自己可以打车回去,再见。"

贺图南没硬要送她,到路边给她拦了辆车。她坐进去后,鬼使神差地扭了下头,闹哄哄的人流里那个身影还在原地,对着车驶离的方向。

她得忽视这些,以前她也没有太在意过,贺图南在做什么,她从头至尾都不是太关心,能挣多少钱,他有什么野心、烦恼、计划……她那时能做的就是不乱花钱,把肉体给他,灵魂也给他。直到分开,没了贺以诚,也没了他,她才真正面对一些很严酷的事情,夜深人静时,会想如果时间倒流,她能做得更好,去陪伴他,多听听他的心情,而不仅仅是一股脑地跟他撒娇说思念,说无尽的琐事。

等她自己工作了,关注港盛才成为一件自然而然的事。不过,已经没什么意义,那时,他已经从她生命中出走很久,过期了。

所以,他脑子乱就乱着吧,只要她脑子清楚就行。

最迟 4 月就要动工,贺图南等不了了。

徐牧远请了几天假,为拆迁的事从北京回来。北区上空,每一寸空气都是浮躁的,阔绰的感觉忽然就爬到了身上,昭昭于世,没人再开黑摩的到处乱窜,躲交警,也没人卖菜弄到三更半夜,上工的只有那些外来的租户。

大家天天都能吃卤菜喝好酒,羊肉算什么,吃就是了,围着张八仙桌,把牌甩得噼里啪啦响——"对子!""我炸弹!"

那一声声,简直像又回到了 20 世纪 90 年代初,有滋有味。

北区开始有人来做投资,人们心想,有钱了,发财了,钱还得继续生钱,跟人要生孩子似的,一代代传下去,心一下就痒起来,挠了不行,得投资。

麻将室里,稀里哗啦的洗牌声夹杂着大伙儿的豪气:"风水轮流转,哎,今年到北区,也该轮到咱们发财喽!"他们是以前的工人,庆幸自己没走,事到如今,那些吃过的苦、受过的罪都值啦。

徐牧远一回来，路边就有人招呼他："牧远回来啦？"在大家心里北京仿佛都是他的，北京人，多体面，多有派头，徐师傅这些年没白熬！

居委会永远围着一批人，唇枪舌剑的，从没这么硬气过。徐牧远觉得大伙儿很亲切，又很陌生，进了家门，爸妈都在屋里坐着，亲戚们也都在，见他回来，殷勤地上前问东问西，他客客气气的，笼统地应话。

大伯母说："开发商就是你同学，那谁，那年把东子打死的贺老板的儿子，是不是？牧远哪，知道你跟他关系好，你这次回来，胳膊肘可不能向着外人！我跟你说，这爷俩都是生意人，知人知面不知心，懂不懂？谁精得过生意人？"她把脸往下一拉，先镇住他。

奶奶端坐在最中间，两脚叉着："咱家这块风水好，轻易动不得，要动，那就不能是现在赔偿的这个数。"

她旁边坐着二姑，二姑接嘴："那可不。"

三叔、二舅也开了腔，七嘴八舌地讲，讲个没完，凌驾在咳嗽上、黄痰上，一屋子浓烟，满地烟头，徐牧远看不清爸妈的脸。这套旧房子里从没这么挤过。

"你说句话呀，牧远，你见过大世面，北京拆迁，都是咋谈的？赔多少？肯定比咱这儿值钱得多吧？"二姑殷殷地望着他。

徐牧远笑笑："我还真没了解过，但这种事，政府一般都会介入，肯定不是哪一个人就能说了算，这关系到城市未来的规划，招商引资，不是你们想的，谁接了这活儿，就一手遮天。"

三叔说："不管怎样，咱小老百姓管不着，但是，该争取的要争取。牧远，想想这些年，自从你爸下岗，家里过的是什么日子你该清楚，你爸是没技术吗？东子那事，我说句实话，那也是被逼得没法了，是不是？现在说拆就拆，凭啥就任人摆布呢？这是欠北区的，该要！"

徐牧远想说张东子是违法犯罪了，他赌博，没人逼他去赌，自己选的路自己就得承担后果，但他没说，也许，他自己也说不清，当年，他面对东子叔一家老小时是有愧疚的。

一大家子要他去跟贺图南谈，他等人都走了，拿起扫帚，把烟头扫了，门窗大开，散散屋里那股臭烘烘的热气："爸，我听说大部分人都愿意签，挺高兴的，我看开发商给的条件也不错，咱们家，你不能光听叔伯、婶子们唠叨，说到底，这些事跟他们也扯不上关系。"

他说完，徐爸叹口气："不说别的，就冲当年贺老板那么照顾家里，你跟图南那孩子又从小玩到大，咱家都不该不配合，但你今天也看见了，我真是被吵得头疼，你奶奶被你伯伯、姑姑撺掇得起劲儿，老是骂我，说我要气死她。你这回来了，你说，有什么好法子没？"

四下的陈设从视线里过了个遍，徐牧远第一次意识到，这一切将变作明日黄花，北区将彻底变作废墟,一声轰响,几十年便没了,这里会起新的高楼,再过几十年,等他们这代人也老去、死去,便再也没有人记得北区的模样。一切都在变,他也变了,不是吗?

徐牧远说:"这是咱家的事,不要再拖了,没意义,拖到最后,如果放弃拆迁,绕过咱们家,爸愿意吗?就咱们的房子矗在这儿?"

徐爸摇头:"那哪能,可——"

"我知道爸怕得罪奶奶,得罪叔伯他们,你以为多要笔钱就没事了?爸,事会更大,钱越多,麻烦就越多,撕破脸,老死不相往来,一家人闹崩,这一点儿都不奇怪,只要有拆迁的地方,只要涉及钱,什么事情都会发生。我想好了,最后我要把你们接到北京,家里这些人以前也没这么热乎,爸看开些吧。"

徐爸沉默不语,烟在嘴里一口一口闷闷地抽。

徐牧远当晚便约了贺图南,一见面,贺图南从他的眼神里就知道了答案,两人坐在一起喝了点儿小酒。

暮色初显,晚霞没散尽,白昼似乎变长了,留住点儿美丽的粉灰色。

"说实话,你回来,我很意外,去年美国爆发次贷危机,我跟几个留在北京的同学聚会,聊到你,大家都佩服你,当初不止你进大投行,咱们同一届有个校友也进了一家大投行,如今那家投行几乎都要破产,这谁敢想?都说你是最有眼光的,没想到你会放弃港盛,而且还是这么个时候。"徐牧远耐人寻味地看了他一眼,置身此间,大排档烟熏火燎,好像又回到他们年少的时候。

贺图南夹起一片猪耳朵,就着白酒,也能吃出几分滋味儿:"我不瞒你,我回来是想赌一把,这几年,我脑子都浑了,在外面过得并不痛快,倒不是因为工作不顺。我自己也说不清,很迷茫,不知道自己在忙什么。"

徐牧远失笑:"你?你会迷茫?你一个心眼顶人家几百个,你说你迷茫?"他摇摇头,抿了口酒。

贺图南慢条斯理地咀嚼着,咯吱轻响,他低首,还只是微笑。他给自己倒酒,满杯了,一饮而尽,他酒量很好,回来难免饭局多,不得不喝。

"我需要点儿刺激,爸也不是很理解我,可能他就从没理解过我。"他伸了下腿,摸出烟,咬住了。

徐牧远凑过去给他点了火,自己也抽上了。

"你说,人活着为了什么?"

徐牧远轻吐烟圈,他抽烟也带着书生气:"这不像你会问的,这是中文系、哲学系那帮人好想的事。"

贺图南两指夹烟,吸了一口,又缓缓地从唇边移开,他在晚风中看向远方:"我是为了女人。"

徐牧远一愣，烟也忘抽了。为了女人，这话听起来多荒唐，男人的世界那么大，囿于女人，最不值得一提，你可以说为钱、为权、为事业，为家、为孩子，但没人会单纯为一个女人。就是他也绝不是这种人，贺图南更不像。

"颜颜在设计院，你知道吧？这几年，你们应该有联系。"他眼睛深邃，似笑非笑的样子让人摸不透心思。

徐牧远一如既往地坦诚："有，但不多，她不怎么喜欢跟别人交流。你们的事情，我知道，我想过找你谈谈，她不让，这是你们的私事，我不好插手，想着能说和说和，可你当时我看着状态也不行，又去了港城。"话到这儿，他几乎要重新对贺图南生气了，"我都没法说你，当时贺叔叔出事，我担心你禁不住打击，可你完全和我想的不一样，你好像一点儿都没受影响，一下就把什么事都扛起来了，你对她那么好，我当时想亲兄妹能到这程度的又有几个。可你后来说走就走，一点儿都不给她机会——"他本来还要说，想了想，觉得展颜未必肯让贺图南知道，便没继续。

贺图南面无表情地叼住烟，半天没说话，只是看着远方。远方是虚无的，什么都没有。

"我经常想，如果再活一遍，我所有的选择可能还是这样，我就是这样的人，所以才会做这样的事，该对的还是对，该错的还是错，我现在只希望不是太晚。"

"后悔了？"

"没有。"他笃定。

徐牧远完全被他弄糊涂了，说："你还是回来了，回头了就是后悔，你太骄傲了，图南。"

贺图南的眼睛黯了下去，他弹了下烟灰，烟灰如蝴蝶，趁风飞去。

"初中时，我们都喜欢看武侠小说，古龙的哪一部，我忘了，说一个女孩子杀了人，杀完又为他痛哭，可她还是要杀他，因为她是刺客。她也不爱他，就是杀了他对着尸体哭，其实她非常冷酷。我那会儿觉得真扯淡，这写的都是什么玩意儿，后来，我偶然想到这个情节，发现我就是类似的人，我心狠时会觉得很过瘾，很痛快。但过后的痛苦也是真的，非常痛苦。"

徐牧远确实没法理解他，很小的时候就常常不理解他，闯了祸，他从没羞愧、自责的心情，但他会跟自己一起承认，绝不会推卸责任。

"她高一时问过我喜欢看什么书，我说初中读过武侠，后来就不看了。我在看武侠时，印象最深的一个角色，你知道是谁吗？"

这太遥远了，徐牧远说："金庸的还是古龙、温瑞安的？"

"古龙《英雄无泪》里的一个角色。"

"卓东来？"

"不是，是钉鞋。"

徐牧远已经想不起钉鞋是谁。

贺图南很快就让他记起来了，是一个小人物："是雄狮堂朱猛的手下，跟着朱猛，最后被人砍了十九刀，面目全非，他死前对朱猛说'报告堂主，小人不能再侍候堂主了，小人要死了'，然后，就死了。"他突然咳嗽起来，这几天好像有点儿受凉，加熬夜，他的脸微微泛红，火气还没下去，带得头昏沉。

徐牧远把他的烟拿掉，说："别抽了。"

他一下下碾起烟蒂，又喝了杯酒，两只眼都跟着红了："你说我一下把事情扛起来，我不扛，能怎么办？这是命里的事，该我的。我跟她那几年，我一下就理解初中时读的这个人物了，我读时只是觉得震撼，但我后来就变成了钉鞋，我什么想法都没有，就是挣钱，不停地挣钱，我要养我小妹，直到我死，如果我比她先死，我会告诉她'对不起，小妹，我不能再照顾你了，我要死了'。我是为她活着的，我分不清是我需要她还是她需要我了，我爸一下变成罪犯，我妈也走了，爷爷、姑姑他们逼着我放弃她，我只有她，她也只有我，我都想好等大了带她去美国，谁也管不了我们。后来，事情又变了，我知道我爸骗我，你说，有这样的父亲吗？他什么都知道，但就是要我痛苦，我到现在都没释怀，我努力不让每个人痛苦，可他们一个个的非要我痛苦，我在他们眼里到底是什么？爸要我证明我爱她，我还要怎么做呢？没人告诉我，我以为没什么会让我们分开，可爸几句话就收服了她，我那时恨透她了，死都不想原谅她，我想惩罚她，惩罚她忽视我，不够爱我，我希望她为我痛苦。可她彻底改变了我，我回不到从前了，我已经变成了钉鞋。"

贺图南的眼睛红得几乎流出眼泪，只是红着，赤热的红。

"我坚持了三年，没跟她有任何联系，现在见到她，她好好的，她跟爸都好好的，没有我，所有人都好好的，港城像个孤岛，我也是孤岛。所以我厚着脸皮还是回来了，跟我爸服软，我一直以为是她需要我，所以我说我为了女人活着，可她爱过我吗？我这次见到她都怀疑她也许根本没爱过我，她那时小，你说的也许是对的，也许分开后，她发现其实对我只是依赖，我自作多情这么久，觉得真没意思。"他说完，头垂下，人往桌子上趴去，酒瓶被碰倒，酒洒了一地。

徐牧远忙起身，过去扶他，他脸红得厉害，起了高烧。

* * *

徐牧远喊着"图南，图南"，贺图南听见了，嘴巴却用不上力，想睡觉。徐牧远惊慌得不得了，以为他出了大事。

贺图南心里笑，都这么难受了，脑子却不停转，想起一件怪有趣的小事。

三年级那年，北区南边有个小湖泊，北风一刮，就要上冻，谁晓得那会儿怎么那样冷。贺图南胆子奇大，偏等懂时令的大人说这湖八成要解冻了，才跑上去，高抬脚，轻着地，弄得徐牧远担惊受怕，又不敢过去，在岸边盯着、守着，冷不丁听到冰面裂纹了，就这么叫唤："图南，图南，快回来！"

老徐这人就是爱一惊一乍，他没头没脑地想着，抬起脸，眼里余温甚高，随徐牧远摆弄，坐进了出租车，脸色绯红，一脸醉态地说："不用去医院，我睡会儿就好了。"说完，靠着徐牧远肩头，又蜷曲又舒展。

徐牧远侧脸，眼睛垂下："行吗你？"

"怎么不行？我什么时候不行过？"贺图南鼻音起来，合了眼。

他要回自己的小公寓，清静，空间不大，但一个人住怎么都够了。徐牧远把他弄上去，坐了会儿，他跟死狗一样趴在沙发上不动。

徐牧远说："有温度计吗？我估计你发烧了。"

贺图南不吭声。

徐牧远想，这儿也难能有，他这儿装修得够简单的，冷清清一片。他下去买了温度计、退烧药、感冒药、消炎药，搞了一堆，拎上来。徐妈这时候打来电话，问他什么时候回家，说再商量商量，定了的话，明天就去居委会那儿签字。

"你一回来就乱跑，都见不着人，烦你！"那头小妹一把抢过电话，张嘴就嚷，到家没见着他就开始发脾气。

徐牧远哄了两句，把药放下，接了杯温水，让贺图南起来吃药。贺图南脸被压得更红了，他闭着眼说："你回去吧，我要睡觉。"

"我给你熬点儿粥吧，光喝酒去了。"

贺图南有点儿不耐烦，嘴角却是笑着的："老徐，你怎么跟老妈子一样？赶紧滚蛋，我要睡觉。"他真是懒得说，懒得动，像条静止的鱼。

他好像听见了塑料袋响、门响，徐牧远说了什么，再后来，世界安静了。

贺以诚在家，买了新的花盆，特别大，跟展颜一起种凤仙花。当一粒种子也是不错的，有土、有水就能发芽，长啊长，到最后能开出串串的花，美丽芬芳，可真好。贺以诚以前不知道这跟明秀有关，如今展颜告诉了他，凤仙花种跟她这些年，生几茬，死几茬，她想着贺叔叔以后应该不会轻易再搬家了，这是新房子，让妈的花也陪陪他吧。

这活儿简单，贺以诚却跟个园丁似的，要换衣服、刮胡子，弄得干干净净、清清爽爽，把袖子一挽，给营养土浇水，种子埋下去，又均匀地喷了一遍水。

"差不多一星期就能发芽。"展颜见他这么郑重，心想，这花在乡下怎么都能活，墙角门前，也不需要什么沃土肥料，"贺叔叔，您不用照顾得太仔细，随它去，照顾仔细了，说不定反而长不好。"

贺以诚笑着点点头。

凤仙花染出的指甲是那样红，那样艳，他仿佛又看到了1976年的凤仙花，树挪死,人挪活,他小心对待着。明秀还留下了凤仙花,凤仙花和凤仙花是不一样的,这花不名贵,底下村庄几乎随处可见,可这是明秀的凤仙花。

贺以诚看着花盆,展颜不知道他在想什么。两人闲说话,贺以诚喜欢问她小时候的事,她一桩桩地说出来,什么春天拧新抽的柳条子做小喇叭啦,身上爬羊虱子啦,那么大,一掐一手血,还有红薯面窝头是甜的,不耐饿。说到这儿,贺以诚就会心一笑,说"是的"。

"贺叔叔吃过?"

"吃过,要吃吐了。"

"城里人吃窝头,不是图稀罕吗?当零嘴一样。"

"我是下乡时吃的。"

展颜迎上他那双眼,似乎明了,这一定跟妈妈有关,人的秘密,自己不肯说,别人就不当问,可要是他想说,只是期待别人来问呢?她拿不准,有些犹豫。

这时徐牧远打来电话,挂掉后,贺以诚告诉展颜:"你图南哥哥病了,一个人在公寓,我去看看。"

她"嗯"了声,刚才聊的一下断了,空在那儿,变成贺以诚找外套、换鞋子,这是要出门。等他抓起玄关上的车钥匙,她说:"我跟您一起去吧。"

贺以诚没什么意外的表情,带着她,开车到贺图南的公寓。

展颜是第一次来,此时,天上的一轮好月亮正跟城市的灯火争辉。门要输密码,贺以诚按了几个数字,她在一旁看得清清楚楚,心跳了跳。

屋里,贺图南换过了姿势,仰面躺着,搭了半边毯子。刚才他跑到卫生间吐了一会儿,胃里空空的,他自己也受不了那个味儿,含了几下漱口水,呛到,又是一阵咳。他随意换了卫衣、长裤,就这么点儿工夫,他觉得自己要崩塌了,卧倒时整个人像往什么地方坠落。

展颜从没见过他的病容,进了门,遥遥地看两眼,觉得他睡得很熟。贺以诚换了鞋,走过去,弯腰摸了摸他的额头。

贺图南觉得一阵凉,药劲儿正慢慢上来,又醉着,眼皮抬得费劲儿:"爸?"

"怎么回事?好好的,怎么发烧了?"贺以诚印象里,他从小就很少生病,许是累的,这段时间到处跑。

发烧哪有什么道理可讲?人吃五谷杂粮,天有阴晴风雨,要病要死都是常事。贺以诚只是觉得,他这体质,从前在港城也没听说生病,当然,他生不生病,确实没人知道。

"吃药了吗?"

贺图南鼻子里拖出一声,应了。

"吃饭了吗?"

"吐完了。"贺图南头疼得很,跟被刀劈了似的,一阵阵地疼,他想:你来做什么呢？我只想睡觉。他甚至觉得有些烦，是真烦，他烦的时候只想自己待着。

翻来覆去就这么两句陈词滥调，他又不是小孩子了，他昏昏沉沉地想着，心里更烦，他翻个身，背对贺以诚，毯子就掉了。

贺以诚捡起来，给他盖上："吃点儿皮蛋瘦肉粥，肚子里没饭不行，好得更慢。"说着，似乎想要扶起他，"去屋里睡吧，这儿能舒服吗？"

贺图南下意识地甩动了一下肩膀避开那只手，完全是无心的，一点儿预谋都没有，就是他碰了自己，那个动作就跟着出来了。

贺以诚心里有微微的裂缝，他察觉到了，说："那就先躺在这儿吧。"他知道，儿子对自己的抵触非常本能，他的手也就刚挨到肩膀，贺图南似乎不需要任何人关心。

本来他也没多大点儿事，就是感冒发烧，春天，这样的人多了去了，诊所里清一色挂水的。

展颜一直看着父子俩，屋里冷飕飕的，3月底了，北方的春倒现过几次身，柳条绿了，袄也脱了，一场冷空气下来，春又忙不迭地跑了。

冰箱几乎是空的，只有些鸡蛋、面包、鲜奶，那还是他小时候的饮食习惯，煎个蛋，喝袋奶。他那时候也算可爱，穿着洋气，拿着枪，像只骄傲的小公鸡，到处耀武扬威，爷爷、姑姑最宠他。也不知道从什么时候开始，他大了，男孩子大了就不该再得宠爱的眼神，他得变成一块铁、一根柱子、一面墙。

贺以诚慢慢地把冰箱合上，下楼去买东西。

沙发上，他呼吸时轻时重，发了点儿汗，额头上的碎发湿漉漉的。展颜一直站在门口，等贺以诚出去，她穿上刚才那双拖鞋，无声地靠近几步。

他肩膀这么宽的吗？以前她没注意，这会儿立着，他衣服下头稍稍凸起的应该是肩胛骨，随着呼吸一动一动的。

她把毯子往上扯了扯，贺图南都没回头，闷闷地说："别动我，让我睡会儿行吗？"

展颜没说话，站着看他。没一会儿贺以诚回来，她跑到门口，低声说："我做吧，贺叔叔，您累一天了，回去休息吧，我看着他。"

她要照顾他，她都没照顾过他，她知道自己这会儿没什么立场，但总归是一起长大的，她欠他，就像欠贺叔叔。她发现贺叔叔其实要得很少，她跟他一起种个凤仙花，他就很满足，但她自己会觉得心酸。

这些年，她做这些很细微的事，慢慢还着，也不能说是还，她喜欢陪伴贺叔叔，他总是很有耐心，问她以前的事，勾勾连连，她回忆起来非常快乐，像又把童年过了一遍。没人稀罕她小时候那些事，但对她而言是珍宝，贺叔叔爱听，也当珍宝。

没了爱，她也得照顾他不是？就是一只小猫、小狗病了，睡在楼下的草丛，她也想给口吃的。她那时没怎么照顾妈，妈就走了，她得念书，也轮不到她老在跟前晃，有爸呢。这种遗憾像天缺了个大口子，就在头顶，一辈子都补不全，就这么漏风漏雨，直到死。

贺以诚看她低头，说："我做，做好再走。"

他进厨房，把姜、瘦肉都切了丝，刀工漂亮，拿生抽、耗油、料酒腌上，将皮蛋切丁，在油锅里打个滚儿去腥。肉跟米先煮，最后放皮蛋丁，再加点儿碎青菜，滴几滴芝麻油。

贺图南睡沉了，呼吸变得悠长、沉重。

贺以诚改了小火，说几分钟后就可以关。展颜点点头。

"颜颜，你真要留下？"

她抬起脸，又点点头。

贺以诚没反对，穿上外套，目光从沙发上一掠，拿起钥匙走了。

展颜不急着盛粥，可是，贺图南这里连个小凳子都没有，放眼望去，家具少得不能再少，也没种点儿花啊草的，什么都没有，就是个能住的房子，连电视都没有，电视墙一片白，就是泥子白。

他只需要最简单的生存空间，有个住处，自己待着。他身子长，把沙发几乎占完了，都没地儿坐。展颜看他几眼，然后去卧室铺床。

灯一亮，她就有种熟悉感，床的位置、窗户的位置、一张小书桌的位置都跟他们住过的出租屋一样。

那会儿他们哪里有书房，卧室里放了张旧桌子，能写作业。

床头柜上有个小相框，放着他们那年跟贺叔叔去北京拍的合照，那会儿，两人都没成年，真是年少。她很久没看过这照片了，拿过来，还真是，经常见总觉得贺叔叔没变，一见照片就知道了，岁月不饶人，那会儿到底更年轻，现在皮肉、肌肉、神态、眼神都变了，高一暑假的事，背面记着日期……快八年了。

她怅怅地放下，发了会儿呆，一抬头，见桌子上也有个相框，里头不是照片，是她寄去港城的礼物——一幅手绘作品，画的是一中。

展颜愣住，她以为他没收到，或者是收到后丢弃了，冷不防出现在视线里，她心里轰然作响良久。

她的心怦怦跳，站起来，外头一阵咳嗽声传来，她赶紧出去看。

贺图南坐起来咳，人是被呛醒的，头发乱七八糟，看上去有种病态的戾气。他很快看见了她，有点儿茫然，又很快了然。

展颜直接问："你难受吗？"

贺图南摇摇头，又点点头。她转身去厨房盛出粥，放了勺子，端给他，他醉眼蒙眬："你做的？"

"不是，是贺叔叔。"展颜看着他吃。

贺图南赏脸吃了几口，像嚼草根或者木屑，他尝不出什么味道，这大概能写进小学生作文：我的爸爸在我生病时给我煮了一份皮蛋瘦肉粥，我非常感动，我爱我的爸爸！

"再吃点儿吧。"展颜看碗里还剩一大半，忍不住又端起给他。

贺图南吃不下，但还是接过来，勺子往嘴里递了三次，便彻底放下了碗。他想吃点儿柠檬之类的东西，从沙发上站起，去翻他的冰箱，尽是些不想吃的。

"你找什么？"展颜在他身后问。

贺图南关上冰箱，懒懒地一靠，两只眼眼波流动着，注视着她，也不说话，这种感觉很好，不需要太清醒。

展颜只好问："你想吃点儿什么？我可以做。"

"泡点儿茶吧。"他喝了杯茶，脑子还是浑，浑得昏天暗地，跟卷了满脑子风尘似的。他要睡沙发，展颜说："卧室的床我给你铺好了，客厅冷，去卧室吧。"

他拖着两条沉腿，也不脱衣服，倒头一躺，人像跌进沙滩。

灯没关，展颜端了水拿着药跟进来，放在他床头，说："你待会儿再吃一次药，我先回去了。"

贺图南眼皮合着，酒似乎不能够麻痹他的思维："点到为止是吗？"

"什么？"

"你不必来的，来不来，我睡一觉也就好了。"

"记得吃药，我走了。"她觉得自己留在这儿不太合适，孤男寡女，两人之间没办法做兄妹，或者青梅竹马，好像怎么都别扭，她看他吃了东西，也能走能动，问题应该不大。

贺图南抬了抬眼："谁让你来的？"

展颜镇定地说："我自己。"

"为什么来？"

"不为什么，你生病了，身边应该有个人照看一下，我有时间，就过来了。"

"你真善良。"他似笑非笑地说了句，烧没退，人被火煎着，很难受。

有什么东西从他眼里闪过，快如疾箭。展颜从没见他的脸这样红过，也许是睡的，也许是吃药诱出了汗，头发也是湿的，她给他拿了条干毛巾，刚递过去，他就用腕力扼住她，自己翻了个身，一下把她拖到身体底下压制住了，非常精准，一击必中的感觉。

好像他是蛰伏于林间的野兽，伺机而动，猎物自己走进了领地，他即便受了伤，爪牙也足够锋利，能咬开她的血肉。

这个动作瞬间唤醒了时间，被褥间干燥的皂粉香气，因为她倒下而被带起，像尘埃一样四处飞舞。

展颜没说话，只是睁着眼，想认出他。她心跳很快，身体背叛了意志，身体自己想要亲近他，抚摸他，是不是胸膛一如既往地宽阔、炽热，嘴唇一如既往地柔软、灵活。记忆如此牢靠，他一靠近，她就像惊春的小虫，迫不及待地伸展了轻薄的翅膀，要飞起来，飞到春天里头去，钻进去，她又想钻进他肚子里了，不要出来，永远别出来。

贺图南撑开双臂，盯着她，一个字都不说，两人目光纠缠。

他忽然抓起她一只手，放到自己的脖颈上掌心下，那里突突直跳，像心脏，是大动脉。

展颜觉得刹那间掌握了他的生死，这种感觉非常刺激、非常卑劣，她突然觉得两个人就该一起死，她要他死，他就得死。

他的大动脉很快长出了绿色的枝枝叶叶，爬上她的手，顺着手臂再往上，长满她的脖颈，又往下去，覆盖了心脏，似曾相识的体验强烈得令人窒息。

贺图南攥住她那只手腕，头低下来，她没闭眼，以为他要吻她了，他的嘴唇、气息确实离她越来越近，他始终都不说话，用眼睛、用沉默本身、用身体热度来找她。

他就是兽，寻找同类的气味儿，寻找他的另一部分，嘴唇几乎要挨上了，他的脸忽然蹭过她的脸，整个身体重重地压在了她身上。

他抱住了她，太久了，这倒成了幻觉。展颜耳畔是他滚烫的气息，他还在发烧，还在揉她，她脑子里什么想法都没有了，只靠本能，紧紧地箍住他的脖子，想让自己整个人都住进他身体里。

贺图南心跳到极限了，他快被她折磨死，声音也带着高烧："颜颜。"展颜怀里贴着块红炭，他完全迷乱了，好像这才放任自己醉去，气息烫死人，一阵一阵地往她脖子里滚着。

"颜颜。"没什么要说的，或者是要说的太多，可脑子已经不是自己的了，贺图南光这么喊她的名字，一声接一声，他合上了眼，嘴唇摩擦到她脖颈上的皮肤，像要把"颜颜"两个字黏上去。

展颜闻到淡淡的酒气，他醉了，带点儿避乱的感觉，跟要躲到她怀里一般，她稍稍偏过头，他的嘴唇这时才找上来猛地咬住了她。

第二十七章
过时的人

❄ 那种被人无限纵容的滋味儿不会再有了,人也不该贪恋这种不正常的东西。

明明是贺图南咬住了展颜的嘴唇,他却发出一声野兽般的低鸣,展颜觉得疼,又觉得热,他这个吻要得太急太狠,她便张了嘴,任由他把唇舌卷起都吞了去,身体被他拱着,往床沿去,即将要悬空的预感让她本能地伸出胳膊,想要找支撑点,手碰到相框,啪一声,跌碎了。

贺图南松开她。

展颜一边挣扎着要下去,一边说:"对不起。"

他把她按住了,额头满是汗,身上也是,整个人像刚被从河里捞出来一样,胸口那儿衣服都洇开了:"别动,小心扎着。"他眼睛也湿漉漉的了,望向地面,所有人都支离破碎。

屋里变得安静,他看了好久,然后下了床,把玻璃碴儿清扫了,把照片捡起来,放进抽屉。

展颜要弄,他挡住她,不要她帮忙。

人醒了几分,贺图南丢开扫帚重重地往床边一坐,垂着头,还在淌汗。展颜默默地把扫帚放好,她也醒了,身体开始冷却。他抬起头,呼吸还是有些沉,那双眼幽幽地看着她:"能帮我拿件衣服吗?"

展颜头发刚才滚乱了,她往后捋捋,走到衣柜前,平复了下呼吸,问他要穿哪件。

"随便。"

他还蛮爱整洁的,里头的东西放得整整齐齐,展颜想找睡衣,他压根儿没睡衣,他这几年习惯裸睡,什么束缚都没有,如果不是发烧,他光着身子也是可以的。

她只能捞出一件薄毛衣,递给他。他并不避开她,胡乱地脱了,露出精壮的上身来。

展颜避开脸,他套上毛衣,见她低着眼,笑了声,却没说什么。

"水都凉了，你还没吃药。"展颜出去给他换了热水，把药递到他手上，说，"你喝酒了吗？"

两人都不提刚才的意乱情迷，当是偶然。

"喝了。"

"你发烧还喝酒？"她突然有点儿生他的气，他什么时候变得没脑子了？家也没个家的样子，到处冰凉，没一点儿人气，好像并没住过人。

贺图南吞下药片，喉咙哽了下，药难吃，病难受，他心里忽然变得平静，不觉得烦，一点儿都不烦，脑子放空了："我很少生病，就没当回事，今天老徐找我说拆迁的事，聊了些心里话，我很高兴，你也知道人一高兴就容易忘形，所以喝多了。"

心里话，她愣了愣，她好久没跟别人说过心里话了。

"我们什么时候能坐下来说说心里话？"贺图南握着水杯，声音像水一样流过喉咙。

展颜摇摇头："你睡觉吧。"

"你以前跟我赌气，说一定会离我远远的，还真是。"他自嘲地一笑，眼里闪动着寂寂的光。

展颜一颗心立刻像充了血，脸冷下来："我是要离你远远的，我烦透了你。"她又有很多年前的那种心情了，非常糟糕，非常烂，像破抹布洗了不知多少遍，一晒干就脆兮兮的，早该扔了。

贺图南上下看她几眼，没吭声。

她觉得拳头像打在了麦皮上，想撒撒气，又无端得很，她高二那年夏天最爱跟他闹别扭，总有闹不完的别扭，一会儿想这，一会儿想那，总想逼他说点儿热热的话，她自己也爱说，如今话都死光了。

贺图南像入定，展颜想，他果然没什么要讲的，于是转身就走。

贺图南喊住她："别走，跟我一起睡。"

太不要脸了，他怎么说得出口？展颜气得脸通红，她又为自己刚才明显的情动羞愧，他要吻她，她就承受了，接吻的滋味儿太好："贺叔叔没看错你，你满脑子就只有下半身那点儿事，你把我当什么人了？"

"没感觉吗？"贺图南眼睛盯着她，"你身体还认得我，我身上哪块地方你不熟？我想这事，你不想吗？"

展颜又羞又恼，觉得承认这件事有些丢人，贺图南赤裸裸地说出来，她觉得受辱。他那么对她，她居然还幻想他的身体，太没骨气了。

贺图南看她脸上红一阵白一阵，气得要命，又紧紧忍着，他忍不住莞尔："你看，我这还生着病，我们不吵了，其实，我不是那个意思，就是想让你陪陪我。"他拍拍床，"你睡这儿，我打个地铺，还像以前那样，好不好？这么晚了，你走我不放心。"

贺图南咳嗽起来，眼泪都出来了，展颜看他这样，心里窝着的那股气草草按下，她过去给他抚背，他顺势捉住她的手，放到嘴边。他的气息可真够热的，烫皮肤，热的唇反复摩挲着她手背上那块，她站着，只能看见他低下去的脑袋、黑黑的头发，扰乱她柔嫩的心。

展颜想抽开的，可他实在亲吻得黏腻，他吻着吻着就搂住了她的腰，她被刺激得身体晃了下，他已经把脸埋在了她胸口。这多奇怪啊，先前几乎要吵起来了。

"陪陪我，我很想你。"贺图南这句话说得太含混，像从鼻腔出来的，他显得很脆弱，从来没这么脆弱过。

展颜想，这哪里是图南哥哥呢？图南哥哥是无所不能的人，他什么都能做到，柔情似水过，也郎心胜铁。

她觉得不能再次被蛊惑，但留了下来，她没让他打地铺，多拿出一床被子，挨在他旁边。贺图南揽过她的后脑勺，突然吻了吻她的额头，便转过了脸，合目睡去。

贺图南一开始睡得很好，后来又发汗，额头凉了，他迷糊中把上衣脱了，扔出去，窸窸窣窣地弄了会儿，觉得被子都湿了，特别难受。他翻个身，跟展颜挤到一块儿，她头发很香，只是脱了外套，和衣睡的，可身体柔软、芬芳，他把潮了的被子拿开，往她那里钻，本能地去抱她，搂住了，沉沉地叹息。

烧退了，舒服几分，他觉得那层衣服太碍事，不够，远远不够，完全靠记忆的手顺着腰摸上去，寻找久违的梦一样的柔软。他是困倦的，身体却闹腾起来，展颜被他摸醒，先是迷茫了一瞬，不知道自己在哪儿，等反应过来，他已经把她箍得要透不过气了。

"图南哥哥——"她在黑暗中喘息，双手抵在他的肩头，才发现他是赤着的。贺图南听到了，觉得是梦，拿不准，下手更用力了些。展颜吃痛，趴在他肩膀上狠狠地咬下去。他闷哼两声，终于确定不是梦。他一下松弛下来，嘴角上翘，没再弄她，喊了声"颜颜"，又睡去了。

展颜却睁着两只眼，在黑魆魆的屋子里喘息很久，等平复后，听他呼吸均匀，知道他睡沉了，自己才半梦半醒地挨到五点来钟。

贺图南醒时，她已经走了，他看看肩膀上的齿印，那样深，赫然在目，很真实。

屋里又只剩他一个人，无声的家具，无声的床，真是寂静啊。可他相当有精神，好得特别快。

北区拆迁大都签了字，剩下几户在孙晚秋的软磨硬泡下也松了口，她跟徐牧远一道，上门做最后的工作。徐牧远见到了余妍，她在深圳做律师，这次回来也是为家里拆迁的事。

少年伙伴难能一见，这些年，最多春节打个照面。北区的这些少年出息了，大人就信得过，徐牧远找到余妍，希望她去张东子家一趟："你们两家还有走动，能去试试吗？"

余妍有些为难："牧远哥，不是我不想去，其实当年你也清楚，本来我们几家的关系后来因为东子叔老借钱都不怎么样了，要不是后面那事，张奶奶天天哭个没完，老找我妈，关系早就断了。"

徐牧远说："我知道，你是律师，你能用专业的东西跟他们讲讲道理，这已经加好几层了，加一层就多要一套房，肯定是不行的。"

北区很多忙着装修、抢建，为的就是多拿赔偿款，拖延的几乎也都加了一层，而张东子家已经加了三层。

余妍家也弄了装修，她踟蹰一番，便跟徐牧远到张东子家去了。徐牧远没进门，他知道张家奶奶一见他就要骂，这几年，两家人在路上碰着，徐爸徐妈都要避开，可大家都是没多大本事的人，离不开这片地。张东子家拿了贺以诚的赔偿，这笔钱不少，可被张东子媳妇儿卷跑了大半，大家说张东子媳妇儿不是这种人啊，本来不是，可在钱跟前就是了。

张奶奶哭天抢地，见一个人就鼻涕一把泪一把地说自己命苦，擤了一手，全抹鞋底了。

大家后来都听烦了，只有余妍的妈一面做着零手工，一面听这个老街坊哭。人就是这样，本来苦着难着，碰到个更苦更难的，听进耳朵里，心底比一比，倒觉得自己没那么糟了，日子还能熬，余妍妈喜欢听别人悲惨的事，也喜欢陪上一声声叹气。

张东子有姐有弟，但大家各过各的，老娘一个人拉扯孙子不容易，最多给点儿小钱。再后来，进城务工的多了，大家纷纷做起出租生意，张奶奶家也不例外。

这工作不好做，余妍嘴里的法律根本行不通，张奶奶不知道啥叫法律，只知道杀人偿命，可她儿子的命，贺以诚没还，她觉得青天大老爷瞎了眼，不给老百姓做这个主。

余妍把道理一说，张奶奶的两只眼就竖起来了，冷森森的，腮帮子因为掉牙凹了一大块，她活着面，蒸包子呢，一个字一个字咬着说："门儿都没有！呸！贺家欠我儿一条命，我合眼那天都不会忘！"

余妍怕张奶奶那眼神，觑过来，说一句是一眼，一眼又一眼，好像她杀了东子叔。东子叔的兄弟、大姐也冷着脸，说："余妍哪，你这是拿了人家多少钱。"

差点儿没噎死她，她气呼呼地出来，见了徐牧远，说："这事我办不来，牧远哥，你也别掺和了，让贺图南跟他们缠去吧。"

贺图南正要跟设计院第三次碰头，经过前两次沟通，安置房他让了步，算是尊重，设计院也尽量配合。原址上，则以北区为圆心，金光大道为轴线，南边是高档住宅、商业街；北边则为金融办公区。贺图南对方案总体还算满意，提了点儿细节问题，委婉地暗示杨工，要多考虑商业因素。

第二次没见到展颜，这次，贺图南带着公司建筑师到设计院，见了她，两人心照不宣，依旧装作不认识，好像又回到高中时，只谈公事。

他生病痊愈，看起来还是那个相当洒然、干练的样子，没有要跟她纠缠私事的意思，可公事谈得并不太顺利。

贺图南跟自己的建筑师交流了会儿，然后笑吟吟地看着展颜："展小姐的立面设计我非常喜欢，创意很强，落地也不弱，"他夸了她几句，给足面子，"不过，博物馆这件事上，我上次跟杨工碰头，这个问题又提了一次，你现在的方案一直保留博物馆这块，我不明白，展小姐怎么对博物馆就这么执着呢？"

他只是笑，语气温和，但杨工已经听出这后头的不满来了，博物馆是她大学时期的作品，获过奖，还能落地，非常了不起，也不简单。但现在他们对博物馆是个无所谓的态度。建筑短命，活个两三年的也是有的，管你造价再高，不合时宜，一声爆破，便烟消云散。

杨工怀疑贺图南可能不知道博物馆是展颜的作品、心血，但也不好提，他跟展颜暗示了几遍，让她要有服务意识，展颜一直没松劲儿，还是想争取。

"北区作为原来的老工业区，应该留儿东西，我想还是从文化标志方面出发，博物馆面积不大，可以围绕着它再把主题深化——"她没说完。

桌子底下的杨工踢了她一脚。对面的贺图南已经垂眼喝茶了，像在听，杨工这场面见得多，心想贺图南算有教养，还能继续忍。

展颜看看杨工，杨工咳一声："贺总，博物馆这个，我们是有两个方案——"

贺图南吐出个茶梗，笑道："该换新茶了。"他突然岔开话，不想再磨下去，直截了当地说，"博物馆必须拆，留着它，到时候跟整体规划格格不入，占地面积再不大，在我看来也是浪费。"他在这件事上态度非常强势，要求设计院尽快定方案。

杨工听他这话，设计院这下似乎都有了出局的风险，那就不好看了。

他满口答应，贺图南知道他看重展颜，结束时单独问了句："方案的决定权是杨工说了算吗？"

杨工说："当然，当然。"他才是项目负责人。

"那就好，我这边也是希望尽可能跟一个负责人对接，沟通会省心些。"贺图南这次连饭都没一起吃，安排建筑师留下，再沟通细节。

贺图南出来时，展颜也跟出来。贺图南本来都上了车，见她还在门口，裙子被春风一吹，整个人像柳条一样款摆。

两人的关系并没有因为上次的事有什么本质上的改变。

贺图南按了下喇叭，车窗降下，他用眼神示意她上来。

展颜安静地过去，她等他主动，他真的主动了，她抓住机会坐进了他的车子。他不是一般的甲方，她知道自己也许潜意识里还觉得能跟他谈。

"我知道博物馆是你的作品，花了心思，单说作品本身，我觉得没问题，但你想听我的真实想法吗？"他直奔主题，没跟她废话。

展颜突然感觉很不好，因为工作上有对接，她会有割裂感，他令她觉得陌生的另一面就是工作。她突然想起苏老师，在米岭镇念书时，苏老师的孩子不在他带的班级，老师们都尽量不带自己的孩子，因为这会让孩子对父母和老师两个角色混淆。

如果她不认识他，她一定只是把他当作一个寻常的甲方。但现在不仅仅是这样，他还顶着图南哥哥的脸，这总让人恍惚。

她看着他，他便继续："你要说博物馆意义有多大，不见得，北方这种工业区很多，都要建博物馆吗？对本市来说，也许是段历史，可历史多了，新的要来，旧的就得去，你不能为了旧的妨碍新的。"

"我只是觉得留个地标是有意义的，如果贺总坚持，我们会按您说的去改方案。"展颜温暾地说，她对他保留着对甲方最基本的尊重。

贺图南点点头："我坚持。"

展颜沉默不语，想推门下去。

贺图南伸手挡了下，侧过脸认真地看着她："颜颜。"

展颜别开眼，并不回应他的目光，她知道他没什么问题，他有资格提要求。但为什么自己会一阵怅惘呢？她不是能跟他撒娇的关系了，当然，这种事不该用撒娇解决，她知道不对，她只是想，那种被人无限纵容的滋味儿不会再有了，人也不该贪恋这种不正常的东西。

"我们公私分明，公事是公事，我能让步的一定让，不能让的，希望你不要怪我。"

展颜手攥向门把手，贺图南好像话还没说完，手压住了她的裙子："北区的老百姓极少有人真正留恋那个地方，也许以前有老工人真的舍不得，但现在他们有个发财的机会，钱最重要，舍不得的感情是真的，但钱更真。你工作了，是不是也应该考虑理想跟现实有个平衡点？我想你肯定有的。"

"我用不着你说教，"她扭过头，"你想拆，我们按你说的做，你跟我说这么多干吗？而且，我跟你之间也没有私事。"

贺图南说："没私事，你为什么跑来照顾我，做义工吗？"

"因为你对我好过，我们就算分开了，我也知道我欠你很多，我是还人情。"展颜像置气一样，忍不住带了点儿火气。

贺图南凝视着她，手慢慢松开，身体一倾，利索地帮她开了车门："那你还吧，我早就说过，你还不清，用一辈子还吧。"

* * *

展颜回来后，看着平静，杨工晓得她跟出去大约做什么，她就是这样，在他眼里，像个半成品，那只脚还没从少年的世界里拔出来。这样好也不好，但她总能让他想起自己很年轻的时候。

团队根据甲方的要求，大家开了会，做个细化，商讨怎么改。会开完了，杨工留下展颜："小展，我知道你心里不舒服，但干咱们这行的，就是这样。我一直觉得你在落地方面没学生气，很踏实，这次博物馆的事，其实是很难讲出对错来的，大家立场不同，有明显分歧了，咱们还是得听甲方的，你说是不是？别较劲儿，人活着不较劲儿就轻快多了。"

展颜点头，杨工还想再说些什么，又怕她嫌啰唆。

展颜一脸泰然地说："今天周五，我尽量周六给您把方案发过去。"

这天，大家在一起加了个班，最后只剩她，改到一半，CAD（制图软件）出现致命错误，又没保存。上次保存是天还没黑的时候，她愣了几秒，心里一阵烦躁，恶狠狠的，想砸了电脑，从知道贺图南是甲方的那刻起，她就陷入一种似曾相识的状态中——做毕业设计的那次，她觉得自己把平生所学都献祭出去了。她不是为了叫他领情，她心甘情愿，但还是很烦躁，想骂人。

追她最紧的男孩子叫杜骏，来给她送吃的，她只啃了自己带的几块面包。她很忙，也很累，再面对这人，什么心情都没有，连敷衍都没空。

"我等你吧，等你忙完送你回宿舍。"杜骏随便往别人的工位上一坐，真的要等她。

展颜眼睛不离电脑："不用，我要到很晚。"

"再晚也得回去，你一个人不安全的。"杜骏赏玩的目光在她身上滚来滚去，她太漂亮，冷冰冰的也好看。

展颜觉得非常烦，她很少动怒，她压根儿就不是这种人，总觉得能好好说话就好好说话，可这人一点儿眼色都没有，他不知道自己不喜欢他吗？为什么男人总要这么自恋？他在外头说了些很没品的话，他说，最多三个月，他就会把她追到手。

对那种卖弄的、肤浅的、虚荣的措辞，展颜连气都没生，只觉得可笑，他的嘴就跟被烂鞋底扇过似的。

"我再说一遍，不用你送。"她冷漠起来，眼尾会像玉米叶那样，扫过来，玉米叶把人弄伤是不易察觉的，伤口又小又细，淌了汗，浸透皮肤，你才晓得，哦，被玉米叶剌伤了。

杜骏心想，看她清高到什么时候。他笑嘻嘻的，就是不走，总想跟她说话，问些无聊的东西。

展颜忽然扭过头："你知道臭痞子吗？"

杜骏不知道什么是臭瘪子，他装作很虚心、很好奇："什么东西？"

"臭瘪子是种害虫，只要你沾上了，就会搞一手一身，哪儿哪儿都臭死了，洗都洗不掉，关键是，你都不知道是怎么碰到的，它就好像讹上你了，把你周围方圆一百里地都要搞得臭气熏天。这世上有种人就像臭瘪子。"她看起来有种不动声色的野蛮，很原始，和她平时的无喜无怒异曲同工，讥讽人也是非常安静的，像山羊，默不作声就用羊角抵你，抵完了继续吃草，好像什么都没发生。

杜骏反应了会儿，疑心她在指桑骂槐，见她爱搭不理，悻悻地走了。

春夜是有寒气的，尤其在北方，展颜像鸟，实在困了，就收拢翅膀，趴在桌上睡会儿，醒来继续。对面灯火寥落，她走到窗前看了一会儿，玻璃上映出一张落着雪的脸。

整个办公大楼也许就她一个人，谁知道呢？她觉得自己跟夜一起沉下去，又跟朝阳一同升起，朝阳升起的时候，她把优化过的方案给了杨工。

她回宿舍睡到半上午，手机上有几个未接来电，徐牧远找她。

展颜起来化个妆，翻箱倒柜地找漂亮衣裳，她喜欢春天，春天应该穿像桃花一样美丽的衣裳，才不辜负。

北区正在卖破烂，什么东西都往外摆，徐牧远家也是，数不清的钢啊铁的，厂子倒闭时顺出来的，也派不上啥用场，几年过去，又该处理了。你一看那些破烂玩意儿，就大概能猜出物主们先前是干什么的。

拆迁办没那么热闹了，尘归尘，土归土，钱也会到人手里，大伙儿觉得挺好的。

徐爸在门口抽烟，家里人刚闹过。

展颜来跟徐牧远会合时，发现这儿可真够脏，也真够乱的，地上全是垃圾，她认出钢筋绳，记得许多年前被它绊过。

"颜颜，这么快？没吃呢吧？"徐牧远从破烂里蹚出来，远远地瞧见她，觉得她可真像废墟上摇曳生姿的花。

展颜看他灰头土脸的，笑了："你怎么搞成这样？"

徐牧远把烂手套摘掉，朝垃圾堆一丢："收拾东西呢，你看我这，"他前后左右一阵噼里啪啦地拍下去，灰尘乱舞，"我正说换件衣服，你就到了。"

展颜说："那你换吧，咱们吃点儿东西。"

徐牧远换了干净的牛仔裤、外套，说自己明天就回北京了，两人在街上吃得很简单，事实是，街上也没什么正经做生意的，都准备搬家，谁还在乎挣这一顿饭钱。

"你们这儿的人要发财了，都没心思做生意了。"展颜搅和几下面，加了点儿辣椒油。

徐牧远说："是挺兴奋，我听图南说，全部拆完也就是三个月的事。"

"这么快？"她筷子停了下。

"越快越好，你也知道他这个人不管做什么，都跟狂风暴雨似的，一气呵成。"

"跟北区的人都谈妥了？孙晚秋说有些人不愿意搬。"

徐牧远欲言又止，低头吃面："基本都答应了。"

"还有没答应的？"

他抬起头："那年除夕，你还记得吧？"

展颜明白了："是不是张东子家里人还住这儿，他们不愿意搬？"

徐牧远说："嗯，说到底是还记恨着贺叔叔，想着搞不了老子，能难为难为他儿子也行。"

展颜问："最后怎样了？"

"不知道，东头已经开始拆了，人都搬走了。"

她沉默了会儿，说吃完饭走走吧。

晌午太阳好，可风很大，卷得整个北区乌烟瘴气的，像住在尘土的笼子里。

徐牧远以为博物馆这会儿没人，隔壁的赵师傅正溜达着呢，手里拿根铁丝。赵师傅今年六十出头，天天搁这儿晃，斜挎个军用水壶，旧得像老年斑。

赵师傅在北区过了大半辈子，他见徐牧远过来，眯眼认了认，问："牧远，带女朋友回来啦？"

徐牧远说："不不不，朋友。"他看展颜一眼，她只是笑笑。

赵师傅一双眼狡黠起来，他嘿嘿笑两声，说："等你下回再来，家就没喽！"

安置房还没盖，他们拿着临时安置费得自己找地儿，赵师傅说："我还琢磨着得死在这儿呢，没想到，老天爷还不让，还得走，走就走吧！"

"您不想走吗？"展颜问他。

赵师傅解了水壶，里头其实是点儿散酒，瘾上来，他就咂摸两嘴："想，也不想，但想的时候咱说了不算，不想的时候也说了不算。人家叫咱怎么着就怎么着，就这么回事。"

展颜觉得赵师傅跟小展村的老人们没什么区别，给啥受着啥，不分好坏。

"你们年轻人在这儿干吗呢？你瞧瞧，脏的哟，跟吸铅似的呢，快走吧。"赵师傅看两人穿得干干净净，真不该一脚踩垃圾堆里。博物馆也得拆，他刚到里头看了一圈，摸了一圈，那些破铜烂铁也不晓得最后是运到哪里，还是论斤卖了。

"我们随便走走，赵师傅，您吃了没？"

赵师傅说："吃啦，中午吃了个鸡架子，有了这笔钱，我这后头二十年，要是还能活二十年，天天吃鸡架子都成。"

徐牧远说："是赔得不少，到时候您老住新房，该享福了。"

赵师傅喝了一大口酒，一股劣质的辣呛人肺腑："啥享福不享福，人活着，就是个不容易，谁能想到临了了又摊上这种好事？当年，说不要咱们就不要了，那么大个厂子，钱都叫有本事的卷跑了，咱没本事，只能在这儿耗。现在好了，跟做梦似的，牧远哪，你在北京念的书，有出息，你说说，这往后还变不变？会不会哪天又来这么一遭，把新房子要回去了，说不是你的，到时候可就真完了，老窝拆了，咱还能去哪儿？咱早都是过时的人了，你说要是撑不到那一遭，死了还好，可要是没死，就得活着，金窝银窝不敢想，总得有个窝吧？"

赵师傅总爱唠叨当年那些事，除了老伙计爱听，好一顿你唱我和，旁人都不爱听的。不为别的，都忙着呢，陈芝麻烂谷子，仔细算，倒闭都是十年前的事了，一代人的光景，没人要听。

两人都静静地把话听完，徐牧远说："不会的，不会再有人把新房子要回去了，是您老的。"

赵师傅点头，忽然把水壶嘴一倒，朝西北方向洒了圈酒："老方，你傻呀，日子有盼头了，熬十年就有盼头了，你咋就不跟咱们一起熬呢？"

赵师傅嘴里的老方是方师傅，徐牧远有印象。方师傅为人忠厚、木讷，不怎么爱讲话，他家里还有五六张嘴等着吃饭，老的老，小的小，他只会当钳工，当了一辈子钳工，不能当钳工了，他就去小池塘钓鱼，一坐老半天，钓上点儿小毛鱼回家过过油，也是道荤菜，马灯下，一家人脸都昏暗，吃着毛鱼。

可冬天池塘冻了冰，没毛鱼，方师傅还去，一坐老半天，被漠漠的苇花簇着，像孤舟蓑笠翁。方师傅就死在了那儿，说不清是失足还是怎么了，工友们把他捞上来，送回了家。

工友们没多悲伤，家属们也只哀号了一夜，再往后，继续过日子。

徐牧远给展颜讲了方师傅的事，她听了，说起石头大爷父子："我们念了书，会想人活着的意义是什么，可对有些人来说，活着就是活着。我去年回家，我们村很多人都出去打工了，村里剩的大都是妇女、孩子，还有老人，你说，这些人寂寞吗？他们可能都不知道有寂寞这个词语，也不知道怎么表述心情，就是活着。"

展颜看着走远的赵师傅，扭过头，打量了几眼博物馆，他跟它都过时了。

徐牧远顺着展颜的目光，说："初三那年，家里变故很大，我很迷茫，不知道为什么一夜之间生活就变了，我觉得自己就是那年开始长大的。我爸那代人，再往上，赵师傅那辈，他们为这个城市做了自己能做的，刚刚赵师傅说，他们过时了，我心里挺难受的，想他们这些人这些年过的日子，如今苦尽甘来，虽然偶然的成分很大，但总算结局不差，你说你们村，像赵师傅这个岁数的人也得在外头打工挣钱，到处都是农民工。"

他们小时候都不知道什么是农民工，农民是农民，工人是工人，时代变了，就有了农民工。

"我第一次来北区，觉得很新奇，我以前在农村念书，知道世上有工人有工厂，就是不知道到底是什么样，怎么炼钢炼铁，到了城里，见着了，可惜它已经被丢弃了。"展颜想起第一次徐徐扫视过去的工业区，和乡野大地如出一辙，想象不出的庞大，想象不出的沉默，还有一群想象不出的人。

"我那会儿还疑心，你怎么老对我们这块有兴趣。"

"是呀，我那时候对城里的一切都好奇，好奇得很，也想不明白，这么一大片地方怎么就没用了呢？工厂怎么就不运转了呢？"

"现在明白了吗？"

"有点儿明白了，很多事人没办法做主，只能随波逐流，像掉进河里，水流太急了，你想抓住根木头，都不见得有人愿意扔给你。"

"你这话听起来有点儿悲观了。"

"我不悲观，我就是说这么个道理，普通人能做的就是顺其自然地过日子，该努力努力，如果没能成功就不成功吧。"

徐牧远也知道博物馆是她的作品，想了想，问道："博物馆拆迁，你怪图南吗？"

展颜摇摇头。

"心里难受吗？"

展颜点点头。

徐牧远不知道怎么安慰她，这种事本来就是无解的。他注视她良久，几乎是脱口而出："颜颜，你是个很多情的人。"

展颜笑了："怪肉麻的。"

徐牧远有点儿不好意思，朝四周看了看，也不知道在看什么。

"北区要拆了，你原先的家就永远消失了，你有什么想法？"

徐牧远笑笑："我啊，我也说不好，我希望大伙儿能过得好点儿，也怀念以前的工厂，等推土机一来，就什么都不剩了。我有时也会想，是不是因为我念书念出来了，有机会离开，才会这么矛盾，那些苦了大半辈子的，恨不得马上就走，揣着多多的钱，赶紧走。"

"以后，你的孩子就不会有这种困扰了，他一出生就在北京，他没见过北区，也不会想北区的事。"

"咱们好像聊得太沉重了，"徐牧远说，"你还进去看看吗？这是你的心血。"

展颜拒绝了："不用，再去厂子看看吧。"

因为拆迁开始动工，原先的厂房临时改成了拆迁队的宿舍，简单地捯饬捯饬，便能住人。墙上的标语都还在——大力发扬主人翁精神。

生了锈的锁、浴室四块缺三块的玻璃、脆弱的窗棂现在又有了点儿活气，这份活气能保持三个月。

两人走着走着，就到了住户附近，人们还在忙着卖破烂，卖一毛是一毛，总比扔了强。

张东子家门前来了城管，在查违章建筑。

张东子家已经被停水断电了，张奶奶天天骂。孙晚秋上次来，两人差点儿打起来，张奶奶本来想往地上躺讹她，她更快一步，她好像从来都不在乎形象，把头发上的黑色发圈一扯，放肆地甩开，坐在地上，搓着两条腿，说："我怀孕了，你敢动我试试！"

孙晚秋第一次意识到，她像妈妈，也像小展村其他很多女人，那些粗俗的、刁蛮的东西在她身上得到完美的复刻，她甚至不需要故意为之，感觉该这样了，动作、语言、神情便通通跟着出来。这让年纪轻轻的她看起来像个泼妇，有种悍然之美。

她一辈子都想逃离的小展村如影随形。她知道自己永远也变不成高雅的人，但会拥有金钱，这样就够了。

当时调研部跟过来的同事非常吃惊，觉得她倒像北区的拆迁户。

这次来，她跟着贺图南，还有城管，当然不能再那个样子。城管一靠近，张奶奶就叫，像蛇不停地吐芯子，她看到了贺图南，他高高的，人模人样的，像鸡窝里的凤凰一样，显摆、好看。

"咋我们家就是违建了？违建的多了去了，凭啥查我们不查别人？"

"谁违建查谁，拆迁公告一下来，你们就不能再私自搭建了，这点，居委会说多少次了？"城管被她嚷得脑瓜子疼，厉声说道。

"我们家没有！原来就是这么个层数！"

"没有？我们这儿都是有证据的，没证据也不会来找你。"

证据是新世界公司提供的，包括照片、录音，录音里还是张奶奶的声音："我们就盖了，告吧告吧，你告去吧！"

城管说："你这整栋房子都是违建，现在不管你是加了多少层！"

张奶奶一看照片，一听声音，便开始撒泼，她在地上直打滚儿，说谁谁家加了一层，谁谁家加了两层，还装修。

围着看热闹的突然被提了名字，立马跳出来，说："我们是打算加盖的，孙经理来说这样可不行，我们就没盖，是吧，孙经理？"

孙晚秋冷冷地看着地上的老太太，这一幕太熟悉了，北区的老工人遗孀，也就是村里老太太那副德行，哪儿都有泼皮无赖。

城管既然来了，就不能只查这一家，手里一堆证据，孙晚秋知道嘴皮子没用，她磨破了，也管不住这些人，那就加吧、盖吧，让他们白费工钱、料钱。

现场乱得不行，张奶奶用头把城管撞了，孙晚秋在旁边让人录像。

贺图南一直在不远处看，他穿得相当休闲，牛仔裤、黑球鞋，像个来看戏的年轻人。

孙晚秋挤出来，说："我留在这儿就行了，贺总回去吧。"

反正张东子家这栋房本身就是违章建筑，加一层跟加三层区别都不大，她觉得贺图南果然够狠，杀鸡也儆了其他猴。她对北区这些人谈不上厌恶，也谈不上同情，她跑了这些天，只觉得钱是万事起源，人真可悲，为了钱兄弟能反目，夫妻能离散，子女和父母也会分崩离析。

贺图南面上淡淡的，他凝神看着张东子的母亲在那儿骂人、打人，又被制伏，内心毫无波澜，直到二楼窗户那儿探出个脑袋。

那是个正值青春期的男孩，十六七岁的样子，嘴边长了圈毛毛的小胡子，也许他看很久了，但一直都没下楼。

贺图南突然跟他对上了目光，那少年仿佛一下就知道了他的身份，或者早就在某次碰面时偷窥过一二。

仇恨这东西比爱意还要持久、强烈。少年缩回了脑袋，从窗口消失。

"回，我这就回去，你注意安全。"

贺图南刚说完，便看到了展颜跟徐牧远。这么多人围在一起吵个不停，两人都朝这头边看边走，展颜踩了半块砖头，脚一崴，差点儿跌倒，一把抓住了徐牧远。

很快，她松开他的手臂笑笑："我听说拆迁可热闹了，天天吵架。"

徐牧远说："吵来吵去，都是为了钱。"

"哎呀，我鞋里进小石子了，你帮我拿一下包。"她忽然皱了下眉，样子很可爱，把包递给他，自己歪歪斜斜，金鸡独立，脱了鞋，往下扣。

徐牧远给她挎着包，并扶着她胳膊。

展颜不喜欢跟别人有身体接触，她想说"我自己行的"，下一秒，重心不稳，她几乎是扑他怀里去了，她有点儿不好意思，站稳了，把鞋一丢，脚伸进去。

徐牧远闻到她身上的香气，非常醉人，他心跳很快，一刹那的工夫，他感受到了她身体的柔软，女孩子抱起来一定很舒服，他还没抱过。

"颜颜……"贺图南忍不住喊她一声，眼睛望过去，有点儿情动的苗头。

展颜用笑掩饰，有点儿像对哥哥撒娇那样，拍了徐牧远一下，她一直把徐牧远当兄长式的熟人，也算不上朋友："你们这儿真是比我们村的路还差呀，我们那儿都新修柏油路了，宽了很多。"

她笑盈盈地继续往前走，徐牧远不易察觉地叹息一声，跟着她，一抬头，路边高高个头儿的人正往这儿看。

阳光下，贺图南眼睛里似乎没有情绪，他看着两人，不知道展颜为什么会在这里，她又像许多年前宁愿跟徐牧远。他心里一阵扭曲，像突然多出一块丑陋的疤痕。

他目光收回来，窗户那儿的身影又冒出头，少年手里拿了个弹弓，拉满了，也不晓得对准的是他还是孙晚秋。

贺图南对弹弓迟钝了一瞬，他太久没见到这玩意儿了，等反应过来，一把推开孙晚秋，下意识地张开手臂护着两人的脑袋。

不知谁发出一声惨叫，捂着脸，倒在了地上，人群突然安静。

有人被弹珠射中了眼，这下更乱了。窗户那儿的身影早就消失了，孙晚秋不知道发生了什么，贺图南抬了抬下巴，示意她看窗户，偏头低语了几句。

孙晚秋立刻拨开人群，融入进去。

真是头疼死了，城管那两人觉得拆迁烂事实在太多，一个接一个，这下好了，又伤了人，城管骂了声，见地上那人一直"哎哟哎哟"地叫，便打电话叫救护车，又报警。

展颜看到了贺图南，她有些意外，那么多人吵吵嚷嚷，不晓得到底在争执什么。

好像有人受伤，她脑子瞬间嗡嗡嗡个不停，像被火车碾过，人太杂了，眼睛看到的是好端端的贺图南，可精神已经错乱了，她觉得就是他受了伤。她立刻跑过去，跑到他跟前，他一转身，就瞧见了她，好像一下冲到眼前似的。

"你怎么了？"展颜直勾勾地问。

贺图南把她拽到一边："你来这儿干什么？这儿三天两头有吵架、互殴的，谁让你来这儿的？"

他反应真够大的，本来是要问，可一打岔，搁浅了。现在好了，她自己送上门，他觉得一肚子火，他也不用她回答，一扬眉头，喊正往人群那儿凑的徐牧远："徐牧远！"

徐牧远回头，走了过来。

"徐牧远，你带她来的是不是？"贺图南很少这么称呼徐牧远，一出口，徐牧远就知道不太对劲儿，他还没来得及说话，贺图南劈头盖脸就把他臭骂了一顿，"你有毛病，是吗？你自己不知道这片因为拆迁天天破事一堆？你不知道这儿治安一直都稀烂，你带她来这儿消遣什么呢？"

徐牧远被骂得有些茫然，说："你哪儿来那么大火气？"

贺图南脸色难看极了，他一下就毛躁起来。

展颜听得心怦怦跳，看看徐牧远，说："是我自己来的。"

贺图南眉头一下拧起来，眼睛漆黑，跟水刚蒸过似的。他盯了她几眼，没说话。

徐牧远不明就里："到底是怎么回事？"

这儿真不是说话的地儿，不远处，有人开始骂天骂地，张东子那儿子被人从楼上提溜下来，弹弓、弹珠、人赃俱获，就等警察来了。

孙晚秋从人群里又挤出来，见多了两人，气氛也不对，便跟展颜交换个眼神，说："我跟贺总还没吃饭呢，要一起吗？一起吧，徐牧远，好久没见了啊。"

几个人最终开出去一段距离，在一家餐厅坐下了。

孙晚秋点了菜，瞄着几人，说："我们跟城管配合，过来处理违章建筑的事。"

贺图南没说话，点上烟，平息着情绪。

447

展颜默默地看他，把他从头到脚瞅了一遍，确定受伤的确实不是他，眼睛是眼睛，嘴是嘴，烟雾绕到睫毛上了，她眨眨眼。

"处理得怎么样了？还顺利吗？"徐牧远见没人接话，主动开口。

孙晚秋一笑，简单地说了点儿情况。

徐牧远觉得不对："张东子家是违章建筑？不是只有加盖的才算吗？"他想，那岂不是北区很多房子本身就是违章建筑？这样一来，赔偿怎么算？

"不，他那个房子本身就违章，全部违章。"孙晚秋若无其事地说道，站起来，给几人倒茶。

徐牧远不看她了，他知道这是贺图南的事，气氛像要干涸的水塘，淤着不动，他开个玩笑试探："图南，这是要公报私仇啊？"

隔着淡淡的烟雾，贺图南那双眼慵懒又犀利："我就是要公报私仇，你有意见吗？"

第二十八章
久违

"我跟你比，就好像长在你身上的蘑菇。"

贺图南说这话时，脸上带了点儿虚虚的笑，弄不清真假。

场面没彻底冷下来，但也凉了半截，徐牧远说："以前的房子牵扯太杂，有人走了又回来闹，你要是把他家定位成违章建筑，那北区多了去了。我不是替张东子家说话，只是觉得，这么一来，事情又复杂了。"

贺图南大约听出话里的意思，还是那点儿笑，又让人当真："我按章程办事，先前配合的我不会吃饱撑得去找人麻烦，但跟我一直蛮不讲理，贪得无厌的，我没必要客气。你说我公报私仇，对，我就报了，你以为我跟北区交涉这么些天很高兴吗？"

徐牧远被他这话弄得有点儿不舒服了，说："你不能怪他们，穷日子过久了，大家都以为不会有个头，突然说要发财，为自己多争取些也是人之常情。"

贺图南说："穷？这里都是穷人吗？我不是做慈善的，也没兴趣当什么大善人，我凭本事做生意而已，你不能让我去体谅北区的人之常情，我体会不了。毕竟，"他瞥了瞥一直默不作声的展颜，"我不像小妹，悲天悯人，看谁都可怜。"说完，他把烟头往茶杯里一丢，湮灭了。

展颜略怔了怔："你在挖苦我吗？"

服务员进来，孙晚秋起身端菜，说："先吃饭吧。"她轻轻地碰展颜一下，"吃了没？"

展颜闷闷的，说了句吃过了，看向徐牧远："让他们吃饭吧，我们先走。"

徐牧远手机响起，他接了电话，电话是徐妈打来的，让他快回家。几人见他的神情变了，等电话一挂，展颜见他急忙起身，也跟着起来："怎么了？"

"我得回去一趟，大伯跟我爸不知道怎么回事打起来了。"徐牧远觉得今天非常遗憾，他跟展颜就这么没缘分，好好地出来，现在搞得很尴尬，家里又一团糟。他抱歉地冲她笑笑，好像说："你看，我不能陪你聊和继续逛了。"

449

贺图南动也不动，司空见惯。徐牧远看看他："我们下次再聊。"

"贺总，我送徐牧远，你先吃。"孙晚秋利索地拿起外套，抓起钥匙，匆匆地跟徐牧远出去了。

饭桌上转眼间只剩两人，贺图南把筷子上的塑料皮一扯，递给展颜："再吃点儿吗？"

疏远生人一样的神情在她脸上显露："你刚才跟徐牧远说话太冲了，好像要吵架一样。"

贺图南夹起菜："你来这儿干什么？看博物馆吗？"

"徐牧远从小生活在这里，我知道，你跟北区打交道久了，对他们印象不好，可徐牧远也是这儿的人，你跟他照样是朋友，不是吗？北区也不全是——"

"你是替老徐打抱不平还是替谁？"贺图南说着端详起她，她眉形很秀气，弯弯的，睫毛很长，根本不用涂什么乱七八糟的东西，嘴巴擦了口红，整个人特别明亮，比春光还明亮，穿着件鱼尾裙，袅袅的，走路的姿态很妩媚。他把刚才她跟徐牧远那一幕又过一遍，心情更差了。

"难道你觉得我会替张东子家打抱不平吗？"展颜看着他的黑眼睛，觉得他对她误会够深的，在这件事上，无论他怎么做，她都不会置喙。

服务员又进来送米饭，贺图南说了句"谢谢"，大口吃着，一时间不说话了。

"你吃吧，方案我改好给杨工了，周一他会去你们公司。"展颜拿过包。

贺图南抬眼看她："你不去了？"

"嗯，贺总不是说只希望跟一个固定的负责人对接吗？我做得不够好的地方，杨工肯定会修补，到时候他去。"

"我知道，因为博物馆的事，你还在生我的气。"贺图南不小心吃到花椒，口腔一阵麻。

展颜缓缓地摇头："已经不了，刚开始是有点儿气，也有点儿难过，现在，我想通了，这个世界上没什么东西不会消失，就是石头上刻的字，也能被破坏掉。古往今来，不知多少文物古迹都毁了，该我努力的，我努力争取过了，没办法挽留，就这样吧。"她停了几秒，一阵沉默后，说，"人也是，这个道理一旦想通，就不会那么痛苦了。"她没有抱怨，没有颓丧，好像冬天在太阳地儿里跟别人聊天，说了句"今年白菜便宜"。

贺图南道："我让你痛苦，我知道。"

青天白日的，外头车辆川流不息，人来，人又往，灰尘在飞，花在开，刚进4月，阳光像过愚人节一样爱糊弄人，但春天到底来了，连餐厅里爆炒的香都是春天的味道……他还说这些干呢？人生中又一春来，那些过去的不必说了。

"我们不谈这些，后头杨工还想让我出施工图，他说，我应该多锻炼，我也是这么想的。以后，工作上还会有对接的时候，你有什么要求不需要拐弯抹角地顾及我什么，直接说好了。"

"周一你跟杨工一起吧，或者你自己去也行。"贺图南忽然岔开话，"刚刚在北区，你跑到我跟前问我怎么了，是什么意思？"

她立刻知道他问的是什么，便说："我看那儿围了很多人，想问问你发生什么事了。"

"你不是这么问的，你问的是，你怎么了。"贺图南直视着她，那目光一如既往地要把人看透了。

这种目光让人无所遁形似的，他越是这样看着她，她越觉得他好像在算计什么，她一下足够坦荡："我以为你被别人打了，那儿有好多烂砖头、铁棍，我以为你跟那儿的老百姓交涉闹了矛盾。"

"担心我是吗？"

她忍无可忍了："对，我担心你，我怕你会死，即使我跟你分开，我也希望你好好活着，不受伤害，但你不要觉得我独独对你这样，我是悲天悯人，看谁都可怜。"她说完，不给他再开口的机会，背起包快速小跑出去了，像小鱼，一摆尾，游进深海。

世间如果死了图南哥哥，剩下的会变作微尘之尘，全都轻起来。可图南哥哥也不是图南哥哥了，展颜坐在公交车上，最后一次回望北区，有巨大的灰尘蹿起，卷作一团烟，像当年生机勃勃正在生产钢、生产铁。

孙晚秋把徐牧远送到了家，一路上，她跟他说贺图南创业的不容易，泛泛而谈。徐牧远听着，说"知道"。

"我其实不怎么了解他，他要我跟他干，我就跟了，跟了这段时间，我觉得他人还不错，以前是我小看他，我以为他就是个养尊处优的人，运气好，人生过得顺。我要是他那个家庭，我也能去港城投行干。现在看，他真是能屈能伸，像个弹簧。刚才在饭桌上，你们争执根本没意思，你不能要求人家做生意的当圣人，你们就是鸡同鸭讲，再好的朋友有时候也是鸡同鸭讲。"

孙晚秋说话时，眉眼间总带点儿隐隐的嘲弄，这些年过去，徐牧远觉得她的模样变了些，人更精明干练，可这股嘲弄不晓得对谁，始终都浮荡在眉心。

"你跟颜颜也会吗？"

"会啊，怎么不会？我不爱看什么高深的书，也讨厌听别人讲道理，展颜跟我很不一样，但我还是喜欢她。你跟贺图南明显也不一样，你这个人比较文气，争一圈都没对错之分，别伤感情嘛。"

徐牧远说："不至于，只不过他有时候太锋利了，张东子的事过去那么久了，纠缠也没意思。"

孙晚秋嗤笑："你这就是站着说话不腰疼了，你又不是贺图南。这个世界上，有些事是不会因为过去多久就消失的,看着远去了而已,但还在啊,你不也一直记着你们以前多辉煌吗?我有一次跟你们这儿一个老师傅聊了几句,过去那些事,他记得一清二楚,估计入土合眼那天都不会忘,一说当年,就惋惜得不得了,恨不能穿越回去。"

徐牧远无言以对,笑了笑:"你很会替老板着想。"

孙晚秋说:"我给人家打工,当然要替人家着想,将来,你要是当我老板,我也替你着想。"

徐牧远想,她跟展颜的确是不一样的。

徐爸在附近的卫生所简单包扎了,回来后,把大伯、姑姑那伙人全都轰了出去,这是他生平第一次这么强势,大家都愣了,骂骂咧咧的,姑姑在门口跳脚,拉着奶奶干哭,说房子是奶奶的。

小妹在那儿叉着腰骂姑姑,她长大了,又任性又野蛮,一点儿都不像父母,也不像他,徐牧远没去拉,任由小妹在那儿骂。

"这房子是工厂分给爷爷的,爷爷在时,他跟奶奶一直跟我们过,你们早分家分出去了,这会儿说有你们一份,要不要脸啊!"

"你这丫头反了你,轮得到你一个丫头片子说话?"

"这是我家的房子,难道轮得到你说话吗?"

所有人的面目都狰狞起来,唾液飞舞。

徐牧远觉得亲人们真是虚伪透了,他有些疲惫,他有时觉得他们可悲,有时觉得可恨,像抢食的鸡,把彼此的冠子啄得稀烂,谁也甭想好。

展颜打电话问候时,他正跟家人在灯下默默地吃饭。

"没事吧?"

"没事,还是拆迁款的问题。"徐牧远打起精神,"我以前总觉得钱不能代表感情,现在想想,谁要是给你一百万、一千万,那绝对是深情。"

展颜不会安慰人,只能说:"会过去的,什么事都会过去的。"

一些事会过去,一些事就会来。周一,杨工带着展颜到新世界公司的会议室汇报方案。展颜做了PPT,把参考的文献都标了出来,重点讲了优化部分,把博物馆换成广场,两旁设店铺,其他不必再动。安置房则在有限空间里尽量关照生态、停车位、消防通道等各个问题。

"北区的老百姓目前更在乎赔偿的数目,还有房子的面积,看起来对质量不怎么关心,但等住进去,可能会有很多后续维权的事,所以,方案这块一直秉承的原则还是希望目光能放长远些。"

展颜说完,看向一直托腮凝神倾听的贺图南,她不知道这次能不能定下来。他好像在思考什么,没说话,她等着,竟有些忐忑地等待分数的心情,她觉得自己掏不出什么东西了，他再不满意，她真的要崩溃了。

"非常好。"贺图南微微笑了，转头问身边的建筑师，两人交流几句，方案确定，下一步是送到规划局那里。

他满意了，她却有种怅然若失的感觉，多么奇怪，她不用再来碰头了。

贺图南也就给了"非常好"三个字，便扭过头，跟杨工说话去了，她像被用完了就晾在那儿。

直到说请他们吃饭，贺图南的眼才重新看过来。这次去了一家很高档的餐厅，点很贵的菜，开很贵的酒，杨工说贺总真是太破费了，但钱花得多，好像尊重就跟着多，人就是这样，用钱来衡量简单明了。

贺图南还是不怎么跟她说话。

杨工要替她说，说她一夜就改好了方案，是睡在办公室的，年轻人就是充满干劲儿云云，那语气像班主任夸成绩最好的那一个学生。这些东西没必要跟甲方讲那么细，杨工倒生怕捂着藏着别人不知道。

贺图南听着笑起来，她看他笑，浅浅的，像应付，不失去礼貌而已，这才想起一些很细的东西，高中时，他对她的成绩就没太在意过，总是你考得好很好，考不好也没关系的样子。他对她似乎没什么要求，像个溺爱的家长。

"我也想喝一杯。"展颜突然开口，今天其实是她的生日，喝点儿小酒，高兴一下，她对过生日其实没什么兴趣，但要借着这个由头做事。

杨工知道她是不喝酒的，以为她是交了差想轻松一把，便说："喝吧喝吧，这个度数低。"

"我想喝洋酒。"展颜问杨工，"您喝过洋酒吗？是洋酒好喝还是咱们白酒好喝？"

话题很自然地就变成讨论酒了，贺图南以前出差满世界跑，酒尝得不少，杨工传统，觉得白酒就是最好的。

贺图南给她倒了一点点白酒，递过去："下次去酒吧请展小姐，今天凑合吧。"

他病了一次，最近根本不沾酒。展颜接过来，尝了一口，忍不住吐舌尖。

杨工说："一看你就不能喝，喝啤酒都费劲儿，还喝洋酒呢。"

吃完饭，贺图南让小李送杨工，杨工今天没醉，连连摆手，不让他麻烦。

贺图南给他开了车门，说："客气，小李顺路，杨工不是往东边去吗？"他记性好，还记得杨工的家。

送走杨工，贺图南见展颜脸已经微微红了，明显一碰酒就上脸的样子。他说："走吧，我请你，这附近就有一家酒吧。"

展颜静静地看着他："你对我的方案满意了吗？"

"满意了。"

贺图南指了指对面："要去吗？"

"你怎么知道附近有酒吧？"她心里突然不舒服起来，顺着他的手，真往对面霓虹乱闪的方向看了看，她从没去过酒吧。

"我有正常的社交，知道这个很奇怪吗？"

展颜不作声了，他在大城市待过那么多年，自然是过得有声有色。那他这话是什么意思？她没有社交，她也蛮过时的。

"你经常和别人去吗？"

贺图南回想了一下："以前公司圣诞聚餐一定要去，出差也会去。"

"你们公司过圣诞节？"这是新鲜事，展颜觉得跟他隔了好大一块麦田，他说点儿什么，就好像一只翠蓝的鸟倏地飞过去。

"外资投行肯定不会大张旗鼓地过年包饺子，"贺图南偏了头，笑笑的，"还有问题吗？"

她对他那几年一无所知，路远，心里又有大雾弥漫，她根本看不见他。不像她，他想想也知道，她还在念书，在学校能有什么事呢？

他永远走在她前头似的，也不认可她。他一定见识了很多不一样的女人，比她聪明能干，比她漂亮，比……她不知怎么就想到这儿，心里难受起来，说："你去酒吧快活吗？"

贺图南笑了，好像笑她的天真。

"去酒吧就是消遣，难道还能是去找烦恼？"

"你不是很忙吗？怎么会知道这里有酒吧？"

"偶尔来一次，"贺图南说着，就往前走，"带你去看看？"

"你跟别人一起来消遣吗？"展颜没动，忽然想到那次找孙晚秋，她说那些暧昧的低矮门面打着按摩店的幌子做生意。

"以前跟同事，或者客户，回来后都是自己。"贺图南低头笑了声，他早就察觉出她想问什么，也不点破，她问一个，他回答一个，"今天是你生日，小酌怡情，走吧。"

展颜愣了愣，他还记得她的生日，她以为他早忘了。

眼看要亮绿灯，贺图南拉住展颜的手，一路跑过去，她被他拽着往前跟着跑，裙角跟头发一起飞扬，蹦跶过去，穿过人群，也不管行人是不是在看，一口气跑到对面，她甩开他的手，不让他碰。

贺图南没坚持，带着她轻车熟路地进酒吧。

展颜觉得有些新奇，小心地打量几眼，里头正在放爵士乐。

吧台上摆满了洋酒，看起来像琥珀，像红葡萄，瓶子很漂亮，五光十色。贺图南把她往高脚凳上一按，坐在她旁边，整个人很松弛，好像真的很习惯这种环境，跟刚才吃饭时又不一样了。

"喝什么？"贺图南问。

展颜不想露怯，镇定地说："我要最贵的。"

贺图南莞尔，她从没这么跟他提过要求，他们在一起那几年，他单枪匹马，也在念书，远远达不到阔绰。他语气戏谑起来，说："一个月工资够吗？"

展颜依旧镇定，反问他："不是你请我吗？是你说的，今天是我生日，舍不得了？"

她为了省煤气，大夏天里直接对着水龙头喝生水，贺图南忽然就想起这么个画面来，当时真是气坏他了。

他收住笑意，跟人家说了句什么，展颜没太听清，四下看看，男男女女忽然就冒出一阵放肆的笑。

酒液美丽，她端起来，盯着看了片刻，又闻闻，说："你要喝吗？"

贺图南摇头："我得开车，你随意。"

她尝了，味道说不上来，以前，妈从集市上买那些散葡萄，便宜卖的，自己酿葡萄酒。她觉得那个更好喝，但花了钱，总不能浪费，她皱眉喝完一杯："我想喝甜的。"

贺图南便让人给她调了杯口味儿清甜的，她把它当果汁，一杯灌肚子里去，人飘飘然，非常快活，她忽然打了个嗝，有些尴尬地捂了捂嘴。

难怪有人要当酒鬼，这感觉真好，像神仙，展颜脸红扑扑的，眼睛也跟着水雾迷离，她看贺图南忽然成了两个影，非常有趣。

贺图南守着她，只要了杯白水。

当神仙这样快乐，可那些无缘无故的难受又蹿到了心尖，她觉得心被揪起来，吊在半空，视线挪移到眼前的人身上，她觉得他看起来很熟悉，又遥远得想不起来，她把空酒杯抱在怀里："你是谁？"

贺图南把酒杯轻轻拿过来，推到一旁："你醉了。"

她摇摇头："我问你是谁。"

贺图南结了账，招住她的胳膊，把她弄下来，她就像面条一样软在他身上，一张口，浓郁的酒气便拂到他的眼睛里。

"你是谁啊？"

他揽着她出了酒吧，夜色下，春风凉凉的，他低头看看她，小妹的眼波带着被酒浸出的媚气，像小钩子："我是图南哥哥。"

展颜想：我喝得烂醉，很丑，丑死了，他如果是图南哥哥，就不会觉得我丑。她这么想着，眼泪一下流出来："你不是，你一晚上都不理我，你觉得都是杨工的成绩，你总是看不起我，觉得我是废物，觉得我得靠你们养，所以你们想怎么对我就怎么对我，我告诉你，我早就不靠你们了，我——"

贺图南没让她把话说完，像撬开蚌壳，将她温软的唇舌和眼泪裹挟。这个吻绵

455

长、潮湿，人像跌进一个很深很深的洞穴，她仰起头，什么都看不见，节奏却是对的，所有细胞都跟着活跃起来，像下了场雨，所有植物重新着色，绿的绿，红的红，在春天里生长，在他这里终老。

他觉得像抱了很重的什么，但并没有，她的身体纤细、饱满，像记忆里那样充满弹性，可这次变得很重很重，重得把他的世界都压弯了，就算是从前，也不曾这样。

他心里充满疼痛感，这个吻也是疼的，像被烫伤的皮肤忽然又被扯开，疼得人想死，他真想化作点儿什么，一下在这个吻里消失。

两人从彼此的气息中感受到一样的情欲，身体始终无法欺骗灵魂，只能找原来的主人。展颜在混沌中咬他，咬得很用力，咬出了血，她像什么都不懂的兽，第一次练习撕咬一般，咬着咬着，她觉得脸上像蒙了层灰尘，喘不过气，又揉开他，人站不稳了。

贺图南背起她，她没力气挣扎，就那么趴着，迷糊中想，怎么车铃铛不响了呢？

路上有人看他们，他背着她，过了红绿灯，走到停车的地方，把她放到副驾驶，给她系安全带。

她头发乱了，贺图南给拨开，两人对视，久久都没有言语。

"我买你一夜吧，你开个价……"展颜呢喃着开口，很热烈地注视着他。

贺图南捧起她的脸，弯着腰，敞着车门，又去吻她，也不管是否有人看。

"我本来就是你的，不要钱。"他声音黏湿，逼自己的唇舌暂时离开她。

展颜伸出了手指，抵在他的喉咙上，指尖似有若无地撩拨起那片肌肤，像逗猫逗狗。

"你上来。"她命令他。

贺图南绕到车子这边，跨进来。她歪着脑袋，一双眼水光潋滟，有些娇气了："你哪儿是我的？我怎么不知道？"

他发动车子："这就让你知道。"

* * *

车子本来在夜色里疾飞，停了会儿，展颜似梦似睡，稀里糊涂就被贺图南带进了电梯，人像被抽去骨骼，只剩血肉，挂在他身上。

他一进电梯，就忍不住吻她，太想了，没办法。

展颜什么也不想了，从小到大，她想得太多，又想出什么了呢？得到，失去，爱啊痛啊，就这么些东西。

"咱们什么都别想，也别说，行不行？"她跟他提了个要求。

贺图南含混地说好，顾不上说什么。

她软绵绵的，根本也没打算抵抗，第一次的心情又回来了，真好，两人都干涸太久，此刻嘴巴里好像游过去鱼，活泛起来，她顾不上什么章法，咬得重，都不像接吻了。

　　贺图南的怀抱滚烫，她的手摸到他的肌肤，皮肉紧致，她离开他的嘴唇，仰头看他，他嘴巴微张，红润润的。

　　两人都不再说话，这种时候说什么都多余。

　　他就这么低头看着她，眼神交接，她忽然把脑袋伸进他的针织衫里，往上拱。

　　贺图南不知道她想干什么，只能扶稳她。

　　电梯门开了，他们跟跄地进了屋子，他的手刚摸到开关，她的嘴唇便找上来，热热的舌头吻得灵巧。他没提防，手一下撑在了墙壁上。

　　她躲在黑暗里，专心致志又毛病不断，想怎样就怎样，久违的真实的这么个人不是梦，是梦也无所谓。

　　贺图南揽过她，整个人靠到了墙上，他仰起下颌，合上了眼："颜颜——"他想喊她名字，但很快连名字也喊不出了。

　　她吻着吻着，牙关猛地收紧，这一下非常突然，贺图南皱眉，刚要动，她牙齿又松开了，变得温柔，没两下，又来一遭，她在逗弄他，看他生不生气、抓不抓狂。

　　"跟谁学的？"黑暗中，谁也看不清谁，话一说出口，好像全世界只有两个人的声音。

　　展颜在他嘴唇上咬，声音嘟嘟囔囔的，像是笑："我对你无师自通。"

　　"是吗？不早就通八百回了？"他把针织衫一脱，扔到地上，抱起她。

　　进了卧室，灯亮起，贺图南把她放桌子上，根本没耐心解扣子，从她脑袋上除去，她头发乱糟糟的，衬着白脸红唇，楚楚动人。

　　他想起一件旧事，当时还嫌她脑袋大，好像一件衣裳脱了很多年都没脱掉似的。

　　她完完全全是个女人了，玲珑有致，再没有一寸青涩没长全的地方，是巅峰期的花朵，艳得不能再艳。

　　他在外头漂了几载，什么都见过，世界说大确实很大，可说小，竟只能容得下一人，除了她，谁都不行，像认死理似的。他想，也许是那几年两人绑定得太深，绳子打了死结，硬生生被剪断了，可绳子自己还要找回去，再去打那个结，他觉得自己也有些不正常了。

　　"这么漂亮——"贺图南赞叹了一句，不晓得是说衣服还是什么，亲了许久。

　　"你抱我到床上去。"她开始撒娇，手胡乱摸着他的脸，滑下去，抚弄他的嘴唇。

　　"叫图南哥哥。"

　　"我要你抱嘛。"

　　她又像回到从前，不晓得害羞，有过第一次后头就喜欢得不得了，无拘无束，她觉得自己又成了神仙，可神仙缺了五彩祥云，她抬起脚，挑衅似的踩他的肩头："你抱我。"

贺图南有一瞬的恍惚，觉得真假分不清，他忽然就粗暴起来，把她抱起来，往被褥上摔去，他也不关灯，当着她的面儿咬开，两只眼一直盯着她脸上的表情。

心在胸口怦怦地跳，她很久没听见心跳得这么大声了。

"想看着吗？"他问。

展颜先是看他的表情，手臂撑起，人半躺着，细细的手指攥紧床单，她眼睛眨也不眨。

"你有没有交女朋友？"展颜咬了咬嘴唇。

贺图南抬眉，眼睛黑得过分，像含了股辛辣的戾气："没有。"

展颜咬他，贺图南宠着她，让她咬。

"我想死。"她眼睛深处燃着火。

贺图南把她的头发拨了拨："说什么傻话？"

她两手按到他骨头上，自言自语："我不想活了，想死。"

贺图南便坐起来，捧起她的脸亲了亲，声音低下去："好，想怎么死，咱们一块儿。"

"你骗人，你不会跟我在一起了。"她心里忽然就悲痛起来，想折磨死他。她眼泪很多，流到他的皮肤上。

贺图南不住地吻她，胸腔发疼，强烈的感觉和疼痛很快混作一团："我没骗你，颜颜，我为什么要骗你？你说我为什么要骗你？"

是啊，他如果骗了她，自己的存在也毫无意义，他不会叫她饿着、冷着、没书念，被乡野重新夺回去，吞噬她，他做那么多，不是为了骗她的。

他自己都被她问得有一瞬间特别迷惘，那么好的青春年华，谁要用来欺骗？

展颜还在重复："你就是骗我，我从没想要离开你，是你，你不要我的，你坏透了——"她蜷在他肩头，像要哭了。

贺图南抱紧了她，往怀里深处抱，想要穿透身体，可没法再深，他知道，自己确实为女人而活，没有她，他活着就是个躯壳。

"我没有不要你，没有。"他眉骨上的汗流进眼睛，火辣辣地疼。

展颜无意识地摇头，她不要提这个了，这些都太痛苦，她只要快活，脸缓缓来回地蹭着他的面孔，长睫湿透了，几乎像耳语："你快活吗？"

贺图南去吮她腮上的泪，两人皮肤黏到一起，这是颜颜啊，他心里难受得不行。

"我问你快活吗，回答我。"

他点点头，凝视着展颜，展颜忽然捂住他的双眼，她不想看到里头任何情绪，她分不清，不想会错意。她拿过枕头，推倒他，捂住了他的眼。他放任了自己，没有任何挣扎，由她去。

展颜俯视下方，只能看见他微张的唇，鲜红鲜红的，像野草莓。她要掌控他，她知道他悸动得非常厉害，难以忍受，和自己是一样的，只有这点儿真实的东西了，不知疲倦的凡夫俗子们。

清明前后总有春雨，院子里往年会落一地梧桐花，湿湿的香，湿湿的紫，她怀疑外面是不是下雨了，可没梧桐花。

贺图南最终还是像猛兽反扑了过来，她躲不开也不躲，他的骨骼肌肉比以前更阳刚，也更沉重，这感觉很新鲜，和以往又有些不同了。

"你是不是又长了几岁？"她问他。

贺图南觉得她又开始孩子气了，净问傻话，但还是回答她："是。"

"我也是，我们都又长了几岁。"

两人搞得筋疲力尽，贺图南脸埋在她秀发间，一动不动，脑子已经空了。

他们以这个姿势睡去，什么时候醒的，谁先醒的，也分不清了。展颜觉得渴死了，她挣不动，一睁眼，觉得肩膀发沉，贺图南这才起来。

展颜看着他，酒劲儿也差不多过去了。

展颜躺着，倦倦的，让他给自己倒点儿水喝。

贺图南给她倒了水，又把内裤洗干净，从衣柜找出一条自己的，问："穿我的行吗？"

她穿过他的男式秋裤，曾经她说冷，自己的不保暖，就是想穿他的，又长，自己动手剪短，用针线缅边。曾经，两人对彼此都太过熟悉，生活里的细枝末节，琐碎家常的东西，一下又顺流而下，淌到跟前。

展颜裹紧薄被，觉得有点儿冷，她说："你放那儿吧，起来穿。"

贺图南便重新躺到她身边，夜变得寂寂，只是，不晓得有没有说胡话，随它去吧。

她静静地躺着，要求他："我想让你看看我。"

贺图南侧过身，低声问："还想？"

"不是，你不想知道我有没有变化吗？"她看起来特别纯洁，眼睛清澈，没了失序和混乱，像小孩子问"你要不要吃糖果"。

贺图南沉默片刻，她的皮肤非常光滑细腻，如梦所念，真是美极了。他一直对她身上时隐时现的原始感到不解，她有种东西始终没褪去。

展颜靠近，伸手摸到他的喉结，说："我没有喉结。"

贺图南道："你说的都是废话。"

她觉得有趣，认真研究起他，两只眼一直瞧他，他也没不好意思，让她看。两人在一起，做什么事都那么自然，像没分开过。

"外面下雨了吗？"展颜问。

贺图南说："好像下了，刚刚接水，听窗外有雨声。"

"这会儿我们家油菜花快开了，梨花正开着。"她算了算时令，说，"我要回家看妈妈。"

"我陪你一起。"

"你不是忙吗？"

"再忙也就是一天而已，开车带你去，方便些。"

展颜脸上安静下来："你真的没有过别人吗？"

"没有。"

"你怎么不问问我？"

贺图南转过脸："我知道答案。"

展颜惘然了："我都不知道你，可你知道我，你一直都比我更懂人情世故，也更懂怎么控制人心，我永远追不上你，所以，你才轻视我。"她心里焦躁，想发脾气。

贺图南坐起来，看着她："我不知道你为什么总是强调我看不起你，我们在一起那几年，但凡你用心感受一下，就该知道，我对你根本没有过你说的这些。我如果轻视你，就不会管你。"

展颜像飘浮在床上，手脚散开，眼睛看着天花板："我在想，我们当初在一起到底是因为什么？因为除了你，我找不到旁人了，你总是什么都知道，会念书，会挣钱，我跟你比，就好像长在你身上的蘑菇。"

"什么意思？"

"你没见过，所以不懂。我知道，在我们村，山林里的树夏天如果雨多，它底下又有杂草，环境湿热，就会长很多蘑菇，蘑菇不能跟树比，它只有气温高，还有雨水的时候，才能长出来，我就是那样的，你是树，我只是长在你根部的蘑菇。"

贺图南说："我从没这么想过，从没，你为什么不想想，我可以不用管你的，我当时不只有一个选择。我说这些不是标榜自己什么，我也没伟大到那个份儿上。"

他望着她，突然觉得小妹真像只哀伤的羊羔，他见人抱过小羊羔照相，就是这个样子，他忍不住想要抱抱她，亲亲她。

展颜阻止他靠过来，说："那你是怎么想的？为什么要管我？"

"我什么都不想，只想你，想照顾你，我怕你不能念书，被你家里人弄回去，让你嫁人，我不能让这种事发生。"

"那你也不是爱我，我想起来了，你一直把我当妹妹看，突然就变了，你是青春期的冲动。"展颜倔强地说，像确定了一件什么事，非常重要，"那咱们还缠着有什么意思呢？"

"我一直都清楚自己的感情，你误解我了。青春期的冲动有那么大力量支撑我几年吗？你这么说，我不会认的。"

　　两人之间的事，仿佛不知道从哪天开始说起，又从哪件事说起，贺图南揉了揉眉心，说："我们从头说好吗？就从爸带我去你们家接你说起。"

　　太远了，那要讲到地老天荒。

　　展颜说："那你就不认吧，说来说去，都是我欠你跟贺叔叔的，我从小妈就教导我，做人要知恩图报，我记着她的话，可我发现，我总也报不完。你们不是妈妈，妈妈对我好，她不会让我有这种感觉，你们对我好，我非常感激，可是我觉得这辈子又被困在这上头了。"

　　贺图南俯下身，抚她的脸庞，亲了亲："我跟爸都是心甘情愿对你好的，我知道自己错在哪儿，我一直这么说，说自己心甘情愿，可到头来，变成了不甘心，我不怕别的，只怕你根本没有爱过我。"

　　"我没爱过你？"展颜的目光在他脸上聚焦，他真迷人，非常英俊，她都不知道找哪个词语来形容感情了，那么多字，浩浩汤汤，但一个确切的都没，"也许，我不懂什么是爱，我并不爱你，只是像蘑菇，要长在大树上。"

　　贺图南心底辗转过一阵阵烧焦了的黑，他真是拿她没办法，这么多年了，她对当年好像从没清楚过："你知不知道这话很伤人？"

　　"你在乎吗？"

　　"你说呢？"

　　她不是不清楚，她太清楚了，可清楚又能怎样？她缓缓地摇头："别问我，我不知道，真的不知道，我什么都给你了，可你呢？你连头都没回一下，我怎么喊你，你都不理我。我给你写了信，你不回。我去港城找你，找不到你，你突然就没有了，你知道什么是没有吗？我最怕好好的，就没有了，为什么我怕的事情总是要发生？我最爱的人老是要离开我，我什么都留不住，哪儿都不是家，我像没有根的浮萍，漂到哪儿算哪儿。这些你不会懂的，如果你懂，就不会那么对我了。"

　　真是糟糕，他都不晓得她去过港城，她是怎么过去的？一个人吗？路那么远，她不会舍得坐飞机，是坐火车吗？那太累了。她想去哪儿，本来该他带她去的，她去找孙晚秋、回小展村、想看寺庙，都是他带她去挤那又脏又破的车，再累，再远，他都在她跟前，他愿意一辈子给她当钉鞋。

　　贺图南觉得心像被白蚁咬得全是洞，百孔千疮，眼泪流下来："你去找我了？"

　　"也许吧，我找过你吗？记不清了。"展颜说得很疲惫，她讲了好多，又突然没了沟通的欲望，身体的情欲得到满足，她醒过来，不想再回忆那些过去的事。

　　她都不知道他为什么哭，她流了那么多眼泪，他也会伤心吗？男人也会哭？她坐起来，摸了摸他的眼角，把眼泪放嘴里舔："眼泪是咸的。"她对他有了怜悯，说，"图南哥哥，你好可怜，你都哭了，那么难的时候我都不见你哭，你现在为什么要哭？"

贺图南抓住她的手："颜颜，我想跟你好好说说话，我们以前不是这样的。"

对啊，又是以前，以前有的现在未必有。好没意思，不如回家乡看梨花，她抽开手躺下，翻个身，背对他："我想睡觉了，别和我说话。"

她头又有点儿晕，酒的余韵点点散开，贺图南亲亲她的耳垂，她忽然转过身："你不要碰我了，如果你想碰女人就去找。"

贺图南说："我只找你。"

她气呼呼地坐起来："你为什么要跟我说这些？"

贺图南说："我只说实话。"

"我不要听你的实话，也不听你的假话，你对我好过，我那时对你也是真心的，但都过去了，你为什么还回来？"她说完，狠狠地咬他的手臂一口。

第二十九章
请求

她长大了，就能做到不再跟他人血肉相连。

  贺图南瞧了展颜一会儿，没强求，他也没想着一朝一夕两人的关系就能回到从前，回不到就回不到，那就慢慢建立一种新的关系。
  第二天起晚了，展颜顺便请了假，要回家。
  她取了点儿钱，买好花，贺图南要带她去，她说："给你加油吧。"
  "你跟我算这么清楚就没意思了。"贺图南淡淡的，两人好像都忘了夜里缠在一起的那股劲儿，他后备厢里放了四样礼物——电脑、相机、手机、项链，他都拿给她，说，"你都用得到。"
  "欠你四回，希望没太晚。"展颜看也没看，她看着窗外，外头风景开始变化，楼房远去，平房出现，直到一块块绿的麦田在道路边际出现，野桃树一闪而过，她才说了句，"花都谢了。"
  "明年还会再开的。"贺图南接道。
  展颜说："那也不是去年的花了。"
  贺图南说："你要真想看花，每年可以抽空来看，我陪你。"
  "我也没要每年都看花。"
  她偏说让人没法接的话，贺图南瞥她一眼，继续开车。
  路加宽了，两边新填了土，途经一个示范村，房子盖得整齐，水泥路修得笔直，原来的田里改种了大棚。这附近只有赵屯是这样的，其他村，房子依旧爱怎么盖怎么盖，也没水泥路，一下雨，门前得扔几块破砖头、烂板子，好能走到主路上去。
  麦田里走过牧羊人，也走过羊群，羊想停就停，想啃麦子就啃麦子，是他们自己家的吗？要不是，可太糟蹋人了。展颜趴在窗子那儿看，贺图南在身旁唱起歌："在那遥远的地方，有位好姑娘……我愿做一只小羊，跟在她身旁。"
  展颜回头看他，他还在唱，带着点儿笑："我愿每天她拿着皮鞭，不断轻轻打在我身上。"

哎，这个人会唱这种歌？后头两句，他反复在那儿唱，一双眼时不时看过来，展颜想：你唱吧，唱一千遍一万遍，我也不是放羊的。

展颜一进村，见了人就要打招呼，偶尔迟钝一下，先露出笑脸，脑子里其实在想眼前的人是婶子还是奶奶，辈分可不能错。

"带男朋友回来了呀，颜颜，你看看，个儿多高，你看这脸膛子长的，鼻子是鼻子，嘴是嘴，一表人才。"路边哄孩子的妇女看着贺图南，夸个不停。贺图南不懂这是什么夸人的法子，听上去，他只是做到了没口歪眼斜。

"不是男朋友。"她其实不知道怎么定义，两人最了解，最亲密，但他是她什么人呢？只有天知道。

展颜从包里拿几块巧克力给小孩，小孩子胸前的围嘴上全是哈喇子，黏黏的，黑黑的，他接过，也不剥皮就往嘴里送。妇女一把夺下，一面殷勤地笑，一面撕巧克力："你来得巧，你爸刚从浙江回来，厂子不要人了，不知道咋回事，咱村好多开春去找活儿的，说南边今年不招人，又都回来了。"

她听了，也没往家去，不知道怎么面对继母，还有那个孩子，面对不了。

她紧挨着贺图南走，他说："应该还是美国次贷危机影响的，影响了我们国家的出口。"

"那什么时候会好？"

"看美国怎么救市了，这一次会慢慢影响到全球的，现在还不太显，等到夏天你再看，东南沿海那些企业可能更糟。"

"我听设计院的同事说，政府第一季度土地拍卖不太景气，很多房子都开始降价了，你说，房子明年会不会降得更低，我都能买起了？"展颜第一次问他这些东西。

她跟孙晚秋都很想买房子，也去看过，三十平方米的小公寓就挺好的，过了年房价开始跌，大家很兴奋，它一跌，人心浮动，就琢磨着是不是还能再跌，都等着，也不买了。

贺图南说："存多少钱了？"

"两三万吧。"

"那恐怕不行，再跌也跌不到你这个数。"贺图南笑了笑，"不过，真想买的话，可以再等等，我是说今年，明年就难说了。"

"明年不会跌得更低吗？"

"我猜不会，但也不敢肯定，要看政策的风向，但现在没什么方向，看下半年吧。你要真想买，我可以给你参谋参谋。"

"我为什么要信你的？"

贺图南点点头："也对，你为什么要信我的呢？我总是在骗你。"

春天的乡村有点儿看头，山野地边点缀着些充满生命力的颜色，绿的，无边无际的绿，河岸都布满紫色的地丁，不像冬天，村庄像枯死似的。

　　空气中有花的芬芳，感觉还不错，贺图南只是跟她开个玩笑，点到为止，观察了几眼她的神色。

　　展颜别开脸，往山上走。山上草疯长，也不见有人割，跟小时候很不同。

　　给明秀烧纸时，风很大，柳条正是最嫩的时候，袅袅地，往人身上拂。展颜蹲下放纸钱，贺图南也蹲下来，掏出打火机，她双手笼住了纸钱。

　　"别烧着你的手，我来。"他示意她起开。

　　展颜就往一边挪了挪，风真是太狂野了，火苗东倒西歪，就是点不着，地上又湿，贺图南试了几次，火苗才迅速舔上去，黄色的纸钱化作灰，飘扬着飞起，往宇宙大荒飞。

　　展颜拿了根小棍，不停扒拉，烫轰轰的，直烤脸。

　　火熄灭后，她怕没烧干净，认真地检查，贺图南说："已经烧完了。"

　　"我再看看，别弄出火灾，这儿离河远，我得对这片地头负责。"展颜踩了几脚，确信后，丢了棍子，拍手说，"好了。"

　　"你做什么事责任感都这么强，杨工看重你是应该的。"贺图南很自然地换了话题，"明秀阿姨如果知道你这么优秀，她一定很高兴，你昨天说，不如我会念书、挣钱，不如我懂人情世故，为什么跟我比这些呢？这都是世俗的评判标准，我是俗人，你不是。"

　　展颜怔了怔，他是在夸她吗？她心里说不上是什么感觉，她小时候比不上孙晚秋，去了城里比不上他，现在，还是比不过他。她也不是刻意要比，可这种比较客观存在，她只想做得更好点儿。

　　"我也是俗人，我想念书好，想工作好，想存很多钱。"

　　"这是人都会想，是最基本的，想这些不俗。"

　　"那什么是不俗气的？"

　　"比如，你喊我图南哥哥就不俗。"贺图南说这句话时一点儿开玩笑的意思都没有。

　　展颜不吭声，心想，这都是什么？他把被吹倒的鲜花重新插稳，裤脚沾了黄土。

　　"当着你妈妈的面儿，有些话，我觉得还是应该说清楚，颜颜，其实我对你跟你俗不俗没什么关系，你是什么样我都觉得好。我得承认，一直以来，包括你念书的那几年，你成绩是好是坏，我都没太在意，哪怕你念书不行，我也只是想，不行就不行吧，我行就够了。我忽视了，你一直这么努力，也需要被认可，我想当然了，忘了你总会长大的，不能老把你当小孩子，我从没轻视你，更没有看不起你。"贺图南的声音被风吹得一起一伏，送到她耳朵里，他很认真地跟她说这些，"我一直觉得，时间倒回，也不能改变些什么，人还是会那样做，但有关你的事，如果有这样的机会，我想也许自己能做得更好些。"

展颜头发乱舞，从眉眼间过去，黑发素脸，分明得很："别说了，你对我够好的了，我没有怪你的意思，我就是这样，有时候会一阵难受，过了那会儿就好了，我没事。下山吧，今天风太大了。"

"做方案熬夜了吗？"

"你等着要，我知道越早开工越好，能理解的。"

"我知道你花费了很多心血，两头都想顾到，我是真的非常满意。"他用从前的语气说，"我小妹真是长大了，能独当一面了。"

人对自己的感情都摸不透，贺图南说不上是替她高兴还是失落，那种心情因为面对某种失去而变得怆然，她长大了，就能做到不再跟他人血肉相连。

展颜狐疑地瞅着他："真这么想？吃饭的时候，你也没这么说。"

"你希望我多夸夸你？"

"不是，我又不是小孩，老想着让人夸。"

"那你说什么长在大树根上的蘑菇呢？你本来也不是，只不过暂时需要我跟爸的一点儿小小的帮助，能飞多远、飞多高，现在不是靠你自己的本事吗？"他嘴里说的全是好听话，他觉得自己对展颜的感情多少有些畸形，可他还得装作一丁点儿都没有，这样的感情不够健康。可不够健康的感情也是感情。

"谢谢你。"贺图南伸出手。

展颜觉得他未免太正式了，摇摇头："你不用跟我说谢的，我对每个方案都是一样的态度。"

不知怎么的，她觉得很别扭，本来是有点儿生气，可他正经地道谢，她又觉得两人很远，她天生在感情上矛盾，这是弱点。

下了山，她迟疑着没进家门，去了爷爷的老屋。

农历三月三有个会，附近十几个村都会到桃浦村出摊子，可热闹了，有卖衣裳的、卖吃的、套圈的，还有老汉们卖农具，都是自己做的，扫帚扎得俊，镰刀磨得雪亮，小马扎结结实实，谁不得在桃浦会上挑几件好家伙？又便宜又好用，西王村老王头的铁锨用十年都不坏的！

爷爷就在为桃浦会准备着呢，坐在日头里，眯眼编鸡笼子，他手巧，展颜说是随了明秀，其实更随爷爷。他的手是老了，皮肉又黑又皱，可一动起来，嘿，就是花蝴蝶，灵着呢。

"爷爷！"展颜走到他跟前，转过身，贺图南便跟过来打招呼。

爷爷透过老花镜瞅了几眼，欢喜起来，他还认得贺图南，说："几年没见过你了。"

贺图南是没办法解释这几年的，微微笑了笑。

这活儿是巧活儿，也是细活儿，可做出的东西值不了几个钱。展颜问了家里几句，又掏出钱夹，给爷爷几张票子。

"不要，不要，有钱花，我有钱花。"爷爷丢给她。

展颜心想，他有什么钱花呢？她给他塞到兜里："你编几个了？"

"三个了，最多编五个，会上没啥人了，赶会的不是老家伙就是妇女、孩子，劳动力都出去打工了，会上不比往年。"

爷爷朝手心呸呸吐了两口唾沫，又去搓麻绳，自顾自说："鸡笼子还能卖出去，往年张村张麻子的镰刀做得多扎实，人们现在都用联合收割机，不受那个罪了，谁还买镰刀？他的镰刀也割草喂牛的要，喂牛的也少了，都去打工了，往年山上的草早早就被割秃了，都不够喂畜生的，现在好了，满山头都是，也没人要了。"他唠叨了半天，留两人吃饭，说她奶奶一会儿就回来。

展颜对见奶奶没有半点儿渴望，她要走，爷爷站起来送他们，想起一件事，说："颜颜，你们苏老师现如今在咱们小学教书。"

苏老师当年来家访，一遍又一遍地让展颜去念书，不要耽误，爷爷见到苏老师，都要客客气气地打招呼。

她一愣："苏老师不是在中心校吗？"

"学校收不着学生了，都往城里念书了，哪有几个人？就跟大陶镇初中合并了，老师用不完又都派下去，可咱们村小，其实也没啥学生了。没人了，上头又开始拨款修学校了，说咱们村小是危楼，得重盖，都说没人了才想起来盖，唉，盖晚了哪。"

爷爷越老，话越稠，也许是因为奶奶老骂他，他平时憋了太多话，见了展颜，有的没的说一通，恨不得把知道的闲事都告诉她。

十年了，人会消失，河会断流，乡村的长路往慢里走，可时代的推土机还是推到了眼跟前，谁也不晓得会这么变。

展颜失神片刻，问："学校开始盖了？"

"没，有这个风声，说暑假里盖，入秋了能用。"

"现在谁是校长？"

"先头的主任，原来教过你语文的展伟业，记得不？"

展颜点头："记得记得。"她跟贺图南去停车的路边，拿出相机，问能不能用。

贺图南说："这本来就是送你的。"

她跑到小学拍了些照片，破破烂烂的，操场的篮球架咣当一个球砸进去似乎就能散架，不远处是麦田，这些年过去，操场连水泥地都没弄上，还是硬土地，一下雨就没法上体育课。

贺图南头一回见她的小学，环境真是太糟，两排教室，铃是手打的，时间全凭老师把握，拽着绳，富有节奏当当当地响起，孩子们像野鸡一样飞出来。童年里不分贵贱，笑容都是一样的。

　　难得还有绿化，种着忍冬，栽了月季，小卖部原先是校长老婆开的，卖唐僧肉，一毛一袋，黏牙糖十根一板，也是一毛。无数个一毛的小零食填补了村里孩子们的童年，非常快乐。可也不是谁都有一毛钱的，一毛钱的本子如果都买不起，那就没有唐僧肉，也没有黏牙糖。

　　"我掉过旱厕，踩了一脚屎，孙晚秋也掉进去过，就没几个不踩屎的，我们在这儿念书都踩屎，有人还不止一次。"展颜在院墙外看着厕所，跟贺图南说。

　　贺图南眉头微皱，想起那次不怎么愉快的经历："你觉得我会很想听你们这些事吗？"

　　展颜忽然笑了，就是想笑，她笑起来，笑出声，笑得肩膀一抖一抖的，像只小蛙，逢着暴雨后池塘满了，得意扬扬。

　　"哎呀，你一定想起那件事啦！"她笑得眼泪都出来了，也不知道怎么就觉得那么好笑，她很久没这么笑过了，笑得难受，要揉肚子。贺图南肯定眼睛受不了，鼻子也受不了，那个厕所，那个气味儿，他那时也才十几岁，是没见过这些的。

　　可她当时什么都没察觉到，都活在这世上，真是千差万别！最后怎么就跟他一起过日子了呢？两人根本不一样嘛，她笑着笑着，就上前吻他，没什么准备，想吻就吻了。

　　村小在村外头，三面全是麦田，有人在地里挖野菜，荠菜老了，可麦蒿正嫩着，她跟贺图南在这儿接吻，像咬春天。

　　贺图南非常受用，对展颜突然的热情不太理解，但给予更热烈的回应，展颜却避开了，指了指，说："叫人看见，你知道她们会说什么吗？"

　　"什么？"

　　"会说展有庆的闺女不要脸，大白天的，就跟男人亲嘴。"她知道故乡的这一面，不比孙晚秋看得少，说起来心平气和，"这点儿事能说到过年，说到明年，往后哪年想起来还得说道说道。"

　　贺图南这种话听得少，也就那两年跟她一起租房住，听过类似的只言片语，非常直白，他倒不反感，这话都劲儿劲儿的，野得很，但骂她不要脸，他不能接受。

　　"无聊，关他们什么事？"他牵过她的手。

　　展颜依偎过来，像根黏牙糖，理直气壮地说："我就要跟男人亲嘴。"

　　她心情好起来，好得有些莫名其妙，一开始莫名其妙地笑了，紧跟着，人就活泼了。她觉得真自由，就是孔子跟学生们去春游那样的天气，也就得是那样的天气，才能说出那样的话。

　　天上的云在奔跑，山麓送来了风，人就该跟花一样，跟草一样，在春天里长，使劲儿长，招来蜜蜂，招来蝴蝶，跟它们一起快活。

她也要跟心上人这样，在这么好的时节，她只要跟心上人这样。

贺图南感受到了，低头，又跟她亲起来。

果然，地里的妇女看着了——"那是谁呀，哎哟，怎么在墙根就……哎哟，这是多想亲嘴！""你们夜里还做啥吗？""多大岁数了，还有啥？""听说能取环了，都长肉里了，还咋取哟！"

妇女们说着说着就说自己身上去，说邻居身上去了，嘻嘻地乱笑，笑完一阵又开始："哎哟，咋还在亲嘴呢？"

展颜觉得嘴都亲麻了，亲完了，霸道起来："你是我的。"

"是你的。"贺图南替她拢拢头发，怪不得刚才觉得哪儿不对，一定是舌头卷着她头发了，"我回去先跟爸谈谈。"

展颜脸红扑扑的："谈什么？"

"谈我们的事。"

"我又没要跟你怎么样，"展颜抱着相机，往回走，"你不能要求我怎么着，答应你什么。"

贺图南跟着她："不要求你，但我得跟爸谈。"

"你不怕他又打你？上次你被揍惨了。"

贺图南说："你好像挺高兴的？"

展颜站住："我高兴什么？我不高兴，你要是被打死，那我也会死。"

贺图南发现，她的情感还是那样极端，她说这个时不是玩笑，那神情真的能一头撞死似的，她看着不像这么激烈的人，但一开口，还是跟少年时一样，只不过，他很久没听她这么讲话了。

两人到了车里，展颜就不说这种话了，春风、春光、春花全都被隔在了玻璃外头，她说："你给我们打钱了吗？每个阶段都要打钱的，有预付款，方案完了，又该打钱了。你不会扣我们设计费吧？"

贺图南慢条斯理地弄着安全带，深深地看她两眼："我没乱扣别人费用的毛病。"

"那你真是圣父一样的甲方。"展颜看到他的头发被吹乱了，又想笑。

贺图南做不到抽离这么快，他沉默着，展颜便开始说自己想给村里的小学设计教学楼的事，他好像在听，谁知道呢？

"你怎么不说话？"

"挺好的，这活儿对你来说不难。"他说了一句。

"不用太复杂，我得跟施工图组学着，回头石匠们看不懂图纸就麻烦了。但我觉得得有个图书室，到时候你能捐一批书吗，圣父？"她这会儿特别想跟他开玩笑，心情好，俏皮话就也多。

贺图南凝视前方："别这么喊我，我不是，你要我做什么我去做就是，但别这么喊我。"

"你生气了吗？"展颜看他没什么表情，收住笑，"对不起，我忘记我们不是以前那种能开玩笑的关系了。你一生气就会把别人扔下，我不说了，要不然，你会让我下车。"

贺图南皱眉："我在你心里都成这种人了？"

"你是。"

他也就不再说什么，沉默了会儿，见她已经在看风景了，便说："我回来冒了很大的风险，毕竟我也是第一次接触，做什么，利益都是放在第一位的。公司一群人跟着我，都要吃饭，我自己也要吃饭，可能有时候我做事跟你的理念会有差异，比如博物馆的事，你可能心里对我不以为然，我也接受，我一直不知道该怎么跟你说。等我有更大的选择空间时，也许能更尊重你一些，我尽量做，希望你还能给我那样的机会，如果时间允许的话。"他说得非常恳切，但没有卑躬屈膝讨好似的，大大方方地说出来，态度很鲜明。

展颜轻轻摆弄着相机，低声说："我也没怪你，我从来没在这种事上怪过你。"

贺图南点了点头："多谢你体谅。"

"你为什么辞掉工作？为什么要冒这个险呢？你在投行，更应该知道经济危机这些事，我不太懂，可你懂，你懂还要冒险？"展颜侧过身，想弄明白这件事，他在事业方面，她就没清楚过他的想法、计划。

贺图南说："在投行干得累，太累了。"

"回来就不累吗？"

"不一样的。"

"徐牧远说，其实投行更适合你，你也有能力往更高一层走，你回来，大家都不理解。"

理解这件事才是世上最难的，贺图南降下车窗，一只手伸出，春风从指缝间溜走，他张了张五指："一个人心无挂念，又无聊，就想找点儿刺激的事情做。"他本质上确实不够安分，追逐是天性。

展颜说："你如果失败了呢？穷困潦倒、负债累累，怎么办？你想过吗？你本来有很好的前途。"

想太多，事情反倒不能做了，他说："我今年二十五岁，从十八岁开始，有几件大事都等着我做选择，我很快拿定了主意，像赌徒一样，我这次回来也是赌，可能命中注定我就得这么过日子。"

"如果你将来有了家庭和孩子，也还这么着吗？"

"我娶不到爱的人，是不会结婚的，"贺图南余光瞥了瞥她，"我不会像爸，哪怕我孤独终老,也不会跟别人在一起,我做不到。"

展颜心里轰隆隆的,她没就这件事继续问,又觉得他仿佛根本没回答。

"还有一件事,我想问你。"

"你说。"

"我跟徐牧远那天去北区,你为什么生气?我们前期调研时也去过的,我不是第一次去北区,你应该知道。"

贺图南说:"没什么,当时有点儿乱,心情不太好。"

"那年我去测绘,你就不让我去,很担心的样子,这么多年过去了,你还没忘,是不是?"

贺图南默认了,但不打算多谈:"回去想吃点儿什么?"

"我问你话呢,"展颜说,"你其实还是把我当小孩,什么事都不跟我说,我想关心你的时候都无从下手,我想跟你分担,你很少给我机会,都是你会怎么样,你计划所有。你跟贺叔叔非常像,什么都要包揽,他把我当女儿,我还能理解,你呢?你也把我当女儿吗?"

贺图南把车子往一边开,拐进小路,直接停到了谁家的麦田旁,也不说话,一把钩过她的脑袋,疾风骤雨般的吻就落下来。

展颜下意识地张嘴,接纳了他。

两人不晓得吻了多久,他的鼻息拂过她的耳郭:"你把我当什么?"

* * *

贺图南这么一问,展颜便不说话了,她也说不上来,甚至觉得刚才说得太多,管他做什么呢?

贺图南见她不说话,自己便说:"我跟你先把关系弄清楚了,再谈关心不关心、怎么相处的事情。"他一直觉得她脑子不清楚,当然,没说清楚的也不止一件两件。

不过在四野无人的乡下接吻的感觉是很好的,贺图南习惯都市的灯红酒绿,乡野就不同了,有种回归自然的感觉,日出而作,日落而息,中间横着男男女女的吃喝拉撒,真是太原始了,几千年其实都是这么过的。

他想,一定得跟她在什么玉米地、小山坡来一回,他被这个念头弄得微微笑了一下,放开她,驱车回城。

回去后,贺图南给设计院付款付得特别痛快,一分不扣。杨工说这么善良的甲方不常见,又说:"到底是大城市回来的年轻人,做事更讲究。"

也不晓得他以前在外面都是怎么跟别人打交道的,展颜神游,在大家的嘈杂声中安静地想事。

开春后,院里接的项目比往年少,但还是忙的忙死,闲的闲死。除了新世界的项目,还有政府的活儿,展颜被邵工的小组叫过去,负责方案的玲姐突然流产,请了假,她得接手。

邵工跟杨工年岁相仿,技术上有差距,两人平时客客气气,但其实不太对付。把展颜喊来,她很快就觉得不对劲儿,方案一天一个要求,改了又改,比甲方还难伺候,加班连续加一周,最后,邵工说,还是第一个方案更好些。

邵工有意为难她似的,她摸不清,杜骏是邵工带的,他不用加班,也没人让他加班,想什么时候走就什么时候走,她觉得这点很不好,可很多单位都有这种人,除非在私企。

周五这天,杜骏把方案又给了她,说领导不满意,他阴阳怪气道:"新世界到底看中你什么了?钱给得那么利索。"

展颜问:"哪个领导不满意,邵工吗?"

"你别管是谁,让你改你就得改。"

"我去找邵工。"她站起来。

杜骏把她的肩膀一按:"你可以周末改,晚上有个饭局,邵工会带我们过去。"

展颜甩开他的手:"说话就说话,麻烦你别动手动脚的。"

杜骏手一伸:"好,我不动。"他这话带着点儿狠劲儿,目光投过来,令人讨厌。

她一点儿都不想跟这些人去吃饭,但要跟甲方沟通,她还是去了,杜骏开的车,带着两人。

展颜问邵工:"不是说用第一个方案吗,怎么又变了?"

邵工说:"杨启明把你惯坏了,设计永无止境,这点你们在学校老师肯定也教过,哪个不是反反复复地改?小展啊,你这才毕业不到一年,还有的学呢,这才到哪儿?"

他悠悠地教导完,问杜骏:"杜骏最近很忙吗?也不见一起钓鱼了。"

展颜没兴趣听邵工跟杜骏攀交情,到了饭店,一进屋,清一色的中年男人,不晓得为什么这么多人,一见她,那些人便来劲儿了,特别有劲儿。

"来来来,美女,坐这边。"

"老邵,你们设计院还有这么漂亮的小姑娘,可以啊。"

杜骏给她指了个位子,说:"你坐那儿吧。"

是两个中年男人之间,她不去,在靠门的地方坐了:"这儿就行。"

"哎,哎,那哪行呢?哪能让美女坐一个上菜的位子,来,里边坐,没事的,到这边来。"

邵工说:"小展,过去坐吧。"他给她丢了个眼神。

展颜好像傻子,一点儿都领会不到,就坐在原处。

饭桌上也没人谈方案,抽烟的抽烟,喝酒的喝酒,要么大谈特谈国家政策、经济形势，有着吹不完的牛、扯不完的废话。展颜在烟雾缭绕中坐得难受，只能吃菜，吃菜也吃不安生，大家开始敬酒了。

她不喜欢这种场合，但台面话是听过的，翻来覆去就是"不喝不给我面子"，这些人的面子在哪儿不晓得，但里子是要藏好的。

邵工让她给别人敬酒，她说自己不能喝。杜骏抢过去，站起来，颧骨已经喝红了："这杯，我替展颜喝。"他一饮而尽，叫好声不断，他又给她斟上，说，"够意思了吧，你再不喝，可就说不过去了。"

灯光下，他眼里像跳跃着松针，展颜微笑着摆手："我真不行，我酒精过敏。这样，我以茶代酒，先干为敬。"

杜骏笑着拆台："是什么时候过敏的？杨工带你吃了那么多顿饭，没听说你过敏。"说着，他手里的酒杯绕了半圈，"知道你是大美女，是不是看不起他们啊？！"

邵工又劝了她两句。

展颜说："我不是看不起，今天大家在一起吃饭很高兴，如果因为我喝酒过敏，闹得去医院，不是破坏大家的心情吗？"

杜骏坚持让她喝："行，那就意思一下，这么点儿总行吧？"

一桌子的人都在看，展颜摇头："一滴都不能沾，真不行，"她不避杜骏已经不耐烦的模样，一板一眼地说，"过敏严重会死人的，去医院破坏大家的心情，要是死了人，那不是更糟？"

杜骏脸色铁青，他不知道展颜说话这么厉害，真是小瞧她了。桌上安静一瞬，很快有人说："不喝就不喝，给美女要点儿饮料吧，喝饮料，喝饮料。"

她出来去洗手间，杜骏尾随，酒气熏天地问："展颜，你装什么呢？我就不信杨启明带着你，你也敢！清高是吧？清高你别待在设计院，自己出去单干，我看你单干是不是就不用参加饭局了，你只要想在社会上混，就别一天到晚装纯。"

"我觉得我的事跟你没关系。"展颜也不生气，慢吞吞地说完，手指着，"我去女厕所你也要进吗？"不甚明朗的灯却照得她像一面光芒暗涌的镜子。

饭桌上的男人没了劲儿，因为女人太死，再漂亮的女人她一死，就不妙了，这样的场合，需要人热情地动一动，眼波流转，娇声细语，嗲嗲地喝酒劝酒，这饭局才有滋味儿。他们觉得女人是最好的下酒菜，白瞎这张脸了。

邵工觉得展颜跟杨启明一样，死猪不怕开水烫，带这号人出来，真是后悔死了。但他还是笑眯眯的，跟人又吃又喝，谄媚着。一行人出来，喝得站都站不稳了，彼此拉手，拍着，嘟囔着，把过道给占满了，服务员都没法过。

隔壁包间闪出条缝，露出张脸，微微笑着，衬衫领口解了，是贺图南，贺以诚也在，父子俩正跟别人谈事情。公司正忙招标的事情，在场的全是贺以诚的人脉关系网。

她先看到了他，疑心是，再看一眼，真的是，等服务员出来，门一关，全部隔断了。

屋里人恭维贺以诚，说贺图南是青出于蓝而胜于蓝，贺图南当年差点儿成状元，上的数一数二的大学，无论什么时候都是一份荣耀，能翻出来评头论足。

贺以诚在饭局上也是非常有酒品的，风度不改，举手投足间没一点儿油腻的气息。他这些年够传奇，茶余饭后也要被人议论的，不过，90年代过来的人，什么没见识过，倒也不觉得什么了。

贺以诚说："我这儿子年轻，又一直在外头，他有干劲儿，什么都想闯一闯，不知道这里头的艰辛。"

桌上的人笑呵呵地说："孩子大了，有几个还能由着父母？年轻人多闯闯没什么不好的，老贺，你家大业大，图南有个什么，这不有你兜着吗？怕什么？"

一屋子的笑谈，展颜什么都听不到，她好不容易出来，呼吸新鲜空气，邵工、杜骏跟这群人又是一阵寒暄，那些人还要关心她怎么走。

等人全散了，邵工教育她，说她这样不行。

"我也是这么想的，今天晚上您说跟甲方沟通方案我才来的，看样子，没什么需要沟通的。那个方案，我改了一周，您说还是第一版好，现在又要改。邵工，我觉得我真的是能力不够，实在干不来，您再找别人吧。"

展颜说完，邵工听愣了。

杜骏反应很大，他吼她："展颜，你还想不想干了？"

她静静地看着对方眉眼狰狞起来，她想，还是图南哥哥好，他才是男人，他从不会这样丑态毕露，他聪明、执行力强，像松柏那样，风吹雨打都摧折不了，他也不会跟女孩子大吼大叫。只不过，他会掉头就走。

她想着图南哥哥，图南哥哥就出现了。

贺图南跟贺以诚也结束了饭局，一群人最多微醺，没人烂醉，彼此握握手，说几句私密话，就可以道别了。

父子俩几乎一样高，都风姿秀挺。展颜扭头看见两人，就再也不会跟邵工、杜骏说话了，他们爱干什么干什么。

贺图南已经看到她了，也看到一个年轻男人正凑着跟她说话，她嘴巴没动，离得有些距离，也看不太清表情，可他知道她在看他跟爸两个人。

"爸，颜颜在那边，你看。"贺图南说。

天气暖了，终于暖了，春天在日历上都要过完，它才来一样。大街上人不少，来来往往的，他站在贺以诚身边，恍然回到当年一起去接她的时刻，小妹在等他们。他觉得心里特别软，软得像被泅烂的纸，一碰就碎。

贺以诚跟展颜摆了摆手，展颜就跑过去。她等着呢，看两个人谁先看到自己，是贺叔叔，她高兴，又有点儿失落。

什么乱糟糟的酒局、讨厌的男人都远去了。

"贺叔叔。"她跑得有点儿喘，笑盈盈地看着贺以诚。

贺以诚说："这么巧，你怎么在这儿？"

"我跟设计院一个师傅来吃饭，谈点儿事，你们呢？"

两个人就在那儿说起话，看上去非常像父女。贺图南没吭声，只要爸在，他就跟隐身似的，是个陪衬物，多少年了，也就那段日子，她才是他自己的。

"怎么回去？我让司机送你。"贺以诚父子都喝了酒。

展颜说不用，她打车就行。

贺以诚问："你平时跟别人吃饭，都是这么晚回去吗？"

他知道她大了，出来吃饭啊应酬啊少不了，可在他眼里，她永远是孩子，他真是心疼。她又这么漂亮，跟男人一起出来被占便宜怎么办？还是得快些成家，他脑子里想了很多，嘴里跟她说一句，脑子里已经想一百句了。

"叫司机送你吧。"贺以诚很坚持，既然碰上了，就没有让她打车的道理。

"那你们怎么回去？"展颜捋捋头发，嘴上说"你们"，但一眼都没看贺图南。

贺以诚说："我们怎么都能回，让小孟送你。"

小孟听贺以诚的，把车开过来。展颜一边转头跟贺以诚道别，一边上车，脑袋冷不丁地磕到了，她捂了一下。

贺图南忘了贺以诚在跟前，大步走过去，要看她的脑袋："磕哪儿了？"

展颜拨开他的手，低声说："不要你管。"她跟贺以诚说再见。

贺图南心想，也不知道会不会起包。

父子俩在饭局上有话讲，此刻倒没什么要说的。贺以诚道："不急着回去，散散步。"贺图南便跟在他身边。

"跟施工方签合同时要写清楚，哪些是甲供材料，哪些是乙供，钢筋、水泥、混凝土这种主材最好自己掌握，这样方便控制成本。我能帮的都会给你搭好线，跟别人合作，哪怕赚少些也是可以的，你现在还没站稳脚，不要太心急，也不要太心渴了。"有些话，其实他想儿子是做过功课了解的，但当父亲的还是要说，他本来不用操这份心，可儿子回来了，他就得操心。

贺图南应着，他跟父亲似乎只剩生意上的事要说，男人之间不就这样吗？不像母子、母女，唠叨个没完，全是琐事。可妈去年再婚，有了新家庭、新生活，对方有个女儿，也嫁人了，没什么烦心事，两口子都爱旅游，兴趣相投，生活重新上了正轨，几乎要把他这个儿子忘干净了。

这样没什么不好，他大了，妈应该有自己的生活，没人唠叨他，只有展颜以前唠叨他。

"哎呀，你去洗澡嘛，都是汗。"

"你裤子脏了，我给洗洗，你快脱。"

"你怎么又花钱了，贵不贵？我都说了我不要。"

这些话跟昨天说的似的，却又像一百年那样远了。

贺图南看着地上父子俩的影子，真是像，他觉得父亲是个暴君，不动声色的暴君："爸，有件事我考虑了一段时间，想跟你聊聊。"

"说吧。"贺以诚跟暮春的风一样，和煦，没有压迫感。

贺图南道："我这几年在外头没找过任何女人，一个也没有。"

贺以诚看看他。

贺图南说："不信是吗？这种事我不屑于撒谎，我如果做了，就敢承认。"

贺以诚说："我信。"

"你说让我证明，我证明了，三年多的时间不长不短，可人的青春一共才多少年？"贺图南心跳开始加快，他等着贺以诚的反应，最坏，他再挨次打就是了。

"上次的事是我不对，我不该瞒着爸，也不该没经爸的同意就跟颜颜在一起，希望爸能原谅我——"他耳根滚烫，承认这个错误太难了，也太苦了，他觉得那颗心又被陡然撕扯了一回。

贺以诚停住脚步，看向他："还有吗？"

贺图南见父亲面无波澜，忽然觉得悲哀，他还是得求父亲，兜兜转转，到头来，还是得求自己的父亲，真是荒唐："希望爸能给我一次机会，我心里还是想跟颜颜一起生活，我会对她好的。"多俗套的措辞，他一直觉得对人好这件事不用说，他也用不着跟谁证明自己的心，可他还是屈服了，说了这些话。

"颜颜呢？她是怎么想的？"

贺图南几乎又想跟他吵起来，她是怎么想的？她再怎么想，他一句话，她就什么都不想了。可他只是平静地说："不管颜颜怎么想，我觉得还是应该先跟爸说，爸同意了才行。以前是我做事草率，没意识到自己考虑不周。"

贺以诚黑漆漆的眼在夜色里格外明亮："你心里真是这么想的？你不恨我？"他到底是老子。

贺图南面不改色："我是怨过爸，但我说到底还是你儿子，你是我爸，血缘关系永远在这儿放着，我不希望跟爸有芥蒂，我只希望我们三个能成为真正的一家人。"

"你不找女人，有女人找你吧，一个漂亮女人跟你有肢体接触，你会有生理反应吗？没有走神的时候吗？"贺以诚突然问得非常直白，他风度翩翩的，不像会这么问话的。

贺图南眼睛倏地闪过一丝锋锐，转瞬即逝。贺以诚简直苛刻极了，像还在拷打他一样。

"没有，我根本不给别人碰我的机会。"他一语双关，不晓得父亲能不能想起当年和宋笑的事情，她从父亲车里下来，他没有忘记。

贺以诚的神情在风中变得晦暗难猜，贺图南壮着胆子问："爸爱明秀阿姨，是吗？"

贺以诚没否认。

贺图南说："爸爱明秀阿姨，可还是娶了妈，我见过宋如书的妈妈从你车里下来，是晚上。"

"我不希望你跟颜颜好，原因很多，你既然提到宋笑，那我可以很坦白地跟你说，我走神过，"贺以诚对于承认这点泰然、平和，"我不喜欢宋笑，可她诱惑我的时候，我心里厌恶，却也有不受控制和心猿意马的时候，短短一瞬间就让我觉得很羞耻，也很有罪恶感。我一直觉得自己意志力很好，但还是出现这种情况，我觉得很对不起明秀，好像我背叛了她一样，跟你妈结婚，我都没这种感觉。"他沉沉的眼神看过来，"所以，人性有时会很软弱，你如果能跟颜颜做兄妹，就永远不会背叛她，你们是亲人。可你如果跟她做了恋人，我没有信心，因为我有失败的经验，我担心你有一天发生比我更糟糕的事，那样对颜颜伤害太大了。"

贺图南觉得他老子太扯，父亲凭什么把自己的经验套在他身上？骨子里的自负让他压根儿不想听父亲剖析自己、剖析人性，他心里有嘲弄，可看着父亲的面孔、真实的神情，他又有些不忍。原来，父亲也会有这么难堪的时候。

贺图南说："我只认一个人，其他女人对我来说没性别之分，我看她们都一样，认识颜颜前我就这样，如果没有她，我这辈子也许都不会认识女人，有她我就只认识她这么一个女人。"

父子俩四目相对，贺以诚缓缓地点头："那好，我不阻止你什么，如果你犯一丁点儿错，我都不会饶了你。"

贺图南心潮荡漾，呼吸有了明显的起伏："谢谢爸。"

"你不要谢我，要看颜颜的态度，你如果做得不好，我看你不行，我还是会收回今天的话。"

贺以诚永远是暴君，他想。

第三十章
新世界

"如果我一无所有，你还爱我吗？"

两周后，贺图南拿到设计院送来的施工图，招标也结束，他第一次正式约了展颜。电话打过来时，她已经有段时间没再见他，以致以为根本就没见过他，仿佛那一夜没存在过。

贺图南直接开车到设计院找她，接她下班。

展颜加了会儿班，忙得要死，知道他等着，下意识地翻包，到洗手间梳了梳头，又擦了点儿口红。

她上次见到他跟贺以诚的那个场景，她时常回想，那种不期而遇的感觉很美妙，他们父子在一起，还是一家人，这样就很好。

她一会儿想，就这么过去吧，一会儿又非常想他，像大坝开了个口子，就再也堵不上。春天这个季节恼人，她夜里辗转难眠，总是想他，她不知道他想不想她。

跟他真见着了，展颜倒平静下来，她总是有点儿哀伤的感觉，看到他那张脸。

贺图南习惯穿衬衫，不外乎黑、白两色，这个世界没有那么多黑白分明的事，可人能穿得分明。她目光下移，想到那天的情形。她没跟他说什么，可他也没跟她说什么。

"饿吗？想吃点儿什么？"

展颜说："想吃清炒虾仁，去超市吧。"

贺图南说："好。我这段时间忙得很，没联系你，头好了吗？"

"什么？"

"上回你不是磕着头了吗？"

这都是多久的事了。

两人到超市买了许多东西，这也买，那也买，展颜觉得什么都有用，主要是他房子里空荡荡的，又不穷，干吗过得比乡下人锅底还干净？他们买了一堆回家，开始捯饬晚饭，等吃完，都九点多了。

九点多正好，贺图南把她弄进浴室，一起洗，搓得她的脸像喝醉了，他把她浑身上下连脚趾缝都给洗了，他洗得太专心，有段时间，他总想给她洗澡，看看她到底是什么样的，又不能，光是听那个水声，都觉得煎熬。现在好了，他想怎么给她洗就怎么洗，洗完了，自然而然亲在一起。

后来，到床上，贺图南开始说些令人脸红耳热的话，他真是越来越坏，都不晓得哪儿来的那些话。展颜一会儿捂他的嘴，一会儿又觉得刺激得很，有点儿助兴的意思。

一夜没消停，两人又像回到十八九岁似的，闹个没完，精力无穷。贺图南天天脚不沾地地忙，只有这种时候最痛快，他抱着她，那种感觉太好了，他觉得她又是他的了，是他一个人的。

除了这种时候，平时要跟人打交道，有说不完的话，搞不完的应酬，算计这算计那，他从十八岁那年开始就这么过日子，生命这一遭要是没有个女人，那可就更轻更贱了。

他就是这么没出息，爱女人爱得要死，浅薄就浅薄了，管他呢。

"我跟爸谈了谈，他不再是从前那个态度了。"贺图南的手在毯子下，像条缓缓游动的鱼，出没于水草间。

展颜抱着另一只手，玩弄起他的手指头，他手指很长，又大，翻过来，在灯光下不太能分清哪个是簸箕，哪个是斗。她听得心不在焉，一晌贪欢就好了，想太多受罪。

"如果房子卖不出去怎么办？"展颜忧心更现实的事情，她扬起脸，看他一眼。这话孙晚秋也问过，她跟着他这么个逆风而上的老板，心眼儿都用尽了。

贺图南说："卖得掉，市政府、公安局以后都搬到这附近，这位置好得很。"

"可现在很多房子都在降价促销，大家观望不买，你卖不出去怎么回笼资金？"

好像他白回答了，他笑笑："有钱人还是很多的，买房只是个投资，那些煤老板一出手都是按栋买的，组团跑北京买也不在话下，北区的房子，还有商铺，就是要卖给那些有钱都不知道怎么花好的人。"

"怎么他们那么有钱？"

"这个就复杂了，天时地利，正巧赶上一个风口，胆子大点儿，钱就来了。"

"你胆子大吗？"展颜问完，自己先说了，"我觉得你胆子就很大，一直都大。"当年他一转手八千八卖别人游戏的事，她记得呢。

那条鱼突然啜了最软的肉，展颜脚背绷直，攥了攥毯子。贺图南喜欢看她这个表情，低声调笑："我胆子是大，要不然怎么能得到想要的？"

展颜呼吸颤了颤，注视着他："无论什么时候，你都不要做违法的事。我们那儿也有小煤矿，有杀人骗钱的，为了钱什么恶都能作。这几年，孙晚秋经常带着人讨薪，要到了钱，还得感恩戴德地说一箩筐好话，可干活儿拿钱不是天经地义的吗？你不要做那种为了钱什么都敢的人，君子爱财，取之有道。"

贺图南亲昵地摩挲了下她的脸颊："有你在，我不会是那种人的。"

"什么叫有我在，你不是？"

"你要是不在我身边，我能做出什么事难说。"

展颜仔细打量他那神情，像在判断真伪。

"看不清吗？看，使劲儿看，看个够。"他把她抱起，让她趴伏在自己胸口，两手将她的脸固定，四目纠缠了会儿，又开始接吻。

"过来跟我一起住吧——"贺图南鼻音沉沉地说。

展颜摇了摇头："不。"

"咱们还像以前那样住一块儿，不好吗？"他的气息还在她面孔上游走不定，热热的、痒痒的。

展颜还是摇头："不好。"

"哪里不好？"

"我不想跟你住一块儿，现在这样就够了。"

贺图南眼睛霎时雪亮，盯着她："现在这样？你给我解释解释，这样是哪样？"

展颜别开脸："你知道，又何必问？"

"我不知道。"

"我们现在这样还不够吗？你想要我，我给你了，我想要你，你也给我了，我不想跟人恋爱，不想跟人黏黏糊糊，最后什么都不剩，不要说剩回忆，回忆是人的一点儿自我安慰而已。这个问题，其实我们早就说过，孙晚秋跟我失去联系的那段时间，我们说过这个，如果真的没了联络，记着对方的好就行了。我都打算一个人过了，可你突然回来，我也不知道你哪天会走，也许永远都不会再出现，我不想再过一遍那种日子，一点儿都不想。"她觉得自己够坦诚了，没有保留，这么想就这么说，她越大活得越像故乡的一草一木、一片庄稼。

贺图南凝视展颜良久，最终，他说出的话让她很震惊。

"好，你想这样，那就这样，我说过我什么都能给你做，你想只跟我保持这种肉体关系，我答应。"他觉得自己疯了，两个人说恋人不是恋人，说兄妹不是兄妹，爱不爱的，不要定义了。

只要在一起，他就本能地去娇纵她，她说怎么样就怎么样吧。以前年纪小，她需要吃，需要喝，需要念书，现在大家大了，她需要性，他能给出的都会给出去。

贺图南把她松开，光脚下床，找出一张外币储蓄卡，塞到她包里。

"你干吗？"

"这是我在花旗银行开的一张卡，放你这里。"

480

"为什么放我这儿?"

"给你的。"他有些海外的资产,连贺以诚都不知道。

"里面是钱吗?"

贺图南忽而一笑,心情好像一点儿都没受影响:"你保管着吧。"

"我不要,我不要你的钱。"展颜忽然明白过来什么,非常不悦,"你是觉得跟我睡觉需要付钱吗?"

贺图南说:"想太多了,别动不动就生气,现在不只是肉体关系吗?那就该享受纯粹的快乐,生什么气呢?这张卡,你拿着,就当替我保管吧,交给别人,我不放心。"以前两个人在一起也是展颜管账,他喜欢这种交付出去的感觉。

"你不会是做什么坏事了吧?"展颜又猛地开窍,觉得先前想得不对。

贺图南狡黠地"啊"了声,道:"这都被你发现了,聪明。怎么办?咱们现在是一根绳上的蚂蚱了。"他往她身上一躺,好沉。

"害怕吗?"他一边问,一边抚摸她的肌肤,意犹未尽。

"我说了,你不要做不该做的事。"她冷淡地拿开他的手。

贺图南抓住她的手。

"好,那就做点儿该做的。"他起来,居高临下地俯视着她,又微微笑了,"我死你肚皮上好了。"

展颜觉得他真没出息,可这话动听,她爱听,身子就软了,把他的脖颈一钩,有点儿骄慢的意味:"那好吧。"

"喊图南哥哥。"

"不喊。"她最终还是喊了,春夜太美好了,他们一整夜都不舍得休息。

天蒙蒙亮了,贺图南从身后抱着她,睡意蒙眬间,她觉得他的嘴唇滚烫,又吻上来,她胡乱地推了把:"我不行了。"

贺图南笑着说:"你当我是铁打的呢,我就亲亲你。"

展颜困倦不已,眼皮都睁不开,可贺图南吻到了她眼皮上,她睫毛一抖一抖的,索性闭着眼,一边吻,一边睡着做梦。

所以,当展颜去找孙晚秋时,孙晚秋见她整个人神采奕奕,格外漂亮,戏谑地说了句:"你这是跟贺图南好了吗?"

展颜不知道自己举手投足间很有些妩媚的气息。

安置房开始动工,墙上贴了张施工现场的总平面布置图,到处都是标语,中标的一建公司已经弄好了项目部,留出一间给孙晚秋。孙晚秋的衣服晾在外头,内衣啊什么的就那么明晃晃地飘着,跟长裤一起,乍一看,像男人的东西。

工地上土方公司的人开始干活儿了,展颜跟孙晚秋在此转悠,听她调侃,却否认了。

推土机轰隆隆的,她们小时候就爱看机器,见得不多,所以觉得稀奇。这点儿童年的癖好到现在都还没褪尽,孙晚秋一直想开挖掘机、塔吊,尤其是塔吊,简直是立于世界之巅,能喊出些霸气的傻话来。

"那你是谈恋爱了?"孙晚秋大声问她,要盖过挖掘机的声音。

"没有。"

"你跟贺图南除了工作上有接触,平时还有吗?"孙晚秋晓得他忙,但再忙,也是要回家的,她不能跟老板聊私事,但跟展颜可以。

展颜很镇定地说:"会那个。"

孙晚秋一点儿都不吃惊,她们是女人了,又不是小孩子。这样好的年纪,不去享受男欢女爱,暴殄天物。

"做好措施就行。"

"我不想跟他谈恋爱,但我想那个,"展颜什么话都可以告诉孙晚秋,"你说,我会不会太堕落了?"

"他呢?不会是他只要这样的吧?"

"不是,是我只要这样。"

孙晚秋很难想象贺图南私下的样子,他平时太正经了,两人也算相识于少年时,她知道他极其聪明,又老成、世故,她在很长一段时间里都认为他是肤浅的,只是沉迷展颜的美色而已。

一个有资本的男人获取美色并不难,但他只要一个,也许就是爱。孙晚秋觉得爱这个东西太奢侈了,它不是挣钱,努力了就会有些成效,它更像种地,遇到风不调雨也不顺的时候,便颗粒无收,白忙活。

"是因为当初分手留下阴影了吗?"

展颜说:"也许吧,我觉得好像白念了那些书,我并没有成为精神高尚的人,我现在只想身体,我一想到如果牵扯到精神,就很害怕。"她对自己的状态产生怀疑,挖掘机开过来,倒过去,工人忙着跑东又跑西,她不知道人家想不想这些东西,她忽然想起小马,小马吃个土耳其肉夹馍就十分快乐了,年纪小时,她跟孙晚秋也是这样。

孙晚秋还是惯有地不屑一顾:"我不会看的,那些书只会让人更糊涂,哲学家自己都搞不清一些事,所以他写成书,他只管发问,又不管解决事。还有那些作家、大文豪,天天满脑子这那的,要我说,他们连地头种地的老汉都不如,老汉都知道啥时种啥时收,有虫捉虫,有粪上粪,忙就是了,就这点儿事,可他们不知道,他们脑子里每天都乱七八糟的,没个明确的东西。"她非常激烈地批评了哲学家和作家,一如从前。

展颜觉得孙晚秋说得有些道理,但又不全然对。

"你喜欢看书,享受那个过程就好了,不要想什么精神高尚,没谁多高尚,大家都一样吃喝拉撒，挣钱花钱，日子过舒坦点儿比什么都实在。"孙晚秋抬了抬安全帽，觉得有点儿紧，她像抚慰小妹妹一样摸了摸展颜的长发，"别害怕，咱们就活这么一次，你想做什么就去做。"

"孙头儿！"那边原先跟着孙晚秋干活儿的老张喊话。

孙晚秋跟展颜过去，一旁，工地上的保安也抻着脑袋看，保安一直溜溜达达，不晓得看什么。

老张见两人过来，给孙晚秋使了个眼色。孙晚秋会意，跟展颜说："怪渴的，你给我买瓶雪碧吧。"

展颜笑："雪碧解渴吗？"

孙晚秋说："这不是打小就穷吗？我就爱喝雪碧、可乐。"

支开展颜，老张说："这一钻子下去，早就超量了。"

孙晚秋瞅了两眼，当机立断："接着灌吧。"

她带人在工地，经验丰富，老张经验比她还丰富，嘀咕两句："做土方的就是北区本地人，我琢磨着，他们要是知道了，搞不好半夜都得来挖。孙头儿，你这是不是得跟贺总说一下啊？"

孙晚秋眯眼看了看跟过来的保安，不好撵他走，从兜里摸出一包烟，扔出一根。保安大爷接了，往耳朵上一挂，说："哟，这水泥灌得可不少了。"

孙晚秋说："听您口音，是本地人吧？"

保安眼睛瞅着，他说："我就是这儿原来房屯的。"

这边聊着，那边推土机还在轰隆隆地响，老马几个人在旁边干些零活儿，拎出几块砖，瞧了瞧，跑过来跟孙晚秋悄声说了什么。

孙晚秋看过去几眼，道："让师傅全推了。"

老马领会，赶紧折回去。

保安大爷说："这底下，我估摸着有东西。"

孙晚秋笑："有啥东西？"

保安大爷嘿嘿笑两声："闺女，看你年轻，你这就不懂了吧？"

孙晚秋说："这一片都等着住新房吧？这工程说快，快得很，要是中间有什么事，这附近也没合适的地方我看，再等上头批地，新房子估计就到猴年马月了。"

保安频频点头："那是，那是，这个理儿都知道，谁不盼着早点儿住新房呢？多一事不如少一事。"

孙晚秋跟老张碰了碰目光，往推土机那儿走，见师傅浑然不觉，余光一动，瞥见展颜来了，迎上去，说了几句话，等展颜走了，思索片刻，才去买了两条烟，塞给保安。

等她处理完，回公司见贺图南，把事情说了。贺图南听完不置可否，只是问：

"这事你自作主张就解决了？"

孙晚秋对此见怪不怪，道："勘探时出具的报告，是没有大型的，以我的经验，最多就是些坛坛罐罐，真报上去，谁也说不好会耽误多久。万一地白拿，那麻烦就大了去了，没到那个程度，来一伙人磨洋工，工期拖几个月，这损失也没人能承受。"

"你想没想过，如果被媒体知道了怎么办？"

"不会的，就算知道，我们又都没文化，不懂这个，再说先前来勘探的人都说没有，我们怎么能想到还有。贺总放心，肯定不是什么大的，大的我也不敢瞒，瞒不住。"孙晚秋觉得贺图南眼神很锐利，他看人时总是一副能把人里外都摸透的样子，她有这个经验，完全是靠经验处理的，大家都这么做，她选择随波逐流。

贺图南始终没对她的所作所为有什么具体评价，只是说："下次遇到这种事，你要提前跟我说，要商量，懂吗？"

孙晚秋点点头，她是做决定做得太快了，也没时间犹犹豫豫："贺总，我下次一定注意。"

"你胆子怎么这么大呢？"贺图南审视着她，这个女人非常果敢，脸不红心不跳地跟他汇报，她才二十四岁，像她这个年纪的年轻姑娘，如果上大学，也就是刚毕业没多久，学生气都没褪完，尚且青涩。

某种意义上来说，孙晚秋跟他非常像。

"我是文盲，不知道什么文化的事情，我眼里只能看见活人，工地停了，也没人补这个损失，工人要吃饭，活人总得吃饭吧，没有因为死人而坑活人的道理。"孙晚秋嘴里总是能讲出一些非常朴素的东西，却又一针见血，不管她对不对，全不全面，但听的那一瞬，总是很有说服力。她有自己的逻辑，坚信不疑，因此说出来铿锵有力。

贺图南笑了笑："确实没文化。"

孙晚秋坦然接受，她不会跟老板顶嘴，她观察着贺图南，他虽然喜怒不形于色，但她猜他并不生气，说："贺总，没事的话，那我先回去了，有问题再联系。"

"吃个饭吧，"贺图南站起来，一边走，一边看着她说，"你胆子不小，敢不敢跟我一起玩个大的？"

* * *

孙晚秋是非常好的下属，机巧，有眼色，很多事情不需要贺图南怎么挑明，她就能领会，这种人无论到哪儿，都是让人喜欢的。贺图南发现她身上那些锋芒都高明地藏起来了。

两人在一块儿吃饭，一直都不太讲究，都习惯了，往苍蝇馆子一钻，要点儿卤菜、小炒，配上烧饼、米饭什么的，就够了。

有应酬的时候，贺图南带上她，两人也很默契，他这个人能屈能伸，西装革履的模样又有型又帅气，挺能唬人。她觉得贺图南这个人蛮神奇的，环境要他什么样，他就能配合出什么样，该雅能雅，当俗则俗，她很能理解展颜忘不掉他，但内心深处并不认为展颜驾驭得了他。

这回，他们找了家川菜馆，孙晚秋说贺总不是不能吃辣吗，她是无辣不欢，小时候太穷了，家里没什么菜，就只能狂吃辣子，反正地里辣椒随便长，长成小尖椒，红的，绿的，烤了吃，切碎了拌芝麻油吃，吃得从喉咙眼到胃里、心头全都着了火，咝咝地吸气，淌眼泪，一顿能干掉三个大馍。

"你不是喜欢吃辣吗？我请客，当然要照顾客人。"贺图南很绅士，他对女人该有的礼节一点儿都不少。

暮春时节，白天变长了，黄昏跟着温柔起来，烧出灿灿的晚霞，映得车啊，人啊全都红彤彤的。

两人拣一个靠窗的位子坐，孙晚秋在他跟前也没什么形象可言，菜一上来，她边吃边问："贺总想跟我说什么？"

贺图南要了个清淡的山药炒木耳，不放辣，应酬之外一滴酒都不沾了："孙晚秋，当初我找你，你也没怎么问就跟着我干了，我得感谢你的信任。"他倒了点儿茶水，跟她碰了碰杯。

孙晚秋说："我这不是觉得贺总是聪明人，能挣大钱吗？再说，年关那会儿工地也不太好，我想就拼一把吧，反正跟着谁都是干，大不了，待在这儿没戏了，我就去南方打工。"

"东南沿海的工厂现在不好找活儿，次贷危机对出口加工为主的企业影响最直接，他们一直接的都是欧美的订单，欧美一旦出问题，国内也好不了。"

世界真奇妙，也不晓得是什么时候这样的，孙晚秋小时候以为大家都各过各的，村里人种自己的地，城里人上自己的班。中国过中国的，外国过外国的。

"我不走，我跟着你干得好好的，走什么？其实，我到现在也没闹明白你为什么放弃投行的高薪，跑回来干什么，"孙晚秋狡狯地瞥他一眼，"我越界问一句啊，不会是为了展颜吧？"

贺图南说："我回来自然是考虑过的。只是凑巧赶上次贷危机影响到房地产，不过也是机会，林叔叔的公司，我是等到他实在兜不住了才出手的，他手里那块地挨着北区，本来是没什么希望可言，想盘活他的公司只有一个法子，就是等政府城改，这块地才能值钱，没有政府的规划，北区不会有什么价值的。现在融资困难，房子不好卖，我也只有从城改这块入手。"

孙晚秋心想，贺图南果然是只狼，等猎物奄奄一息了，才露爪牙，一口一个林叔叔，不还是收了他的公司？她苦恼自己没这样的眼界，不懂金融，也没贺叔叔这样的爹能帮衬一把。她咬了咬筷子:"你不怕砸了?你怎么知道政府会拆北区呢?"

"老城旧了,已经跟不上城市的大规模扩张发展,北区连接新老城区,是咽喉位置,现在有人接手了,大家一起摸着石头过河,水有多深,得蹚过去才知道。我没十足的把握,但既然政府未来规划在此,定位清楚,房子肯定是不愁卖的。"

"所以,你特地趁美国那个危机回来?你们搞金融的是不是提前就知道点儿什么?"孙晚秋心想,搞金融真挣钱,啥玩意儿都没有,都没见,就把钱挣了,老农民一辈子也不会知道金融是个什么东西,想都想不到。

孙晚秋觉得贺图南在港城挣钱大约像摘枣,一棍子夯下去,滚一地都是,太多了,怎么都捡不完,只能手脚并用地抢。她都想去搞金融了。

贺图南说:"大概能看出点儿什么,你明知道这个东西不行了,还要包装得美丽迷人,让人继续买单,这样的话,早晚要崩盘,所以就有了经济危机。"

"投行这样子,没人监管吗?"

贺图南一笑:"监管的人也这样,我是说美国。"

孙晚秋目光闪烁,她说:"到时候,北区的房子、商铺要是销售不理想,怎么办?"

"要看怎么宣传了。"

"你一点儿压力都没有吗?"

贺图南说:"有,怎么没有,刀口舔血,你接手财务这段时间有没有什么心得体会?"

孙晚秋停了筷子,抹抹嘴:"林老板的问题,我仔细分析了一下,他把事情想得太简单,觉得投了钱盖了房就能一本万利。其实这几年很多房产公司都是这么想的,资金在具体运行中连个轻重缓急都没有,浪费时间又浪费钱,成本就大了,财务也缺乏监控,觉得这就是会计那一套,林老板连资金的现状跟动向都摸不清,时间久了,不出事才怪,我觉得贺总以后如果想做大做强,就不能这么粗放。"

她脑子好用,什么上手都快,贺图南对她欣赏不已,她靠的不是学历、知识,更像一种本能、天分,他跟她相处越久,越明白为什么展颜总爱夸赞她聪明。

两人聊了那么会儿,孙晚秋吃得打嗝,问贺图南出办公室前那句"大的"是什么意思。他跟她说了,她愣了愣,半响,才说:"太冒险了,现在大家都在等,你看看土地成交量就知道,去年这会儿,地皮炒得吓死人。"

贺图南说:"我知道,就因为别人在等,所以才是出手的机会。"

孙晚秋摇头:"你这是在赌,万一到时候都折手里,就别想翻身了,倾家荡产也翻不了身。"

"到时候看北区的房子卖得怎么样,好了,资金回流,把钱都投进去,不够理想,那就再做打算。"贺图南沉吟道,"现在风向还不明显,得再等等。"

孙晚秋满腹疑虑:"等到什么时候?"

"每年冷空气从北极出发，途经西伯利亚，一路南下，所到之处气温可能都会剧烈地下降，这需要一个过程，现在美国次贷危机就像冷空气，开始蔓延了，但真正席卷全球还需要时间，不会太久。我说的等就是等这个，看国家第二季度的数据跟第一季度的比有什么变化，大概能预判趋势。"

孙晚秋更不明白了："等到那时候情况更糟。"

贺图南下意识地摇头："我们加入世贸还不到十年，刚起来，国家不会任由经济硬着陆的。"

孙晚秋点点头："那如果你判断错误了呢？"

贺图南沉默几秒，说："愿赌服输。"

"那我现在需要准备什么吗？"

"当然要。"

"你跟贺叔叔说了吗？"

"没有，现在只跟你商量一下，因为财务方面需要你帮忙，你考虑考虑，可以拒绝我。"

贺图南最后提醒她："别告诉颜颜，虽然她不见得会担心。"

孙晚秋说："如果你完蛋了，我们只会伤心。"

他微微一笑："摘花高处赌身轻。"

这话孙晚秋没听过，文绉绉的，贺图南说这话是什么意思只有他自己晓得了。

两人吃完饭，天早就黑透了，夜风温暖，花朵的芬芳里混杂着尘土的气息，北方的城市永远有尘埃的味道。

孙晚秋觉得贺图南这人太疯，她想，也许投行那种工作本身就是刺激性的，来钱快，来钱多，他已经是这种思维了。又或许，他天生爱冒险，她没什么可失去的，如果赌赢，那就是一辈子不愁吃喝，如果输了……大约也没什么好失去的，他一副好牌都敢冒着打烂的风险去赌，她更没什么不敢的。

拆迁极快，张东子家跟人的官司还扯不清时，北区一大半都已经沦作真正的废墟，外人看要半年才能拆干净的这么一片，新世界公司两个月就要拿下。

进了 5 月，展颜又回了趟小展村，跟校长商量新教学楼的事情。校长说要钱吗，她说不要。校长说："那怎么好意思，你在城里给人家设计大楼，人家肯定得花钱。"

校长一个劲儿地拒绝，怎么都不肯接受。展颜说："那我象征性地拿一百块吧。"

校长的态度很耐人寻味，他说："不要什么设计，学生们有地方上课就够了。你看你这设计得跟城里大楼似的，又费料，又费工。"

再拉扯几回，展颜忽然明白了，她妨碍到他了，上头拨了款，十万块钱的教学楼，也许校长五万块就盖起来了，她给设计了，那钱就不止这个数了。

校长心里觉得她真是多管闲事，烦得要命，可脸上还得哈哈笑。她再怎么说这设计不费钱，校长也不信，她是城里人了，啥设计师，一听名头就是要花钱的，不花钱也不想叫她弄，她都是城里人了，干吗还来管小展村的事？

校长只想让展颜快点儿该回哪儿回哪儿，不要再来找。

展颜记得，语文老师从前不是这样的，她来时，心里高兴得不得了。可家乡不给她这个机会，她有些迷茫，又有失落，但还是把图纸留下了，说万一用得到呢。

用个鬼，她刚走，校长就把图纸跟装字典、装本子的纸壳丢到一块儿，等攒够了卖给收破烂的。

12日这天发生了一件大事，全国上下都在说这件事，电视里滚动播放着新闻，主播哭着播。到处都在议论，大家说这可真够惨的，那个时间点，学生们都准备上课，预备铃都打过了。

设计院也在说这件事，设计院搞建筑，说的又跟老百姓不太一样，老百姓感慨太惨了啊，真可怜啊，可设计院大家聚在一起，说教学楼塌了这么些，难保没有豆腐渣工程。

展颜跟着大家捐款、捐衣物，电视里的新闻从早到晚放那个画面，她看得受不了了，人是不能一直接受这么高强度的信息轰炸的，铺天盖地全是死人，死了到底多少，还没统计出来。

可大家也就那两天说说，叹叹气，容易动感情的抹抹眼泪。旁观灾难和亲历灾难永远是两回事，老百姓们该干吗干吗，除了那一刻感慨人生无常，很快就会忘了它，该争的还在争，该吵的还在吵，昨天怎么过，今天还怎么过。

贺图南也看新闻，捐了笔款，一天天死亡数字一直在增加。城市里依旧车水马龙、灯红酒绿，他又有应酬，吃完喝完，有人闹着去俱乐部唱歌，点了小姐，一字排开，浓妆艳抹，也看不出长相，但大约都很年轻。

"贺总，你倒是挑一个啊，怎么，都不满意吗？"

不晓得谁在怂恿他，一群男人，不乏有头有脸的，平时衣冠楚楚，正经得不能再正经，等换了地儿，就像妖怪现了原形，醉醺醺的脸，不安分的手在女孩子身上搓来捏去，惹得她们笑，笑得又脆又甜。

经理给他推荐了个女孩，在背后一推，一个娇软、香浓的身体几乎跌到他怀里："贺总——"

贺图南把她推开，说："不好意思，我对香水过敏。"

男人们哈哈大笑，说贺总是不是对女人过敏啊。

贺图南坐到角落里，不抽烟，也没饮酒，他静静地看着昏暗灯光下的男男女女们，忽然就想到了贺以诚。

不知道爸是不是也曾无数次身处这种场合，他是怎么抗拒诱惑的？仅仅是靠想着一个远在天边根本没有接触的女人？

包厢里开始唱歌，鬼哭狼嚎的，男人搂着女人，女人贴着男人，嗲声嗲气。沙发尽头还坐着一个同样无动于衷的男人宋总，宋总跟他说起话："贺总，要不要出去抽根烟？"

两人出来，贺图南并不抽烟，宋总是个中层领导，说："我看你好像没什么兴趣。"

贺图南说："宋总不也是吗？"

宋总点上火："我过会儿还得接女儿下晚自习。"

"宋总的女儿上中学了？"

"对，上次没去接她，她自己回来，路上被人摸了一把，好像是附近的民工，我真是吓死了，幸亏没出大事。"

"我小妹当年也出过事，我跟爸都疏忽了，非常后悔，女孩子还是要照顾细点儿。"

宋总点头说"是"。

聊了那么一会儿，贺图南进去结账，跟里头的人打了声招呼，先离开。他走在大街上，走了许久，给展颜打了个电话。

她刚要从单位走。

"我送你吧，等我一会儿。"

他如果不给她打电话，她仿佛永远都不会联系他，连保持肉体关系都脆弱得如蝉翼。

贺图南开车到设计院，展颜在门口等着。

一上车，展颜就闻到了那种场合的味道——烟味儿、酒味儿，尽管被风吹淡了，但还是有，她觉得他现在真是……她不喜欢他应酬。

"你在港城也这样啊？"

"哪样？"

"三天两头出去吃饭喝酒。"

贺图南低头嗅嗅衬衫，他走了半天，以为味儿该散得差不多了："家里应酬都是这样的，没办法，我今天没喝酒，躲过去了。"

展颜扭头看窗外的夜色："我宁愿你留在港城，留在大城市，这里讲人情讲关系，并不适合你。"

"适合你吗？"贺图南问。

展颜心情一直不太好，她摇摇头："我不知道，人是要去适应环境的。"

贺图南说："如果有一天，你不想待在这里了，我可以带你走。"他看看她，心里宁静下来,他觉得那些乌七八糟的东西都远去了,他只要一想到她就够了。

展颜不吭声,过了会儿,低声问:"你看地震的新闻了吗?"

"看了。"

"人一下就没了。"

"是。"

什么爱恨情仇、喜怒哀乐全都在一刹那间消失了。她想起2003年,也是这样的季节,她每天都睡不着,以为他会死。

"颜颜?"贺图南觉得她情绪有些低沉,刚靠边停车,熄了火,她就倾身过来吻住他,他怔了一秒,随即回应她。

两人在黑暗中吻了许久,她有些彷徨地说:"我梦到你出了事。"

贺图南揉了揉她的头发:"梦是梦,现实是现实。"

展颜心情烦躁地推开他:"我讨厌你,讨厌死你了。"

贺图南好脾气地顺着她:"好,讨厌吧,讨厌哪里,我改。"

"我讨厌你回来,讨厌你还来找我。"

"这恐怕改不了。"

展颜伸出手,在他的脸上摸了摸,她感受着他的轮廓,忽然又不说话了,猫一样往他怀里钻,有点儿像呓语:"校长不要我的设计,他怕多花钱,我一点儿办法都没有,我很怕他偷工减料,私吞公款,万一遇到地震,小孩子死了怎么办?"

贺图南刚要说话,她便扬起脸:"你千万别偷工减料,不要做这种事,你答应我。"

贺图南说:"好,我答应你,我不会做这种事。"他觉得她总是有点儿孩子气,像小孩子那样天真,他抱着她,想安慰安慰她,他知道她这种人是不太合时宜的,她有点儿古怪,说些孩子气的话,换作旁人,也许不会搭理她,她也不说,只跟他说。

展颜解开他衬衫的扣子,有点儿埋怨,又像撒娇:"你好几天没找我了。"

* * *

两人又滚到一块儿去了,贺图南的衬衫被展颜给扯坏了,扣子那么结实,不晓得她哪儿来那么大的劲儿,坏就坏了吧,他把她抱到洗手台上,滑溜溜、冰凉凉的,坐上去是槐花的感觉。

槐花早谢了,然而北方的阳历5月是清凉的绿。贺图南就在槐花里,展颜觉得自己变成了空空如也的蝉蜕,揪着他的头发,真是有个小房子就够了,安全隐蔽,谁也找不到他们。

"小展村有条河,河边长了很多芦苇,有人在芦苇丛里见过一条比牛还大的鱼。"展颜开始胡说八道。

贺图南就笑："后来呢？"

"那人喊来乡亲们，费了九牛二虎之力，逮到它了，吃了三年零九个月。"

贺图南说："是谁说给你听的？"

展颜道："记不太清了，辈分比我大好几辈的老爷爷说的。"

"你们村的老爷爷不该种地，应该去写小说。"

"我们分开后，我就想起小时候听说的这件事了，我希望我们分开像这件事，一听就觉得很可笑，肯定是假的。"展颜徐徐地说，望着他的脸，"我经常搞不清现实和梦境，直到现在，我也不知道你回来是不是真的。"

贺图南偏过头，咬了咬她的嘴唇。

展颜皱眉，他问她疼不疼。

展颜不甘示弱，狠狠地咬回去，她要让他皱眉，咬完了，让他抱着自己，来抵御突然下起的雪。她已经不相信这种快乐了，进而自暴自弃，决定不想永恒的事，当一天和尚撞一天钟，她看起来非常脆弱，又很坚韧。

"校长没要你的方案？"贺图南抱着她。

她又开始玩他的手指："我不能做主，就这样吧。"

贺图南说："我们不能做主的事太多了，桩桩件件，这辈子不知道有多少，做了想做的愿意做的，结果却往往不如人意，肯定会难受，希望不会让你难受太久。"

"知道，你有什么烦心的事吗？"她印象里，贺图南就没烦心事，或许他有，但不会跟她说，也许跟孙晚秋说都不会跟她说，这也造成她的孤单感，她不能让人放心。

贺图南烦心事可太多了，千头万绪，他不知道这一步走得对不对，但走到这步了，也回不了头，他走了会儿神，想问她介意不介意他抽根烟，转念又作罢。

"你怎么不说话了？"展颜从他怀里起开，他明显不在状态，不晓得想什么呢。

贺图南回神："怎么？你刚刚说什么？"

"你有心事。"她笃定地说。

贺图南笑笑："没有，我俗人一个，能有什么心事？就算有，也都不值一提。"

"你永远也不会跟我分享，以前就是，你在外面再辛苦，也从不说一个字，你没受过委屈吗？没有生气想骂人的时候吗？"

贺图南看看她，摸过烟，在她眼底摆了一下。

展颜说："你抽吧。"

"有，但我生气一般时间都很短，生气没用，尽快去解决问题才是正途。很多时候太忙，也没时间闹情绪，男人跟女人是不一样的。"他先下去把窗户开大些，点了烟。

展颜觉得他在含沙射影，道："你爱说不说。"

"说，我说，"贺图南接嘴道，"今天出去应酬，还是老一套，吃吃喝喝，谈点儿正事，很多人私下跟表面差距都很大，正人君子是很少的，当然，在我看来，做人有底线就够了，我对别人要求没那么高。但现实是，没底线的事天天上演，爸是生意人，现在我也是，我回来后有些事自己经历了，对他才能更理解点儿，我不能因为他是我爸就在道德上拔高他，但爸真的已经很不错了，要说缺点，可能他在家庭里的缺点更大些。"

真是奇怪，好好的，怎么说到贺叔叔身上去了？展颜问："你私下跟表面差距大吗？你在那种场合都是什么样子？"

贺图南凑过来，暧昧地朝她脖子里一钩，爸给的佛坠，她这些年一直戴着。他把玩不已，眯了眯眼："我时常见佛祖，不敢造次。"

展颜打掉他的手："你造次得还少吗？"

贺图南趁势攥紧她的手，不丢开，只是专心地看着她，深情款款，像要把她看化了，化在他的深情里、眼睛里。

"我真喜欢这么看着你，颜颜。"他用眼睛告诉她了，每个字都很清楚。

展颜被他看得脸热，手也热了，哪儿都热，她不自觉地撒娇："给我剪指甲。"

贺图南给她修剪得很圆、很漂亮，她气血充足，指甲粉嘟嘟的，非常好看。她现在都是命令他了，没有"请"，也没有"帮"，都是给我怎么着，像他住进身体里，使唤他其实就是自己在做。这指甲是自己剪的。

烟灰落到手臂上，她"哎哟"了声，打他两下。

贺图南笑着要把那半根烟掐了，展颜不让，拿过来，咬在自己嘴里，吸上一口，被呛得不行。

"逞能。"贺图南笑话她。

展颜说："男人总是抽烟，我还当味道多好呢，一点儿都不好。"她说着不好，但润润的嘴唇含着烟嘴，上头尽是他的气息。

"我偶尔抽。"贺图南要从她嘴里拿下，但她还是咬着，他只好说，"你乖。"

"偏不乖。"她瓮声说，又呛着了。

贺图南一副"何必呢"的表情，强势夺了，碾灭后，才重新塞她嘴里："想含含着吧。"

她心思变得促狭，含了会儿烟，又塞他嘴里，再拿回来，反复几次，觉得好玩一般。

像弥补那几年的空白，挥霍肉身，展颜到最后常常对他又啃又咬，溃败得厉害，好像一场火，烧个没完，两人纠缠着往里跳。他总是会被她弄伤，有衣物掩盖，她爪子又脆又锐，却伤得了美洲豹一般。

早上醒后，本该起的，过了好大一会儿，她又说，要迟到了，唉，那就迟到吧。

贺图南连续来找她，她吃不消了，白天明显犯困，入了夏，总不能再说是春困，可夏天人更乏。

北区的拆迁，局外人预估至少也要一百天，到最后，满打满算也就是六十天的光景，日夜不停，机器轰轰响，废墟上人影晃动，时不时有原来的老居民过来溜达，再看看能不能捡漏，弄点儿破烂玩意儿卖。

孙晚秋在北区新房动工前夕开始做费用测算，税务筹划方案、融资成本这些东西。

新的商业区需要一个时下流行的名字，这时候最流行洋名，巴黎啊，曼哈顿啊，维也纳啊，全国都是这么个风气。贺图南年少时也曾揶揄，这些年过去了，满大街还是这种名字，开发商们取名的原则仿佛就是崇洋媚外，老百姓也愿意买单。

去年最贵的楼盘叫十二英尺，不知道是干吗的，但给人一听，好洋气，好上档次，住进去便高人一等。

北区新建的广场拟了几个名字，贺图南有最基本的审美，看得头疼，整座城市跟纽约、伦敦没一分钱关系，陈路说，他觉得威尼斯大道最气派，适合广场周边的商铺定位。

"知道贺总都看不上，但名字选好了，价钱也不一样。"孙晚秋对这些洋名没什么感觉，只觉得可笑，难道住进什么泰晤士小镇就变白皮黄发了？外国会用北京花园这种名吗？

可只要能挣更多的钱，卖更好的价格，又不是她住，业主喜欢就好，人活着，大都需要些虚荣心撑着，北区不再是北区，变成高档住宅、繁华商业街，住的将会是城市的有钱人，有钱人爱什么，他们就应该投其所好。

孙晚秋心里对那些人充满鄙视，她没他们有钱，但不妨碍她鄙视他们。

贺图南说："广场用新世界吧，不土不洋，寓意还算可以，也宣传了公司，小区你们定夺，市场喜欢什么我们就用什么。"

他是个折中的态度，孙晚秋扑哧直乐，她很少见他有拿不定主意的时候，他应该像别的开发商那样，不要太有文化、有思想负担，有时候随波逐流是最轻巧的。

奥运会临近，申奥成功好像是昨天的事，一转眼逼到眼前。7月的时候，据研究，美国一年流入中国的热钱数高达两亿美元，热钱疯狂流入，股市和楼市异常繁荣，这和美国本土次贷危机前的轨迹如出一辙。美国楼市和股市已经齐齐暴跌。贺图南为投行工作几年，对美国的操作意图大概猜得出，他跟学长联系频繁，学长说，股市已经大跌，楼市也不远了。

"美国这是要在咱们国家把一样的剧情再演一遍。"学长调侃了句，"图南，你这把真是玩得够刺激，小心把自己玩进去。"

贺图南揉着眉心："我已经进来了。"

整个 7 月，他时刻都在关注各方面的新闻数据，这时北区的新楼盘主体正在建造，拿到了预售证。

贺图南每周都要戴着安全帽下工地，有时会碰见展颜，她拿着施工图，正跟施工的师傅们比画着什么，他在人前对她十分客气，又谦和，也会请教一些东西，正经得不能再正经。

两人见面的次数，因为展颜跟着杨工接到新项目又变得少起来。

公司售楼部的宣传非常华丽、非常高端，新世界广场俨然是新地标一样的存在。而本市开发商跑路，楼盘烂尾，业主打砸售楼部的新闻正偶见报端。

设计院见了新世界楼盘宣传语，都在议论，说新世界的速度估计上头也想不到，4 月拆迁，八九月就能卖房，纸糊的也不能这么快。

"他这商铺价格出来了，两万八一平方米，这谁买啊？"

"那就不是咱们操心的了，反正我买不起。"

展颜在工位上听大家七嘴八舌地说贺图南，她不吭声，他这种模式快得离谱，她想，他什么都不愿意跟她说，总是巧妙地避开话。两个人的肉体关系维持到 8 月，可以一起看奥运。

北京很热闹，贺图南离开北京已经好几年了，全国都关注奥运，这一年事情太多，南方暴雪，汶川地震，经济不景气，全是叫人哀伤的事，大家都需要一场盛宴来提口气，人活着要靠那口气。

他没什么心情看奥运，开盘在即，他不知道到底能卖成什么样。他搂着展颜，眼睛投向电视，看奥运健儿入场，到处欢声笑语，展颜跟着唱国歌，问他认识那些外国运动员吗。

贺图南心思不在这上头，展颜又问了遍，她发现他最近走神频率越来越高："如果你不想看，不用陪我，去忙吧。"

他终于在电视的热闹声中听到这句，在她脖颈上的手臂紧了紧："没关系，我们一起看。"

展颜拿掉他的手，有些冷淡，也没有进一步问什么，她知道两人只剩这些，虽然温存的时刻觉得依旧爱得要死，可爱不爱的现在好像也没那么重要，像惯性过日子，一天天过着。

贺图南永远不会对她敞开心扉，他到现在也没解释当年的行为，她希望他主动说，可他没有，他还是习惯沉默。她也不是他期待的伴侣，她想，他需要一个能实实在在帮助他的人，在他眼里她永远只是需要保护的"小妹"。

她总是会想，两人真的爱过吗？没有爱，她活着滋味儿不大，但可以活着，小展村出来的人，再不济，都能像牲口那样活下去。她看着贺图南的侧脸，电视的荧光映在上面，她在心里喊了声图南哥哥。

贺图南察觉到她的目光，便转过脸，跟她接吻，他把她压在沙发上，嫌电视吵，

494

摁了遥控器。

他不怎么温柔，一上来就是一股近乎发泄的味道，展颜感觉到了，她忍不住抱紧他，想问他是不是有心事，可他不让她说话，嘴唇堵得很死。

沙发到底局促，贺图南把她抱回卧室，吻得非常用力："如果我一无所有，你还爱我吗？"

展颜心里蓦地酸了，她说："我现在也不爱你，你变成什么样跟我没关系。"

贺图南动作停住，他凝视她良久，然后凶狠地啃咬她，像要把她的皮肉都剥了，吞肚子里去，这样就永远不会再分开了。

她一遍遍在心里喊他图南哥哥，嘴上却倔着不出声，只是咬死他的手背，他也分辨不出疼痛了。

两人又搞得有种两败俱伤的疲惫感，贺图南头发湿透了，他还要亲她，喘息剧烈地亲她，他的臂弯强壮有力，可又温柔起来。

"颜颜，我们这样也有段时间了，我想听听你真实的想法，我们都坦诚一些，好不好？"

展颜睫毛卷起，湿润不已，她还在恍惚，觉得什么都是假的："我说过了，我们这样就够了，别抱希望，也别谈爱，我觉得我们不是坦诚些好不好，而是更释然些，会不会更好。"

她害怕谈深入的东西，她只迷恋细节了，她知道自己身处矛盾之中，跟整个世界其实都不合群，她发现自己精神里更为清楚的东西，像心跳，隐藏在很深很深的下面。

以前多简单，她只想念书，去看一个更大的世界，她也过上了世俗意义上的看起来不错的生活，上了大学，找到一份还算体面的工作，养得起自己。

可当她真正身处这套评价体系里时，她并不是很快乐，心还是缺着的，补不全。她的心应该是得了冻疮，留下病根，会肿会痛。

她羡慕孙晚秋旗帜鲜明地生存着，她又不羡慕孙晚秋，仅仅是希望孙晚秋过得好而已。

贺图南想，也许正是刚才的过分甜蜜让他产生错觉，觉得一步步靠近和好的那条线。他在思考还能给她点儿什么，微微一笑："好，我知道你的想法了，休息吧。"他依旧把她揽在怀里，亲亲她的额头，又陷入了沉思之中。

第三十一章
伤心事

※ 贺图南是爱人，是哥哥，是父母，是一切关系的总和。

新世界开盘，从浙江来了个中年商人，2003年开始在山西买矿，这两年全国各地炒房，车一开，现金一箱子一箱子地往售楼部拉，十分壮观，这事蛮轰动，都过来看。

陪老板过来的秘书讲："这算什么，我们老板十几万的车说送人也就送人了，请客都是去澳门，不过，老板脑子清楚，黄赌毒一概不沾，人生规划比山谷的天还要湛蓝。"

大家看这老板，其貌不扬，脸上没写"大款"二字，面相很一般嘛，可真金白银往眼前一堆，嚄，长这么大也没见过这么豪气的，售楼部沸腾了，笑得脸僵。

这事比奥运热闹，奥运太远，家门口的才刺激，街头巷尾添油加醋地传，那老板也成福建人了，是个老头子，就差开火车拉钱来了。

孙晚秋在办公室把这些话学给贺图南听，她心情好极了，这些天时常失眠，不晓得贺图南睡不睡得着，现在是能睡个好觉，一觉到天明了。

贺图南冲她会心一笑："漂亮。"

他也没说太多，给这件事的定义就是漂亮，跟员工聚餐，乌泱泱地搞了好几桌，一桌桌敬酒，大家都起身，一口一个贺总，酒液满盏，碎金浮荡，笑起来格外大声。

今晚喝得有点儿多，话也说了不少，孙晚秋问他有没有醉，他摆摆手，接了个贺以诚的电话。

"吃饭呢吗？"贺以诚一直关心新世界开盘的事，那些传闻，他早就晓得了。

贺图南没醉，很清醒："对，快结束了，都是自己人。"

贺以诚说："好好休息一下，最近肯定累，有时间喊上颜颜，咱们几个吃顿饭，说说话。"

贺图南问："她最近没回去看你吗？"

贺以诚说："回了一次，她也忙，你们现在大了，再不比小时候。"他没事会回忆回忆当年，时间可真残酷，一下就把两个少年带进了大人的世界里头，摸爬滚打，谁容易呢？

贺图南不知道他老子是想见他还是见展颜，贺以诚一分一毫试探两人的意思都没有，他揉了揉太阳穴："再说吧。"

事情一到再说吧这个份儿上，基本没后续，父子俩这么浅浅地交流几句，贺以诚对贺图南的事也没发表什么看法，换作其他老子，估计早就兴奋地跟儿子喝上两盅了，贺以诚没，他永远静水流深、波澜不惊。

贺图南不想从这么几句里抠字眼，来感受他的关怀，没意思。他挂断电话，让孙晚秋开车送自己。

他舒展着四肢，躺在后排，手指慢慢地抚着眉心，他问："颜颜小时候活泼吗？"

孙晚秋想，他八成还是喝醉了，突然问起展颜。"不活泼，她总被人骗，她家隔壁几个孩子说一起摘松子，怂恿她上树，结果那树是别人包的，人家拎着棍子出来骂，就她裤子挂在树上，一大会儿下不来，最后，还是明姨领她去道歉。她念书行，心眼不行，还有一回，我们班主任病了，大家去看他，明姨给她钱让她买饼干，她买了两袋，那个翠莲说'展颜，咱们一起吧，饼干给我一袋，就说是咱俩买的，一人一袋'，她想都不想就答应了，我知道后告诉了班主任，说'饼干都是展颜买的，翠莲可一毛都没掏'。"她说起展颜那些傻事，能说一宿。

贺图南合了眼："她没你聪明，有看破别人的能力。你知道她为什么总想家吗？我没听你提过家里。"

有什么好提的？孙晚秋说："我爸是酒鬼，喝醉了就打老婆、孩子，我妈需要我时有点儿好脸子，不需要的时候就又打又骂。展颜和我不一样，有庆叔话不多，也算疼她，更不要说明姨了，明姨带她念故事书，看着她写作业，给她检查，她爷爷对她也不赖。村里有些人天生就喜欢她，像石头大爷，对她娘俩都好，她想村里，是因为村里有人对她好过。"

她忽然一笑："我嫉妒过展颜，石头大爷说我是刁猴，有一次攒了几块水果糖，给展颜三块，就给我一块，我看在眼里，记了很久。我知道她比我漂亮，只能想着念书超过她，我没有明姨那样的妈，给我买书、看作业，我得割猪草，喂骡子，动不动踩一脚鸡屎，臭烘烘的，坐在门口拿树枝得戳老半天鞋底，我根本没时间学习。"

贺图南听得很有兴致："你嫉妒颜颜，怎么你们还成好朋友了？"

"因为石头大爷给了展颜三块糖，等他一走，她又分我一块，让我挑颜色，她说'咱俩这下就一样多了'。"孙晚秋想起这些心很柔软，像吹过故乡的风，这风难得是好风，"我们那时连糖果皮都不舍得扔，觉得好看，攒很多，叠小星星，展颜让我选喜欢的颜色。在家里，有什么东西，我都要让着我小弟，在外头更没人让着我，只有她，她让我先选。虽然我讨厌她这么漂亮，但我知道，我不会交到比她更好的朋友了。她跟明姨都是村里的异类，明姨是个不安分的庄稼人，我妈说的，明姨总要看书，还写字，展颜从小也看书，她还不用下地干活儿，她们娘俩经常被人在背后说来说去，打我记事就是这样。"孙晚秋凝视着外头的霓虹，陷入回忆，"明姨夸过我，说我聪明，一定要好好念书，我那时小，只觉得明姨跟我见到的大人都不一样，她漂亮、温柔、从不骂人，还告诉我要念书，我那会儿真嫉妒展颜有这样的妈。"

庄稼人不好好种地，想着看书写字，就是不安分，孙晚秋打小就不服气这个，她只知道不服气，但不晓得怎么辩解，后来知道了，她就长大了。

贺图南第一次问孙晚秋关于展颜的事，他默默听着，想着爸爱着的女人应该是个好女人，好到孙晚秋这样刺刺的性格，都会称赞她。也只有那样的女人，才会有展颜这样的女儿。

"明秀阿姨为什么会嫁给展有庆那种人？"

孙晚秋从内视镜瞥他："我可以告诉你我知道的，贺总不要说是我讲出去的。"

贺图南低笑，点了点头。

"我妈说，明姨嫁来之前流过一个孩子，这种事当年肯定是大事，她娘家离我们村很远，要爬几个山头，她名声臭了，只能嫁远点儿，所以就嫁给了展有庆，他家穷，他又不会说话，媳妇儿难找，但他不在意明姨有过孩子，就结婚了。这个，我不能保证真假。"

贺图南听得心头直跳，一抬眼，正对上孙晚秋投来的目光，她没问，眼神却别有意味。

他心里翻江倒海，很难受，觉得说不出地怪诞，如果贺以诚跟明秀有过孩子，那个孩子跟颜颜共用过一个子宫，却是贺以诚的孩子。

贺图南说了句"停下车"，扶着树，吐起来。孙晚秋给他拿水拿纸巾，她不晓得，他这是被刚才那些话刺激到了吗？

是这层缘故？所以他第一次见她就喜欢得不得了，想跟她说话，想逗逗她，想带她回家跟自己住一块儿。

"颜颜知道她妈这些事吗？"

孙晚秋说："不清楚，村里风言风语，我又不能问她，听说你妈嫁你爸之前跟别人有过孩子，那我成什么人了？"

乡村闭塞，流言是生活最好的调味剂，不在于真假，而在乎挤眉弄眼间默契地噤声，人后的唾沫星子乱飞，很刺激，谁谁偷汉子，谁谁勾搭小媳妇儿，谁谁家的大闺女进了玉米地……但都抵不过，谁嫁人前怀了个野种。野种的刺激就在野，不晓得是谁的，猜这个猜那个，简直其乐无穷。

贺图南回去沉沉地睡了一觉,这事,他没法问贺以诚,总归不太光彩,很难堪。他去下乡,把女人肚子弄大了,自己跑回城,上大学、工作、成家,过得顺风顺水,后面又很老套,写进小说里,那必然是得折回头找,可没找到啊,或者女人坚决不跟着走啊,总之,这个女人一定是要消失的,他只能继续过城里的好生活。不这么写,那便是负心汉的故事了,不利于男主角的光辉正面。

贺图南想起多年前,他对爸的印象就是虚伪,这么算,也没看错爸。

到了9月,新世界的房子卖得如火如荼,一枝独秀,有人带头买,后头就跟风,谁买呢?自然是有钱的人买,普通老百姓还在等房价继续跌。其他人也纳闷,他这期房也看不出个好坏,怎么这么疯着买?想必是广告投放得好,牛皮吹得大,谁信谁是傻帽,看到时候跌了,炒房的去哪儿哭。很多人又在等着看买新世界房子那些人的笑话。

这个月15日,股票已经跌破了两千点。贺图南收集了6月到9月间的信息,经济数据下行,但并未达到断崖式程度。到18日,贺图南经常跟美国那边的校友通话,他还在等。

10月往后,经济快速下滑,美国次贷危机带来的影响已经人人可见,东南沿海的企业很多订单停了,甚至出现退单。贺以诚偶尔也会跟他谈谈当前的大环境,表示忧心,他听得心不在焉,应付几句,把一箱子东西送到了贺以诚家中。

"这是什么?"

"给颜颜的。"

贺以诚看了看箱子:"你怎么不直接给她?"

贺图南锁在了保险柜中:"先放这儿。"

"你搞什么鬼?"贺以诚最近很少见他,打电话,他注意力好像也不怎么集中。

贺图南拍拍手:"爸替她先保管着吧。"

"你送她东西,有诚意的话,就直接送她那儿去,送我这里干什么呢?"

贺图南说:"她的嫁妆。"

贺以诚蹙眉:"她的嫁妆要准备也是我准备,你操心什么?"

"我这个当哥哥的总得表示一下。"

贺以诚问:"你这是什么意思?"

贺图南摇头:"没什么,爸不是一直希望我当个好哥哥吗?"

贺以诚看他几眼,已经搞不清他想干什么了。等贺图南走了,他打开了箱子,是黄金。

贺以诚真不晓得他这几年在外头到底挣了多少钱,都干了什么,甚至要怀疑他是不是去做违法的勾当了,否则哪儿来的这些资产?儿子太聪明了,胆子又大,贺以诚还是很了解儿子的,这种人容易剑走偏锋,他担心起来。

温州的商人，山西的煤老板在本市的新世界疯狂下大额订单，这几乎让所有人都觉得他们是钱太多，已经疯了。

只有新世界没降价，没促销，孙晚秋每天都在极度的亢奋中度过，她问贺图南："我想买个小房子，现在能出手了吗？"

贺图南摇头："可以再等一个月。"

"那你呢？"

"今年前两个季度，政府才拍出十一宗地块，锐减六成。美国救市方案已经通过了，国内还得有政策出台，可以了。"他这段时间瘦了些，人反倒更精神。

孙晚秋心怦怦跳："20日有四宗土地挂牌出让，高铁站明年动工，那附近有五块地，四块居民用地，一块商用，我看好高铁新区。"

贺图南点了点头。

孙晚秋说："你想好了吗？"

贺图南点点头："如果有机会，应该就是现在这个时候了。"

孙晚秋说："我算了算，资金链最多撑到明年第一季度，如果第一季度底房价起不来就非常危险了。"

真是寂静啊，办公室里只有她的声音，她想，这是她这辈子第一次豪赌的时刻，非常过瘾。她突然想起了妈，那个一辈子没见过什么钱、眼睛心里全是钱的农村妇女，她想，如果这次成了，她会给妈一笔钱。

多荒唐，她一直想逃离的，竟在这一刻被想起，她无比热切地希望摆脱那份土气啊，泥土太重了，谁晓得压在了孙家几代人的头上？算不清了，她竟然有种想哭的冲动。

贺图南转身说他知道，两人对视，是同类要携手临风跃崖的默契与信任。他承认孙晚秋的聪慧，第一次真正把她视为和自己一样的人。

2008年的深秋，冷空气活动频繁。

展颜最近出差也频繁，她很久没见到贺图南了，她知道新世界的房子卖得极好，坊间全是传闻，真真假假，她替他高兴，他也许忙着挣大钱，鲜少联络，两人的肉体关系似乎也岌岌可危。

国家政策变了，她正式考虑买房，跟孙晚秋讨论，两人目前都只考虑适合一个人住的小房子，还在观望，希望能跌到谷底才好。

酒店的床永远睡不惯，她嫌太软，可见是穷命。奶奶突然在这天打来电话，说爷爷骑三轮车不小心冲进水塘，受了凉，没当回事，现在搞成肺炎，在米岭镇卫生院打点滴。

"你爸今年打工不好打，现在都不好打，南边的厂子要倒闭了，村里人都得回来，上哪儿弄钱去？这死老头子还不如一下摔死省事，哎哟，我的娘哎，谁有钱天天往医院扔，连个响都听不见就没了。"奶奶说个不停，她也许对爷爷是有点儿情义的，几十年夫妻，可爷爷一生病要花钱，那爷爷就连只鸡也不如了。

展颜说："我打钱过去，你让爸取。"

奶奶说："打多少钱？"

"先打一千，你别不舍得给爷爷看病。"

奶奶心里算了笔账，还算满意："你爷没白疼你，不够了，我再给你打电话，你是不是还住人家贺老板家里头啊？"

展颜不想跟奶奶多聊，说她要工作了。

奶奶撇嘴，说："过年带贺老板来家里坐坐，你也懂点儿事。"

展颜知道奶奶打什么算盘，贺叔叔一旦去，她铁定要领着孙子在他眼前晃，等着讹压岁钱，奶奶这辈子都没羞耻心，羞耻心不能吃，不能喝，不需要有。

她跟鲁伟明几个人回来的路上，年轻人又说起房子，鲁伟明有家里帮衬，不过也在等，谁也不晓得房价会跌到什么田地，新世界那又是个什么情况。但方案是设计院做的，也算与有荣焉。

展颜回来抽空找孙晚秋看房，孙晚秋很忙，展颜说："就这么忙吗？是不是连你都被售楼部借用了？"

孙晚秋对她那点儿心思明察秋毫："那倒不至于，不过，贺总有时会过去看看，我有时间也跟过去。"

展颜想，他果真也是忙的，她想见见他，又不晓得用什么名头，问他房子卖得好吗，可周围的人都知晓的事，何必问？

孙晚秋打量她几眼，说："跟贺总最近还在一起吗？"

她有点儿纳闷："你怎么跟我说话也喊他贺总？"

孙晚秋说："他是我老板嘛，还是尊重点儿好。"

"我们有段时间没见了。"

孙晚秋"哦哦"两声，欲言又止，展颜觉得她想说什么，可手机响了，她瞅了眼，匆匆说："我有时间再找你，现在忙，我接电话了啊。"

她看到孙晚秋往一边走去，叫了声"贺总"，再往后，声音远了，显然是不想让她听到什么，她有些茫然，觉得自己好像成了外人。

展颜出差时给贺以诚带了礼物，去之前，给贺图南打了个电话，她声音淡淡的，说："我去看贺叔叔，你回来吗？"

贺图南这边有人说话，很嘈杂，她想，这么晚了，他还在公司吗？

"我这边有事，晚点儿打给你。"贺图南根本没回答，或者，他根本没听清她问的是什么，便挂掉了电话。

展颜等到很晚，并没等来那个电话。

贺以诚知道她要来，便早早回家，做好饭，饭桌上总是能闲闲地聊些琐碎，近况如何，身体如何，最后，像随口一问："跟图南哥哥平时见面多吗？"

展颜嚼慢了："不多。"

贺以诚觉得更怪了，问："他不找你吗？"

展颜镇定地说："他为什么要找我？"

"吵架了？"

她勉强地笑了笑："没有。"

"那他最近忙什么，你也不知道。"贺以诚若有所思。

吃完饭，她去洗手间，途经留给贺图南的卧室，鬼使神差地，她忍不住推门进去，屋里整洁，但像很久没人来住过。她听到贺以诚在阳台打电话，一时半刻结束不了，便躺在他床上，抚着枕头，深深地嗅了一阵。这里他的痕迹不多，枕头上残留的是皂粉味道，没有人的气息。

展颜又慢吞吞地起来，看着枕头发呆，抬眼时，才发现屋里多了个保险柜，她好奇地走过去，想了想，输入自己的生日数字，竟开了。她心跳陡然快起来，一时不知道想什么好。

保险柜里有个箱子，她迟疑地打开，金灿灿的一堆跳进眼里。这是干什么的？

"颜颜。"贺以诚不知什么时候到了她身后。

她吓一跳，有些尴尬地回身，简直不知怎么说，她跟贼似的。

"你不用觉得尴尬，这本来就是你图南哥哥留给你的。"贺以诚见她看到了，便告诉她。

展颜立刻想起那张卡，很快说："图南哥哥还给了我一张花旗银行的外币储蓄卡。"

这可太奇怪了，贺以诚目光闪烁，他在转移财产，而且都转到了展颜这里。

展颜也在看贺以诚，她心跳依旧很快，却和方才的快不是一个原因了。

"没什么，颜颜，你图南哥哥现在能挣钱，对你大方点儿是应该的。"贺以诚温和地说，"先放这儿吧，你现在住宿舍，也不方便保管。"

展颜心事重重地回到了宿舍，她觉得事情很不对，她应该找贺图南当面问清楚。

但周日她约不动他，他已经有约了。周一上班，设计院的同事在聊周末的本地新闻，这次土地拍卖会，新世界一口气拿下四宗土地，而且都是首轮价格成交。

她本来忙自己的事，没怎么听，大约知晓人家在说政府拍卖土地，心里想的却是，乡下要靠种地，城里也要靠地，卖了地，才有钱，没有人能真正离开土地，只有土地是实实在在的。可地一旦卖光了，就再也没有了。

展颜不爱凑热闹，她只是想听便听几句，不想听便做自己的事。城里这些事，她见得多了，似乎也习惯了，这些年不外乎就是房子啊车子啊，人人都在追求这些，没什么稀奇的。

"他这是要走他爹的老路，等着破产吧。"杜骏声音很大，带着嘲弄，他也知道新世界房子卖得好，引得炒房团都来了，除了新世界，都在跌，地今年压根儿卖不动，卖也是商业的占大头，居民用地再没人火烧火燎地抢。贺图南可不是疯了嘛，那句话怎么说来着？上帝想毁灭一个人，肯定先叫他疯。

　　"看不着吗？首轮就拍了，根本没人买，也没人跟他抢。"杜骏满眼鄙夷，"他一个做生意的，还真以为能蹦跶上天？他爸当年就杀过人，你们听说过吗？"

　　"好像听说过，就是北区的事。那年我多大啊，刚考上大学吧，就是那年的事。"

　　"我跟你们说，这姓贺的不是什么好东西，一家犯罪分子，拆迁的时候，这人把当年跟他爸杀人案有过节的都整惨了，钱一分没捞着，还打官司，商人嘛，心都是黑的，尤其是干这个的。"杜骏比了个盖大楼的手势，他瞧不起做生意的，这些生意人，到头来还是得求到他爸的头上去，私下嘴脸，他见多了。

　　展颜听得差不多。杜骏余光扫她，她不是很清高、很超凡脱俗吗？听起八卦来，不照样聚精会神？他觉得自己说了这么一通，终于引起她的注意了。

　　展颜站起来，拿起纸杯，里头是喝剩的半杯红茶水，她走到杜骏跟前，直接泼上去。

　　杜骏脸上挂了几根茶梗，他恼羞成怒地喊："展颜，你没事吧？"

　　"我当然没事，背后说人坏话，你是什么好东西吗？"

　　办公室里完全静下来，大家都在看她。杨工正好从外头进来，看到这一幕，想问展颜发生了什么，她收拾包，说今天请假，就头也不回地走了。

　　走出设计院，她叫了辆出租车，也没说去哪儿，就让师傅开着，一个人在后排沉默地坐着。司机瞥瞥她，心想，这么漂亮的女孩子也失恋吗？

　　她忽然就明白了图南哥哥为什么送卡、送黄金，他去发疯了，土地市场这个样子，只有他疯狂地囤地，他觉得自己是神吧，能复制当下城改的奇迹。

　　别人都要愁坏了，会跑路，会去死，可没疯，图南哥哥已经疯了。

　　她最终到了他的公寓，日落黄昏，她随便吃了点儿东西，发现他家中的灯亮起时，她上去了。

　　贺图南今天回家很早，他很累，在沙发上小憩，茶几上、烟灰缸里全是没清理的烟蒂。他这段时间都抽得很凶，现在可以休息一下。

　　有人敲门，他起来问了句，外面传来熟悉的一声："是我。"

　　贺图南一下清醒几分，她是知道密码的。门刚开，清脆的一巴掌便甩到了他脸上，展颜太用力，手都震痛了，他动都没动，没着意就被她打了。

　　他脸上多了几道红印，挺明显的，他往边上站了站："你要进来吗？"

* * *

展颜根本不舍得真打贺图南，真是气坏了，这下打得实实在在，她脸都白了。她进来后，贺图南皱皱眉，把门关了。

"你都不问我为什么打你吗？"展颜把包扔在了沙发上。

贺图南说："我知道。"

她眼睛一下红了，她走上前，对着他胸前就是狠戳，戳得手指头弯了，生疼生疼的："你知道什么？你什么都不知道，你觉得给我一张卡、一箱金条就是我想要的吗？"她被他这个举动弄得骤然伤心，不知怎么的，跟剜肉一样。

贺图南还能笑出来，微笑着告诉她："颜颜，人活着，什么都不可靠，只有握在手里的钱是作数的，不会欺骗自己。"

是啊，只有这玩意儿可靠，人海茫茫，大千世界，这玩意儿引得多少人去追逐，不停追逐，无限追逐。

那把钱给她做什么？她抓起包，朝他身上狠狠地砸，一下又一下："钱不会骗你，你拿着好了，我需要你的钱吗？你觉得我离了你就不能活，是不是？你觉得我还是高中生，是不是？我告诉你，你不跟我有瓜葛，我过得更好，我不要你的臭钱，你滚吧你！"

贺图南任由她打，包里的东西被甩出来，他一样样给捡起，拿过她的包，正要塞，她却推开他："你这种疯子不要碰我的东西！"

"我是疯子，你刚知道吗？"他冷冷一笑。

展颜气得发抖："好，你有钱，你有钱去发你的疯，你等着破产吧，别人都不买地，就你有钱买地，我要去公安局告你，告你现在就转移财产，我跟你一点儿关系都没有！"

贺图南神情已经说不上是悲还是哀："你去告吧，我等着你告。"

她眼睛通红，对他简直绝望，她点点头，不住地点头："我去告，我会的。"

贺图南忍得太阳穴乱跳："你来就是要告诉我，你会去告我？展颜，你怎么不直接去呢？直接去，咱们彻底不要往来了。"话一出口，他就觉得自己真的疯了，跟她吵什么呢？

她嘴都白了，两只眼快要兜不住那泡眼泪："好，我这就去，你一开始干吗跟我往来，你当年干吗管我？你不管我就对了，你现在可委屈了，又搭人又搭钱，什么好都没落着！"

贺图南说："我不委屈，我有什么好委屈的？我吃亏了吗？没有，吃亏的是你，十八岁什么都不懂就跟了我，耽误几年大好青春，这些钱算我的赔偿，咱们两清了。"

展颜像脑子被打蒙了，她痴呆片刻，随即笑起来，笑得眼泪直流："对，我十八岁什么都不懂，我是傻子，我在你们眼里一直都是这样的，就是个漂亮的娃娃，没思想、没感情，你们说我什么就是什么，你以为我想要你的钱？我不要你的钱，我要去告你！我要告诉警察，你到时候还不上银行的钱，就会跑美国去！"

她脸上像流过了大江大河，贺图南却面色平静："去吧，你想怎么对我就怎么对我，你就是现在一刀捅死我我也毫无怨言，你早就枪毙了我一回。但我不会跑美国去，你太小看我了，愿赌服输，我就是坐牢也不会跑的。"

展颜对他彻底绝望，他都打算坐牢了，什么都想好了，她扑上去，对他疯狂地又打又骂："你凭什么这么对我，凭什么！你那些钱为什么要都给我，你要困住我一辈子，你觉得我会花吗？你就是想让我难受死，我死了算了！我死了你就高兴了吗？"

他这人真是太坏了，一点儿余地都不留地走了，又回来，现在还打算让她良心不安地活在地狱里头，她都不知道他干了什么，他又什么都安排好了，她像个木偶，线都在他手里。

她也就这么点儿力气，伤不了筋，动不了骨，直接往心口去的。贺图南说："不是要去告我吗？现在可以去了。"

展颜哭得喘不过气，摇摇欲坠，一时间，两人都有些茫然，他们以前多好啊，好得用一个身体都觉得多余，他就是她，她就是他，管世界是什么样，心无旁骛地好，谁也分不开他们。

"我恨你，我为什么要认识你——"她真是伤心，伤心得不知道说什么好了，就只剩伤心。

贺图南抱住她，她伏在他怀里哭得眼泪鼻涕全是，两人突然不吵了，屋子里只有女人的哭声。

"你是报复我吗？你还是记着当年的仇，可咱们有什么深仇大恨？"展颜茫然地抬起了脸，"你想报复我的话，用钱干什么？你傻吗？你应该找一千个一万个女人，夜夜笙歌，让我知道，你过得不知道有多快活，没有我，你只会一身轻松，过得更好，你现在是在干吗？"

贺图南被勾起伤心事，旧伤疤被阴雨天牵动陈痛。

他帮她擦了擦眼泪，她呆呆的："图南哥哥。"

他一下被她这一声喊得心碎。

"你都走了，干吗又回来呢？走的时候我不知道你为什么那么坚决，回的时候我也不知道你为什么回，现在，你好端端给我这么多钱，说赔偿我，你是要我欠你们家到什么时候？"

"不要你还，你不欠。"

"你说不欠就不欠了？"展颜脸颊被擦得发红，"我也是人，我是有感情的，不能什么事都是你说了算，聚是你，散也是你，凭什么呢？"她说着胸口窝了气，又难受得不行，像窝了块污糟糟的烂石头，怎么都挪不开。

贺图南说："我当年走是生你的气，生爸的气，我没办法了，只能走得远远的。我觉得太丢人，爸一回来，你就不肯要我了，他是老子，我是儿子，这辈子也越不过这个次序。"

他说这话带着点儿颓丧，展颜没见他这么低落过，他总是很有信心，谈笑自若。这事打的结到现在都没解开。

"我没有不要你，你还这么想，我当时跟你商量过，怎么告诉贺叔叔比较好，你不肯，非要瞒着，瞒到那种时候，他发现了，谁都难堪，你们吵成那样，我夹在你们父子中间，真的想不出怎么能叫你们两人都满意的法子，只希望慢慢地贺叔叔能接受。我不是要他不要你，我早就问过你，有没有想过贺叔叔当时一口气上不来怎么办？如果真那样，你跟我往后这辈子都过不安生。我当时要是不管不顾地跟你在一起，你们父子反目，你就真的痛快了？"

贺图南脸色有些苍白，眉眼漆黑，黑得叫人心惊。他没办法否认，也没办法反驳。只是这样的道理他当时没有多余的精力去想。

"我对爸心里有怨，你来家里后，我才知道他不是感情淡薄的人，只不过，不是对我跟妈。我又没法讨厌你，我喜欢你，这也不是你的错，他要爱你，你也没办法。他出事后，我想着，我得让你觉得有着落，不是只有他才能照顾你，我也可以，我也得跟他证明，我配做他的儿子。我当年是想用你报复他的，我就想刺激刺激他，他越反对的我越要做，我心里没有缓冲，就要个鲜明的态度，你是跟我还是跟爸。我每次选择都选你，在妈和你之间是你，在爷爷、姑姑一家人和你之间还是你，我只希望你也能选我一次，我没被人选过，我总以为我这么对你了，全都给出去了，你会选我的，可你没有。我当时太生气了，也太失望了，已经没力气去考虑你的处境，爸为你坐了牢，离了婚，你选择他，没什么好指摘的，我对你本来就是我心甘情愿，既然如此，那我不甘心什么呢？"说到最后，他麻木地合了合眼，近乎自言自语，"我是男人，所以不该轻易地流露出需要感情，我需要，我希望爸能多看我几眼，爷爷能因为我妥协一点儿，不要求多，能妥协一点儿就够了，但没有，没有一个人，我们都搞得界限分明，不得已了，才模糊掉。到头来，我对你也变成了那种要求，是我对不起你。"

展颜从不知道图南哥哥也有这样脆弱的一面，他坐在了沙发上，深邃的眼渴求地看过去，看到的是十八岁时的自己，变成钉鞋的自己，岁岁年年，年年岁岁，这世界太大了，光阴也太长了，只有她是他的伴。

跟她对视了几秒，他忽然笑了笑，脑袋慢慢垂下去，不晓得在想什么。

展颜的心被他这个样子揪疼了，他是图南哥哥呀，他是她最爱最爱的人，没有他，她就只是个躯壳，家乡回不去，在城市生不了根，她是孤魂野鬼。

她走过去，弯下腰，捧起他的脸开始亲吻，混着眼泪。

她的滋味儿很快熨帖了他所有的失落，他什么都不想了，下意识地亲吻她脸上的泪水，喃喃地喊了声她的名字。

展颜回应他，非常温柔："图南哥哥。"她又喊他一声。

贺图南笑笑，说："你刚才哭得厉害，弄得我也想哭。"

他一笑，她就觉得太难受了，怎么这么难受？她压抑了太多年，日日夜夜，跟时间一块儿走个不停，人夜里要休息，时间可不要，一直走啊走啊，走到山穷水尽，还得活着。

"你走后，想过我吗？"

"没法形容我那时的状态，你给我写的信，我一点儿都不想看，不想跟你们有任何牵扯，反正你们又不需要我……可第一年在港城过圣诞，我看到有个女孩伸手，很像你，手腕很白，圣诞树上全是礼物，我突然就想到了你。我在想，你不需要我送礼物了，你有爸，以前我连生病也不敢，我怕我有事，就没人能好好照顾你，可你有了爸，不会再需要我。我一直为你挣钱，那几年除了给你挣钱，我找不出其他意义，我去了投行，挣再多的钱，但没有你，我不知道意义在哪儿。所以，我想回来，你在这儿，我就得在这儿。"这太没出息了，一个男人离了女人就找不到意义，贺图南说的时候，一点儿不好意思都没有，"我还是想跟你在一起，那样才算活着。我不知道你现在是怎么想的，十八岁的事已经过去很久了。"

"你爱我吗？"展颜道。

贺图南嘴唇动了动："爱，我只爱你。"他也快不会表达这个东西了，迷惘、挫败，不知所终，"你还爱我吗？爱过我吗？"他迟疑地反问。

展颜怅怅地摇了摇头："图南哥哥，你要听真话吗？我说我爱你，你信不信？我是爱你的，除了妈妈，我最爱的就是你了，妈妈不在了，我本来以为再也不会有人这么爱我。我刚到你们家时，要看你们每个人的眼色，观察你们，我有点儿害怕，觉得很孤独，只能一直不停地学习，我总怕会得罪你们，惹你们不高兴。等到贺叔叔出事，他没怪我，你对我又那么好，我们住在出租屋里，真是妈妈去世后我过得最快活的日子了，我觉得自己太幸运了，能得到你，你这么好的人居然是我的。"她说着说着，又哭了，"我那时想得太简单，就想着你是我的，那我也是你的，我们一块儿过日子，健健康康的，能一块儿很久很久，我都想过，如果老了，你先走的话，我就把自己洗得干干净净的，换上最好看的衣裳，抱着你，跟你一起死，我一定抱你抱得很紧，就算变成骨头了，也没人能掰开。你不在了，我活着也没意思，我不觉得人就得活多大才有意思，咱们不能共生了，那就同死。"

贺图南眼泪猛地直流，掉在手背上。他真是不知道说什么好了，她这么傻，傻极了。

"可你突然走了，根本没有我想的老了病了不得不死这些，我本以为，只有发生像妈妈那样的事，才会分开，但不是，你走得太彻底了，一下让我觉得以前的好像都是假的,我很久都分不清真假,我判断不出来了。所以,我也不爱跟别人太亲近,只想一个人待着。现在你告诉我了,我大概明白是怎么回事,心里亮堂了许多。"

"我知道了,我知道了。"贺图南抱着她,感受到久违的热烈的东西,独一无二,其他人身上不会有的,他无比享受过,也奉献过。

他的怀抱真是温暖,展颜却直起身板:"你为什么给我钱?"

贺图南不停地抚摸她的秀发:"我想得很简单,我只想着你不要再受物质的苦,你有了这些钱,无论到什么时候都不必求人,工作做得不顺心,辞掉就好了,干点儿其他的,想去旅行就去旅行,活得痛痛快快的。"

"你总是这样,也不和我说,你觉得我承受不了你冒险的事情,那我就能承受你真出了事自己去花钱吗?你为什么觉得我会高高兴兴地花这些钱?"

是啊,为什么呢?大概是因为他以为她不再爱他,花这些钱也就没什么负担。还有点儿不能说的心思,他想知道她会不会为他痛苦,她要是无所谓,那他做什么就更无所谓了,好啊歹啊的,都是孤家寡人一个。

贺图南抱歉地看看她。

展颜目光停在他脸上:"那会儿,我跟着你,你那么辛苦,一直在想法子挣钱,我其实一点儿都不了解你在外头的事,我心疼你,又想替你分担,可我什么都做不了,我希望什么都跟你一起,可你不让我知道你的事。你比我聪明,比我会挣钱,在我心里谁也比不上你,你最好了,我跟着你,唯恐跟你差太远,我心里一直希望能跟你一起面对所有的事情,你却不给我机会。"

贺图南只能解释:"我习惯这样了,我希望你过得轻松、高兴。"

"我会高兴吗?你告诉我,为什么买那么多地?"

贺图南道:"我在赌,赌国家的政策。"

展颜说:"什么政策?"

他道:"美国的次贷危机已经演变成了全球金融危机,南方厂子面临倒闭的风险,你们村里务工回来的一定能感觉到。出口不行了,房地产又低迷,如果政府不救市,经济就会完蛋,所以我赌政府不会任由房地产这么低迷下去,会想办法刺激内需。我趁现在买地,是为以后打算,这几块地都是低价收购的,明年甚至以后恐怕都不会有这么低的价格了。房价还会再涨的,而且可能是暴涨。"

"你把什么都投进去了吗?"

贺图南轻轻嘘口气:"是,我把身家都投进去了,要么赢,挣大钱,要么输光。"

"可如果政策不像你想的那样,房地产崩溃了,你会跑吗?"

贺图南摇头:"我哪里都不去,我不会跑的。"

展颜沉默了会儿,说:"你有几成把握?你不是平白无故瞎赌的吧?"

"不是,但几成把握不好说,赢就是赢,输就是输。"他很坦荡,"我不告诉你，一来是觉得你未必会管我的事，二来，如果你对我还有感情，你肯定会担心，我不想让你跟着担惊受怕。"

她怔怔地瞧着他，那神情倒跟从前如出一辙，什么也不叫她忧心，他什么都能做好。

但大家都是大人了，他既然说了，她也不是什么都不懂，知道这里头的奉献。这些年变化太快，人人都为钱发疯，书念得好不好无所谓，只要能挣钱，钱成了衡量一切的标尺。他聪明，少年时脑子就活泛，天生是做生意的料，天生万物，都是叫它有用的。一个人如果能充分利用自己的天赋，那也就不算辜负了。

展颜忽然露出笑："那好吧。"眼泪还凝在睫毛上，没干透。

贺图南扬眉，望着她，不知道她是什么意思。

展颜说："你说给我钱希望我过得高兴，我只有跟你在一起才高兴，无论发生什么，我都要跟你在一起，你真想做什么，我陪你就是了。我不怕你变穷，我们不是没穷过，老天爷饿不死瞎雀，何况我们有手有脚有脑子，就算失败了，也能爬起来，你根本不用给我留钱，我不需要。"

贺图南盯她片刻，忽然搂过她，滚烫的气息碾过她的嘴唇，情动来得很快："你不害怕吗，跟着我这种赌徒？"

"我只知道你是图南哥哥。"她心里很酸，要贺图南抱，贺图南是爱人，是哥哥，是父母，是一切关系的总和。她想不出用什么概括，世界上没有这样的称呼，没有一个词能说尽。

别人爱吧，爱吧，爱十年、二十年、五十年、一百年，你们也比不过我一刻的爱。她这么想着，到了他的怀中。

他抱着她，那种快乐的感觉非常真实，他听她这么说，特别高兴，两人话没说完，又开始接吻，他把她吻得手脚发软，眼神都像在抚摸她、侵略她。

展颜抚着他的脸，低声道："图南哥哥，你瘦了。"

两人刚进门时，吵得快要成陌路，此刻又成了连体的，谁也分不开了。

她认真地抚摸起他，好像在检查还有哪里瘦了，他最近一定很辛苦："你爱冒险就冒吧，你是这样的人，我知道，你胆子大，但以后你做什么都要告诉我，好不好？咱们一起。"

贺图南已经躁动了，咬了下她的鼻尖："我想让你爱我。"他声音黏起来，吻她的眼睛，再往下，偏移了些气息往她耳朵里送，像槐蚕蠕动。

展颜一激灵，揪住他后背的衣服："很痒呀，图南哥哥。"

他似乎是笑了声，很短促，几乎是耳语，藤条一样缠上来："宝贝儿，我的颜颜，我的宝贝儿——"

* * *

展颜搂着贺图南的脖子，心里软软的，什么吵啊气的，全没了，蒲公英要落到土里，就在这块儿生根了。

他是她最爱的图南哥哥，她撒起娇，用一种既女人又孩子气的声音绵绵地说："我要你好好疼我，图南哥哥。"

"疼，只疼你。"

贺图南吻她的时候，她的表情又迷离又专注。男人的身子热乎乎的，能驱散往年下过的所有的雪，他呵出一口气，雪便化了，她整个人便成了水做的，活水，涓涓地淌着。

等平息了，他捏捏她的脸："脑子清醒了没？"

展颜神思恍惚，她翻过身，爬到他身上，抱紧他："没有，我不要清醒了，我就这么跟你过。"

贺图南把被子往上拽了拽，拢了拢："好，你不害怕就这么跟我过吧。"

她裹在被子里，脸贴在他的胸口，手指划啊划的："图南哥哥。"

"嗯？"

"图南哥哥。"

贺图南笑了："想说什么？"

展颜抬脸，往上瞧他："你要不要我给你当老婆？"

他怔了怔。

"我问你要不要我给你当老婆！"

"要，要，我要。"贺图南心跳怦怦的，她怎么先说了呢？

展颜脸很热："那等大年初六，我就跟你结婚。你说过的，贺叔叔不反对了。"

贺图南钳住她的脑袋，迫使她再次看着自己："想好了？"

她睫毛颤颤的："想好了，我早就想过了，如果不能嫁给你，我就一辈子不嫁人。"

贺图南搂紧她，低下头，不断亲吻她的发顶："好，我娶你，我先跟爸打个招呼，你看行不行？"

"我听你的，我什么都听图南哥哥的。"展颜娇娇俏俏，又是那个全心全意跟着他的样子了。

这真不是个好时候，贺图南心有些乱，豪赌时都没这么乱。一个人怎么都成，带着她又不一样了，那种心情跟当年不同，当年的钱是一点儿一点儿挣，用过脑子，也出过力气，十八九岁浑身是劲儿。赌，自然不是乱赌的，但既然是赌，就有输的风险。贺图南这么想着，抱着她，滚了滚，她又在下头了，他一寸一寸地打量起她的脸，她那眼睛分明是十足的信任。

"你是不是想到买地的事了？"说也奇怪，好像昨天还有隔阂呢，此刻一个眼神就什么都懂了，展颜触了下他的睫毛，"是吧？我不怕，做你喜欢做的嘛，你也说了，不是瞎做的决定。"

贺图南热热的唇压上来，亲了亲她："怕连累你。"

展颜说："刚开始，我是很担心，又气你什么都不讲。现在我不气了，担心肯定也有点儿，不过最坏的结果我能接受，我也不害怕，只要能跟你在一起就够了。"

说也奇怪，她打过交道的男人不多，女人也不多，可就是知道这世上最好的人是贺图南，他丑啊美啊，穷啊富啊，通通没那么重要，他是图南哥哥，就是他这么个人，够她的了。

以她的经验，总是能选出个最，不像别人，模棱两可的，颇为难。最好的乡亲，那一定是石头大爷，最好的朋友，是孙晚秋，最好的叔叔，是贺以诚，最好的师傅，是杨启明。她生命中似乎就这么几个最，不需要多。

贺图南不知道说什么好，她这份痴跟他是一样的。

看他走神，展颜戳了戳他："你知不知道，初六这日子可好了？"

这是他生日。贺图南笑："哪儿好？"

"我就知道你不懂，正月初六，乡下到处都是嫁汉子娶媳妇儿的，在老皇历上这就是好日子，又是你的生日，你还能娶老婆，你说好不好？"

贺图南点头："好，你是不是从小看别人初六结婚，就想着自己将来也嫁个汉子？"

"汉子在这儿。"她逗他，不想他压力那么大，"我要嫁的汉子鼻子是鼻子，眼是眼，高大又结实，村里人见人夸，都会说我好福气。"

贺图南嗤笑："你怎么知道你汉子结实？"他凑过来耳语几句，展颜脸上轰地铺开晚霞，却亲他嘴唇。"要的要的。"

贺图南甘愿臣服，他不想别的了，窗外秋风秋雨，不晓得多少个疲惫的灵魂都无处安歇，人为了名为了利，不晓得厮杀成什么样，他也不能免俗，在大千世界里浮浮沉沉。世界到底没亏待他，给他这么一个人，一处容身的地儿，跟外头一下隔绝开，真是快活死了，无比安全。

他跟她交颈相拥，像某种动物，一起入眠。

贺图南打算趁个周末帮展颜搬家，她东西不多，两趟足矣。两人又要同住了，展颜最习惯跟他住，她熟悉他的一切，他也熟悉她的一切，两人不一块儿住简直就是要把一个人分作两半，太残酷了。

展颜高高兴兴地上班去了。

大家还记得昨天那事，她走后议论了半天，东扯西扯，不知怎么扯出来当年的事，说她就是那年市里绑架案的主角，她那会儿还是高中生。这下可炸锅了，都在问是真的吗，说的那个神神秘秘地讲，当然是真的了，又暗示她跟新世界的甲方其实是兄妹，一个爹两个妈的那种。

那就解释清楚了，怪不得新世界最初也不招标，直接找设计院。杜骏骂人家爹

511

和哥，被泼一脸茶太正常了。

"不声不响的小姑娘其实才最厉害，你看看你们，咋咋呼呼的，一看就是没有故事的人。"

工位角落里不知是谁总结了一句，大家又笑，聊得一身汗，热腾腾的，没有比在背后谈别人隐私更快乐的事了。杨工听不下去，说："就算是真的，那也是展颜的家事，那个案子，她是受害者，她又没有问题。"

"杨工护犊子啊！"

玩笑开了一堆，等展颜这天来，大家便当作无事发生，设计院这种单位，人情复杂，见了面，再讨厌的人也能笑眯眯地打招呼。

杨工什么都没问，过来直接跟她说方案的事，看她状态颇佳，便放心了。

展颜高高兴兴地上了一天班，盼着下班，下班后就会有心上人来接她。她像只飞了太久的鸟，终于找到了巢，暮色一显，就晓得该回窝了。

贺图南是要来接她的，回家先换衣服，打算带她去吃西餐。他刚进家门，就发现里头坐了个人，他老子贺以诚在沙发上坐着。

"爸，怎么来也不说一声？"贺图南换了鞋，把钥匙一丢。

贺以诚看看贺图南，贺图南翅膀不是一般地硬，都硬成铁做的了。要不是他去公司，别人跟他开玩笑，他都不知道贺图南在周末结束的土地拍卖会上一鸣惊人。他跟市里的通了个电话，聊了会儿，知道年底高铁站附近还要卖地。

"忙吗？"贺以诚问。

贺图南心知肚明："忙，我一会儿去接颜颜，你要一起吗？吃个便饭。"

贺以诚说："你们吃，晚上你易叔请客，我待会儿直接过去。"

贺图南点点头："我冲个澡，换件衣服。"

"跟颜颜约会吗？"贺以诚问得很直接。

贺图南解纽扣的手停了："对，约会，有件事本来我得跟颜颜一起说，我现在先问问爸的意思。"

贺以诚对儿子要求不多，本以为贺图南除了气他那次，父子之间也没什么太强烈的感情，可他知道这事后先是惊愕，很快就担心起来，等坐在这里，已经想很多了："你说吧。"

"过了年，我二十六岁，颜颜二十五岁，我们都老大不小了，也该考虑结婚的事，爸不要觉得是我们头脑发热决定的。"贺图南态度很诚恳，"爸，你要是不反对，我们这个婚正月初六就结。"

贺以诚说："你觉得你现在适合结婚吗？"

贺图南心里顿时凉了下去，他不动声色："我跟颜颜你情我愿，又不是未成年，为什么不适合？"

贺以诚心平气和地说："你既然打算结婚，又弄这么一出干什么呢？我今天不来，你打算什么时候跟我说？瞒得住吗？网站上的新闻谁都看得见，你出手很阔绰啊。"

贺图南简单地解释了几句，他不说，贺以诚也懂，但见他一脸无波无澜，跟上街买了两捆白菜一样的神情，贺以诚觉得，自己真是老了，不服老不行，现在不太愿意冒险，更喜欢稳，事业心是有的，可没了荷尔蒙的刺激。

"我知道爸担心的是，万一我玩完了是在坑颜颜。"

贺以诚道："颜颜知道这事吗？"

"知道。"

"她还愿意嫁你？"

贺图南说："我什么样，她都嫁，同理，她什么样，我都娶。"

这可真够感人的，年轻人动辄海誓山盟，贺以诚心头复杂，他说："那你想没想过，你出了事，她怎么办？"

贺图南说："我不想再出于各种原因跟她分开，出事了再说出事，我不会出事的。"他又冷静许多，头脑清醒。

"你心里是不是觉得，不管怎么样颜颜都有我兜底？"贺以诚看他要说话，摆了摆手，"你当年一下就跟她断了，说到底是心里觉得横竖有我管着她，可你走后，她一分钱也没再要过我的。"

贺图南完全愣住了，很久，才道："她是怎么念书的？"

贺以诚说："她靠自己，得了奖学金，打点儿零工。我去看过她，过得很寒酸，我看着她大冬天在那儿冻得发抖，心里真是难受，可她说什么都不肯再花我一分钱。"

贺图南脑子嗡嗡的，他的小妹，他一点儿苦都不舍得让她受，她跟着他受苦，本来就够让他痛苦的了。他走不是叫她受苦的，他总觉得她选择了爸，他气她选了爸，他还那样想过她！

贺图南太难受了，没一点儿预兆，贺以诚就把这件事告诉了他，他一丁点儿都不知道，他都不能仔细想。仔细想，就觉得自己不可饶恕。

"我看，"贺以诚说着微微皱眉，他发现贺图南脸上有泪水，这么大的人了，一个男人听了几句话就要流眼泪，都说不好是感性还是冷酷，他去坐牢，也没见贺图南哭，"我看，颜颜是无论如何都要跟着你，她愿意的话，就这样吧。"

贺图南有点儿恍惚，他听到了，过了会儿才回神："爸说什么？"

贺以诚的眼睛在灯光下也是深邃的："我说，既然她知道，还要跟着你，那就跟着吧，有什么事我会给你想办法。"他说着，抬腕看看手表，时间差不多了，他缓缓地站起来。

贺图南疑惑地看着他："爸是什么意思？什么给我想办法？"他甚至都没怎么听清前两句。

贺以诚走过来，意味深长地看他几眼："你如果真有事，咱们爷俩一起扛，哪怕是我再坐一次牢，也不能叫你完蛋。"

自始至终，也没有贺图南已经做好心理准备的争执。

他换了鞋，带上门，身影倏地消失了。

贺图南慢慢地靠在了墙上，仰起脸，他心里滚烫，默默喊了声爸，却没什么后续，贺以诚已经走了。

第三十二章
岁岁年年

❄ 那就暂且开到这一春，还有下一春，无数春。

展颜搬过来跟贺图南一块儿住了，她一来，家里很快就满了，时不时添点儿东西，觉得少这少那。以前那出租屋里也是锅碗瓢盆一堆，擦得雪亮，刷洗都在院子里，就是冬天太冻手指头，几十秒就冻麻了，还疼。

两人反正不是第一回像小夫妻过日子。

11月，政府出台了刺激内需的十项措施。这时候，经济形势已经非常糟糕了。

老百姓都在讨论这件事。贺以诚的建材公司因为地产不景气，也受影响，天冷得要命，一丝云彩都没有，难得蔚蓝成片，看起来空气质量很好，可惜的是，市场跟天一样冷。

父子俩见了面也聊这个，年底，政府还有一次土地拍卖，贺图南说了自己的打算，想再拿下高铁站附近一块地，这话是在饭桌上说的，贺以诚道："现在的房市，我没看出哪里有好转的迹象。"

他问展颜怎么想，展颜说："图南哥哥想好了，就去做吧。"

贺以诚无奈地笑道："他要是胡来，你得劝劝他才行。"

展颜瞥瞥贺图南，他正笑吟吟地看着自己："我不劝他，他脑子比我的好用，不做违法的事就行。"

贺以诚说："颜颜，你这心太大了，万一他选错了呢？"

展颜说："人这辈子也不能总对吧。"

贺以诚摇头："他这要是犯错，可不是小错。"

展颜心里没那么害怕，她反而很高兴，他们父子俩关系融洽了许多，她感觉得到，也就多说几句话，多几个眼神回合。到底是父子，她想到人家父子这么好了，很自然地想起了展有庆。

往年的话，农民工要等到春运大潮，才大包小包，乌泱泱地挤绿皮火车，揣着挣了一年的钱朝家的方向赶。老人在等，孩子也在等。今年下半年开始，形势太坏了,急转直下,老板卷钱跑了,大伙儿上街闹着要钱,没个着落,在外头待一天花一天的钱,大冷天,睡桥洞是要冻死人的,索性卷铺盖回家。

回家还有地,有地就成,庄稼人种地的手艺又没丢,这个时节,正该上山刨地,来年好种。几千年都是这么过来的,可人一旦见了世面,再瞧那土坷垃,心里就不是滋味儿了。之前是蒙眼的驴,大伙儿都是,一个劲儿围着磨盘转就是了,啥也不想。如今都晓得一年忙到头,地里那些东西只够糊住嘴,太穷了,有这力气不如卖给工厂,但现在厂子垮了,回来真是心不甘情不愿。

"城里企业不景气,打工的农民能回家接着种地,如果以后全部城镇化了,再发生经济危机,城里不需要这么多劳动力,那人还能往哪儿去?"

展颜问起这个,父子俩都有些意外,贺图南笑道:"爸,颜颜开始干经济学家的活儿了,我看她啊,应该当个三农专家。"

她伸腿从桌底踢了他一脚。

贺以诚说:"颜颜这个问题提得好,能想到这层很不错,国家最近出台的政策有一项就是到农村搞基建,农民工返乡,不仅能种地,还能参与基建。至于以后再有经济危机,要怎么转移矛盾是国家战略层面的事,不是我们老百姓能想到的,更不是我们能决定的。"

这个问题没人能回答。只有在土地上真正生活过的人才能想到这些,贺以诚依旧谈不上喜欢那片土地,没有一个地方像那片土地,承载了最善最美与最恶最丑的回忆,于他个人而言是如此。

贺图南笑笑的,他老子可真够严肃的,一开口那么老派,他瞧了瞧展颜,说不上她那是个什么神情。

展颜没期待听到答案,她只是想到了便说出来,孙晚秋憎恶故乡,但没有想过,故乡为什么是那个样子,为什么有那么多的贫穷、不幸、悲哀。展颜也不是很明白,她只是一想到这些,心里就有说不出的哀愁。

等贺以诚走了,贺图南一把抱住颜,在她的脖颈间乱蹭:"你这么忧国忧民,是不是也该多关心关心我?我也是民。"他有时很爱跟她开玩笑,觉得有趣。

展颜笑着躲开:"哎呀,你衣服上有静电,很烦人。"

贺图南偏还要挠她痒痒,她笑个不停,说不行了,眼泪都笑出来了,身子一软,都要坐到地上去。

大冬天的,外头那么冷,散步免了,这么闹一会儿就算是活动了。展颜笑够了,跟他说:"我想给爸转点儿钱,他今年都没怎么出去干活儿,前段时间,听说开拖拉机给别人拉石头。"

贺图南要表示,她拒绝了:"他又有了家,其实我心里一直疙疙瘩瘩的,我不喜欢壮壮,也不喜欢壮壮的妈妈,你说,我是不是太没人情味儿了?"

贺图南揽过她："不喜欢就不喜欢，不要强求，我是这么想的，他如果没有再娶，一个人，你自然应该对他照顾多些，但他现在有家，你给一些钱，过节去探望探望，差不多就够了。"

"我很矛盾，妈给我留的信里说，爸应该有新生活，我知道是这个道理。妈在时，我觉得他很爱妈，可妈走没太久，他结婚了，生儿子了，好像很高兴，人太复杂了，他爱过妈，可那又怎样呢？"展颜趴在他胸口，"我现在回忆，觉得妈是不喜欢爸的，她跟他都没话讲，我很小的时候，模糊地记得，妈宁愿带着我单睡，我们在东屋睡，她也不愿到堂屋的东间跟爸一起，可她还是跟他过了一辈子，是怎么过的呢？"

贺图南握着她的手，轻轻拨弄："你妈妈也许是在忍着过，不是穷嘛，每天要干那么多农活儿，估计也没时间说话，如果再没共同语言，又累，那就彻底没话讲了。"

确实没人说甜言蜜语，那玩意儿不能多收一担粮食，多打一壶菜籽油，也想不到爱啊什么的，就是种地、养孩子。

"不说这个了，我们说点儿高兴的吧，杨工带我们这次接的活儿，甲方特别好说话，胖胖的，我去跟他沟通，他总是说'展师傅，你这个想法可真有水平'，他一夸人，就是你真有水平。"

贺图南"哦"了声："我怎么觉得你是在含沙射影呢？"

展颜瞋他一眼："对，我这么有水平，就你看不出来。"

"那我好好看看。"贺图南忽然抱起她，进了卧室，"我来研究研究，到底哪儿有水平。"

展颜每到这时候，顶爱撒娇，她以前就这样，跟条小鱼似的乱摆尾，让他抓住了，又刺溜走，来来回回地逗他，觉得好玩。

她那些情话甜蜜得不行，是个男人听了，都要心甘情愿地为她死，贺图南又回到那种不知道怎么才能多爱她一点儿的状态了。他最喜欢晚上，这样的冬夜，漫长得很，他对完全拥有一个人这件事非常在意，也非常投入，他吻着她，心里忽然就一阵难受，脸色不是太好。

"图南哥哥，怎么了？"展颜摸他身上紧致的皮肉，按下去，她迷恋触到骨骼轮廓的感觉。

贺图南说："我觉得很对不起你。"

她笑了："怎么说这个？"

唉，这件事他一想起来，就难受得跟血液倒流似的。

展颜拉过他的手："我们不说过去的事了嘛。"她说完，全心全意地给他温柔、炽烈的缠绵抚慰，她知道除了她，没人能再给他这些东西，她给他最极致的，她让他知晓自己是被怎样爱着的。

年底了，大家都在忙，孙晚秋忙里偷闲看房子，研究政策，拖到2009年元旦，老百姓还在观望。贺图南说："你可以买了，不必再等。"孙晚秋犹豫了一阵，那可是钱，先头看中的房子，这一平方米又降了百十块。她从没这么矛盾过，一边想着会不会再跌，一边想着可别跌了，快涨上去吧，新世界又拍了高铁站的地，高铁站还没影呢。

孙晚秋还是买了个小房子，五十多平方米，是现房，装修好找人，她自己又懂，不会轻易叫别人坑了去。展颜帮她联系贺以诚，买装修材料，她自己抽空也去跑跑，她跟男人一样粗声大气，每次还要带上个男人，全是以前跟她干活儿的那批人。这回老张，下回老李，谁有空谁跟着去。

为什么要叫上男人？自然是身边多个男人，对方一看，乱要价便没那么离谱。现在房产影响的上下游产业都不那么乐观，有顾客来，就非常热情地吸血。

展颜告诉了孙晚秋自己要结婚的消息，这时候，她们当年的小学女同学里，有很多人早已是两个孩子的母亲，男人们也大都成家，在外打工，小孩子则留在乡村，和老人一起生活。

展颜下工地时，孙晚秋也在，她刚劈头盖脸地把老马骂了一顿。最近天冷，老马总爱喝酒，晕晕乎乎，出了事可了不得。

"我跟你说没下次了，下次这样，你立马滚蛋！"孙晚秋很凶。

老马讨好地笑，嘴里说不敢了，不敢了，讪讪地朝边上靠了靠，把帽子一拿，挠了挠头，全是头皮屑，油油的发根紧贴头皮。

展颜不作声，等她骂完，才问："小马呢？"

"犯病了，彻底不能干了。老马这家伙骗我说他只是智力有问题而已，谁知道小马还有精神病，得吃药，在澡堂子洗澡，光着屁股就跑出来，几个人都摁不住。"孙晚秋一提这个就满肚子火。

展颜愣了愣："那他人呢？"

"在老家，关起来了，听说疯得不成样子，吃自己的屎。"孙晚秋边说边四处看着，"大概就跟王静她爸一样，听说王静快结婚了，男的是广东人。"

似乎每个村子都有疯子，不锁家里的，就到处乱跑，也不晓得他们会跑哪里去，无人在意。这样的天，倒在路边冻死，一点儿都不稀奇，潦草地没了，悄无声息。

"你也要结婚了。"孙晚秋说，她看向展颜，脑子里想到的却是小时候的事，她记忆最清楚的是婷子姐，婷子姐十七八岁时，梳着两根长辫子，皮肤黝黑，眼睛却又大又亮，爱笑爱唱，她们都觉得婷子姐很漂亮，牙齿雪白，会讲《聊斋》，在有月亮的晚上坐在门口，说一个又一个的鬼故事，把小孩子们吓得哇哇乱叫。

后来，婷子姐嫁人，也就一年的光景，她回娘家，还是坐在门口，怀里抱着个小娃娃。那么多人，她也不避讳，像别的妇女那样，一撩裉襟子，便给娃娃喂奶，跟人说笑。

孙晓秋吓了一跳，很多事都吓不到她，婷子姐吓到她了。婷子姐本来是那样的一个姑娘，水灵灵、鲜活活，像只燕子，可她做人家媳妇儿，做人家妈了，就变得跟其他妇女再没两样。孙晓秋那年上五年级，她看到婷子姐喂奶，就再也不喜欢婷子姐了，而展颜在那儿摸小娃娃，说小娃娃真可爱。

她也不知怎么了，竟想起婷子姐。一个女孩变作妇女，不是跟男人睡觉变的，是那个孩子叫她变的。

好像听见展颜说春天办婚礼，先领证什么的，孙晓秋道："跟男人在一起快活，但生孩子不快活，要是不用生孩子就好了，生孩子就得做人的妈。"她想有一个更好的妈，羡慕过展颜，但轮到她自己，她发现自己并不乐意做人妈。

"你喜欢小孩吗？"孙晓秋问展颜。

展颜想了想，说："我还是更喜欢图南哥哥，我不知道喜欢不喜欢生小孩，但如果生了，就好好爱护。"

"我不喜欢。"孙晓秋在对所有事的判断上都这样清清楚楚，她想，展颜不会变成婷子姐那样，但一定会变成一个妈妈。

"也许我一辈子都不会跟男人结婚。"孙晓秋笑着坦白，"能遇到一个让我快活的男人，我就很高兴了。"

她们长大了，遇到男人还不够，还要生育、繁衍后代，像她们的祖祖辈辈那样。孙晓秋在这么冷的天里想到这些，心头变得更冷，她对生育感到排斥。

正是响午，天冷，可日头刺得人想眯着眼睛，展颜一本正经地说："丝瓜还想开花就开，不想开就不开呢，你不结婚，最多就是不结果子的丝瓜秧，谁也管不着。"

孙晓秋哈哈大笑："有道理。"

"你过年回去吗？我要回的，看看我爷、我爸。"

孙晓秋摇摇头："去年回了，还是那样，我小弟不争气，念书不行，又懒得要死，一家鸡飞狗跳，吵死了，我妈倒硬气了。"

她妈李彩霞确实硬气了，被孙大军吼了半辈子、打了半辈子，现在孙大军丧歪歪地躺在那儿，李彩霞给他一口吃的，他就能吃，不给，就饿着。李彩霞心情不好了，干活儿回来好一顿骂，孙大军什么辙都没有了，他是废人，得在老婆、孩子手底下讨日子过，过一天算一天，那也不想死。

不过，孙晓秋比李彩霞还硬气，谁挣得多，谁最大。李彩霞不敢再骂她了，瞧她穿着大靴子，用鞋油擦得锃亮，可体面了，包里揣着钱，新取的，还连着号呢。

李彩霞一出门，一口一个俺闺女怎么怎么，孙晓秋觉得李彩霞讨好自己时的样子很可悲，记忆里的妈是个彪悍的女人，她也佩服过妈，但如今，母女俩只剩钱好谈了。

李彩霞还等着她给小弟盖楼，娶媳妇儿，村里楼是盖了不少，比谁吊顶高、

519

院子大，铺了廉价地板砖，也不拖地，下雨天直接进，带一脚泥，啪一口老痰也随便飞。

孙晚秋觉得小展村变了，又好像没变，她就待两天，够够的，又冷又脏。一群半大孩子围着放炮，饭桌上男人喝得脸成猪肝色，乱比画，吹牛皮，妇女们都烫了花头，穿五颜六色的羽绒长袄，攀比谁的靴子长，牛皮的还是羊皮、猪皮……她清楚，她这辈子不回小展村也不会觉得有啥想头了。

"展颜，有几句话我想说，即使你结了婚，也要好好挣钱，挣钱你知道吗？那才是真家伙。"孙晚秋冲她笑笑，"没有什么爱比钱可靠。"

展颜没反驳，她从小跟孙晚秋对世界的认识就不太一样，最一样的时候，是对于念书的看法，后来连对念书的看法都不同了，她们像走在两条并行路上的人，时时对视，会心一笑，两条路会在死亡的终点再次交会。她只是说："我知道，我不会放弃工作挣钱的。"

孙晚秋道："你要是回去，就帮我捎点儿钱，我妈那个人取钱费劲儿，她老记不住密码。"她说时脸上尽是不耐烦。

展颜知道，孙晚秋其实还是爱她妈妈的，尽管她讨厌她妈妈，母女之间就是这么奇怪。

* * *

临近年关，展颜买了些礼物，带上孙晚秋的钱，往小展村去。她叫不动孙晚秋，也不会叫孙晚秋。

村子里多了几辆车，很惹眼，那必定是谁家混好了。她小时候，一入夏，自黄昏起，路两旁便睡满了人，铺着凉席。她也睡过，一翻身，瞧见不远处谁家的牛正在拉屎，她被惊吓住，眼睁睁地看着牛尿大坨大坨地掉落，砸到地上。道路上哪有车，尽是人，谁要是骑辆摩托车过去，大家都要张望很久，目送这人，直到看不见为止，才收回目光。

离开土地的，总归有人发了点儿小财，在外头什么样不晓得，但车子往门口一停，人们就会讲一讲，又羡慕又嫉妒。倘若谁家的女儿从外头回来给家里置办许多东西，那她在大家嘴里定是在外卖的，为实为虚，谁晓得哩？

但展颜回来，大家只会说展有庆这三脚踹不出屁的，有福。第一个婆娘十里八村没这么俊俏的，白天瞅，夜里睡，是个男人都眼红。第二个，屁股大，能干活儿，能生儿，他展有庆有后了。啥女人都叫他摊上了，如今闺女念书出息了，领了个男人，开着车，啧啧。

继母见了她，比展有庆还热乎，"颜颜"喊个不停，又把壮壮搡到跟前，摁头让他叫姐。

展颜给了他点儿零钱，让他买糖吃。

知道两人要来，家里扫了地，抹了桌子，但继母不是个爱干净的人，干地里活儿有劲儿，干家务活儿粗，胡乱搞一阵，也就算弄了。堂屋冷得不行，展有庆把厨房的蜂窝炉提溜过来，放正中间，叫两人烤火。贺图南给展有庆递了根烟，展有庆诚惶诚恐地接了过去。

"展叔，我这次跟颜颜回来，是跟您说我们结婚的事，本打算初六，忘了民政局不上班，初七领证，婚礼等春天再办。"他跟展有庆实在没什么可说的，也不喜欢这里，能坐下纯粹是因为展颜。

贺图南对小展村的印象一直蛮糟的，从少年时代起就是这样。展有庆觉得他跟他老子可真像，一眼看上去，是客客气气地说话，可到底不是一路人，这份客气完全是出于社交礼仪。但能叫声"展叔"也够了，展有庆心里有些茫然，他晓得，展颜大概是要嫁到贺以诚家的，明秀没能嫁给贺以诚，到头来，闺女嫁了人家儿子，怎么都得跟姓贺的牵上线。

"你们年轻人，这事，你们看着办，我没意见……"展有庆话没说完，中断了下，继母正拿眼剜他，他下头就不晓得说什么了。

继母端着一盘子花生、瓜子过来，放在油腻腻的茶几上，笑说："哟，你看日子过得多快，我记得那年颜颜才这么高，还在上中学呢，转眼都要嫁人了。颜颜，你得跟小贺说说咱们这儿的规矩，你爸就你一个闺女，不能让人家小瞧了咱家。"

展颜听得很明白，知道继母想要东西、想要钱，她是不种还想收成的女人，春耕时不见她，等果实累累了，她来了就要摘。这样的人随处可见，一点儿都不稀奇。来了家里，展颜都没说什么话，被风吹着，空气寒着，心里也木木的，这儿也不是家，家里坐着的没有她最想见、最思念的人。

继母说这些时，她只觉得难受，妈如果在，该多好，知道她要嫁人了，她嫁得欢欢喜喜、心甘情愿。她想到妈，连话都没有，只是很空洞地看了看继母。

"什么规矩？阿姨说给我听听。"贺图南点上烟，似笑非笑，一手把玩着打火机，在烟雾缭绕中看这女人。他打量人的目光冷冰冰的，但嘴角有笑，挑不出毛病。

都说到这份儿上了，继母便顺水推舟："颜颜这些年不在家，怕是也不清楚，男方结婚前这就算要人了，得备礼物，一只羊、一条大猪腿、十只鸡、十条鱼、十斤排骨、十斤猪肉、十篮子鸡蛋、十箱子酒、十箱子油，还得十斤水果。"

继母一口气说下来，贺图南以为完了，但这女人后头还有。他一直微微笑着，完全理解了贺以诚当年带走展颜的心情，展颜还是展颜，开口要钱要东西的从她奶奶变成了继母，这家的男人跟死了一样。

展颜也在这个时候想到贺以诚，当年不知晓的突然重现了一遍，她的价值从头至尾都是用来"敲诈"冤大头一样的贺家父子的。

"看你说的，人家城里不兴这个——"展有庆嘟囔着。

继母不太高兴地打断他:"可颜颜是你展有庆的闺女,她就算是城里人,也是小展村出去的,啥也没有,你不怕人家笑话,我还嫌呢。"

展颜对这种争执感觉疲惫,为什么她总是奔波在"还"的状态里,这条路像回忆一样,要跟到老死吗?她现在对展有庆感情太复杂,她想起那年跟他一起去城里看妈,他给她唱《好汉歌》,问她冷不冷,她那时肯定他是爱她的。但父亲的爱真是太脆弱了,会因为另一个女人不知不觉流逝掉,不是故意流逝的,而是非常自然地有了新的女人、新的儿子,替代了她。因为她明白这种"人之常情",而倍感悲凉。

"我跟图南哥哥今天来只是想告诉你们这么件事,我们要结婚。其他的事,我们没想,也不打算怎么着。"

继母愣住:"这是啥意思?"

"不管什么意思,我觉得跟您都没多大关系。"展颜淡漠地看她一眼,慢慢地站起来,"我们该回去了。"

展有庆有些慌:"这就走?吃完饭再走吧。"

展颜看着他越来越老的脸,还是那样局促,她想躲开,不愿意看。她又怜悯他了,可那又怎样呢?他是她的爸爸,可也是壮壮的爸爸,她觉得他真讨厌,为什么这样看着她?用那张被岁月布上皱纹、裹满风霜的脸对着她,他也在为难她,她知道连孙晚秋都做不到和家里彻底切割,还是会给钱,可亲情这么尴尬着、痛苦着,他只不过是个老实巴交的普通男人,也没什么滔天大错,他好像也一堆难处,偏她还能想到,越这样越叫人难受,还是走吧,只能走。

展颜把钱送到孙晚秋家,李彩霞倒热络地招呼了几句,又夸她,她应付两声,之后去了趟爷爷家。

她只有见到爷爷,心里才慢慢平静下来,但也没留下吃饭。奶奶对她像继母那样热情,不再骂她了,她心里烦得要命,不想搭理,只想离开。

"我是这么想的,既然你们这里有这样的规矩,那我可以再来一趟,找人开车把东西送来,不为别的,我不想让别人在背后议论,知道你结婚了,什么都没给。"贺图南不急着开车,坐在那儿跟她商量。

展颜很倔:"谁爱说谁说,我不在乎,反正听不到。"

贺图南说:"可你爷爷还在这儿生活,被问起来,他脸上不好看。我知道你不高兴,那个谁无非就是想要点儿东西,给她,也就这么一回,你看行吗?"

展颜靠过去,贺图南伸出手摸了摸她的脸,她抬眼,喃喃地说:"图南哥哥。"

她跟别人不一样,她活着,真正地活着,就得有一份很纯粹、很深刻的爱,必须有爱。有的人早对这个失望了、绝望了,也没人爱,放弃跟别人沟通,放弃期待,觉得人跟人之间哪有那么多爱。有人天生感情淡漠,也不太需要这个。

她不行,没有这种爱,就像死了一样活着,不会真正快活。她生命中只有这件事是清晰的、分明的，不像其他，比如和展有庆不会有个结果，就这么不明不白地凑合下去，她还会看他，给他钱。真实的生活总是这样，有几件能算清，说断就断？

这件事最终按贺图南说的做了，拉了足足一车，还给山羊戴了朵红花，他看着那只羊，羊也看他，安静自若，任人宰割。他再一次深深理解贺以诚为何执着于让她和这个家彻底断掉，他内心深处也如此希望，但因为清楚她并不想，也无法做到，他只能配合。

初六是贺图南二十六岁生日，这天，他把要结婚的事告诉了林美娟。林美娟没有丝毫惊讶，面无表情地握着手机，说："知道了。"

她想，除非是哪天接到电话，通知她贺以诚死了，她这颗心可能才会再次痉挛。她跟贺以诚一刀两断，儿子也好像不存在，儿子本来就是附属品，她误以为是爱的结晶而已。现在他早就成人，爱干什么就干什么去吧，哪怕展颜是他亲妹妹，他要娶，她也不会有什么好惊讶的了，这对父子一样疯癫地活在自己的逻辑里，除了那对母女，他们眼睛里没有任何人。老天应该单独造个空间，让这四个人在一起过日子，疯他们自己的。

林美娟告诉贺图南，婚礼那天她不会去，他们让她作呕："你不要觉得我还没放下，我现在心里特别平静，我只是不想去，不想见你们任何人，以后也请你不要再把你觉得重要的事告诉我，咱们各过各的。"

贺图南慢慢地放下电话，妈在他没选她的那一刻就同样放弃他了，没有回头。

"林阿姨怎么说？"展颜问他，这通电话是等贺以诚吃完饭走后打的，贺以诚走时交代他一定要跟妈妈讲。

"没说什么。"贺图南一句带过，问她要不要一起洗澡。

这么冷的天，一起洗澡非常温暖，展颜不用动，他给她一点儿一点儿搓，打上沐浴露，起的全是泡泡。她喜欢被他这么照顾着，感觉特别安全。

洗着洗着，她却哭了，贺图南好大一会儿才发觉，抱住她，问是不是洗得不舒服，哪儿疼了。

"不是，我让你没了妈妈，我心里难受。"展颜知道，他生日林美娟没有主动打电话，他打过去了，她未必会有好话。

谁要是让她没了妈妈，她一定会记恨一辈子，可贺图南没有，他不恨她，他爱她。

贺图南给她擦眼泪："没你想的那么严重，她有自己的生活。"

展颜心里是各种情绪，她缓了会儿，又说："我有点儿害怕，图南哥哥。"

贺图南抱她在怀里："怕什么？跟我说说。"

"怕很多，我怕你说我想有的没的，我这些天有种很怪的感觉。"展颜说，"我不怕你失败，我怕我如果像我妈妈那样不长寿，我们有了孩子，你又娶了别人，又有了孩子,我们的孩子怎么办?"

她一想到孩子如果重复自己的命运,就很痛苦,她对当母亲恐惧,恐惧生命的无常,无可挽回地失去。不仅如此,她对越来越多的身份也有了微妙的混乱感,她是要嫁给贺图南,她是愿意的,可她对多出的身份有排斥。以后有了孩子,她还会是某个人的妈妈,她被新的身份覆盖,就像妈妈,人们对妈妈的称呼其实不是明秀,全是"颜颜妈"。

她作为展颜的身份,反而只有当展有庆女儿时最单一,她是展颜。在跟贺图南结婚的前一夜,他的生日时刻,展颜才骤然想起孙晚秋的那些话,她不想当谁的妈。

这是她身为女性,天生要面对的东西,她渐渐摸索出其中的真相,这是一辈子都要面对的课题。她不晓得别人会不会想这些,是不是只有她如此。

贺图南很温柔地亲了亲她,他知道她依旧没有真正走出年少丧母的阴影,她永远在恐惧,好像厄运永远尾随其后,不晓得哪个时刻就追上来,击倒她,摧毁她。他当年的离开也令她潜意识中的恐惧不断加深,她拥有很多爱,灵魂上却像个弃儿。

贺图南没有说"不会的,你想太多了",他告诉她:"如果真那样,我会自己带着孩子过,我不会娶任何人的,你看爸,他就是这样,他忘不了你妈妈,他会一个人走完剩下的路,对我来说,是一样的。"

她需要他这样表白心迹,她的爱跟很多人都不同,她对他的爱就是这样的,她听了放下心,才不会说"你可以找别人,我希望你过得不要那么孤独"。那不行,她想起家乡的习俗,一个男人如果娶了两回,连墓葬都是三人一起的。她不能死了还跟别的女人分享男人。

"想点儿好的,行不行?"贺图南点点她的鼻尖,笑着说,"没发生的事,其实可以不用设想,要不然,每天过得都不痛快,今朝有酒今朝醉,人生苦短,及时行乐,等万一真发生了不好的事,再想也不迟。"

展颜痴痴地看着他,缠住他的脖子:"我真的好爱你,图南哥哥。"

"我知道,早就知道,一直都知道。"他说。

她一个晚上都跟他说情话,说得他躁动,他需要性来缓解压力,跟她水乳交融,才能撇掉世俗,有个依傍。他虽然不说,但她能感觉到他需要她,非常需要。

领证这天,展颜前一晚的情绪消散了,她非常高兴,她做梦都想跟贺图南做夫妻,现在好了,真做夫妻了。

她没跟同事说,一点儿都不急,揣着这份高兴,天天都很有劲儿。进入阳历2月,楼市止跌,大家依旧在观望。等到3月的时候,柳条泛青,天有了丝暖和气,房价开始缓缓上涨,人们想着涨也涨不了太多,可土地拍卖会上,地价经过几轮加价一下就上去了。

新世界上下全都松口气,年都没过好,这下心里顿时敞亮了,那些觉得贺图南昏了头的口风渐变，贺图南突然变成一个敢赌敢为的形象。孙晚秋想，自己可能要发财了，她想好了，如果发了财，她可能要离开新世界，去北京闯一闯，她还没见过大城市。

公司里一片喜气洋洋，孙晚秋跟贺图南提前打了招呼，他有些意外："想走？"他以为她是来汇报事的。

"想让我加工资可以直说。"他笑笑。

孙晚秋说："我要是想要，肯定不跟贺总见外，我考虑的是，这都二十五岁了，不算太年轻，再不出去闯闯，恐怕就晚了。"

贺图南道："你一向都很有主意，真想走，我拦不住，我尊重你的想法，你到哪儿都能伸展拳脚。不过，你可以再考虑考虑，留在新世界，同样大有可为。"

"你会干一辈子这个吗？"

"不会，"贺图南非常干脆，"没有什么行业是万年长青，也许我会干五年十年，中途发现别的机遇了，也会离开的。"

孙晚秋感慨："我也相信你，我本来觉得念好书似乎没什么了不起，这次，我明白了，念书学习还是非常有用的。"

贺图南微笑："难得能见你低头，你这个人很骄傲的。"

孙晚秋反问："贺总不骄傲？"

贺图南说："没你骄傲吧，你当年很看不上我和牧远。"

孙晚秋很大方地承认："是，当年确实是，现在不了，徐牧远还在北京吗？"

"对，新谈了个女朋友，过年没回来，陪女友去旅行了。"

孙晚秋说："你们都是围着女人转的那种男人。"

贺图南没否认："要走也等婚礼过了，颜颜肯定要你当伴娘的，你是她最好的朋友。"

孙晚秋道："我还没说一定要走，请我当伴娘，贺总得舍得出血，我不轻易给别人当伴娘。"

贺图南笑得非常松弛，孙晚秋很久没见他这么笑过了，他笑起来跟贺以诚的样子差很多，她总是在某个瞬间会在贺图南身上看到贺以诚的影子。其实，那个夏天已经非常遥远了，但至今都是她最重要的记忆。

她突然觉得一阵孤独，这种东西是展颜时常能感受到的，展颜好像总是孤独。此时此刻，她也觉得孤独，不知道是因为那个夏天，还是因为展颜已经嫁作人妇。

也许，她会永远一个人在路上，像当初离开小展村的那个夜晚，有星无月，群山黝黯，她一个人不停地走，只有不停地走。

她想到展颜，少女之间那些暗暗的角力、扶持、分离、陪伴都告一个段落了，她第一次为这种结束感到伤怀。

清明节前，贺图南陪展颜回去烧纸，给村里小学带了一批图书，他们卸书时，小孩子围着看，又摸又笑，话很多。可当展颜真跟他们说起话，他们又怕生，你推我我推你，谁也不敢上前。等给他们分了些零食，好嘛，野狗似的乱抢，高兴得不得了，到底是小孩子，有口吃的，就快活死了。

　　漫山遍野的桃花，春天就是这样，花排着队地开，它们这么美，不管人们看不看它，都要开，自在得很。

　　展颜折了两枝桃花，放到明秀坟前，又折了两枝，去石头大爷父子那里。她出生的时候，石头大爷就是大爷的样子，等她长到二十岁，石头大爷仿佛还是那个样子，然后，死在了那个样子里。

　　她觉得很对不起石头大爷，他把脑袋伸进绳子里那会儿，也不晓得在想什么，无从知道了。只是一想到这点，她的心就拧成了绳。

　　坟上青草盛了，就是很乱，没人祭拜，当初怎么抬到地里来，埋下去的，不晓得。这地本来是石头大爷的，他就一个傻儿子，也没了，这土地便被收了回去。谁家继续种呢？不知道，反正两个坟头挨在一块儿，四周长起麦子。

　　石头大爷是割麦子的一把好手，快得很，出活儿，年轻的时候常常带着镰刀、磨刀石，被别人叫到山的那边帮忙，管饭，还能给半口袋旧粮，他给扛回去。

　　展颜这次在石头大爷坟前站了许久，她心里说：石头大爷，我嫁人了呀，你可知道？以后我来看妈，就会来看你。她心里把这些话说完，心就像麦子，成熟的麦子，没来得及收呢，被大雨泡了，发了芽，烂了。

　　她跟贺图南两个人帮石头大爷拔草，草可真青，翠翠的，好仙灵的色儿，可这底下的白骨也是那样白。放眼望去，许多人家的地里都有坟，不晓得是谁的，许是见过的，许是连听也没听过的，活着的时候，一辈子耗死在地里；死了的时候，又在地里埋着，守着庄稼，守着后人。

　　"可惜没见过这个老大爷。"贺图南说，手上全是草。

　　展颜说："石头大爷是个好人，一辈子没享过福，死得又受罪，乡下应该不止他一个这样，好像来世上一趟就是受苦的。"

　　她想，等她也死了，世上就没人记得妈，也没人记得石头大爷了，这真让人伤心。春天多好啊，可地里头到处埋着人，岁岁年年，年年岁岁，在土地上从未离去。

　　她不晓得以后这样的事会不会少些，少些可怜的人，他一辈子与人为善，勤劳本分，到头来也没落着好，真是不明白到底哪里出了错，要去怪谁。

　　贺图南说："等我们以后老了，买块地，你设计设计，就在这儿住下，天天都能上山。"

　　展颜笑了："你不喜欢住乡下。"

　　"都没住过，你怎么知道我不喜欢？"

　　"难能喜欢，不要勉强。"

贺图南还是那句话："你在哪儿，我就在哪儿，城里过够了，你就回来，我跟着你。"

"那能行吗？"

"怎么不行？城镇化一定程度后，人就会逆城市化，先买地吧？"

"那我们百年之后能埋一块儿吗？"

"当然。"

真是振奋，一想到死后埋一块儿，展颜就觉得非常踏实，她见他裤脚沾了几粒枯死的苍耳，蹲下去揪。贺图南也蹲了下来："这是什么？"

"苍耳呀。"

"苍耳就是这东西？"

"对呀，春天它本来该是绿色的，那种嫩嫩的绿，这个死了，估计是打农药打死的。"

"我陪着你，高兴吗？"

"高兴。"

"有多高兴？"

展颜看向远处的青山，青山上头是没有边际的天，她的手比画着："就像天那么大的高兴！"

天的下面是土地，土地上有麦苗，有树，有桃花，野鸡忽然从眼前飞过去，展颜看到了，身后的人戏谑地笑问："还有漂亮的野鸡毛要送我吗？"

这动物疾飞，缤纷的尾巴一闪，沉没到麦田的绿里。桃花从一代又一代人的脸颊旁开过，开到这一春，谁也不晓得桃花有多大。那就暂且开到这一春，还有下一春，无数春。

番外 今事

"我最爱你，什么时候都不会变。"

2009年刚开春那会儿，贺以诚在郊区买了套房，带着个院子。他就是冲这个院子买的，留着种凤仙花。展颜觉得还能种点儿菜，她一说，贺以诚便买了工具、菜种，准备松土种菜，这活儿容易，费不了什么力气。

"爸，我给你搭把手。"展颜对他的称呼变了，变得很自然，她知道他高兴，也想叫他高兴，她天天爸长爸短的，比贺图南叫得都多。

搭把手这话很灵性，人活着，这辈子太久了，难免有需要人搭把手的时候。贺以诚把外套脱了，展颜欢快地跑过来，看他刨地，她等着撒种。

门口贺图南在那儿坐着，他不干，跷着腿吃展颜洗好的草莓。他看贺以诚刨地很专业的样子，委实觉得有趣，说道："爸，怎么以前没听你说过会种菜？"

展颜扭头："爸还会挖水渠、修猪圈，你会吗？"

贺图南直笑："你怎么知道？"

展颜说："我跟爸聊天知道的。"

贺图南"哦"了声："我不会，有水渠需要我挖吗？没有。有猪圈需要我修吗？没有。"

贺以诚没跟贺图南聊过这些东西，天晓得他年轻时发生过什么，父子多年，几乎没有聊琐事的时候，一聊就是男人的事，好像男人之间就不该说这些东西，说了显得婆婆妈妈的。

"需要你，你是会还是怎么着？"贺以诚抬头看了他一眼。

贺图南笑笑："爸不是会吗？真需要我，我跟爸学就是了。"

贺以诚说："你吃不了那个苦。"

贺图南还是笑："我怎么就吃不了那个苦呢？"

父子俩说话总是这样，说着说着就想抬杠，像怎么都不对付一样。展颜看贺图南在笑，瞥过去一眼，贺图南知道她的意思，也就不说什么了，继续吃草莓。

528

春天天气非常好，蓝天白云，青草红花，人坐在院子里头发发呆、走走神，都怪好的。贺图南捉了捏脖子，十分松弛，他看着贺以诚跟展颜比画着撒种的距离，看了会儿，过去要试试。

贺以诚说："都刨好了，你又来试。"

"明年我刨，行吧？"贺图南觉得这活儿看起来不难。

贺以诚点点头："明年再说吧。"

忙了好半天，展颜进屋洗手。她瞟一眼石桌上的水果盘，说："图南哥哥，我跟爸还没吃呢，你就给吃完了。"

贺图南食指挠了挠鬓角，他笑道："闲着没事，不好意思。"

展颜说："你每次都这样，我问你吃不吃水果，你说不吃，等我洗好了，就把它吃光。"

"我有吗？"贺图南表示怀疑。

展颜点点他的胸膛："你去洗吧。"

"一起。"贺图南给她使了个眼神。两人到厨房洗草莓，一边洗，一边说话。

"你跟爸平时聊很多啊？"

"爸一个人怪孤单的，我也只能多陪他聊聊天。"

贺图南挑不出这话的毛病，他也想聊，但贺以诚不跟他聊。他觉得贺以诚多少是爱他的，但又没细致地聊过，也许大多数父子关系都是沉默的，大家习惯在沉默中去猜测彼此，说心里话是那样难。"等我们有孩子了，爸可以帮忙带孩子。"

展颜朝他脸上弹水："你都没追我呢，谁要生孩子？"

贺图南摸过她的后脑勺，亲了亲她，声音自自然然的："没追吗？你一来家里我就追了。"

"胡扯吧你！我刚来家里时你看我不顺眼。"展颜觉得他真不害臊，怎么好意思说？她又弹水。

贺图南一把抱住她挠她痒痒，她笑得不行，两人在厨房里闹着玩。

闹着闹着，他们想起这是在贺以诚家里头，便收敛了点儿，贺图南把展颜从地上拉起来，去端草莓。

贺以诚在给凤仙花除虫，春天来了，万物生长，小虫子也要长。

贺图南把草莓放下："爸，吃点儿水果。"

等贺以诚过来，他玩笑似的问："爸，你们那会儿都是怎么追女孩的？"

贺以诚眉头皱了下，又稍稍舒展，只是静静看他一眼，没说话。

贺图南立刻明白，这是问了不该问的，只能说："草莓挺甜，颜颜很会买东西。"

冷场了片刻，贺以诚问起他生意上的事，非常关切的态度，像填补上个问题的

529

空白，又或者是转移话题，但不让他难堪，他已经知足。

他当初去赌，有很大原因是觉得自己孤零零的，也没有人真正在乎他，是死是活，不晓得谁会放在心上。他相信，如果出事，贺以诚宁愿自己坐牢也不会叫他去，这样就够了。

等两人吃完饭开车回家，展颜才说："你干吗问爸那种事？我听到了。"

"没多想，当时就想着找个话题，是我大意了。"贺图南揉了揉头发，"爸跟你聊过吗？"

"没有。"展颜知道他问的是什么，"他不会说的，这辈子都不打算说，你以后不要问了，就算是做父母的，也该有自己的秘密。"

"你有秘密吗？"贺图南伸手抱住她，笑得不清不楚。

展颜眼波慢慢地流转，她说："你呢？"

"你猜。"贺图南笑眼深深的。

他一说猜，展颜好像就当了真："你不会交过女朋友吧？跟别人好过？"

跟别人好，这是件没法想象的事，贺图南从没想过，也想不到他能跟谁好。

贺图南把展颜推开，双手做枕头，垫在后脑勺，懒洋洋地躺在沙发上，合眼说："不想理你。"

"这么小气，一句玩笑都开不起。"展颜笑嘻嘻地趴在他身上，把他衣服撩上去，脸贴在他胸口，"图南哥哥有胸肌呀。"

贺图南被她逗笑，腾出一只手，摸了摸她的脑袋，非常放松："颜颜，爸最爱你，我也最爱你，你呢？"他有点儿嫉妒她跟贺以诚的关系，到底嫉妒什么，说不清，即使两人和好领了证，该发生的早都发生了，可他还是觉得少点儿什么，他一个大男人家问这些，总归不太大方。

展颜把脸抬起来，凑上去，亲亲他的嘴唇："你，你是第一，谁也抢不走的第一。"

他听完没说话，钩住她的后脑勺开始接吻，一会儿后松开，他问她还想不想家。

"想，但跟你一起了，我在这儿就能住下去，没有你，我也不知道自己还能去哪儿，怪没意思的。"展颜又趴在他怀里了，两人跟八爪鱼似的缠在一起。

贺图南跟她窝在不算宽敞的沙发上，要贴很紧才不至于掉下去。两人都很喜欢逼仄的空间，越逼仄越觉得安全，这是除了他们谁也无法理解的奇特体验，是他们独一无二的生存之道。

"你刚来家里时，我非常高兴，你真没看出来？"

"没有。"

"那……再早点儿，我问你路，你有没有什么感觉？"

"什么感觉？"

"我问你路，你当时对我是什么感觉？"

展颜想了想："没感觉，你就是个问路的，谁问我，我都会告诉人家。"

贺图南说："你怎么这样？你第一次见到我什么感觉都没有？"

"你就是个问路的，我要有什么感觉？"展颜想起那一幕，忍不住道，"那天你话太多了，我急着回家，你老追着我说这说那，我觉得你很奇怪。"她打住了，有些疑惑地抬眼看看他，"你不会那会儿就喜欢我吧，图南哥哥？"

贺图南垂眼跟她对视："你一直稀里糊涂的。"

"我没见过你，第一次见怎么喜欢你，你不能要求我刚见你就喜欢你，对吧？"

贺图南忽然笑了，他一笑，胸腔便跟着振动，他觉得展颜可爱，她一本正经地分析着，特别有意思，她是个榆木疙瘩，很长一段时间里都是。

"笑什么？"

"笑你。"

展颜便也跟着笑了，脸在他怀里蹭几下，喃喃地说："图南哥哥，每天能跟你说话，一起躺着，我就很高兴了，我这几年总是觉得不高兴，都快忘了高兴是怎么回事了，现在好了。"

贺图南脸上有些凝重，他轻轻摩挲着展颜的头发、脸蛋，有一瞬间的茫然，为什么浪费了那三年，为什么呢？人这一辈子青春这样短，为什么说浪费就浪费了？

"你真的原谅我了吗？"

展颜懂他的意思："我都没怪过你，从哪儿说原谅不原谅？我只知道你回来了，还跟我在一起，其他的我不会再想了。"

贺图南闭上眼，下巴擦了擦她的发顶，涌到眼里的泪摇摇欲坠："谢谢你还信任我。"

他觉得他对她一点儿都不好，他任性，说来就来，说走就走，她却一直在那里，动都没动，他已经弄不清当初的心境了。也许，因为他们又在一起了，跟父亲的关系也缓和了，这导致他再去想从前，越想越错，想深了觉得自己太浑蛋，剥夺了她，让她都忘了高兴是什么样的感觉。他真是对她一点儿都不好。

可她现在还在他怀里，依偎着他，像从前那样喊"图南哥哥"，他就是为了这一声"图南哥哥"也不该离开她。

"我一直都信你，我以为可能不会再信了，但现在我才想明白其实我一直都信你，没变过。你做的那盘清炒虾仁，我一吃就知道你回来了，你回来就还是我的。"

"你能尝出我跟爸做的菜的区别？"

"能，吃第一口我就知道那是你做的，不是爸做的。"

贺图南的眼泪一下往鬓角里滑去。

屋里安静了会儿。

展颜说："我跟爸聊天，他喜欢问我小时候的事，我就忍不住问你的事，他让我自己问你,你小时候是什么样啊?"

"我小时候有点儿调皮。"他清清嗓子,听起来没什么异样。

"看不出来,有多调皮?"

"我总撺掇老徐一起搞些有的没的,应该比较讨人嫌。"

"什么事?"

贺图南看着天花板:"我想想,从头想。"他还没想到具体的事,岔开话题问,"你没喜欢过老徐吗?"

展颜说:"我为什么要喜欢他?"

"他人很好。"

"他人好我就要喜欢他吗?"

"你爱我什么?"

"不知道。"

他皱眉:"不知道?"

展颜轻声说:"就是不知道,我只知道我只能跟你一块儿过,要不然,我活得不高兴,永远不高兴,白活了。"她爱他什么是真的不知道,她讲不出。

贺图南默然,他也如此,他也讲不出爱她什么,只能跟她一块儿过,否则活得不高兴,白活了。

"图南哥哥,你到底还要不要说小时候是怎么调皮的?"

贺图南终于笑了,说:"那我得好好想想,从哪件开始说起。"

这一说可真够漫长的,春天的夜晚非常温暖,正好适合说从前,蛮好,蛮好。

* * *

徐牧远跟女朋友讲,他要回老家,给最好的朋友贺图南做伴郎,但没有讲新娘子是他曾经很中意的人。

二十五六岁的年纪,许多道理早就晓得,有缘无分,强求不来。他年少时也经变故,从废弃的工业区里一步步走出来,如今身处首都,有份体面的工作,日后再成家,日子总是能过下去的,也算世俗意义上的好,不该有什么不快活。

展颜见到他,他大大方方地送上祝福,好像曾经发生过的事已经消散。孙晚秋也在,几个人在一起吃饭,讲了好些话。隔壁家卖蛋糕,生意火爆,贺图南买回了四份,小小的,没吃几口,孙晚秋先觉得腻歪了。

"我是穷命,过不了精致的生活,这种点心每次都吃不完,只有先头几口觉得好吃。但每次别人问我吃不吃,我都会在那一刻觉得想吃。"她看着在座诸位,"不过,说到底,这种东西跟我不合拍,我更爱吃饭,实实在在的饭。"

贺图南说:"这玩意儿没几个人当饭吃,小零食而已,我以为女孩子会很喜欢。"

"为了先头那几口，我还是愿意尝尝的。"孙晚秋说着，又吃掉一大口，便彻底推开。她吃东西，明明已经不太想吞下去了，但样子还是饥饿如狼，吃一口就要获得一口的能量。

四个人一起吃东西，健谈的是贺图南跟孙晚秋，两人思路敏捷，常做惊人之语。展颜跟徐牧远不介意做听的人，偶尔插话，但可聊之事无非现实种种。徐牧远很不经意地讲起房价的又一轮上涨，他替贺图南担忧的心终于落地。

贺图南瞥了他一眼，笑说："这叫海水梦悠悠，君愁我亦愁。"

徐牧远对他万事轻描淡写的姿态只觉得无奈，道："我都打算好要借给你钱了，虽然我积蓄不多。"

两人碰了碰目光，贺图南一直含笑而视，唇边有蛋糕渍，他指腹一动，又送进嘴里，旁若无人地嘬了嘬手指头。

洗手间里水龙头前有面镜子，灯光昏暗，两个男人一前一后地出来，站在那儿洗手。贺图南抬头看着镜子里的徐牧远，说："不会独自惆怅吧？"

徐牧远也看着镜子里的他，两人轮廓模糊，在镜子里亦真亦幻，像看各自的假体，都是年轻男子的模样。

"你太小看我了。"

"那就好。"

对话点到为止，徐牧远心里始终有种伤感，非常淡，以致没有言语能形容。但他不会过分沉溺于任何一种感情，在婚礼结束后，回到属于他的北京的那个世界。

他们还给宋如书发了请帖，她在做工程师，很严谨，很忙碌，但还是抽空回来了，并在看见新人的那一刻彻底释怀，她感激贺图南，同样感激自己。贺图南甚至可以跟她开玩笑，说她才是祖国真正的栋梁。

婚礼前，贺图南跟着展颜去了一趟姥姥家，李萍很老了，还保持着旧年代的一些习惯，家里堆了很多破破烂烂的东西，不舍得丢掉。她有几个曾孙曾孙女，早做了曾祖母，眼睛花得厉害，已经纳不了鞋底，也无人需要。

可见到贺图南的那一刻，她的心沉了沉，以为是见到贺以诚，但贺以诚不会这样年轻，就像明秀早已死去多载。她没有付出很多，贫困的物质条件之下很难滋生出太细腻的感情，在物质相对充裕的多年之后，回旋镖才扎进眉心。

所以，包括展颜在内，更遑论贺图南，都没能明白李萍为什么反复去摸他的手，混浊的眼睛里似乎有泪水，也许不是泪水，只是当年的大雪到如今才融化，却没有一句话能讲出来。

婚礼后，两个人去意大利进行短期旅行，那时已经是初夏，意大利街头，人们穿得非常清凉。展颜问贺图南自己能不能买些漂亮的吊带、短裤,贺图南告诉她,想穿什么就穿什么,他在她身旁,不必担忧任何风险。

她第一次跟他说起她在意大利当交换生的事,这很难想象,但再次说出来,好像很轻松。

两人看了许多建筑,非常美丽,可能因为太过美丽,反而叫人想到消亡是件极端痛苦的事情。

"没有什么东西会一直存在,存在过就是它的意义。"贺图南搂着她在街上随便乱走,"就像人总要死的,我们怎么都避免不了死这件事,怎么活就变得更重要了。"

展颜"嗯"了声,抓紧他扣在腰上的手:"你别松开我。"她喜欢和他一起走在异国街头的感觉,谁也不认识,只认识他,这种感觉令人着迷,全世界只认识一个人,只跟一人紧密关联。

他们到酒吧里喝了点儿酒,看太阳落下去,太阳是那个照着全世界的太阳,但看起来又不太一样,不一样的人、不一样的建筑、不一样的文化托着它起,托着它落。展颜印象最深的太阳还是西山的太阳。她想起出国前跟孙晚秋的一次交谈,她问孙晚秋想不想出国,孙晚秋没兴趣,孙晚秋看起来如此投入这个世界,但其实兴趣寡淡,对哪里的风景、人情都没什么感觉,也不想知道别人怎么生活。她像夸父,追着太阳,为什么要追,追到要怎么办,她都没怎么想过,只是追而已。

总归远离小展村就好。

这些年从小展村离开的人越来越多,走出的路也越来越多,展颜没想过,她会出国,替妈看一眼,再看一眼不一样的世界。

"那几年是怎么过的?"她想过,但终究是想象,她不晓得贺图南一个人是怎么过那一天天的。

贺图南晃着手里的酒杯:"工作,不想别的。"

"你一个人觉得孤独吗?"

他笑笑,瞧了她一会儿。她被他瞧得有点儿不好意思:"老看我做什么?"

贺图南说:"是很孤独,说不上来,不过,我是个乐于奉献的人,不能奉献给你了,总要再找个奉献的对象。"

"你挣了很多钱,是吗?你开销大吗?"

"日常开销不大,我的胃很粗糙,对吃的要求不高,能果腹就行。"

"瞎说,以前贺叔叔做饭,你很挑剔。"

"那太早了,跟你在一起之后就变了,吃什么对我来说不重要,本来穿什么也不重要,但因为我的工作性质,有些时候还是要注意一下的,我也是慢慢才发现,其实自己对物质的欲望不大。"

展颜沉默了会儿，问："是因为我吗？我知道你以前很讲究的，贺叔叔也讲究。"

贺图南伸手揉了揉她的嘴唇，给她擦酒渍："也许讲究过，但那些都是虚浮的，我过了那个阶段，而且我跟爸也不太一样，他是老派人，我这人松散，没什么正形。"

"你一下就长大了，我知道。"展颜直视他的眼睛。

贺图南笑了，说："托你的福，你不也长大了？"

展颜赧然地笑道："那我们能做人家的爸爸妈妈了。"

贺图南心里怦怦的，仔细回想，两人一直做安全措施的，怎么回事？他情不自禁地攥了攥她的手："颜颜，不是有了吧？"

她装傻："有什么？"说着把酒杯往嘴边送。

贺图南轻轻夺下："别喝了，跟我说说，是不是有什么感觉了？"

"什么感觉？"她很天真地看着他。

贺图南忍不住掐她的腮肉："我有这个经验吗？问你呢。"

展颜说："我不知道你在问什么。"

"孩子啊，我问你是不是有孩子了。"贺图南咬牙切齿，又颇感无奈，"你多大的人了，这都听不懂吗？"

她一直憋笑，看他急，她说："没有啦，我就是说我们能做人家父母了，但我现在不想，你想不想？"

贺图南说："我尊重你的想法。"

展颜"哦"了声，对这个答案并不满意，她想，他怎么这么理性呢？一点儿意思都没有，她并不急着要孩子，想跟他在一起，要个孩子就挤了，会挤到她跟图南哥哥。

展颜很是怅惘，回到酒店，情绪都不怎么高，贺图南早就发觉她的异样，洗完澡后，强有力的胳膊伸过来，把她卷进怀里。

展颜便抚摸起他的肌肉，紧绷绷的，摸着摸着，她朝他的嘴唇亲去，两人很专心地接起吻。

贺图南在怦怦的心跳声中问她是不是自己哪句话说得不对。

她的手慢慢停下，她歪着脑袋在枕头上看他，熟悉的眉眼，熟悉的身体。

贺图南抚了抚她的脸："有什么话想跟我说吗？"

"图南哥哥，如果我们有了孩子，你更爱谁？"

贺图南说："就为这个事？"

"我要你说，你说嘛。"展颜开始撒娇。

贺图南低笑："你，更爱你。"

展颜说："那你不问问我吗？"

贺图南觉得这不算什么问题，也没深想，展颜爱他跟爱孩子似乎没有冲突，他爱她跟爱孩子也没冲突。

"你跟我不一样。"展颜没等他问，便说道，说完把脸偏向了一边。

贺图南把她的脸扳过来，让她看着自己："什么意思？"

展颜凝视他："你不担心我更爱小孩。"

贺图南笑道："我为什么要担心这个？有了孩子，你更爱孩子也正常，我要跟孩子竞争吗？"

展颜把他的手拿开了，他跟她的爱的确不一样，她跟任何人都不一样。尽管确实如此，很多女人做了母亲都会更爱孩子，但她不是，她非常清楚，不用等到那一句"你做了妈妈就知道了"，她无比了解自己的感情。

"颜颜。"贺图南喊她。

她回身抱住了他，近乎痛苦地说："图南哥哥，你不了解我。"她想告诉他，自己是靠强烈的感情活着的人，但这些话羞于启齿，因为这不理性，人应该需要理性，她为自己不理性再次感到痛苦。

也因为这种不理性，她感到更加孤独，她晓得，图南哥哥是个成熟的男人，他永远比她理性。孙晚秋也比她理性，那样多的理性在成人的世界里令她孤独，无穷无尽地孤独。

贺图南搂紧她："颜颜，如果你觉得我不了解你，你就应该说清楚，我哪里没了解，你说出来。"

展颜声音发闷："我最爱你，什么时候都不会变。"

贺图南说："我知道，你是觉得我不了解这个？"

"你为什么觉得我更爱孩子才是正常的？有了孩子，我爱孩子没爱你多，我就是错的、不正常的？"

她问得太认真了，贺图南对上她的眼睛，终于明白问题所在，说："当然不是。"他亲了亲她，"说开就好了，我懂你的意思，有了孩子，我们一起照顾孩子，孩子大了，会有自己的生活，会离开我们，只有我们还在一块儿过日子。"

展颜觉得图南哥哥真是太好了，他怎么会这么好？好到她觉得人世里那些孤独、恐惧都没那么要紧了，这是命运给她的，把这么个人给她，填补她所有的缺失，他是她活着的一张凭据，等走到生命尽头，把这张凭据交还命运，她就可以获得一种永久的安息。她这么想着，便开始尽情地跟他缠绵。

贺图南每每被她的热情刺激得失控，他觉得都是自己的错，才让她总是轻易就惶恐不安，他明明当初已经做出了最大的自我牺牲，但功亏一篑，导致一切需要从头再来。一切从头再来也没有关系,他乐于奉献,不奉献给她就没办法过下去,这也是他最好的出路,唯一的出路。他同样不理性,只能找不理性的同类。

　　这一点,两人其实心里早就清楚。

出版番外

我离开故土，也像草籽，最终在别处生了根。

高三的时候，我们训练写作文，写最符合高考标准的作文，我的作文不算坏，可在老师眼里也不算太好。我觉得我快没有写作文的力气了，没有那样深刻、那样多的议论要发，每天脑子里想法不少，可不能落笔，我心想，这大概是我太过思念的缘故。

图南哥哥去了北京，我真是担心，我知道他肯定会见着一个比这儿还要大、还要精彩的世界，那个世界里住着更有意思的人。人总是容易这样，见着新的、好的，就会忘记旧的，我自己如今念到高三，又还记得多少小学时的同学呢？可我一想到这些人，心头就有些怅惘，我不晓得他们去了哪里，我们都像那条河，一直流淌着。

但我也不全然是这样，我还念着我的家。我偶尔会在校园里碰到郝幸福，大家都太拼了，我感觉她的头发油油的，像多日不洗，一问果然如此，她说总是洗头未免太浪费时间。

"你周末还回家吗？"我随口问她。

郝幸福说："不回了，我回家一趟坐车得快一小时，周末有时候我爸来，有时候我妈来。"

说到这里，郝幸福可能觉得触动了我的什么，她很不好意思地岔开话，问我考试的事情。考试是最安全的话题，反正我们都似乎只关心这个，就像赶路的人，要到一个地方，必须到那样的一个地方，走了十几年，就为抵达，一路上吃透了风霜的苦，到不了简直要心痛死。那地方是脑子里想的一个东西，是什么样的未必清楚，只知道比现在的好，怎么个好法，不要多想，死命赶路就是了。

我其实是无比幸运的，因为我有机会去赶一趟这样的路，小展村里，我的同龄人有多少连这样的机会都没有呢？

可为什么我心底还有空着的地方呢？人应该为自己的幸运感到幸福、充满斗志才对。也许是因为没有人来看我，如果我要求，图南哥哥肯定会回来，他会坐上火车，从北京出发，绿色的火车像蛇一样，等到窗外的景色换作一望无际的大平原，田野被整齐地分割，远处的树都显得渺小，他就会知道，家在眼前了。我盼不到别人，只能把盼头都放在他一个人身上，一想到这点，我觉得又生气又难过，非常寂寞。

寂寞这东西，像春天的风，吹得大大的，无边无际，吹满了我的高三。它吹到教室里，吹到宿舍里，吹在成千上万个挑灯苦读的少年身上，最后在夜晚的深处，落在人的心头，抱着它入睡。

人是不是只有这个时候是寂寞的？我想不是的，这样的寂寞早早就跟了我，远在图南哥哥之前，到底是什么时候呢？大概就是妈妈生病去了医院，我在家里等的时候，小展村突然就荒凉了，树啊，草啊，连红红的太阳都跟着荒凉了。树还是那树，草也还是那草，太阳更不会变，变的只有做人的。

梦里的眼睛不是眼睛，是心，心看到的东西，白天是没办法看见的，夜晚的梦境对一个人来说太重要了。

我手忙脚乱地爬起来，草草洗漱。我们每个人都像苦行僧，只不过，我比他们更寂寞一些，我认这个命，其实认不认无所谓，它都在那里，没有走开，没有消失，不如带着，免得命也寂寞。

那这个命到底是谁给我们的呢？这真不是一个要高考的人该思考的问题，我却总忍不住想，好在我还能念书，孙晚秋已经念不了书了！我不要她原谅我，我只想让她能念书，我们十几年的生命里只有念书这一件事是绝对正确的。

我想得太多了，尽管我每天都顶着一张看似毫无波澜的脸。我很想用大石头把过去死死压住，不再去想，可世界上没有这样重的石头，我也没有力气举起，我只能尊重自己的心，就这样吧。

过年的时候，图南哥哥真的从北京回来了，可以和我一同住到年关。

我大概知道了人为什么而活，尽管快活的时候很短暂，就为这份短暂的快活，那些酸啊苦啊，一到快活跟前便一文不值了，像蚂蚁那样微小，即使当初如此巨大。

图南哥哥跟我讲了许多见闻，很稀奇，我听他说话，好像又回到了小时候，满山坡的青草、满河岸的芦苇，天地好大，大得我完全不知道家乡原来那样小。图南哥哥嘴里的那个世界好像才是真正地大，我有点儿焦躁，还有点儿难受，可我没有跟他说，说不清的。我想快快过了高考，也到那样的世界看一看，看看妈妈说得对不对，看过了呢？这个想法一刹那从我心头划过去，像犹豫不决的刀锋，速度却快。

可图南哥哥的脸在眼前，声音在耳边，我不是想他想得不得了吗？他存在的，活生生存在的，我忍不住想摸一摸他的皮肤，他跟刀锋似的，也犹豫了一下，我看出来了。

"你不想我吗？"我问他。

他笑起来，说得似真似幻："想啊。"

我立刻生气："你不想。"

图南哥哥"咦"了声，说："你怎么知道我不想啊？"

我说："就知道。"

我像只坏脾气的鸡，见人就啄，可我谁也见不着，只有图南哥哥，可图南哥哥生来也是要去看大世界的，不是为了我而存在的，这样的认知让我觉得惭愧和痛苦。我这个时候就格外羡慕郝幸福了，她有爸爸妈妈，而且都活着。我甚至想过，我为什么不羡慕别的同学呢？也许，仅仅是因为郝幸福是底下来的，我觉得自己跟城里的同学丁点儿可比性都没有，我清楚，这并不是自卑。

我脾气这么坏，坏得我自己都惊讶，总在闹，闹他，闹我自己，人多怪啊，我明明天天盼着他来，可他一来，我们好了没多久，就走了样。我安慰自己，这一定是因为高三学习压力太大了，天知道这借口多烂，可又这么实在，我没人可闹呀，我太寂寞了，时时刻刻的寂寞像淤泥，糊了我的嘴、我的胳膊、我的腿，学习成了唯一可以呼吸的窟窿眼，我就从那个窟窿眼里讨一条活路，促促的，短短的，不够我的心、我的肺。我小时候不是这样的，我小时候又乖又好脾气，人长大了，为什么就得变呢？变得不知不觉，变得毫无办法。我应该明白这个道理的，一切本就在变化着，人变，事情在变，已有的消失了，没见过的没听过的陆陆续续出现在了这个世界上。

连图南哥哥也是新出现的，妈妈陪我长到了十几岁，她一定是知晓我这个人其实不乖，脾气也不好，容易寂寞，才把我托付给了贺叔叔，贺叔叔家有图南哥哥，我运气不算坏。人总是要死的，大家都要死，我为什么总把时间花在让自己不好受上呢？我觉得自己应该把事情再想得透彻些。

高三结束时，我以为所有痛苦的事情都有了终点，可到后来，没想到我还会跟图南哥哥再分开，我本以为他离不开我，我也离不开他，我们谁也离不开谁，会一起亲亲热热地过到头。

妈妈永远留在了萋萋的野草地下，我一个人很幸运地遇到了一个伴，这个伴忽然离我而去，我又陷进了淤泥里头。人活着，好像就得做好这样的准备，等着讨活路，我一点点长岁数，一遍遍因这世间的爱、离别或喜或悲，人事无常的道理早已说烂，每次实实在在地发生，还要烂在身上，一层层血肉掉下来，再长出新的，把旧伤疤掩盖住。沧海尚要化作桑田，更何况肉体凡胎？

我以为我走了很远的路，可我一回头，还是能瞧见小展村，瞧见妈妈坟头如旧，瞧见来来去去的图南哥哥。妈妈是不会回来了，她只能在我心里。图南哥哥最终愿意回到我身边，我不再执着想着怎么样，燕子去了再来，桃花谢了再开，一切的一切都这样该发生时便发生了，谁在我的身边，我就守着谁好好过，这大概是我活着的这些年明白的一个最简单的道理。

　　妈妈给我取名展颜，我本以为她离去了，我便不会再应这名了，到如今，我想我还是应了这名，这名真好，没有比它更贴切的了。我离开故土，也像草籽，最终在别处生了根，人有了根，就像树，风风雨雨不能再轻易摧折它，没有什么能再把它怎么样。

　　尽管如此，我还是想跟妈妈说，我什么都没有忘记，分毫不曾。我清清楚楚地看着家里几代人的命运，甚至是乡村里许多人的命运，吃苦这件事一点儿也不崇高。到我这代，外头突然巨变，像开闸放出的水，重新塑造着所有人的曲线，我们愿意也好，不愿意也好，最终都变了，变得更好，或者更糟，我最终接受这个事实。世界还会再变吗？我不知道，我唯一能做的是按照我的本心，继续走下去，无论终点会通向哪里。

　　我希望能为家乡做点儿力所能及的事情，还是有人在吃苦，在那片土地上吃苦，越来越多的人离开了土地，但总有人离不开。土地本来没有错，种地也没有错，其实哪有人能真正离开土地呢？没有的，人活着就需要土地、要吃饭。土地上的贫瘠和痛苦依旧存在，我不能忘记它，即使我已身居都市，我相信，只要有心，我就一定能做点儿什么。

图书在版编目(CIP)数据

北方有雪：全二册 / 纵虎嗅花著. -- 南京：江苏凤凰文艺出版社, 2025.5. -- ISBN 978-7-5594-8835-0

I. I247.5

中国国家版本馆 CIP 数据核字第 2025CJ9768 号

北方有雪：全二册
纵虎嗅花　著

产品经理	殷　希　穆　晨　朱静云
责任编辑	白　涵
特约编辑	王苏苏　丛龙艳
内文排版	芳华思源
封面设计	@Recns
出版发行	江苏凤凰文艺出版社
	南京市中央路 165 号，邮编：210009
网　址	http://www.jswenyi.com
印　刷	天津中印联印务有限公司
开　本	710 毫米 × 1000 毫米　1/16
印　张	34.5
字　数	714 千字
版　次	2025 年 5 月第 1 版
印　次	2025 年 5 月第 1 次印刷
书　号	ISBN 978-7-5594-8835-0
定　价	79.80 元（全二册）

江苏凤凰文艺版图书凡印刷、装订错误，可向出版社调换，联系电话 025-83280257